Né en 1941, …
et auteur de film…
et en 1961, son …
tival de Bergame…
Il a écrit et m…
roman de Ramu…
t'aime, tu danses … *Couleur chair*
en 1978.

Il a aussi tourné un film de télévision sur Baudelaire et mis en scène un opéra de Wagner (*Tristan und Isolde*).

C'est en 1973 que paraît son premier roman, *Le Pitre*.

Il se consacre exclusivement à l'écriture depuis 1980. Ses romans obtiennent de nombreux prix et sont traduits dans plusieurs langues.

On a pu dire de lui : « François Weyergans a inventé certains des plus beaux personnages de la littérature contemporaine » (Jérôme Garcin, *Le Nouvel Observateur*).

EXTRAITS DE PRESSE

« *Franz et François* est un de ces rares romans où l'on est si prestement et si inexplicablement séduit qu'on a tout de suite envie de le relire pour le plaisir de comprendre comment on s'est si vite abandonné » (Pierre Lepape, *Le Monde*).

« *Franz et François*, le roman de François Weyergans, est un des livres les plus drôles — oui, les plus hilarants — et plus graves aussi, les plus tristes, les plus déchirants de ces dernières années. La phrase, très proche du parlé, y reste parfaitement écrite parce que Weyergans est naturellement un écrivain, au point que l'on est tenté de dire que c'est plus fort que lui » (Renaud Matignon, *Le Figaro littéraire*).

« Rencontres érotiques, coups de foudre, aventures passagères... À l'amour fidèle prôné par le père, le fils répond par la multiplicité des corps désirés. Un livre d'amour et d'émotion » (Michèle Gazier, *Télérama*).

« Weyergans peut être fier de ce François. Il a peut-être perdu des batailles (ainsi sa carrière de cinéaste abandonnée) mais il a gagné la guerre : il est devenu cet écrivain capable d'écrire un livre aussi fort que *Franz et François*. Et un homme indemne de toute haine pour son père » (Jacques Henric, *Art Press*).

« Dès que le critique se sent impuissant à traduire ce qu'il a ressenti, c'est qu'il se trouve en présence d'un grand livre. Les romans qui font cet effet-là sont extrêmement rares : *Franz et François* m'a fâché avec des amis car je suis parti de leur soirée le premier, avant minuit, ce qui n'est pas courtois. Mais j'avais mieux à faire : lire ce livre débordant de générosité et de douleur, cette déclaration d'amour envoyée trop tard » (Frédéric Beigbeder, *Voici*).

« Comment se fait-il que *Franz et François* soit le plus bel hommage possible d'un fils à son père ? François Weyergans le sait : aimer un être, c'est le restituer dans sa vérité. Est-on vraiment sûr que Franz Weyergraf-Weyergans soit décédé ? Ce roman en vie est une prodigieuse victoire sur la mort » (Marie-Laure Delorme, *Le Magazine littéraire*).

« *Franz et François* est un roman inquiétant et étonnant, dont le caractère dramatiquement autobiographique se voit sans cesse contredit par un contrepoint d'ironie. Le tour de force réside dans l'intime et elliptique va-et-vient du drôle au drame, qui rudoie et bouleverse le lecteur autant que le scripteur, et le fils autant que le père » (Pierre Marcelle, *Libération*).

« De ce livre fort, on aime les pages véhémentes et cocasses, et d'autres où pointe l'émotion. Elles nous rappellent que si Weyergans a écrit *Le Pitre*, il est également l'auteur de *Rire et pleurer* : tout un programme de vie » (Alain Delaunois, *Art et Culture*, Bruxelles).

« Avec un art consommé de la digression et une science stupéfiante du temps romanesque, François Weyergans, véritable sorcier littéraire, a mêlé l'autobiographie et la fiction. À travers ses deux personnages, il restitue aussi la mutation de la société française, entre l'immédiat après-guerre et les années soixante. Le tout sans avoir l'air d'y toucher » (René Zahnd, *24 Heures*, Lausanne).

« *Franz et François* m'est apparu comme le livre que nul n'a fait, au Québec, sur la chape de plomb de la catholicité. La vraie, l'intime. Une toile d'araignée, une poisse dont nous nous sommes extraits en rigolant, nous aussi, comme le François du livre, mais qui encombre encore nos démarches » (Lise Bissonnette, *Le Devoir*, Montréal).

FRANZ ET FRANÇOIS

DU MÊME AUTEUR

LE PITRE (Gallimard)
BERLIN MERCREDI (Points-Seuil)
FRANÇAISES, FRANÇAIS (Folio)
MACAIRE LE COPTE (Gallimard)
LE RADEAU DE LA MÉDUSE (Gallimard)
LA VIE D'UN BÉBÉ (Gallimard)
JE SUIS ÉCRIVAIN (Gallimard)
RIRE ET PLEURER (Grasset)
LA DÉMENCE DU BOXEUR (Grasset)

FRANÇOIS WEYERGANS

Franz et François

roman

GRASSET

Pour ma fille Métilde Weyergans

Personne ne connaît le Fils, si ce n'est le Père, et personne ne connaît le Père, si ce n'est le Fils.

(Matthieu, 11, 27)

I

Tous ses amis savaient que François Weyergraf avait commencé d'écrire, cinq ans plus tôt, un livre sur son père. Tous ses amis savaient aussi que, depuis cinq ans, il n'arrivait pas à finir ce livre. Dans l'ensemble, ces cinq années lui apparaissaient comme les pires qu'il avait vécues.

Il se demandait si, le jour de sa mort, une femme lui ferait la gentillesse posthume de déclarer : "Avec lui, tout en valait la peine, même le pire." Ce serait parfait, comme épitaphe.

Après les années pénibles qu'il venait de lui infliger, Delphine aurait-elle l'idée de prononcer une telle phrase ? Delphine, sa compagne, la mère de leurs deux filles, celle qu'il appelait parfois, dans des accès de romantisme, "ma petite Delphine chérie" — un prénom si agréable à prononcer — avait préféré lui dire : "Tu étais plus marrant dans le temps", une phrase qui n'était pas mal non plus comme épitaphe.

Elle n'avait pas tort. Il avait cessé d'être drôle, et pourtant, être drôle était une de ses fonctions naturelles : le hibou hulule, le chameau rumine, le chat fait ses griffes, et lui, François Weyergraf, il était drôle.

Delphine lui avait dit :

— Tu es drôle avec tout le monde sauf avec moi. Les

gens sont ravis de te voir débarquer chez eux. Ils sont sûrs qu'avec toi, ils vont s'amuser. Tu vas les faire rire, tu vas les intéresser, pendant que moi je me coltine tout ton merdier !

Il savait que chacun doit se démener dans son petit enfer personnel. C'était une expression de Delphine, "le petit enfer personnel de chacun". Delphine voyageait en ce moment en Italie. Elle lui avait dit que c'était devenu trop angoissant pour elle de rester à Paris : "Je te regarde et qu'est-ce que je vois ? Un type qui part à la dérive." Il fallait qu'elle s'éloigne de lui. Il avait répondu qu'elle avait raison. Il comprenait. Il était d'accord. Lui aussi, il aurait bien voulu s'éloigner de lui-même.

Delphine lui téléphonait tous les soirs. Il suivait son voyage sur une carte. Elle avait pris la voiture et elle était partie avec son amie Suzanne. En les aidant à charger les valises dans le coffre de la vieille Volvo, il leur avait demandé si elles comptaient faire de leur voyage un remake de *Thelma et Louise,* le film qui avait fait dire à Delphine : "Après l'avoir vu, on a envie de flinguer les mecs." Suzanne et Delphine étaient maintenant à Rome, où elles comptaient rester une quinzaine de jours.

Ensuite, elles ne savaient pas. Elles improviseraient. Elles essaieraient de trouver plus au sud une plage qui ne soit pas polluée, à moins qu'elles n'aillent faire un tour en Grèce en prenant un ferry-boat à Brindisi. Le rêve de François était d'avoir fini son livre quand Delphine rentrerait. Même s'il avait fini avant qu'elle rentre, il ne le lui dirait pas au téléphone. Elle aurait la surprise de découvrir sur la table de la cuisine une photocopie du manuscrit, cachée sous un bouquet de roses. Le livre étant fini, il n'aurait plus aucune raison de rester cloîtré dans l'appartement, et ils iraient dîner dans un restaurant à l'autre bout de Paris. On serait fin août. Ils chercheraient une terrasse, ils pourraient aller au Pré Catelan, ils mangeraient dans le jardin,

Delphine aimait les maquereaux marinés au vin blanc et ceux du Pré Catelan avaient des chances d'être meilleurs que les maquereaux en boîte qu'il lui rapportait du Monoprix Saint-Paul. Mais elle n'aurait peut-être pas envie de sortir le premier soir, trop contente de se retrouver à la maison après des semaines d'hôtels plus ou moins calmes et de restaurants obligatoires. L'idée du Pré Catelan n'était pas une bonne idée. Elle préférerait sûrement aller au japonais de la rue Sainte-Anne. Quand il ferait les courses, il achèterait à tout hasard quelques boîtes de filets de maquereaux , des "Connétable", la marque à laquelle Delphine s'était habituée.

Dans la plus récente de ses lettres, écrite à l'intérieur du *Caffè Greco,* Delphine lui disait : "Tu serais là, on se parlerait pendant des heures, alors explique-moi pourquoi je ne peux pas t'écrire de longues lettres, je t'en écris de superbes dans mes rêveries le soir avant de m'endormir. Il y a aussi que je n'ose pas trop t'écrire en pensant que tu m'as dit il n'y a pas longtemps je ne sais plus trop quoi, sur mon écriture, qui n'était pas très flatteur, et c'est vrai que j'ai une écriture bornée qui suit bêtement les lignes droites au lieu de vagabonder au travers de la page dans un désordre élégant."

Qu'est-ce qu'il était encore allé lui dire, alors qu'il aimait tant son écriture ! Elle faisait les majuscules comme une petite fille, mais il y avait quelque chose de poétique dans ce contraste entre un graphisme enfantin et la pensée de la femme la plus intelligente qu'il connaisse. À deux heures du matin, il avait appelé l'hôtel Forum — restaurant sur le toit avec vue sur les forums impériaux d'Auguste et de Trajan ! — et il avait réveillé Delphine pour lui dire qu'il adorait son écriture, qu'il refusait de croire qu'il ait pu en dire du mal, et que, de toute façon, Einstein aussi avait une écriture désastreuse.

Normalement, se disait-il, vivre avec moi devrait être agréable. Tous les ingrédients sont là. On me trouve drôle, fin, sensible, sympathique, généreux, vif, surprenant. Alors, où est le problème ?

Delphine lui manquait-elle ? Il était heureux d'être seul. Quand elle était partie, il s'était senti soulagé. C'était plus commode pour lui de croire que Delphine lui manquait, mais il n'en savait rien. Quand elle était là, elle s'affolait de ne pratiquement jamais l'entendre taper à la machine : "Je sais comment c'est, quand tu travailles bien. On entend ta machine sans arrêt." Il avait sérieusement envisagé d'enregistrer le bruit de sa machine à écrire sur une cassette qu'il aurait fait jouer en continu, au niveau sonore adéquat, pour lui faire croire qu'il travaillait. Cacher aux autres qu'on va mal est un art, et dans son cas, c'était devenu du grand art.

Il se disait souvent : "J'aime la vie que je mène. J'aime le désarroi, j'aime l'inquiétude." Il n'avait pas encore affaire à ce que des livres de psychiatrie appelaient le destin inexorable du mélancolique.

Pour s'encourager à finir son livre, il avait relu quelques-unes des lettres émouvantes et affectueuses que lui avait envoyées René Char à la fin de sa vie, celle où il lui disait : "Je presse déesses et dieux du bocage de bien vous assister dans l'écriture de votre prochain livre." Pourquoi son père ne lui avait-il jamais rien dit ou écrit de semblable ?

Il avait conservé toutes les lettres de son père, à l'exception des toutes premières qu'il avait reçues quand il était trop jeune pour savoir qu'une lettre peut se relire plus tard et assez audacieux et entreprenant pour ne pas se préoccuper de son passé.

Il comptait citer des lettres de son père dans son roman, des lettres qu'il avait déjà discrètement mises à contribution dans ses livres précédents. Relire ces lettres n'avait pas été une partie de plaisir. Son père s'était confié à lui, et il n'avait pas le souvenir d'avoir répondu comme il aurait fallu à ces aveux, ces plaintes, ces confidences. Les lettres de son père étaient presque toutes tapées à la machine. Un an avant sa mort, il lui avait écrit : “Je tape de moins en moins bien parce que la machine vieillit avec son propriétaire et que je me suis coincé dans la portière de la voiture le seul doigt de la main droite avec lequel je tape.” (François aussi ne tapait qu'avec un doigt.) “Sérieusement, je suis en sous-condition physique depuis longtemps. Tout est venu de cette goutte : les médicaments m'ont affaibli sur d'autres points en guérissant la goutte, j'ai empilé grippes et autres rhumes, et ensuite une bonne bronchite avec rechute soignée aux sulfamides, lesquels m'ont épuisé. Moralité, quatre mois sans autre travail que les petites affaires courantes. Au passif du psychique, ceci en somme : l'indifférence minérale des gens avec qui on traite. Quand je ne rencontre pas de chaleur humaine, je laisse tomber. C'est un tort mais on ne se refait pas. Bref, le physique donne sur le moral qui donne sur le physique. Il faut sortir de la spirale. Par quel moyen ?”

Comme dans les examens de conscience qu'on le forçait de pratiquer quand il était enfant (“Ai-je été paresseux à l'école ? Ai-je fait des choses vilaines en me cachant, seul ou avec d'autres ? Ai-je aimé et respecté mes parents ? Leur ai-je menti ?”), François Weyergraf se demandait, adulte quinquagénaire et père de famille, s'il n'avait pas été à l'égard de son père d'une indifférence minérale, tout en admirant l'expression. “Une indifférence minérale”, c'était bien trouvé.

Son père était écrivain, lui aussi, un homme qui avait élevé une famille nombreuse en publiant des livres et en rédigeant des centaines d'articles. Il s'appelait Franz Weyergraf, et quand François allait dans des Salons du Livre, il rencontrait toujours des personnes souvent un peu âgées, parfois des couples, qui venaient le voir pour lui demander s'il était un parent de Franz Weyergraf dont ils avaient aimé tel ou tel livre. Et ils citaient des titres, en général ceux des trois essais que son père avait écrits sur le mariage et la paternité, des sortes de journaux de bord d'un père de famille chrétien. Quand François leur apprenait qu'il était le fils de Franz, les lecteurs de son père le regardaient avec affection.

François se souvenait de son père comme d'un homme infatigable qui s'accordait peu de moments de détente, et qui était capable d'écrire quatre ou cinq articles dans la même journée, passant d'une chronique sur les paysages de la Toscane à la critique d'un film de Frank Tashlin ou à des réflexions sur la liturgie de la Semaine sainte. François avait toujours entendu la machine à écrire de son père crépiter dans les maisons où il avait passé les diverses parties de son enfance et de son adolescence, jusqu'au moment où il avait quitté sa famille et s'était à son tour acheté une machine à écrire avec l'argent que lui avait donné sa mère pour qu'il s'achète un manteau.

Franz Weyergraf avait fondé une maison d'édition, créé une revue, donné des conférences, dirigé plusieurs librairies, accepté d'être membre du jury de l'Office catholique international du cinéma dans les festivals de catégorie A : Venise, Cannes, Saint-Sébastien. Il fut, avant la lettre et avant la mode, ce qu'on nomme aujourd'hui avec respect "un petit éditeur". Quand il était jeune, il avait traduit de l'anglais Emily Brontë, Evelyn Waugh, Herman Melville et Washington Irving, un auteur, aimait-il dire, qui est né à New York malgré son prénom. Il avait publié son premier roman à vingt-trois ans et l'avait envoyé à des écrivains qu'il admirait. François possédait les réponses de Jean Giono et de Max Jacob, lequel, un peu distrait, avait répondu à son père en commençant par "Chère Madame" (le roman, rédigé à la première personne, se présentait comme le journal intime d'une femme).

Beaucoup plus tard, Franz Weyergraf avait obtenu le Grand Prix catholique de littérature. Il avait essayé d'être tout sourire devant le photographe de l'agence

Keystone. Par la suite, dès qu'il avait un sourire crispé, ses enfants lui disaient : "Tu as ton sourire Keystone !" Après le prix, il écrivit *Le Fait du prince,* un roman que Clouzot et Visconti voulurent adapter au cinéma. Il était allé voir Clouzot à Saint-Paul-de-Vence et Visconti à Milan. Sa rencontre avec Clouzot l'avait refroidi : Clouzot envisageait de tourner le film avec Brigitte Bardot ! Franz aurait préféré une Italienne, comme dans son roman, et surtout une actrice moins sulfureuse. C'était en 1959. Quant à Visconti, personne n'avait su pourquoi il avait abandonné le projet.

François n'avait jamais cessé d'être attentif au travail et à la vie de son père, celui dont un critique avait dit dans l'hebdomadaire *Témoignage chrétien* : "Franz Weyergraf est l'un des rares écrivains d'aujourd'hui à exalter, dans une prose classique, proprement admirable, la condition du mariage chrétien."

Son père avait toujours été un catholique d'avant-garde, un des premiers partisans des messes dites "face au peuple", où le prêtre cessait enfin de tourner le dos aux fidèles. Il avait lutté pour qu'on chante les psaumes en français. Il avait écrit des articles en faveur d'une liturgie familiale, qui complétait à la maison les cérémonies prévues par l'Église dans les églises. Il s'était élevé contre la hiérarchie catholique en prenant parti pour la pilule au milieu des années soixante.

On ne passe pas autant d'heures à penser à quelqu'un sans l'aimer, se disait François, qui était au courant de la coexistence des sentiments tendres et des sentiments agressivement hostiles chez tout un chacun, et savait que personne n'a tout à fait exorcisé la vieille et primitive peur des morts qui deviennent les ennemis des survivants.

Qu'aurait pensé son père, le chantre du mariage chrétien et de l'amour fidèle, de la vie qu'il avait menée ? De ses aventures, de ses liaisons, de ses flirts ? En tout cas, son père aurait été rassuré d'apprendre que

Delphine et François fêteraient bientôt les trente ans de leur rencontre, "fêter" n'étant pas le verbe le plus approprié, vu l'ambiance que réussit à introduire dans un couple un livre impossible à écrire. Fête ou pas, ce serait bientôt le trentième anniversaire de la première nuit qu'ils avaient passée ensemble, la première nuit d'une histoire d'amour riche en zigzags et slaloms, le départ d'un steeple-chase amoureux que la Direction générale des impôts préférait qualifier d'union libre.

On leur avait conseillé de faire établir un certificat de concubinage à la mairie. Le mot *concubinage* leur déplut. Ils payeraient davantage d'impôts mais ils ne laisseraient pas entrer dans leur vie ce misérable substantif. Le vocabulaire inventé par la société pour définir les rapports amoureux est au-dessous de tout. Dans le temps, Delphine avait dit : "Les couples m'ennuient, surtout dès qu'on ne peut plus voir l'un sans l'autre." Cette phrase s'était retrouvée dans le roman que François écrivait à ce moment-là. Leurs deux filles leur disaient : "Vous devriez vous marier. On payerait moins d'impôts, et avec l'argent économisé, on donnerait une grande fête !"

François avait donc commencé d'écrire, cinq ans plus tôt, un livre sur son père. Quand il s'était rendu compte que cinq ans représentaient dix pour cent de l'âge qu'il avait — dix pour cent de sa vie ! —, il s'était alarmé : "Dix pour cent, c'est énorme !" Le malheur prélevait sa dîme et se montrait rapace. Il avait calculé que cinq ans correspondaient à deux heures par jour depuis sa naissance : il avait parfois de brefs accès d'arithmomanie, qui le faisaient se livrer à des calculs dénués d'intérêt.

Il n'avait pas vu que les années passaient. Il avait fallu que la plus jeune de ses deux filles le lui signale : "Tu te rends compte, Papa, j'avais vingt et un ans quand tu as publié ton dernier livre. Maintenant j'en ai vingt-six !"

Il avait regardé Woglinde d'un air effaré. Sa fille cadette portait un des plus beaux prénoms qui existe, celui d'une des filles du Rhin dans la tétralogie de Wagner. Quand elle était petite, Woglinde réclamait qu'on lui fasse entendre le début du disque où celle des trois filles du Rhin qui s'appelait comme elle chantait : "Weia ! Waga ! Wagalaweia ! Wallala weiala weia !" Qu'aurait pensé Richard Wagner si on lui avait dit qu'une petite fille adapterait un jour la première scène de *L'Or du Rhin* en donnant les rôles de Woglinde, Wellgunde et Flosshilde à trois de ses poupées Barbie ?

François aurait dû savoir que personne n'évoque impunément la mort de son père. C'est bien joli de vouloir s'attaquer à un sujet aussi fort, "le père et le fils", mais il y a un minimum de précautions à prendre. N'en ayant pris aucune, il morflait. "Morfler" était un verbe que son père aimait.

C'était vingt ans plus tôt, en rentrant de l'enterrement de son père, qu'il avait pris la décision de lui consacrer un livre. Mais si une décision est le fait de quelqu'un qui n'hésite pas à prendre un parti définitif, pouvait-il dire qu'il avait pris une décision ce jour-là, dans un cimetière où il n'est jamais retourné depuis, quand il s'était éloigné à regret de la tombe, groggy comme un boxeur qui n'a pas vu arriver le coup, refermant son manteau et veillant sur sa mère qu'il avait vue près de s'écrouler et qui était soutenue par ses filles ? Il n'était pas quelqu'un qui se décide facilement : vingt ans plus tard, le livre n'existait toujours pas. Ou plutôt, le livre n'avait pas encore paru, ce qui était loin de revenir au même.

Son père était mort brusquement d'une maladie de cœur : il allait avoir soixante ans, et deux jours plus tôt son cardiologue lui avait affirmé qu'il n'avait aucune inquiétude à se faire. Passé un certain âge, on devrait changer régulièrement de médecins. François avait appris que sa sœur aînée avait convaincu leur père de se faire examiner par un autre cardiologue, un garçon brillant, à la pointe du progrès, et qu'un rendez-vous avait été pris. Le jour qui allait devenir celui de son enterrement, Franz Weyergraf aurait dû passer à onze heures du matin des examens qu'il redoutait, pressentant qu'ils ne confirmeraient pas son diagnostic personnel : "ce n'est pas grave, c'est sûrement nerveux", auquel il avait préféré croire jusqu'à la fin de sa vie, ce qui fut le cas.

Le matin de sa mort, il s'était levé plus tôt que d'habitude. Il avait bavardé dans la cuisine avec sa femme. Il avait regardé son courrier. François s'en voulait encore de ne pas lui avoir écrit la veille une longue lettre qu'il aurait reçue juste avant de mourir. À ce moment-là, ils ne s'écrivaient plus. Ils ne se téléphonaient même pas. Ils étaient brouillés depuis quatre mois.

S'il avait eu l'idée, au cimetière, d'écrire un livre sur la vie de son père, c'était pour supporter le chagrin, le sien et celui des autres, surtout celui de sa mère. Il avait commencé à prendre des notes dès le lendemain. Il s'était vite rendu compte que le genre autobiographique ne lui convenait pas. Il avait écrit : "L'autobiographie n'est pas mon fort." Voilà une phrase qui lui avait plu. Un bel exemple de dénégation ! La phrase "l'autobiographie n'est pas mon fort" voulait dire : "je souhaite vous parler de moi et de mes problèmes." Un truc vieux comme le monde. Il avait vu sa mère vivante pleurer devant son père mort. Il avait essayé de la décrire. Il n'en avait pas eu la force. C'était bien ce qu'il disait : l'autobiographie n'était pas son fort.

Il avait fini par ranger les quelques pages déjà écrites et le petit paquet de ses notes dans une chemise à rabats, sans se douter qu'il les reprendrait une vingtaine d'années plus tard, et pas seulement les notes et les quelques pages, mais toute une documentation disparate qu'il avait réunie sur les livres de son père, sans compter les livres eux-mêmes dont les titres, si souvent prononcés en sa présence lorsqu'il était jeune, lui servaient de repères comme des noms de villes sur un panneau de signalisation routière.

Pendant vingt ans, il avait réussi à esquiver ce projet de livre, comme on échappe à un radar, et il avait pris sa vie en main, il n'avait presque plus pensé à son père sauf quand il lui arrivait de se saouler et qu'il devenait alors sentimental et rabâchait. En fait, il pensait à son père beaucoup plus souvent qu'il n'acceptait de le reconnaître. En voyage, il achetait des cartes postales pour la seule raison qu'elles auraient plu à son père et qu'il aurait aimé les lui envoyer. Il en avait un plein tiroir. Depuis la mort de son père, il avait fait énormément de choses. Il avait publié huit romans. Il était souvent retourné à Londres et à Venise. Il avait découvert la Grèce et la Finlande, le Maroc et le Mozambique, Anchorage et Kuala Lumpur, Montréal et Tokyo. Il avait travaillé à Tadoussac au Québec et à Obama au Japon. Il avait consacré le plus clair de son temps à ce que les philosophes appellent des opérations de pensée.

Depuis la mort de son père, il avait appris trop souvent la mort de gens qu'il connaissait. Il avait couché avec d'autres femmes que la mère de ses enfants, ce que son père aurait désapprouvé en parlant du “veule refuge de la chair féminine”.

Il avait continué de tourner des films, et ces films, comme ceux qu'il avait tournés avant la mort de son père, avaient été montrés dans des festivals, dans des cinémathèques et à la télévision, mais n'étaient jamais sortis en salle.

Comme son père, il avait écrit des articles sur des films et sur des livres. Il aurait voulu que son père puisse les lire, surtout l'article qu'il avait écrit sur Carl Dreyer, un de leurs cinéastes préférés à tous les deux. Comme son père, il avait essayé sans succès d'arrêter de fumer, et, comme son père, il voyait arriver avec angoisse le jour où il fallait payer ses impôts. Comme son père, il avait rencontré Clouzot et Visconti. Mais Luchino Visconti était alors diminué par une thrombose cérébrale, et François n'avait pas osé lui demander s'il se souvenait d'avoir voulu adapter un roman de Franz Weyergraf à la fin des années cinquante.

Comme son père, il avait admiré Ernest Hemingway. À trente-cinq ans de distance, Franz et François s'étaient assis devant leurs machines à écrire respectives pour rédiger un article sur un livre d'Hemingway. En 1952, Franz avait dit tout le bien qu'il pensait du *Vieil Homme et la mer.* En 1987, François avait rendu compte des *Lettres choisies.* Tandis que l'article de Franz se terminait par : "Hemingway, le taureau avec du myosotis entre les dents, a gagné la partie", celui de François commençait par : "Un dimanche vers sept heures du matin, le front appuyé contre les canons d'un fusil de chasse à deux coups, Ernest Hemingway, celui qui avait dit à Ava Gardner : « Je passe un temps fou à tuer des mammifères et des poissons pour ne pas me tuer moi-même », se suicida."

Franz avait repris son texte sur Hemingway dans un recueil de ses meilleurs articles intitulé *Écrivains exemplaires.* Le livre avait paru juste avant l'été 1955. Comme il l'avait publié dans sa maison d'édition et qu'il en avait immédiatement vendu un grand nombre d'exemplaires, l'argent rentrait. Et ce fut grâce à Ernest Hemingway et une pléiade de romanciers qui n'avaient en commun que d'avoir eu droit à un article de Franz Weyergraf, que toute la famille put partir en vacances cet été-là.

Apercevant à la devanture d'un antiquaire d'Aix-en-Provence deux chandeliers en cuivre, Franz avait dit à son fils : "On va les acheter ! Je fais une folie, mais tant pis. Disons que c'est Hemingway qui nous les offre."

À la rentrée, François avait demandé à son père de lui dédicacer *Écrivains exemplaires.* Ce serait la première dédicace qu'on lui ferait de sa vie. Dans la bibliothèque de son père, presque tous les livres étaient dédicacés à Franz Weyergraf par des auteurs dont François n'avait encore rien lu d'autre que ces dédicaces courtoises, cordiales, passe-partout, que seules les encres et les signatures permettaient de distinguer : encre noire de C. F. Ramuz, encre mauve de Daniel-Rops, pattes de mouche de Saint-Exupéry, signature imposante de Montherlant, petites étoiles dessinées par Jean Cocteau. François était fier de la bibliothèque de son père. Quand son père cherchait un livre, c'était toujours François qui savait où le trouver.

Le cœur battant, il était retourné dans sa chambre pour y découvrir tout à son aise la dédicace : “À mon cher François, au seuil d'une nouvelle année scolaire que je souhaite « exemplaire », affectueusement, son Papa.”

Pendant le premier trimestre, il avait lu attentivement tous les chapitres du livre, ainsi que la préface, soucieux d'apprendre à quoi s'intéressait son père quand il était seul dans son bureau et qu'il travaillait. Il avait quatorze ans. C'était l'année où on lui avait parlé en classe de l'Iliade et de l'Odyssée, ces deux longues œuvres épiques et immortelles auxquelles son père se référait à plusieurs reprises dans *Écrivains exemplaires,* un ouvrage où il se livrait pourtant à l'éloge des romans courts. Franz Weyergraf signalait qu'il était plus difficile de réussir un roman court qu'un long roman touffu. François s'était alors demandé pourquoi son père avait écrit un roman de trois cent cinquante-cinq pages.

Il avait précieusement gardé son exemplaire dédicacé. Il le possédait depuis bientôt quarante ans ! Il l'avait rouvert l'autre jour. Dans sa préface, l'auteur n'avait pas pu s'empêcher d'écrire une phrase qui agaçait son fils : “J'ai exclu tout ce qui est brutal, ce qui manque de respect au lecteur, qui le fait patauger dans la boue.” Et encore, s'il n'y avait eu que cette phrase ! François relirait ce livre. Il se réjouissait de pouvoir confronter son avis d'aujourd'hui, celui d'un adulte devenu romancier à son tour, avec les analyses que son père avait faites de romans qui avaient eu le souci de témoigner de la condition de l'homme à tel moment donné de son histoire, tout de suite après l'apocalypse de la Deuxième Guerre mondiale.

François comprit que, vingt ans après la mort de son père, le destin, ou quelque chose de semblable, l'avait rattrapé, comme on rattrape un fuyard.

En fait, il était rattrapé par son père ! Et depuis, visiblement, quelque chose n'allait pas. Il traversait la plus grande et la plus grave crise de sa vie. Penser qu'il la traversait, n'était-ce pas une façon trop optimiste d'envisager l'avenir ? Comme s'il n'était pas encore en pleine tourmente, malmené, angoissé, affolé... On ne traverse pas des années de désarroi comme d'autres traversent l'Atlantique à la voile. Il n'avait rien contre les adeptes de la navigation solitaire, mais affronter son inconscient est autre chose qu'affronter les éléments. S'il ne s'agissait que d'affronter le sien, d'inconscient, il s'en serait peut-être sorti assez facilement, mais, comme on recueille un chien perdu, il avait cru devoir recueillir le robuste inconscient de son père, ce qui n'était pas rien.

Il avait gavé son cerveau avec un entonnoir, et ça débordait de partout — une image qui aurait pu figurer dans un tableau de Jérôme Bosch. Il l'avait non seulement gavé de souvenirs personnels qui ne lui faisaient aucun bien, mais aussi d'informations décousues, lacunaires, frustrantes, qu'il avait pu glaner sur son ascendance paternelle — on lui avait parlé d'un cimetière en Pologne, dans l'ancienne Prusse orientale, où son nom de famille était gravé au ciseau sur la pierre de la plupart des tombes —, sans compter tout ce qu'il savait sur les malheurs de l'humanité, tout ce qu'il avait pu entendre ou lire sur ce qui s'était passé d'horrible depuis l'âge ancien où les vertébrés étaient dépourvus de mâchoires jusqu'à la date de l'apparition de ses dents de lait à lui, ses armes de défense rapprochée, pauvres armes de choc et d'estoc.

Enfance et adolescence n'avaient ensuite étalé aucun baume sur sa vision du monde de nourrisson incapable de dominer des angoisses plus fortes que lui : celles de ses parents et celles d'une planète où l'avait accueilli une Deuxième Guerre mondiale en plein essor. Il n'était qu'un enfant quand il avait entendu raconter l'exécution de Mussolini, de sa maîtresse et des ministres fascistes qui l'accompagnaient dans sa fuite. Les cadavres avaient été transportés sur la remorque d'un camion jusqu'à Milan, où on les avait pendus par les pieds. Mussolini avait le crâne fendu, la tête fracassée, sa mâchoire inférieure pendait. Une femme avait tiré cinq balles sur la grosse tête chauve du dictateur : "Pour mes cinq fils que tu as fait assassiner !" François se souvenait très bien de ce récit. Il se souvenait aussi de l'anxiété de ses parents quand ils parlaient de la guerre de Corée et redoutaient une nouvelle guerre mondiale. À l'école, on lui avait parlé des combats de gladiateurs, suivis de la mort d'une partie des combattants : le mirmillon portait un casque surmonté d'un poisson, et affrontait un rétiaire qui lui lançait un filet sur la tête avant de le renverser à terre et de lui transpercer la gorge avec un trident. Pendant le combat, le rétiaire faisait rire les spectateurs en criant au mirmillon : "Ce n'est pas à toi que j'en veux, c'est à ton poisson !"

Quand il repensait à ses professeurs, François se demandait s'il n'avait pas été éduqué par une bande de fous qui l'avaient entraîné dans un univers où le sang n'arrêtait pas de couler : "En versant pour nous son sang sur la Croix, le Christ est devenu notre roi. Nous voici donc son peuple, baptisé dans son sang." Il ne pouvait pas dire que tout cela ne l'avait pas intéressé.

À priori, son projet était simple. Il voulait écrire la vie d'un père telle que pourrait la raconter son fils, en prenant comme point de départ la naissance du fils pour continuer jusqu'à la mort du père, une période qui, dans son cas, ne couvrait pas un nombre excessif d'années. Il avait fait le calcul. Le résultat donnait trente-trois ans : la durée de la vie de Jésus-Christ ! Jusqu'où n'allaient pas se dissimuler les restes de l'éducation catholique que son père avait tenu à lui donner !

Les gladiateurs juraient de supporter le fer, le feu, la chaîne, les coups et la mort. François aurait pu écrire un roman historique sur les jeux du cirque. Un roman sur les gladiateurs n'aurait-il pas été plus autobiographique qu'un roman sur son père ? Être un fils, c'est bien. Être un gladiateur a plus d'allure. À moins que ce ne soit la même chose ? Un jour ou l'autre, il faudrait qu'il comprenne que le personnage principal du livre sur son père serait bel et bien lui, le fils du père, le gladiateur qui entre dans l'amphithéâtre protégé par un casque et des jambières, mais le corps nu et sans défense, afin que les blessures mortelles soient possibles, car c'est là l'important pour les spectateurs.

Il avait eu de la chance, tout compte fait. La vie d'un petit garçon qui, baptisé dans le sang, s'apprête à transpercer avec un trident la gorge des mirmillons qui s'aviseraient de le contrarier, cette vie vaut la peine d'être vécue.

Dans les écoles religieuses qu'il avait fréquentées, ses camarades les plus impressionnables — parmi lesquels il faisait figure d'impressionnable en chef — étaient persuadés qu'ils ne dépasseraient pas l'âge de trente-trois ans. Comment oseraient-ils vivre plus longtemps que Jésus-Christ mort dans d'atroces souffrances pour les racheter, eux, pauvres pécheurs ? Avant les vacances de Pâques, on leur faisait revivre le sacrifice du Christ qui s'était offert en victime pour sauver ses frères les hommes. On leur serinait : “Il a versé pour nous son sang sur la Croix. Nous sommes baptisés dans son sang.

Il a voulu porter tous les péchés du monde." C'était oppressant, et François, qui n'avait jamais obtenu moins de dix-huit sur vingt à tous ses concours de religion, n'aurait pas dû s'étonner, des années plus tard, de vouloir à son tour porter tous les péchés du monde afin qu'on lui pardonne de survivre non seulement à Jésus-Christ mais à son père, deux hommes dont la mort, manifestement, l'avait perturbé.

Deux hommes ? La phrase était blasphématoire ! À quoi bon avoir été premier en religion ? François ne confondait pas l'activité humaine du Christ et celle de son père, un pécheur repentant soumis au sacrement de pénitence nécessaire à son salut. Il n'avait pas oublié le mystère de la sainte Trinité, le *mysterium absolutum* du Dieu unique en trois personnes. Quand il était enfant, il aurait volontiers formé avec son père et Jésus une trinité profane où il se serait réservé le rôle de l'Esprit-Saint. Dieu faisait un peu partie de sa famille. D'ailleurs, il avait commencé son livre en parlant de lui :

CHAPITRE PREMIER

Pendant toute mon enfance, je n'ai fréquenté que des gens qui admiraient mon père et qui croyaient en Dieu, à commencer par ma mère, et, avant elle, par le premier être humain avec qui je me sois trouvé face à face, son médecin accoucheur, un chrétien convaincu, lecteur assidu des œuvres de mon père. Pendant des années, j'ai grandi et circulé dans un monde où la croyance en Dieu et l'admiration pour mon père me semblaient aussi naturelles qu'obligatoires. La première personne que j'aie connue, assez tardivement du reste, qui n'était pas soulevée d'admiration pour mon père ni en extase devant Dieu, ce fut moi. Mais j'y ai mis le temps.

Tel était le début de son livre. “Où en est ton livre ?”, lui disaient ses amis. Il répondait qu’il le finirait bientôt. Cela faisait des années maintenant qu’il pensait que son livre serait terminé dans les quinze jours à venir, en tout cas d’ici la fin du mois — et les mois passaient.

Souvent, il s’était dit, en regardant les centaines de pages qu’il avait rédigées : “Demain, je finis mon livre.” Celui qui, d’un jour sur l’autre, dit : “Demain, je finis mon livre”, dit-il chaque jour autre chose ou chaque jour la même chose ?

À cette question tordue, il avait donné une réponse qui ne l’était pas moins : il avait découvert que, dans tout ce qu’il avait écrit, il y avait la matière de deux livres. Un seul manuscrit, mais deux livres ! Il ne s’était pas rendu compte qu’il traitait deux sujets : dans le livre consacré à ses rapports tumultueux et posthumes avec son père, il s’était laissé aller à parler des rapports non moins tumultueux mais plus divertissants qu’il avait entretenus avec un certain nombre de femmes auxquelles il avait plus volontiers pensé qu’à son père. Il se trouvait donc à la tête d’un nombre considérable de pages d’où son père était absent, et pour cause : le héros se conduisait à rebours de l’éducation qu’il avait reçue. Les pages où il cédait à la fascination du péché de la chair, pages dont son père aurait peut-être écrit que “leur lecture est à réserver aux lecteurs adultes et formés, capables de dépasser ce que la donnée a, en elle-même, de peu noble”, ne seraient pas publiées de sitôt : François terminerait d’abord le livre sur son père. Ensuite, il serait toujours temps de voir si ses histoires de coucheries valaient la peine d’en faire un livre, des histoires qui lui avaient plutôt servi d’échappatoires.

Coucheries ne serait pas un mauvais titre. *Coucheries,* par le fils de l’auteur du *Couple fidèle...*

COUCHERIES

CHAPITRE PREMIER

Dire qu'il s'était retrouvé au lit avec une championne de patinage artistique dans une chambre d'hôtel à Toronto ! Une jeune fille dont il aurait pu être le père ! Au restaurant de l'hôtel, elle lui avait dit : “Si tu continues de m'embrasser, je vais t'appeler Papa devant le serveur.” Elle avait de la répartie. Le premier soir, dans l'ascenseur, elle l'avait prévenu en souriant : “Mon soutien-gorge s'appelle *Ravages,* on va voir s'il en fait !”

Les histoires d'amour commencent souvent par une forte attirance sexuelle : Maude et lui n'avaient pas fait exception à la règle.

Non ! Il ferait passer son père en priorité, comme les hôpitaux accueillent les urgences. Il n'avait jamais parlé de son père, alors qu'il y avait déjà beaucoup de femmes dans ses autres romans, tout aussi intéressantes que la jeune Maude, Québécoise exilée dans l'Ontario, qu'il avait rencontrée pendant le *Festival of Authors* de Toronto, un Salon du Livre qui était ce qu'on faisait de mieux dans le genre : *the world's largest gathering of internationally acclaimed imaginative authors.*

Maude était la sœur d'un libraire d'Ottawa, et ce frère — que Dieu le bénisse ! que Dieu bénisse sa mère ! — avait eu la bonne idée d'arriver au cocktail d'ouverture du *Festival of Authors* en compagnie de sa sœur.

Elle portait une vieille veste en cuir sur une robe-fourreau noire en stretch. Le soir même, elle avait appelé François à son hôtel. Ils avaient bu du vin blanc du Niagara dans un bar. La future héroïne du premier chapitre de *Coucheries* avait fini la nuit avec son acclaimed imaginative author dans une chambre d'hôtel payée par le Consulat général de France à Toronto. En sortant de l'hôtel avec Maude le lendemain dans l'après-midi pour aller participer à la table ronde sur "Le Roman, genre complexe", François avait pensé à ce que lui avait dit sa mère quelques années plus tôt à propos d'une autre jeune fille avec qui il avait passé trois jours en Bretagne : "C'est un petit oiseau sur la branche, ça ne durera pas longtemps." Mais de grands esprits l'ont dit et redit : la notion de durée n'est pas essentielle au bonheur.

Depuis cinq ans, François en savait quelque chose. Il avait aussi eu tout le loisir de vérifier que l'inquiétude est essentielle à la félicité de l'être humain, comme l'avaient remarqué avant lui les mêmes grands esprits.

D'autres, à sa place, auraient déjà sombré dans la dépression ou dans une des variétés de la psychose délirante chronique. Il n'en était pas là, il n'avait pas perdu le goût de vivre, il ne mangeait pas encore son dentifrice ni son papier à lettres, il ne radotait pas en public, il ne songeait pas à s'émasculer.

N'empêche qu'il n'osait plus parler à personne de l'état dans lequel il se trouvait. Il n'avait pas envie de jeter un froid dans la conversation s'il se mettait à raconter que, quelques jours plus tôt, en se réveillant, il s'était dit : "Je vais sortir du lit en marchant à quatre pattes. Je ne suis pas digne d'être debout."

Il avait quitté son lit comme d'habitude, en se mettant debout pour la dix-huit mille deux centième fois de sa vie, si ses calculs d'arithmomaniaque étaient exacts, car il ne savait pas à quel âge il avait commencé à marcher. Il aurait pu téléphoner à sa mère pour le lui demander. Elle lui aurait sans doute répondu, avec ce léger rire qu'il lui connaissait bien, un rire signalant que, pour elle, le scepticisme était dorénavant une règle de conduite : "C'est pour ton livre que tu veux savoir ça ?" Il s'agirait d'une question anodine. Sa mère serait rassurée. Elle n'aurait pas à dire à son fils, comme le soir où elle lui avait raconté une dispute assez féroce entre deux de ses sœurs, qui s'était terminée par une empoignade générale : "N'en parle jamais à d'autres gens, ça doit rester dans la famille, ne va pas le mettre dans ton livre."

Il préférait penser à sa mère qu'à son livre. Elle aurait bientôt quatre-vingts ans. Elle était née le jour de Noël, une date qui avait permis autrefois à ses cinq filles et à son fils unique, lorsqu'ils entonnaient dans la cuisine, au retour de la messe de minuit, "il est né le divin enfant", de broder sur les paroles et de conclure : "elle est née, notre gentille maman !", laquelle gentille maman lui avait dit au téléphone qu'elle ne voulait pas qu'on organise une fête pour ses quatre-vingts ans : "Je n'aime pas qu'on me rappelle mon âge. Si on pouvait m'apporter tes cinquante-deux ans sur un plateau, je me saoulerais au champagne toute la nuit !" Avait-il rendu sa mère inquiète en lui faisant remarquer qu'elle tenait davantage à la vie que lui, une vie, disait-elle, "qui file à toute allure" ? L'appétit de vivre de sa mère contrastait avec cet instinct de mort qu'il sentait se répandre en lui exactement comme, dans un film d'horreur, l'eau se répand et monte dans la cave sans issue où est enfermé le héros. Sa mère se plaignait de tendinites et d'arthroses. Elle regrettait de ne plus pouvoir consacrer au jardinage les heures qu'elle passait chez le kiné. Ce n'était pas le moment de lui apprendre que son fils se réveillait en se croyant condamné à marcher à quatre pattes comme un nourrisson.

François gardait sur sa table une carte postale que sa mère lui avait envoyée quelques années plus tôt. L'image représentait le signe zodiacal du Lion, tiré d'une cosmographie arabe conservée à la Jewish National Library de Jérusalem. Au verso, sa mère lui souhaitait un bon anniversaire : "Puisque je sais que tu es à Paris le 4 août, de tout mon cœur je te dis « bon anniversaire » ! Pour moi c'est aussi un anniversaire...

Une naissance, ça compte pour une maman ! Tout ce que je te souhaite, tu peux le deviner. Je profite du 4 août pour te dire que je suis fière de mon fils, et j'en ai les larmes aux yeux. Et voilà... François, je t'embrasse très fort."

Il savait qu'il consternait ceux qui éprouvaient pour lui de l'affection ou quoi que ce soit d'autre comme sentiment positif — ce choix d'amis qu'il imaginait en train de sangloter devant son cercueil quand il se représentait son enterrement. Pour ne pas effrayer les gens, il s'était mis à mentir lorsqu'on lui demandait de ses nouvelles.

À quoi bon les inquiéter ? À quoi bon leur dire que personne ne pouvait plus rien pour lui ? Il avait l'impression d'être le rescapé d'une catastrophe aérienne, ayant vu son avion disparaître dans les flots. Tout amerrissage forcé est une expérience exaltante à condition d'y survivre. La survie en eau froide est délicate : une température de deux à trois degrés cause la mort au bout d'un quart d'heure. Si vous apercevez un requin, n'attendez pas qu'il s'intéresse à vous. Une équipe de chercheurs, après quinze ans de travail, avait fini par conclure qu'on ne peut jamais prévoir ce que va faire un requin. Mais ce qui vous sauve la vie, pensait François Weyergraf — pleinement d'accord avec Fridtjof Nansen et Alain Bombard —, requins ou pas requins, c'est de ne jamais avoir peur.

Il ne tenait pas à confier à ses amis qu'il avait l'impression de subir chaque jour un martyre valant bien celui de saint Érasme. Il s'y connaissait en martyres, n'ayant pas, durant sa jeunesse, fréquenté sans conséquences d'innombrables édifices consacrés au culte catholique. Il avait vu, étant gosse, le supplice de saint Érasme représenté grandeur nature sur le mur d'une chapelle. Un soldat muni d'un couteau incisait le ventre du saint, aidé par un autre qui dévidait paisiblement les intestins sur un treuil, comme s'il enroulait un tuyau d'arrosage ou fabriquait des saucisses. N'importe quel enfant nerveux — existe-t-il un enfant qui ne soit pas nerveux ? — aurait eu des maux de ventre pendant longtemps, après avoir contemplé cette image, une image qui ne s'atténue pas dans l'imagination, loin de là.

Ce livre qu'il consacrait à son père, un livre que ses amis avaient l'impression d'avoir déjà lu à force d'en entendre parler, sa mère aurait préféré ne jamais le voir paraître : "Si c'est pour dire du mal de mon mari...

— Mais je ne parlerai pas de ton mari, je parlerai de mon père, ce n'est pas la même chose." Ce ne serait d'ailleurs pas vraiment la vie de son père qu'il raconterait, pour la bonne raison qu'il n'en connaissait pas la moitié. S'il avait voulu écrire une biographie sérieuse de son père, il aurait interrogé ceux qui l'avaient connu, au lieu d'attendre qu'ils meurent pour se dire qu'il aurait dû aller les voir.

Il aurait pu se procurer des photocopies d'une partie des deux ou trois mille articles que son père avait publiés. S'il ne l'avait pas fait, c'était bien la preuve qu'il ne souhaitait pas écrire la vie de son père. Pourtant, c'était comme ça qu'il aimait penser à son livre : "J'écris la vie de mon père." Un mensonge de plus.

Depuis cinq ans, était-il si malheureux ? Aux yeux de tous, la réponse était manifestement oui. Ce pauvre François qui s'enferme tous les jours dans son appartement où il ne reçoit personne (comme s'il avait jamais eu l'habitude d'organiser des réceptions et de servir des petits fours), sur sa vieille chaise dans la pièce la plus sombre, la plus encombrée, la plus inhospitalière qui soit, et qui reste assis pendant des heures devant une machine à écrire mécanique comme on n'en utilise plus que dans les régions du globe où n'arrive toujours pas l'électricité ! Lui-même finissait par se poser des questions. Il ne quittait plus son quartier. La dernière fois qu'il avait traversé la Seine en taxi, il avait demandé au chauffeur de s'arrêter. Il n'avait pas vu depuis des mois le "rivage de Seine" qu'un poète avait jadis fait rimer avec "une vie sans peine".

Il avait pris ce taxi pour se rendre au Quartier latin où il espérait trouver un livre paru dix-huit ans plus tôt et dont il venait d'apprendre l'existence : la biographie de Karl Abraham écrite par sa fille Hilda. Le titre était *Karl Abraham, biographie inachevée.* "Franz Weyergraf, biographie inachevée" ne serait pas mal non plus.

Il avait éprouvé le besoin irrésistible de lire ce livre, persuadé qu'un tel livre l'aiderait à avancer dans son travail. Hilda Abraham avait eu encore moins de chance que lui : son père était mort à quarante-huit ans, des suites d'une broncho-pneumonie infectieuse. La maladie d'Abraham avait commencé par une blessure au pharynx provoquée par une arête de poisson — information dont n'importe quel lecteur sensible se souvient toute sa vie (surtout au restaurant).

À titre personnel et professionnel — à la fois comme névrosé et comme romancier — François aimait les textes d'Abraham, qui s'était intéressé aux mêmes problèmes que lui et avait essayé de les résoudre au lieu de les subir.

Bien entendu, le livre d'Hilda Abraham était épuisé. Aucun librairie n'en avait entendu parler. La traduction avait paru en 1976, une date qualifiée d'antédiluvienne par la jeune vendeuse des Presses universitaires de France qui avait continué de regarder des modèles de maillots de bain dans un magazine au lieu de se donner la peine d'aller voir en réserve s'il n'en restait pas un exemplaire, même défraîchi.

François s'était retrouvé déçu et furieux sur le boulevard Saint-Michel. Il faisait un temps magnifique. Pourquoi "magnifique" ? À quoi bon cette hyperbole ? Il faisait beau, c'était déjà très bien. Il avait eu la tentation d'aller s'asseoir à une terrasse, place Maubert par exemple, où il se rappelait que le héros de son premier roman allait souvent. Le café d'où son personnage observait les belles promeneuses était maintenant remplacé par une banque.

Il n'avait pas de temps à perdre : il fallait qu'il rentre chez lui, c'était une folie d'être sorti en ayant tellement de travail, son livre devait être fini la semaine prochaine. Ne pas avoir trouvé la vie de Karl Abraham écrite par sa fille l'avait contrarié. Ce n'était pas un bon signe. Les déesses et les dieux du bocage l'abandonneraient-ils ?

Il était rentré à pied. Il marchait vite. Marcher lui donnait des idées. Tout lui donnait des idées. Il reprenait confiance en lui dans les rues de Paris. Il aurait pu composer le livre dans sa tête, comme l'ont fait des prisonniers, mais il est plus facile de se concentrer dans une cellule que dans la rue.

Sur le chemin du retour, il s'était arrêté au milieu du pont Marie pour regarder le soleil couchant, un soleil rouge qui donnait à la Seine une couleur d'apéritif italien. Il aimait ce pont sur lequel, en trente ans, plusieurs femmes l'avaient embrassé. Il avait été très déçu d'apprendre que le pont Marie ne devait pas son nom à une princesse ou à une reine, mais à M. Christophe Marie, entrepreneur général des ponts de France qui en avait commencé la construction sous Louis XIII.

Il avait réintégré sa pièce, où personne d'autre que lui n'osait s'aventurer. Les rares visiteurs restaient à la porte et regardaient l'intérieur comme s'ils observaient un phénomène naturel, dans l'attitude stupéfaite de Livingstone découvrant les chutes du Zambèze. Cette pièce était un capharnaüm, un foutoir, un boxon. Il avait tout entendu sur l'état dans lequel se trouvaient les cinquante mètres cubes de sa malheureuse pièce, si élégante autrefois lorsqu'elle était vide, avec sa porte-fenêtre donnant sur un balcon, et les lambris d'appui couvrant le bas des murs, lambris qui avaient disparu depuis longtemps derrière les rayonnages des bibliothèques occupant trois murs sur quatre, lesquelles bibliothèques commençaient à disparaître à leur tour derrière des piles de livres qu'un architecte aurait comparées à des murs non-porteurs : pourquoi avoir acheté les quatorze volumes de l'Histoire de la littérature anglaise publiée par l'université d'Oxford, et les dix volumes reliés pesant trois kilos chacun d'une *Weltgeschichte* publiée à Berlin au tout début des années trente ? Il aimait répondre : "Il y a tout dans ma pièce." Quel que soit le sujet abordé, il trouvait toujours une page ou deux qui en traitaient dans un de ses livres. L'accès aux livres était rendu presque impossible par des tas de vieux journaux, des collections d'années complètes de revues de mode et de magazines, des cartons à dessins, des disques, des paires de chaussures, des affiches roulées avec un élastique, des sacs en plastique remplis de lettres. Au mur, il avait accroché des masques africains et himalayens qui avaient dû permettre d'exorciser des maladies mortelles, des masques à côté desquels le portrait de Van Gogh à l'oreille coupée ou *Le Cri* de Munch étaient de tout repos. Ces masques grimaçants, il les aimait, et il devait bien être le seul, puisque les marchands étaient ravis de les lui vendre à bas prix.

Il avait remonté de la cave une dizaine de boîtes en carton, couvertes de poussière, dans lesquelles il conservait des papiers de toute sorte qu'il avait jugés susceptibles de lui être utiles un jour. Ces boîtes encombraient les rares espaces encore vides dans sa pièce. Grandes ouvertes, elles gisaient sur le parquet comme des animaux qu'on vient d'abattre et d'équarrir. Si les années récentes lui avaient paru terrifiantes, ses archives lui prouvaient que les années plus anciennes ne l'avaient pas été moins.

Il ne savait littéralement plus où mettre les pieds dans ce grand fouillis. Delphine lui avait dit : "Comment peux-tu travailler là-dedans ? Pour moi, c'est une préfiguration de l'enfer."

Il avait noté sur une feuille : "Relire *Aurélia,* retrouver la description de la chambre de Gérard de Nerval. Voir ce qu'il y a de commun avec la pièce où j'écris. Si je me souviens bien, il parle de capharnaüm, un capharnaüm comme celui du docteur Faust — c'est le traducteur de Goethe qui parle ! Sa bibliothèque : la tour de Babel en trois cents volumes. Tout ce qu'il y a dans sa chambre résume fidèlement son existence, disait-il. Retrouver le passage. Parallèle entre le narrateur d'*Aurélia* et le narrateur de mon livre. Deux rêveurs. Traces de folie."

Il avait pris dans sa bibliothèque un recueil d'articles de Karl Abraham, et il était tombé sur cette phrase : "Je rappelle que, dans l'inconscient de certains névrosés, une chambre en désordre représente l'intestin rempli de matières fécales."

Il aurait donc un caractère anal ? Un des signes en était l'obstination. C'était vrai qu'il s'obstinait depuis cinq ans à écrire un livre qu'il n'avait aucune envie de finir, et il ne s'était pas trompé quand il avait décidé que ce livre s'intitulerait *Le Fakir,* un titre qui aurait retenu toute l'attention de Karl Abraham.

Il avait entendu parler pour la première fois d'un fakir à cinq ans. Sa mère lui avait lu *Le Lotus bleu,* où Tintin se repose chez un maharadjah et assiste aux tours les plus étonnants d'un célèbre fakir. Il avait retenu qu'un fakir impressionne les autres en leur donnant le spectacle de quelqu'un qui se joue de la douleur et s'amuse là où tout le monde souffrirait. Il aurait voulu devenir un fakir. Il en avait déjà la maigreur. À huit ans, il rêvait de ressembler à Sabu, son idole, l'interprète du petit cornac d'*Elephant Boy* et de Mowgli dans le film que Zoltan Korda avait tiré du *Livre de la jungle.* Il l'avait souvent imité devant ses sœurs. "Je suis Sabu !", criait-il en déboulant torse nu dans leurs chambres. À dix ans, pendant la projection de *Kim* — le plus beau des films, avait-il alors pensé — il fut enthousiasmé par la séquence où un fakir reconstitue grâce à la seule force de son regard un vase brisé en mille morceaux. Il avait emporté des bols et des assiettes dans sa chambre et les avait cassés sans faire de bruit, mais à son grand désappointement, bols et assiettes étaient restés en morceaux malgré les regards noirs qu'il leur lançait. À douze ans, il avait réussi à rencontrer Sabu qui, après avoir été célèbre dans le monde entier, avait fini par devoir se produire dans des cirques. À la fin du spectacle, il avait enjambé les gradins et s'était faufilé dans les coulisses. On lui avait conseillé d'attendre les artistes devant une grille, à l'extérieur du cirque, près des caisses. Le cœur battant, il s'était approché de Sabu, qui avait gardé son turban et portait un long manteau de cachemire couleur sable. Deux femmes en robe du soir lui donnaient le bras. Y avait-il une vie plus belle que celle de Sabu ? François lui avait demandé un autographe et avait regardé le trio s'éloigner et monter dans un taxi. Les fakirs n'étaient pas à plaindre.

À vingt-quatre ans, il était allé voir une psychanalyste, le Dr Jacqueline Marchal, à qui il avait raconté ses interminables et chastes fiançailles, évoquant aussi ses masturbations d'adolescent : “Quand je me masturbais, dès que je sentais arriver le plaisir, dès que l'éjaculation était imminente, j'arrêtais pour ne pas commettre un péché mortel. J'attendais la fin de l'érection et je recommençais en m'arrêtant juste avant que...

— Mais vous vous preniez pour un fakir !”

II

“Cette fois, je touche vraiment le fond”, pensa-t-il. Comme phrase qui vous accueille quand vous sortez du sommeil, il avait connu mieux, même s’il n’exigeait pas d’être bercé au saut du lit par des chants de rossignol : ce n’était pas son genre, et d’ailleurs les rossignols chantent plutôt la nuit.

Il n’avait pas la moindre idée de l’heure qu’il était. Il réalisa que la plus néfaste partie de son cerveau, quel qu’en soit le nom, écorce ou cortex, lobe, noyau, labyrinthe, hippocampe, venait de se réveiller avant le reste de son corps, même si, dans un corps comme dans une vie, rien n’est isolable de rien.

“Chaque fois que j’ai touché le fond, lui avait dit un de ses amis, j’ai toujours réussi à rebondir.” Rebondir ! Une morale de kangourou ! François n’avait pas voulu répondre que ce fond, quand on l’atteint, mérite certainement d’être exploré.

Le malheur agit sur moi comme un excitant, voilà ce qu’il finissait par penser. Il n’était pas sûr que le mot “malheur” convienne. Un homme malheureux n’est pas quelqu’un dont l’existence ignore l’euphorie. C’est quelqu’un qui a pris la décision de ne pas donner le spectacle du bonheur, quelqu’un dont le but est de ne connaître ni joie ni peine, livré à ses pensées dans une solitude complète et librement choisie. Une attitude inhumaine, à moins qu'elle nc soit philosophique ? De toute façon, un but inatteignable.

Il avait dormi la fenêtre ouverte. C'était un des derniers jours de l'été météorologique. Il préférait les saisons météorologiques aux saisons astronomiques : on évite de se perdre dans des histoires de solstices et d'équinoxes. Les dates de l'été météorologique sont faciles à retenir : trois mois complets, juin, juillet, août, un point c'est tout. On ne se complique pas la vie, et il ne tenait pas à compliquer davantage la sienne.

N'était-ce pas comique de se réveiller en pensant qu'il touchait le fond, alors qu'il s'était endormi après avoir passé la soirée chez des amis qui, rentrant des Dolomites, ne lui avaient parlé que d'escalades, de cimes et de sommets ? De retour chez lui, il s'était couché en prenant sa chambre pour un refuge d'altitude. Pendant qu'il s'endormait, le massif des Dolomites lui était apparu comme une métaphore de sa vie. S'il fallait que sa vie ressemble à des montagnes, il aurait préféré l'Himalaya. Les Dolomites avaient le mérite de se trouver en Italie : après une escalade, il est plus agréable de se reposer dans une chambre du Palace Hôtel, via Cavour à Merano, que sous une tente au Népal. Il avait fini par s'endormir sans se douter le moins du monde qu'une phrase allait s'installer dans son cerveau, une phrase qui attendrait qu'il se réveille, une phrase qui le regarderait en esquissant un sourire glacial, comme ces femmes en déshabillé de satin qui, dans les romans policiers, attendent avec un revolver à la main que le héros assommé reprenne ses esprits et demande où il est. Une phrase attirante et dangereuse. Une phrase qu'il avait raison de comparer à une pin-up de polar. Il était en train de se réveiller et il avait en face de lui une vamp dont le regard s'était durci quand elle avait prononcé : "Cette fois, mon cher, tu touches vraiment le fond."

Il eut envie de crier : "Eh bien, vas-y ! Tire ! Qu'on

en finisse !” Mais au lieu de tuer les gens, les phrases se contentent de les faire souffrir.

Il aurait voulu se rendormir, gambader sur des pentes d’éboulis : chez les scouts, son totem était “Chamois”. Mais la phrase ne le lâchait pas. Il touchait le fond.

Quelle heure pouvait-il être ? Pour le savoir, il aurait fallu qu’il ouvre les yeux. Ouvrir les yeux lui paraissait la dernière des choses à faire.

Son cœur battait trop fort. Il s’affola. Il ne voyait pas comment s’en sortir. Il ne s’en sortirait peut-être jamais. Son cœur venait de le tirer du sommeil avec des pulsations sourdement martelées à la Stravinsky. Des troubles du rythme cardiaque n’étaient pas ce dont il avait le besoin le plus pressant. Il sentait battre un cœur de baleine dans sa poitrine devenue trop petite. En Gaspésie, sur une rive du Saint-Laurent, il avait vu trois hommes transporter péniblement un gros matelas rose : c’était le cœur d’une baleine. Cette baleine avait aussi un pénis de trois mètres de long, et qui pesait quarante-cinq kilos, détails sur lesquels on se garde d’insister dans les écoles.

Chaque fois qu’il avait signalé à des médecins que son père était mort d’une maladie de cœur, il les avait vus noter pieusement l’information, leur visage devenant soudain plus grave, comme si la mort de son père le transformait lui-même en rescapé.

Il remua dans son lit à la recherche du réveil dont la sonnerie venait de se déclencher. Il avait oublié de le mettre à sa place habituelle, sous l’oreiller “ortho-cervical”. En même temps que cet oreiller, il avait failli acheter des draps de cuivre qui l’auraient protégé contre la lente électrocution de ses cellules par la pollution électrique du monde moderne.

Pour arrêter cette sonnerie qui l’empêchait de se rendormir, il se livra à une gesticulation qu’il aurait comparée, dans un roman, aux bonds répétitifs et au comportement saccadé de l’animal en cage. Il aurait mieux fait de laisser ce réveil au Canada, d'où il l'avait rapporté un an plus tôt.

En voyage, il aimait acquérir des objets pratiques : de retour à Paris, il en aurait un usage quotidien qui lui rappellerait, d'une manière plus subtile que les babioles par quoi il se laissait d'abord tenter, le séjour qu'il venait de faire. À Mexico, il s'était souvenu qu'il ne restait plus beaucoup de petites cuillers chez lui, et il en avait acheté trois douzaines. À l'aéroport, les cuillers rangées dans son bagage à main avaient déclenché la sonnerie du détecteur électronique d'armes à feu devenu pour la circonstance un détecteur de cuillers à café. Grâce à la police mexicaine, François avait appris à prononcer correctement *cucharilla de café.*

Ah ! S'il pouvait se lever en chantant une petite bamba de Vera Cruz ! Debout sur son matelas, un sombrero noir à paillettes dorées sur la tête, il sauterait de plus en plus haut, en criant *Cucharilla de café, olé !* La journée commencerait bien.

Le réveil sonnait toujours. Ces piles mettaient un temps fou à mourir. Il ne les avait pas changées depuis le jour où le réveil avait quitté les réserves d'un magasin de Montréal pour venir lui empoisonner l'existence.

Les piles avaient dû être fabriquées au Japon par des adeptes de la Voie du Sabre, des gens méticuleux qui vous attaquent en hurlant *Kâtsu !* Le sabre de votre adversaire se lève. *Tôtsu !* Vous avez le crâne fendu en deux.

Il avait eu besoin d'un réveil pour ne pas être en retard le lendemain matin à l'aéroport de Mirabel où il irait attendre Delphine. Elle venait le rejoindre pour quelques jours. Il avait réservé une limousine. Il ne voulait pas aller la chercher en autobus ni en taxi. Il l'avait appelée au secours. Il s'était réfugié à Montréal dans l'espoir d'y terminer son livre, mais au lieu de travailler, il traînait dehors toute la journée. Il achetait des disques et les écoutait la nuit. En deux mois, il n'avait rien écrit mais il avait trouvé le moyen — c'était plus fort que lui — de rencontrer trois femmes qui lui disaient à tour de rôle qu'il aurait le temps d'écrire son livre quand il serait en France. Il comptait rentrer à Paris avec Delphine.

Guidé par les deux notes de la sonnerie — *kâtsu, tôtsu* —, François finit par découvrir au fond du lit le petit objet noir au cadran rond comme un œil de requin. Il n'aurait pas pu supporter plus longtemps cette sonnerie qui lui serinait "ce qui t'arrive est terrible", "ce qui t'arrive est terrible", un bel échantillon d'hallucination auditive. Pourquoi disait-on "têtu comme un âne" au lieu de dire "têtu comme un réveil" ? Il enclencha un bouton qui lui donnait droit à cinq minutes de répit.

Cinq minutes ! Il en était réduit à rabioter des délais : c'était toute sa vie...

Que s'était-il passé hier soir, pour qu'il aille si mal ce matin ? Ses problèmes ne dataient pas de la veille. Il avait dîné chez des amis qui, à peine rentrés de vacances, lui avaient téléphoné et l'avaient invité en apprenant qu'il était seul. Dans l'entrée de leur appartement s'entassait leur matériel d'alpinisme, cordes, casques, crampons, piolets. Ils étaient tout de suite passés à table : d'un côté, un couple de grimpeurs de haut niveau, Lionel Lefèvre, et Catriona Randall, sa compagne, dans une robe d'été qui la rendait irrésistible, tous les deux débordant d'énergie, bavards, surexcités, en pleine forme, ouvrant des bouteilles d'un excellent vin blanc qu'ils avaient rapporté de Bolzano, et puis, seul en face d'eux, plus âgé, torturé, nerveux, écrasé par la chaleur de ces derniers jours à Paris, lui, leur invité, François Weyergraf, un homme qui ne tarderait pas à apprendre qu'il touchait le fond, un homme qui n'avait pas quitté Paris cet été dans l'espoir de finir un livre dont il refusait d'admettre qu'il ne souhaitait sans doute pas le finir. D'un simple point de vue technique, il se savait capable de terminer un roman en quelques mois.

Il l'avait déjà fait. En cinq ans, il aurait pu écrire et publier — sans être gourmand — au moins deux livres. Avec le livre consacré à son père, il y avait pour le moins un os.

Son père était né tel jour et mort tel jour. La première chose dont un nouveau-né est capable, c'est de mourir. Des tragiques grecs aux philosophes existentialistes, tout le monde en convenait : dès sa naissance, l'homme est assez vieux pour mourir. Entre la naissance et la mort de son père, lui-même était né. Voilà le plan qu'il devait suivre. Pour que le tableau soit complet, comme on cherche un quatrième partenaire au bridge, il ne manquait plus que la date de sa propre mort. Alors quoi ? Écrire son livre, dût-il en mourir ? Ce qui l'intéressait dans cette question, c'était l'emploi du subjonctif plutôt que le verbe "mourir". On utilise en effet le subjonctif dans les phrases où on manifeste un vœu ou un désir. "Dût-il mourir" était un tour elliptique. Il fallait comprendre : quand bien même le sort voudrait qu'il dût mourir... Pendant qu'il expliquait à Catriona ces quelques subtilités de la langue française, il avait eu la sensation d'être à l'école et d'essayer encore une fois de briller devant toute la classe, où il était sûrement le seul à savoir qu'on emploie toujours le subjonctif après les expressions *de crainte que, de peur que, si tant est que...*

Il lui arrivait de penser que son livre serait publié à titre posthume, dans l'état où on le trouverait sur sa table. Un comportement typique d'obsessionnel, il le savait bien. L'obsessionnel voudrait faire croire qu'il est déjà mort pour que la mort ne s'occupe pas de lui. Mais ça ne marche pas. Les obsessionnels meurent comme tout le monde. François se demandait de plus en plus souvent s'il ne souffrait pas d'une névrose obsessionnelle dans la mesure où cette névrose consiste à éviter ce qu'on désire, notamment finir un livre, de peur que ce ne soit *(subjonctif !)* trop agréable.

Il avait pris des notes sur le comportement des obsessionnels, il avait recopié des phrases qui lui allaient comme un gant : l'obsessionnel n'est jamais à la place où il semble se désigner, il redoute la liberté de ses actes et de ses gestes, il a besoin d'incertitude, il doute de la confiance qu'il peut accorder à ses sentiments, on est frappé par l'érotisation de son monde et spécialement de son monde intellectuel.

Il avait de nouveau un gros découvert à la banque, où il était classé dans la catégorie des débiteurs chroniques. La directrice de son agence lui avait demandé de passer la voir. Elle savait, elle aussi, qu'il écrivait depuis cinq ans un livre sur son père. François parlait de littérature avec ses banquiers et d'argent avec ses éditeurs. La directrice de l'agence aimait les romanciers français du XIXe siècle. François lui avait cité Balzac : "Devoir payer en mars ce qu'on ne veut payer qu'en octobre est un attentat à la liberté individuelle." La banquière lui avait dit : "M. Weyergraf, nous nous connaissons bien, je peux me permettre de vous poser une question : est-ce que vous ne seriez pas un peu paresseux ?" François avait répondu : "Non. Je suis obsessionnel." Cette phrase lui avait valu l'autorisation d'augmenter son découvert.

Son père, s'il n'était pas mort, serait aujourd'hui un bel octogénaire qui marcherait peut-être avec une canne, un élégant vieillard que son fils n'aurait pas à faire revivre dans un roman d'obsessionnel.

Je suis dans un drôle de pétrin, avait-il dit à Lionel et Catriona. Si mon père vivait toujours, je n'aurais jamais osé écrire une ligne sur lui. Mon livre n'aurait pas existé sans cette mort. Peut-être aucune œuvre forte n'existe-t-elle sans la mort de quelqu'un ? S'il n'était pas mort, je n'aurais même pas eu l'idée d'écrire sur lui. Nous aurions fini par nous expliquer de vive voix, à moins que tout n'ait continué comme avant, en prenant le plus grand soin d'éviter toute discussion. Ma mère m'a dit que ça ne servait à rien de remuer ces vieilles choses.

Au fond, j'écris non seulement contre la volonté de mon père, mais aussi contre la volonté de ma mère.

— Tu devrais être plus indulgent avec toi-même, avait répondu Catriona.

Elle portait un prénom gaélique, celui d'une héroïne de Robert Louis Stevenson, un prénom que François ne prononcerait jamais aussi bien qu'elle.

Catriona était née à Londres dans la fièvre psychédélique des années soixante. Ses parents l'avaient emmenée toute petite au fameux concert des Rolling Stones à Hyde Park, et elle prétendait qu'elle s'en souvenait. Maintenant, elle travaillait à Paris dans une boîte de publicité. François l'avait rencontrée à Londres dans les bureaux de son éditeur anglais. Elle venait proposer la maquette d'un livre pour enfants dont elle avait fait le texte et les illustrations. En la voyant, il s'était dit qu'elle était beaucoup trop jeune pour lui, mais il s'était arrangé pour quitter l'immeuble de la City en même temps qu'elle. Ils avaient dîné ensemble le lendemain dans un restaurant italien de Kensington, et en buvant de la grappa, elle lui avait dit qu'elle venait de perdre son père. François s'était cru poursuivi par la loi des séries : quand il s'intéressait à une femme, il apprenait presque immanquablement que le père de cette femme était mort. Redoutait-il à ce point les pères qu'il choisissait inconsciemment de s'éprendre de femmes qui avaient perdu le leur ? Catriona était venue s'installer à Paris, où elle habitait depuis trois ans. C'était par elle qu'il avait fait la connaissance de Lionel. Lionel ne savait pas que François avait eu une histoire à Londres avec Catriona, ni qu'ils avaient encore couché ensemble trois ou quatre fois à Paris, se retrouvant dans des bars d'hôtels comme d'autres se retrouvent pour aller au cinéma. L'hiver dernier, ils se promenaient entre la Bourse et l'Opéra, et avant qu'ils ne prennent une chambre à l'Ambassador-Concorde, Catriona lui avait dit dans la rue, avec son adorable accent, exactement comme elle aurait demandé à quelqu'un qui va faire les courses de lui rapporter une surprise : “Je veux ta queue.” Catriona ne travaillait pas pour rien dans la publicité. Elle avait le sens du slogan.

Qu’une jeune femme telle que Catriona ait éprouvé le désir de dire à un homme comme lui — soucieux, hirsute, exténué — cette phrase un peu puérile, une phrase qui ne l’aurait pas surpris dans *Alice au pays des merveilles,* voilà qui l’avait rendu assez fier, et, pour tout dire, l’avait requinqué. Il lui en fallait peu.

Quand il se lèverait, il téléphonerait à Catriona pour lui dire qu’il avait retrouvé, hier soir en rentrant, le mot de Jules Laforgue sur les Anglaises : “Il y a trois sexes, l’homme, la femme et l’Anglaise.” Il lui dirait aussi que leur conversation sur les escalades et les sommets l’avait conduit à se réveiller en pensant qu’il touchait le fond.

Il n’avait pas fait l’amour depuis très longtemps, ni avec Catriona — ils avaient fait une croix dessus — ni avec personne d’autre, à commencer par Delphine qui se baladait en Italie depuis des semaines, ce qui n’arrangeait rien. De toute façon, Delphine et lui ne couchaient plus tellement ensemble. Un écrivain qui ne termine pas son livre deviendrait-il moins sexy ? Y aurait-il un blocage psychologique entre Delphine et lui ? Fallait-il admettre qu’après un quart de siècle de prouesses sexuelles, les deux partenaires aient besoin d’un entracte ? Delphine avait-elle moins envie de lui ? Lui d’elle ? Était-ce un signe de vieillissement sexuel ? Irait-il bientôt supplier un médecin de lui placer des implants en silicone dans la verge ? Il existait même des implants gonflables ! Et sa prostate ? Son taux d’hormones mâles ? Il n’avait pas fait d’analyse de sang depuis cinq ans. Trois ordonnances traînaient sur sa table, signées par trois médecins différents : glycémie à jeun, cholestérol total, créatinine, acide urique, transaminases, gamma G. T., etc. Un programme pour cosmonaute ! C’était le taux de testostérone qu’il était important de connaître. Il faudrait qu’il y aille le plus vite possible.

Pourquoi s’inquiéter ? Le sang continuait d’affluer correctement dans sa verge. Il avait tort de travailler la nuit au lieu de coucher avec Delphine, et il était juste bon à aller dormir quand elle se réveillait. Vivre la nuit est une sorte d'ascèse. En choisissant de travailler la nuit, François ne se dégageait pas de tout attachement au monde, comme ses confrères stoïciens. Il s'engageait au contraire, et résolument, dans une solitude peuplée de visions et de fantasmes. Son ascèse n'était pas un sacrifice vaguement chrétien en vue d'accéder à un surplus de souffrance, même si la souffrance ne manquait pas au tableau. Il s'empêchait, en vivant la nuit, de passer ses journées dans la rue : "Nous connaissons, lui aurait dit Karl Abraham, le sens habituel de symbole génital de la rue." En s'acharnant à travailler la nuit — il rêvassait plus qu'il ne travaillait — il lui était loisible de vivre une vie plus intense que celle qu'il aurait connue en adoptant les horaires du commun des mortels. Il avait déjà traité ce thème dans un de ses livres précédents : "Je dois être un peu dérangé pour passer des nuits d'amour avec une machine à écrire plutôt qu'avec une femme !" Dans le livre sur son père, il consacrerait un chapitre aux machines à écrire. Il s'était procuré une très belle photo de la machine à écrire de Nietzsche, une autre de Nijinsky prétendument fou en train de taper à la machine en souriant. Il avait recopié la lettre dans laquelle, peu de temps avant sa mort, Diaghilev annonce à Stravinsky qu'il va lui offrir une machine à écrire. François aurait tant voulu qu'on lui offre une machine à écrire : toutes ses machines, et Dieu sait s'il en avait eu, c'était toujours lui qui avait dû les acheter. Aucune femme n'avait jamais eu cette idée. Il avait regroupé sur sa table plusieurs modes d'emploi et manuels de réparation de machines anciennes, ainsi qu'une interview où Sartre déclarait avoir horreur des machines à écrire et reconnaissait que la sexualité motivait cette horreur. Un autre romancier, Henry James, avait demandé qu'on lui fasse entendre le bruit de sa machine dans la chambre où il était mourant.

Pour François, le bruit des machines à écrire mécaniques était lié au souvenir de son père qui tapait à la machine, la nuit, dans la chambre où sa femme dormait. François n'avait jamais compris comment sa mère avait pu s'endormir dans une chambre où quelqu'un tapait à la machine. Il y avait là une manifestation singulière de l'amour, qu'il enviait presque, aujourd'hui, lui qui était seul et espérait qu'au retour de Delphine ils auraient de nouveau les mêmes horaires. Il ne faisait plus l'amour : il ne fallait sans doute pas chercher plus loin la cause de son actuel désenchantement, de son désappointement, de sa détresse... De sa déconfiture, de sa dégringolade... Il se demanda si on ne l'avait pas connecté pendant qu'il dormait à un dictionnaire des synonymes expurgé de tout le vocabulaire qui aurait pu lui remonter le moral.

S'il avait pu se confier à son père, il aurait obtenu les réponses et les conseils dont celui-ci s'était toujours montré prodigue. Une partie de la vie de Franz Weyergraf avait consisté à donner des conseils aux couples. François se souvenait de chapitres intitulés "La fiancée médiatrice", "Une seule chair", "Fidélité des corps", des pages qu'il lisait comme si son père, par le détour de l'imprimé et au-delà de la mort, continuait de le désapprouver, opposant à sa conduite libertine une sorte de dogme conjugal dont François pouvait se moquer mais auquel il devait néanmoins la vie.

L'érotisme dans les livres de son père ! Le plaisir sexuel dans l'œuvre d'un Grand Prix catholique de littérature ! François venait de trouver un thème auquel il n'avait pas encore songé.

Dans les premiers romans de Franz Weyergraf, dès qu'un couple s'embrasse, Dieu intervient, un Dieu voyeur camouflé en Dieu protecteur. François avait coché des phrases, en essayant de comprendre pourquoi son père avait inventé des personnages qui, dès qu'ils font l'amour, se sentent dans la main de Dieu, alors que personne ne les y oblige : "Ils se sentaient dans la main de Dieu. Et cette main se referma sur eux." Trois lignes plus loin, la jeune épouse rouvre les yeux et murmure : "Comme le Christ a aimé l'Église... Dieu nous regarde, Jean."

L'abbé Édouard Rolland, directeur de la revue *Le Prêtre et la Famille,* avait consacré une étude fouillée à ce roman auquel il trouvait le mérite de donner à réfléchir sur un sujet capital : mariage et vie conjugale. Dans *L'Officiel de la librairie,* Jean Huguet écrivait qu'il n'oublierait pas de sitôt ce couple "lié par un amour si haut qu'il donne à l'homme le vertige de l'absolu". Dans *Témoignage chrétien,* Patrick Arnaud avait dit : "Franz Weyergraf sait évoquer l'amour charnel, simplement, sans forfanterie ni lâche excès de pudeur, avec une authentique poésie."

François se demanda où trouver le courage moral qui lui permettrait d'attaquer énergiquement — oh oui, énergiquement ! — toutes les inhibitions et les blocages qui l'usaient, le minaient, le diminuaient, le torturaient depuis des mois, et qui l'empêchaient maintenant d'avoir la simple force de sortir du lit.

L'homme doit consentir à ne faire qu'un avec sa tragédie, il doit y consentir ou bien s'y résigner, mais il faut en passer par là : François était prêt à accueillir les visions du monde les plus noires, du moment qu'elles ne l'empêchent pas de se lever. Pour les extases à la Spinoza — jouir autant que possible des choses de la vie —, pour un état de communion directe avec la Vie universelle, il verrait plus tard dans la journée.

Il aurait aimé, en ouvrant les yeux, découvrir une troupe de jeunes filles se déhanchant au son de guitares hawaïennes, en paréo et le torse nu. Elles auraient déjà fait couler son bain et lui demanderaient s'il voulait du miel ou de la confiture sur ses tartines. Les deux plus délurées viendraient lui proposer à voix basse une petite séance de *body rubbing.* Un tel spectacle, logiquement possible, aurait modifié sa vision du monde, mais de jolies filles des îles lui proposant sur des rythmes tropicaux un *body rubbing* du tonnerre n'était manifestement pas ce qui était au programme. S'il avait eu le choix, il aurait préféré voir autour de son lit quelques-unes des femmes qu'il ne pouvait pas s'empêcher de regarder dans les rues de Paris — en trente ans, il n'avait fait aucun progrès —, des femmes qui étaient pour lui autant de supplices de Tantale, un personnage sur qui il aurait été heureux de leur donner des détails, quelqu'un qui n'avait pas hésité à faire servir aux dieux les membres cuits et découpés de son propre fils.

À moitié endormi, il n'aurait pas été surpris qu'il soit déjà cinq heures de l'après-midi. On s'intéressait si peu au sommeil. On étudiait de préférence la fatigue, le rêve, le somnambulisme. La connaissance du sommeil n'avait pas beaucoup progressé depuis Aristote : "Nous ne savons rien du sommeil." D'où revient-on quand on se réveille ? On s'est rapproché de la mort : "le sommeil est le frère de la mort", une phrase qu'on ne lirait pas de sitôt sur les boîtes de somnifères. François se persuadait qu'on reprend contact pendant qu'on dort avec les temps immémoriaux où la vie commença d'apparaître dans ce chaos prébiotique qu'un savant avait appelé "une soupe chaude". Le sommeil nous fait faire des allers et retours de six milliards d'années en quelques heures : pas étonnant d'être un peu abasourdi en ouvrant les yeux.

"S'il fait aussi beau aujourd'hui qu'hier", pensa François, le visage enfoncé dans son oreiller indéformable, "ce serait bien d'aller m'asseoir avec un journal à la terrasse d'un café, au soleil, dans un endroit où il n'y aurait pas trop de voitures, et de boire quelques verres en me disant que je travaillerai une autre fois."

Zéro livres publiés en cinq ans. Pouvait-on mettre au pluriel un mot précédé par zéro ? Il aurait tant voulu avoir publié plusieurs livres, et il aurait volontiers ajouté le mot "livre" à la liste des substantifs qui n'existent qu'au pluriel : les livres auraient rejoint les affres et les funérailles. En tout cas, avec zéro, on était loin du compte. Il n'était pas le seul à le penser. Son éditeur était sûrement du même avis.

Il les connaissait, les éditeurs : son père en était un. Il aimait bien celui de son prochain livre, qui ressemblait à un chef d'orchestre et se penchait sur un manuscrit comme Otto Klemperer sur une partition. François lui avait dit : "Vous composez votre autobiographie avec les livres que vous choisissez d'éditer. Votre catalogue est votre autoportrait. Avec mon livre, Dieu sait à quoi vous allez ressembler !" Il n'avait pas annoncé qu'il parlerait de son père dans ce livre, pour la bonne raison qu'il était à cent lieues de s'en douter lui-même. Le contrat prévoyait "le prochain ouvrage de l'auteur", lequel ouvrage était alors défini par son futur auteur comme le récit simple et alerte des tribulations d'un écrivain en France au moment où il publie un livre, un écrivain brusquement soumis à une vie sociale mouvementée à laquelle il avait cherché à échapper. Quelle mouche l'avait piqué ? Son dernier livre s'était bien vendu, il avait de l'argent devant lui et il avait décidé de prendre des vacances. Il aurait pu parcourir des steppes et des déserts, la pampa et la toundra, il aurait pu visiter la Cité interdite à Pékin et le musée Munch à Oslo, au lieu de quoi il s'était entendu annoncer à son éditeur qu'il allait se remettre au travail. Les moments qu'il avait vécus étaient-ils si palpitants qu'ils méritaient qu'on en tire un récit ? Ou bien était-il réduit à vouloir écrire ce qui lui était arrivé pour donner de la valeur à des moments où il n'avait pas été content de lui ni des autres ? Un rendez-vous auquel on n'a pas envie d'aller n'est pas un cadeau que la vie vous fait, mais si on y va en sachant qu'on lui consacrera ensuite une page ou deux dans un livre, ça change tout, et ce qui se passe pendant ce rendez-vous prend un relief inespéré. Si la rencontre est catastrophique, quelle aubaine !

Il avait reçu plusieurs fax d'un éditeur coréen. On allait le traduire et l'éditer en Corée du Sud. Il serait imprimé en hangul, un alphabet inventé sur l'ordre du quatrième monarque de la dynastie des Yi. L'éditeur coréen l'inviterait à Séoul. François avait répondu en citant un poème de Pak Mok-wol. Pour fêter l'événement, il avait acheté du saké coréen et des préservatifs Seohung. Deux mois plus tard, un fax arrivait. L'éditeur renonçait à la traduction. Avant de signer, il avait ajouté à la main : *"Pardon me interrupting you."* François s'était dit que, tout compte fait, le saké coréen ne valait pas le saké japonais, mais peut-être aurait-il bu à Séoul de l'excellent saké sec, sans addition d'alcool et de sucre ?

Il avait mené pendant quelques mois une vie de rock star — la vie d'une rock star de deuxième zone ! —, donnant des interviews dans des aéroports, s'ennuyant dans des suites d'hôtel où il faisait monter du champagne et du saumon fumé en pleine nuit pour se consoler d'être seul. À cinq heures du matin, il s'intéressait au minibar et, quand il était saoul, il téléphonait à des gens qu'il connaissait à Vancouver et à Tokyo. En même temps, il prenait des notes, préparant ce qui deviendrait un jour son prochain livre.

Pour qu'il puisse travailler, on lui avait proposé de lui prêter des maisons un peu partout mais la seule maison qu'il visita fut celle de Balzac, rue Raynouard à Paris. Il profita d'une absence du gardien pour caresser la table de travail en noyer. "Cette petite table, disait Balzac, a essuyé toutes mes larmes, entendu toutes mes pensées, mon bras l'a presque usée à force de s'y promener quand j'écris." François n'avait pas trouvé la table si usée que ça. Ces écrivains ! Toujours prêts à exagérer ! Il aurait pu travailler dans la maison de Balzac : comme il travaillait la nuit, il ne dérangerait personne. Il ne souhaitait qu'un fauteuil, une table et le calme, trois éléments qui se trouvaient déjà sur place. Il viendrait d'abord avec quelques livres, mais il ne donnait pas trois semaines à ce musée pour redevenir un foutoir. S'il s'installait là-bas pour y mettre la même pagaille que chez lui, autant rester chez lui. Un milieu nouveau n'est pas nécessairement stimulant, même si des sociologues ont établi que le simple fait de changer de résidence est un moyen efficace d'intensifier le rendement du travail.

François travaillait à la publication posthume de sa correspondance complète en envoyant des mots à son éditeur : "J'espère que mon livre sera cocasse comme un récit de Bemelmans ou de Thurber, je vous le dis parce que vous m'avez un jour trouvé un côté Jerome K. Jerome : trois auteurs que nous sommes peut-être les derniers à connaître ! Je me permettrai aussi un peu de romantisme, comme dans un conte de Ludwig Tieck (je n'oserais rivaliser avec Hoffmann), comme dans *Le Voyage dans le Bleu* où la divine Gloriana emmène le héros à l'intérieur d'une montagne qui se referme sur eux. Ce sera un livre pratique : je recommanderai des hôtels, j'en déconseillerai d'autres. Les meilleurs hôtels ne sont pas dans les guides de tourisme, mais dans les romans. Je pense à l'hôtel au bord du lac de Côme, dans *Madame Solario.*"

Le jour où il avait signé son contrat, François s'était mis à rédiger le soir même le début de son prochain livre :

"Je ne connais rien de plus versatile et capricieux qu'un livre que je commence à écrire. Il me fixe des rendez-vous auxquels il ne vient pas. Il me subjugue et se défile. Autant dire qu'il se conduit comme moi. Avant d'écrire, c'est la lune de miel. Ensemble, nous allons faire des merveilles. Comme un projet sait se rendre attachant ! Je le reçois chez moi. Ma famille l'adopte. On l'invite à dîner tous les soirs à la maison, nous qui n'invitons jamais personne. Un beau jour, je décide de le présenter à mon éditeur. Rendez-vous est pris dans un bar d'hôtel. Je lui dis : "Mon cher projet, tu vas rencontrer mon éditeur. Sois brillant. Si tu m'entends dire des mensonges, ne me reprends pas et surtout ne fais pas l'étonné. Montre-toi convaincant comme tu sais si bien le faire." Et nous grimpons dans un taxi. Pendant tout le rendez-vous, je n'arrive pas à placer une syllabe. Mon projet parle sans arrêt, comme une mitraillette. On ne comprend rien, sauf qu'il est le projet d'un livre étonnant. L'éditeur et moi, nous sommes sidérés. Plus tard, je conduis mon projet dans les bureaux de la maison d'édition. Je le présente au directeur commercial, au directeur financier, au chef de fabrication, à l'attachée de presse, aux représentants. Il s'arrange pour plaire à tout le monde ! Je rentre à la maison, je m'enferme avec lui. Il prend subitement un air hautain et me regarde comme s'il ne m'avait jamais vu. Je laisse passer deux ou trois jours, pendant lesquels j'essaie de me débrouiller sans lui. J'écoute des disques, je bouquine, rien ne se passe. Au bout du compte, je n'y tiens plus, je supplie mon projet de m'aider. Nous revoilà face à face. Il me nargue : "Tu n'y arriveras pas ! La sévérité de ton surmoi, ton besoin d'autopunition..." Ah ! Il tenait un autre langage quand il s'agissait de briller devant l'équipe de représentants qui diraient ensuite du bien de lui à tous les libraires de la francophonie ! À l'entendre, il n'était pas un projet, mais un livre, un livre terminé, imprimé, broché, avec une couverture, et il avait même sa photo en couleurs sur une bande rouge ! Il se prenait pour un des Big Five de Hollywood parti à la conquête des listes des meilleures ventes.

Je n'ose même pas le traiter d'hypocrite, de sainte nitouche, de faux cul. J'ai besoin de lui.

Il me prie d'aller m'asseoir à ma table, qu'il n'aime pas. Il la trouve aussi étroite et encombrée qu'un cockpit de Boeing 747. Il me conseille d'écrire un roman policier bien glauque, ce qui, à l'entendre, me conviendra parfaitement, vu mon état, ma nervosité, ma barbe de huit jours. Il va me dicter le début :

— *Embrasse-moi, salope !*

— *Non.*

La grosse voiture verte fonce dans l'obscurité des rues de New York. Une aube indécise commence à noyer les enseignes lumineuses des boîtes de nuit qui s'apprêtent à fermer.

Il a dû trouver son inspiration dans un des livres qui traînent dans le couloir. Je vais devoir me débrouiller sans lui. Où a-t-il disparu ? Quel lâcheur ! Je parie qu'il s'est réfugié dans ma vieille grammaire de Bescherelle. Tous mes projets ont fait un détour par cette grammaire. L'un d'entre eux a même souligné le passage où il est dit qu'on retrouve, dans *j'avais aimé,* la combinaison d'un passé avec un passé : on ne saurait être plus pessimiste."

Malgré les notes qu'il avait accumulées, François renonça à continuer d'écrire un tel livre. Cette histoire d'écrivain qui va de Francfort à Montréal, de Bruxelles à Marseille ou Perpignan (il avait trouvé une formule du Grand Siècle : "Perpignan, l'illustre boulevard des frontières d'Espagne"), cette histoire ne lui suffisait pas. Il sentait qu'il était temps pour lui d'arrêter de se cacher dans un livre qui serait un patchwork, un pêle-mêle, un assemblage de notes. L'important, ce n'étaient pas les voyages, mais le voyageur. Le personnage serait obligé — et l'auteur avec lui — de se demander tôt ou tard pourquoi et comment il était devenu écrivain, par quel horrifiant hasard, par quels fantasmes fortuits, par quelles circonstances heureuses sa vie l'avait conduit à vouloir déranger l'ordre des choses en l'amenant à écrire au lieu de se contenter de lire.

C'est alors que son père avait surgi. François s'était

souvenu d'Énée descendant aux Enfers pour y questionner son père, un passage qu'il avait traduit jadis à livre ouvert, après des nuits d'étude qui n'étaient rien par rapport aux nuits qui l'attendaient et pendant lesquelles, tel le héros de Virgile, il irait à la rencontre de son père défunt. "Tu es enfin venu !" avait dit le père d'Énée à son fils, *venisti tandem*...

Être écrivain, pour François, voulait d'abord dire qu'il était le fils de son père, qu'il était l'actuel représentant vivant de ses aïeuls et de ses aïeux, et qu'il contribuait à ce que survive sa langue maternelle.

Il avait signé de façon irresponsable un contrat pour un livre qu'il imaginait facile à écrire. Il avait affirmé à son éditeur que le manuscrit serait prêt dans deux ou trois mois et lui avait demandé de l'inscrire au programme de septembre (on était en avril). On lui avait fait confiance. Quand il avait parlé de son livre comme s'il était fini, on l'avait cru — alors qu'il en parlait pour essayer de savoir lui-même à quoi ce livre ressemblerait. Le livre fut même annoncé aux librairies et à la presse, sous un titre aussi prémonitoire que provisoire : *Le Rendez-vous d'automne* — prémonitoire pour son auteur, obligé d'admettre qu'un rendez-vous ne peut se concevoir que dans la dimension du rendez-vous raté. Les gens attendaient son livre, ce qui était flatteur pour lui, mais le livre n'était pas arrivé dans les librairies, comme parfois des avions n'atterrissent jamais, bien qu'on soit venu attendre les passagers à l'aéroport. Et, depuis cinq ans, ce n'était plus dans un cockpit de Boeing 747 que François avait l'impression de s'installer quand il s'asseyait devant sa machine à écrire, c'était à bord du Vaisseau fantôme.

Il s'était donc mis à écrire un autre livre, devenu entre-temps *Le Fakir*, et il écrivait à son éditeur : "Entre nos prévisions et mes révisions, entre obstination et procrastination, entre émotion et rétention, hésitations et nouvelles versions, le fakir enfonce son clou... met au point son numéro... avec ses vieux amis Lazarillo de Tormes et Tristram Shandy... Un petit rendez-vous chez le docteur Scarron... Esprit de Marivaux, es-tu là ? Réponse de Marivaux : je crois que ceux qui font des livres les feraient bien meilleurs s'ils ne voulaient pas les faire si bons, mais d'un autre côté, le moyen de ne pas vouloir les faire bons ? Ainsi nous ne les aurons jamais meilleurs. À bon éditeur salut !"

On le croyait malheureux ? Être malheureux devient vite une habitude, une seconde nature, une satisfaction secrète. Au lieu d'être malheureux, ne rendait-il pas plutôt malheureux ceux qui l'entouraient ? Dans quelle pièce de théâtre avait-il entendu un personnage déclarer qu'il se complairait moins dans son malheur s'il ne causait pas tant d'ennuis à son entourage ? À moins que ce ne soit lui qui ait écrit cette réplique ? Il préférait ne pas le savoir.

Il avait commencé à manquer d'argent, n'ayant pas demandé un à-valoir énorme pour un livre qu'il comptait écrire en trois mois. Quelle ironie ! "En trois mois", avait-il prononcé avec assurance dans le bureau de son éditeur, cinq ans plus tôt. Ils s'apprêtaient à signer un contrat portant sur ce qu'on appelle, dans l'œuvre d'un écrivain, "un livre de transition". Arrivé au paragraphe où il s'agissait d'indiquer une somme, l'éditeur avait levé la tête : "Je ne sais pas quoi mettre."

"Vous auriez dû lui dire de mettre un million", avait dit la banquière à qui François avait raconté la scène, "même s'il descendait, la somme serait restée conséquente." Mais ce n'était pas pour entendre ce genre de conseil qu'il avait raconté à sa banquière comment se signaient les contrats d'édition, c'était pour l'influencer au moment où il renégociait à la hausse le montant de son découvert autorisé et celui d'un prêt "expresso". C'était pour qu'elle sorte un formulaire de son tiroir et qu'à son tour elle le regarde d'un air interrogatif : "Je ne sais pas quelle somme mettre" !

Avec son éditeur, ils avaient défini d'un commun accord non pas la somme dont avait besoin l'auteur du livre, François Weyergraf, mais la somme qu'aurait pu demander l'écrivain imaginaire qui serait le personnage de ce livre, et c'est donc le montant de cette somme imaginaire qu'ils paraphèrent tous les deux sur un contrat dont les conséquences allaient être si imprévisibles.

L'argent réel de cette somme imaginaire n'ayant pas fait long feu, François avait vendu à contrecœur l'aquarelle que lui avait offerte Picasso quand il avait pu le rencontre à Mougins. Il y avait de nombreux invités ce jour-là dans le jardin et sur la terrasse de la villa "Notre-Dame-de-Vie". Picasso et lui étaient les deux seuls à ne pas porter de cravate, et Picasso, pendant qu'il lui montrait des tableaux, avait dit à François que chaque fois qu'il dessinait ou peignait un visage d'homme, c'était toujours involontairement à son père qu'il pensait. À cause de cette phrase, François avait trouvé normal que l'aquarelle de Pablo Picasso lui permette de continuer d'écrire son livre.

Il avait signé un contrat pour un livre qu'il avait renoncé à écrire. Il n'avait donc pas signé de contrat pour écrire un livre sur son père. Il n'y avait pas de contrat possible pour un tel livre. Ni contrat, ni argent, ni délai, ni rien.

Pour la plupart des gens, la signature d'un contrat représente un happy end, l'aboutissement de discussions qui auraient pu être sans fin ou sans issue. Pour lui, un contrat signé était une déclaration de guerre, et c'était bien sûr contre lui-même qu'il engageait les hostilités. Il demandait implicitement à l'autre partie, "ci-après dénommée l'Éditeur", de voir dans leur contrat un traité d'alliance et de s'engager à lui porter secours dès qu'il entrerait en guerre, laquelle entrée en guerre coïncidait avec la signature du contrat où il était toujours étonné de découvrir une date de remise du manuscrit : depuis quand prévoit-on le jour de l'armistice quand on déclare une guerre ? Une guerre étant souvent longue et dure, il souhaitait que ses alliés — ses éditeurs — lui versent ce qu'il est convenu d'appeler de confortables avances, l'adjectif “confortable” étant plutôt déplacé, sans compter que c'est un anglicisme.

Dans son lit, François aurait pu tendre la main et prendre un des journaux qui s'empilaient à côté de la lampe depuis le départ de Delphine. Il continuait d'en acheter chaque jour sans les lire. Il les feuilletait rapidement, se contentant de reconnaître au passage des adjectifs et des substantifs, toujours les mêmes, attentats, massacres, déchets radioactifs, crise, corruption, famine, guerre. S'il était dans un sale état, s'il touchait le fond, la planète aussi. Désespoir et désarroi n'étaient pas des symptômes très personnels.

Enfant, il avait cru que les textes imprimés qu'on garde dans sa chambre, près du lit, et le plus près possible du cerveau, vous influencent pendant que vous dormez. Quand il n'avait pas pris le temps d'étudier ses leçons, il glissait sa grammaire ou son livre d'histoire sous son traversin, persuadé qu'une partie du livre — de préférence les pages de la leçon du lendemain — irait droit dans sa mémoire, enrichirait son esprit et lui permettrait d'obtenir une bonne note.

Il ne s'était jamais complètement débarrassé de cette superstition. Encore aujourd'hui il était incapable de s'endormir sans quelques livres près de son lit, même s'il ne les mettait plus sous son oreiller. Quand il préparait une valise, il choisissait avec plus de soin les livres que les vêtements.

Il se souvint d'avoir rêvé cette nuit que des seins de femme apparaissaient sur ses jambes, un sur chaque mollet, de beaux seins volumineux. Il se frotta les jambes pour s'assurer qu'ils n'étaient plus là. Dans le rêve, il s'était livré à des contorsions pour rapprocher les seins l'un de l'autre afin de reconstituer une poitrine féminine plausible. Il avait plié les genoux pour que les seins se rapprochent de son sexe. Il n'avait pas souvent éjaculé entre les seins d'une femme : généralement l'anatomie de ses partenaires ne s'y prêtait pas.

Un rêve qu'on renonce à interpréter est comme une lettre qui n'est pas lue. Le rêve des seins aurait sûrement intéressé son père, s'il avait pu le lui raconter. Franz aurait été rassuré par un tel récit : il aurait constaté que son fils n'était pas indifférent aux belles poitrines. Dans les années soixante, François avait feuilleté en compagnie de son père une revue de mode qu'il venait d'acheter, et il s'était arrêté devant la photographie d'une jeune actrice à la poitrine plantureuse. Il avait dit à son père qu'il la trouvait très belle (il n'aurait pas osé dire "excitante"). Franz avait paru satisfait : "Je vois que tu aimes les formes féminines épanouies, quand même. D'habitude, tu me sembles plus intéressé par des filles maigres et plates comme des garçons."

Voilà ce qu'avait entendu un fils âgé de vingt-sept ans ! Non content d'être apostat et divorcé, ce fils couchait avec des femmes qui avaient le tort irrémédiable, aux yeux de son père, d'avoir en guise de poitrine des œufs sur le plat ! Un autre aurait remis son père à sa place : "Mêle-toi de ce qui te regarde. En quoi ça te dérange, si je préfère des corps de danseuses et de cover-girls à tes Jayne Mansfield ? Et si les formes généreuses me rappelaient trop ma mère ? Pourquoi voudrais-tu que je sois attiré par les mêmes femmes que toi ?"

François aurait préféré se couper la langue plutôt que de répondre sur ce ton, ou sur quelque ton que ce soit, à l'étrange discours que venait de lui tenir son père : de quel droit avait-il pris cet air dégoûté pour parler de filles ressemblant trop, d'après lui, à des garçons ? Encore un peu, et son père l'aurait traité de pédé, ce qui, dans la bouche de ce chef de famille, grand lecteur des prophètes de l'Ancien Testament, représentait l'abomination des abominations. “Les pédés, je les renifle à cent mètres”, avait-il dit un jour, tracassé par les coups de téléphone trop nombreux qu'un jeune comédien à la voix efféminée donnait à son fils. Si son père voulait tout savoir, François aurait pu lui dire qu'il avait effectivement été amoureux d'un garçon. Son père se serait-il souvenu du troisième trimestre 1953 où François avait tout à coup eu de bonnes notes en algèbre ? C'était pour plaire à Alain. À la messe, au moment du Memento : “Souvenez-vous, Seigneur, de vos serviteurs...”, François se recueillait et pensait à Alain, au rachat de son âme, à son bonheur et à son salut. S'il était entré chez les scouts, c'était pour voir Alain encore plus souvent, le profil d'Alain, la mâchoire bien dessinée d'Alain, les cuisses nues d'Alain. Cette passion avait duré de Pâques aux grandes vacances. À la rentrée, tout était fini : Alain avait enlaidi, ils n'étaient plus dans la même classe, et François avait quitté les scouts.

Il en était encore à se demander pourquoi son père lui avait fait cette remarque à propos de la morphologie féminine, une phrase anodine que le temps avait changée en remontrance. Sur le moment, il n'avait rien dit mais il avait très mal pris que son père se soit mêlé de vouloir régenter sa vie sexuelle. À cette époque, il avait depuis longtemps renoncé à discuter avec son père, qui n'acceptait pas d'être contredit, ce qui est souvent le propre de personnes très angoissées.

Peut-on obliger un fils à supporter et assumer les angoisses de son père ? C'est beaucoup lui demander, mais il n'a pas le choix. L'angoisse de nos parents est un héritage qui ne se fait pas attendre : on le reçoit dès la naissance. Un héritage périnatal... Ensuite c'est du goutte-à-goutte. Les parents sont des distillateurs d'angoisse, mais ceux qui n'hériteraient d'aucune angoisse seraient bien démunis.

C'est gentil d'essayer d'excuser mon père en m'apitoyant sur ses angoisses, pensait François, mais ça n'arrange pas les miennes. Je ne discutais plus avec lui depuis longtemps, c'est vrai. J'allais jusqu'à lui faire croire que je l'approuvais. Le mensonge par omission ! Pire encore, il m'arrivait de le mépriser, de ne rien lui dire et de penser qu'il déraillait. Je le voyais se débattre dans sa camisole de force catholique et au lieu de lui porter secours, je lui tournais le dos. On aurait pu se disputer et on ne l'a pas fait : j'ai raté de grands moments. Je me paie des angoisses morales aiguës à cause d'un père qui était lui-même un orfèvre en la matière. Il n'y a qu'à lire ses livres.

À vingt-huit ans, Franz Weyergraf avait publié un livre autobiographique dans lequel il décrivait l'agonie et la mort de sa mère. Sans ce livre, François n'aurait jamais entendu parler de sa grand-mère morte bien avant sa naissance. Les petits-enfants de cette morte ne connaissaient d'elle que deux ou trois photos : ils la trouvaient laide et plutôt mastoque. Enfant, François avait eu envie de dire à son père : "Ma mère est mieux que la tienne !"

Il n'aurait jamais soupçonné que son père avait aimé à ce point une mère sur qui il ne s'était plus laissé aller à faire la moindre confidence depuis la parution du livre où il avait exprimé une fois pour toutes les sentiments qui le liaient à elle. Franz avait tenu sa mère dans ses bras quand elle était morte en pleine nuit dans une chambre de clinique, et il s'était mis à crier jusqu'à ce qu'une infirmière vienne ouvrir la porte : "Taisez-vous, vous allez réveiller d'autres malades." Tournant la tête, l'infirmière avait vu la morte et elle avait simplement dit : "Ah..."

Franz était rentré seul chez lui, à l'aube, un grand garçon d'une vingtaine d'années — il mesurait un mètre quatre-vingt-dix — hurlant dans la rue à l'intention des voisins : "C'est moi ! Ma mère est morte !"

“Toute ma vie”, écrivait Franz Weyergraf, “je me rappellerai ce retour au petit matin vers la maison abandonnée. Je n’avais pas les clefs. Je rôdais autour de la maison comme un malfaiteur, éveillant les chiens voisins qui hurlèrent à la mort.”

Pour rentrer chez lui, il avait enfoncé la porte à coups de hache.

Ce même homme — “mon père”, songeait François —, capable d’enfoncer une porte à coups de hache, écrira, le calme revenu, vingt pages inspirées par l’amour filial, dans lesquelles il se persuade que sa mère est plus proche de lui au ciel que sur terre. Il finit par se poser une question que chacun, tôt ou tard, se pose après la mort de ses parents : “Quelles fautes ai-je pu commettre pour que je doive les expier ainsi ?”

Quelles fautes ? François ne souhaitait pas soumettre son père à une cure de psychanalyse *post mortem,* mais on ne devient pas un partisan aussi intraitable de la chasteté conjugale et de l’amour fidèle sans avoir dû renoncer violemment aux options contraires. Il ne souhaitait pas analyser l’enfance de son père élevé par une mère qu’il avait aimée outre mesure. Il lui suffisait, pour ce matin, d’éprouver de la rancune contre son père pour cette affaire de poitrines plates et de poitrines plantureuses. Son père aurait mieux fait de se taire, lui qui avait conseillé aux jeunes ménages, dans un de ses livres : “Que votre amour charnel soit un jardin secret. Ne laissez jamais les autres prendre pied dans votre domaine clos.”

Furieux à cause d’un rêve ! Son père était absent du rêve, mais les réflexions qu’on se fait à partir d’un rêve appartiennent aussi à ce rêve. François trouvait idiot de s’énerver contre son père si longtemps après. Mais c’était plus fort que lui. Il n’en voulait pas seulement à son père d’avoir quelquefois tenté de lui imposer sa conception de la beauté féminine. Il y avait tout le reste, tout ce que son père avait cru bon de lui transmettre, de lui inculquer, de lui infliger, cette façon qu'il avait d'assener ses convictions, et, somme toute, de mettre à profit l'ascendant qu'il exerçait sur son jeune fils pour l'entraîner avec lui dans un univers asphyxiant où il n'y avait d'amour que conjugal et pas d'autre mariage que le mariage chrétien, conçu comme un ménage à trois avec la sainte Trinité. Un ménage à trois au cube !

Les livres de son père l'avaient impressionné quand il était jeune. Il les voyait arriver par paquets de vingt quand l'imprimeur les livrait à la maison. Il était fier qu'on sache à l'école qu'il était le fils d'un écrivain : les professeurs ne manquaient jamais de le signaler aux autres élèves, dont les pères étaient souvent plus riches que le sien, mais moins intelligents, moins cultivés, moins affectueux avec leurs enfants, et qu'est-ce qu'un pharmacien ou un bijoutier devant un écrivain ? Devant un écrivain qui était par surcroît un écrivain catholique ? Devant un homme qui avait reçu à la maison un archevêque dont toute la famille avait baisé l'anneau en faisant une génuflexion ? En tant que fils d'écrivain catholique, François avait mené une vie assez brillante. Se trouver à la même table qu'un archevêque, tremper dans la sauce tomate du pain préalablement béni par lui, avoir l'honneur d'aller chercher son chapeau au moment où il va s'en aller, ce n'était pas donné à tout le monde. De tels plaisirs se payent.

François regrettait de ne pas avoir lu attentivement les livres de son père quand il était jeune. Il s'était contenté de les entrouvrir comme on consulte un oracle, cherchant au hasard des pages une réponse aux questions qu'il redoutait de lui poser. Aujourd'hui, il lui aurait demandé : "Quelle anxiété masquais-tu derrière tes certitudes ? Pourquoi voyais-tu du danger partout ?"

Il fallait qu'il se lève, sinon il allait de nouveau tomber dans une crise de monologue intérieur. Quand on se réveille, on est capable de penser en quelques secondes à plus de choses que pendant toute la journée qui va suivre.

Il s'en sortirait ! Il n'était pas quelqu'un qu'on pouvait avoir si facilement. Il s'agissait d'abord de sortir du lit. Il irait dans la salle de bains et il verrait son visage flou dans le miroir. Il était myope. Il ne mettrait pas tout de suite ses lunettes en se levant. Aucun peintre n'avait fait d'autoportrait flou. N'y avait-il jamais eu de peintres myopes ? Il aimait se voir flou. L'image correspondait davantage à sa réaction globale devant la vie. Il admirait les mathématiciens et les ingénieurs qui avaient mis au point la logique floue et s'étaient opposés aux concepts “tout ou rien” de la théorie des ensembles, afin de prendre en compte l'imprécision du monde et des comportements. Dans le miroir au-dessus du lavabo, sa tête ressemblerait à une gravure à l'eau-forte plutôt qu'à une peinture. Il avait les traits attaqués par un acide efficace, celui de la tension psychologique permanente qui le rongeait. La lumière n'était pas bonne dans la salle de bains.

Il lui était arrivé de se réveiller en se disant qu'il ne lui restait pas d'autre solution que de courir se jeter par la fenêtre, mais pas aujourd'hui. Il faisait de réels progrès. Le jour où il accepterait son passé tel qu'il l'avait vécu, il irait mieux.

S'il sortait plus tard dans la journée, il emporterait avec lui le roman de Caldwell, *Amour et argent,* deux choses dont on manque toujours. Il relisait ce livre une fois par an depuis que son père le lui avait offert. Le personnage principal est un écrivain qui, entre deux livres, s'éprend comme un imbécile de la première femme venue, en l'occurrence une cocktail-girl dont François s'éprenait lui aussi à chaque lecture, surtout depuis qu'il avait publié des romans et qu'il savait que tout ce qui vous arrive entre deux livres est préférable à ce qui vous tombe dessus dès que vous vous remettez à écrire.

Hier soir, Catriona lui avait demandé pourquoi il ne referait pas une petite cure de psychanalyse. Si les troubles du travail résultaient d'une attitude hostile envers le père, peut-être parviendrait-il à s'en débarrasser en allant voir un analyste ? "Figure-toi que j'y ai déjà pensé", avait-il répondu. Trente ans plus tôt, alors qu'il était un jeune réalisateur de films et qu'il souffrait de claustrophobie et d'agoraphobie, il avait fait une psychanalyse. C'était plus compliqué que ça : il avait vu trois psychanalystes. Catriona le savait. Ne lui avait-elle pas dit qu'il s'était pris pour un don Juan de la psychanalyse ? Depuis, ses trois psychanalystes étaient morts et entrés dans l'histoire de la psychanalyse. Il n'avait pas consulté n'importe qui. C'était comme pour le vin : autant boire des grands crus. Aujourd'hui, qui pourrait-il aller voir qui soit assez fort pour ne pas être impressionné par le nom des confrères auxquels il succéderait en acceptant d'écouter François Weyergraf, qui avait eu la chance, au tout début des années soixante, d'être reçu à New York par un vieux psychanalyste juif autrichien ayant très bien connu Sigmund Freud ? Il s'appelait Theodor Reik, et c'était quelqu'un qui avait serré la main de Johannes Brahms dans les rues de Vienne quand il était enfant. François ne l'avait vu que trois fois. "Parlez-moi de votre père", lui avait dit Theodor Reik qui, sans cette intervention, aurait passé une heure à écouter le jeune Weyergraf lui vanter l'utilisation des courtes focales et du plan-séquence chez Orson Welles.

Dans un français qui, prononcé par lui, ressemblait à du mérovingien, Theodor Reik encourageait son patient. Il l'avait raccompagné à la porte de son cabinet en prenant un air affligé : "Trop de repentir !" La dernière fois, il avait insisté : "Souvenez-vous ! Trop de repentir ! Trop de repentir !" Grâce à Theodor Reik, François avait pu quitter New York et rentrer à Paris. Sinon, il ne sait pas comment il aurait fait. À la seule pensée de prendre un avion ou un bateau, il avait les jambes en flanelle.

Trente ans plus tard, François n'avait pas envie de s'entendre dire une fois de plus que l'oreiller est un ersatz du corps féminin ou qu'il attendait inconsciemment d'être puni pour tout le chagrin qu'il avait causé à son père. Il savait qu'il avait vécu un transfert sexuel infantile d'une intensité exceptionnelle sur ses deux parents. On ne lui apprendrait rien. Il savait que l'amour et la haine ne font qu'un. Le conflit entre sensualité et amour filial, le pénis paternel intériorisé, le stade sadique-oral, il connaissait tout ça par cœur. Dorénavant, il préférait lire les psychanalystes que leur parler. Il avait dit à Catriona : "La psychanalyse, c'est trop prenant. C'est encore pire que de jouer aux échecs."

Le plaisir de jouer aux échecs, à un moment de sa vie où déjà il allait mal, était devenu si intense qu'il avait décidé d'arrêter à tout jamais de jouer, sans quoi il n'aurait plus rien fait d'autre. Il avait pris comme modèle Frank Marshall, un des plus grands attaquants de l'histoire des échecs, quelqu'un qui savait prendre rapidement l'offensive. Il avait rencontré un grand maître qui lui avait donné cette leçon : "La politique d'attente ne paie pas."

"Tu entends ? se dit-il. La politique d'attente ne paie pas. Allons ! Debout ! Lève-toi, habille-toi et travaille !"

Il était six heures du soir. Il s'était levé, il avait pris deux ampoules buvables de magnésium, et, sans rien manger, il était entré dans sa pièce. Il avait enlevé de sa table les livres qui l'encombraient et il s'était mis à écrire.

III

Pendant toute mon enfance et mon adolescence, j'avais une confiance aveugle en mon père, doublée d'une confiance inébranlable en moi. Il était mon seul père et j'étais son seul fils. Nous formions un couple. Il avait avec moi des conversations comme il n'en avait avec personne d'autre, et je peux dire que c'était réciproque. J'avais la certitude qu'il me disait des choses plus intelligentes qu'à ma mère, et qu'avec un interlocuteur comme son fils, il était obligé de se surpasser. Parlait-il autant avec mes sœurs qu'avec moi ? En tout cas, chaque fois que j'allais le voir dans son bureau, elles ne s'y trouvaient pas. Jugeait-on préférable de les initier à leurs futures tâches d'épouses et de mères en leur suggérant de s'occuper de la cuisine et de faire de la broderie ? Dans les livres de mon père transparaît — que dis-je, éclate ! — une misogynie dont mes sœurs ont sans doute ressenti les effets. Je serais curieux d'en parler avec elles, même si, depuis qu'il est mort, nous évitons de parler de notre père quand nous nous voyons. Devrais-je leur dire : "Je ne suis quand même pas le seul dans la famille à avoir lu les livres de Papa ?" Des livres où il est demandé à la femme d'être humble, patiente, silencieuse, et de rester à la maison : "La femme est pour l'intérieur et l'homme pour l'extérieur", lit-on dans un ouvrage qui valut à son auteur le Grand Prix catholique de littérature, et : "L'homme est le perpétuel errant et la femme est celle qui attend avec confiance entre la lampe et le feu."

Je n'étais pas un féministe précoce, loin s'en faut, et je n'aurais probablement pas été choqué à seize ans par des phrases qui me font bondir aujourd'hui. "L'aventure de l'amour", écrivait mon père en 1957 tandis que, sous le même toit, j'entretenais mon excitation génésique en regardant des photos de décolletés, "l'aventure de l'amour est d'abord de s'admettre mutuellement. S'admettre : accepter qu'elle soit féminine, accepter qu'il soit masculin. Féminine, avec cette faculté de se replier brusquement, avec ce besoin d'admirer, avec cette patience constante, ce don du silence, ce refus de toute violence. Masculin, avec ce besoin d'affirmer, ces grands rires qui sonnent, cette tendresse exigeante, et le vent du dehors qu'il ramène dans son manteau."

Papa, tu me copieras cent fois : "L'homme rapporte le vent du dehors à la femme qui a la patience constante d'avoir le don du silence."

Attention ! Je me permets de me moquer de mon père tant que ça reste entre lui et moi. Si quelqu'un d'autre se mêlait de trouver ridicule cet homme ou sa misogynie, je signalerai que Nietzsche était mille fois plus misogyne que mon père (et Nietzsche est un auteur qu'on étudie au lycée). Que faut-il penser des phrases de Nietzsche que voici : "L'homme véritable veut deux choses : le danger et le jeu. C'est pourquoi il veut la femme, le jouet le plus dangereux. L'homme doit être élevé pour la guerre, et la femme pour le délassement du guerrier." Friedrich Nietzsche, vous me copierez cent fois : "La femme est un jouet pour l'homme véritable (*der echte Mann* en allemand)". Non mais !

Pendant toute ma scolarité — Dieu merci, quelles que soient les villes où nous habitions et les écoles que je fréquentais, mes parents ne m'ont jamais inscrit à la cantine — deux fois par jour, en rentrant de l'école, j'abandonnais mon cartable n'importe où et je me précipitais vers le bureau de mon père. Il fallait que je lui raconte ce que je venais d'apprendre, que je confère avec lui, et qu'ensemble on sépare le bon grain de l'ivraie. Parfois ma mère tentait de faire barrage. À l'entendre, mon père avait du travail. Il aurait même demandé que personne ne le dérange. Je comprenais que certains pères puissent être dérangés par leurs fils, il suffisait que je pense aux empotés notoires de ma classe, mais comment pouvait-on ne pas être agréablement surpris en me voyant apparaître ? Comment aurais-je pu déranger qui que ce soit, et à plus forte raison mon père ?

J'ouvrais la porte en disant "c'est moi !", et il s'arrêtait aussitôt de travailler. Il reculait sa chaise, enlevait la cigarette de sa bouche, m'ouvrait les bras en souriant et m'embrassait. On se mettait à discuter. Je lui demandais si son travail avançait bien. J'examinais les papiers qui recouvraient sa table, les livres qui venaient d'arriver et qu'il refusait de me prêter en disant que je les lirais quand je serais plus grand. J'avais droit aux livres d'aventures qui lui paraissaient "toniques", qui étaient "à l'honneur de l'homme". C'est ainsi que je me suis tour à tour enthousiasmé pour une équipe de plongeurs qui parvinrent à renflouer un sous-marin éventré par une collision, pour les courageux soldats norvégiens qui sabotèrent l'usine où on produisait l'eau lourde dont les Allemands avaient besoin, pour l'aviateur anglais Bader, qui avait perdu les deux jambes et s'était si bien adapté aux jambes artificielles qu'il dansait et jouait au tennis avant de reprendre du service en 1940 et devenir un des as de la Royal Air Force. Je respectais Schliemann découvrant le trésor de Priam ou le Dr Schweitzer construisant son hôpital en Afrique, des gens qui m'ont passionné, mais je demeurais inébranlable : je leur préférais mon père.

S'il l'avait déjà lu, mon père me parlait avec chaleur du livre qu'il comptait me prêter. Dans sa jeunesse, il avait fait du théâtre amateur. Entendre sa voix me ravissait. Ce n'était plus mon père, mais le commandant L'Herminier qui m'embarquait dans son sous-marin, et je découvrais un vrai chef, dur pour lui-même et pour les autres. Ou bien mon père devenait le contre-amiral Lepotier préparant son raid téméraire sur Dieppe. Une autre fois, nous étions tous les deux prisonniers des Russes en Sibérie et nous faisions le projet insensé de nous enfuir et d'aller jusqu'en Inde. La somme de notre courage était égale à celle de nos souffrances. Mon père se levait pour déclamer, il marchait dans la pièce, il s'appuyait à l'armoire vitrée qui lui servait de bibliothèque, je ne le quittais pas des yeux. Il avait l'âge et la prestance d'un aventurier. Dans son bureau, nous devenions des princes du risque. S'apercevait-il que je vivais intensément les histoires qu'il me racontait ?

Je fus un de ces enfants qui croient à tout ce qu'on leur dit et qui font les délices de leurs éducateurs. Il paraît qu'à l'âge de cinq ans, j'ai déclaré : "Mon Papa ne ment jamais." Cette parole mémorable fut aussitôt recueillie par mon père dans le livre qu'il écrivait à ce moment-là. On ne mentait pas dans ma famille, telle était la loi. Pour autant qu'un adulte puisse restituer un peu de la vérité de son enfance, comme l'archéologue qui fait apparaître, dans la reconstitution d'un temple ou d'un palais, le mauvais goût, la fatuité, l'insolence de ceux qui les firent construire et que les ruines qui subsistent n'auraient jamais laissé deviner, je me revois comme un loup déguisé en agneau, souhaitant que quiconque me gênait meure sur-le-champ dans d'atroces convulsions, et assez imbu de moi-même pour me persuader que j'avais inventé, à mon usage exclusif, l'art de mentir, un art qui n'était pas à la portée du premier venu, la preuve : mon père en était incapable. Il détestait le mensonge. Il y revient dans chacun de ses livres. J'en ouvre un et je lis : “Mon père ne mentait jamais. C’est de lui que j’ai pris cette précieuse passion de la vérité. C’est une passion coûteuse, qui fait beaucoup d’ennemis.” Il s’adresse à ses enfants : “Cette passion, je crois vous l’avoir transmise.” Hélas, je mens, mais à part mon grand-père, mon père et Jésus, qui n’a pas menti en ce bas monde ?

Dans un autre livre, mon père écrit : “Si je communie au Christ sans avoir donné toute ma tendresse à ma famille, je suis un menteur.” Il voulait dire que tout se tient, et que, s’il n’aimait pas ses enfants, il n’aimait pas non plus le Seigneur son Dieu. Si j’avais su, je lui aurais dit qu’il pouvait m’aimer un peu moins, et la même chose n’aurait pas fait de mal au Seigneur qui, comme moi, n’en demandait pas tant.

Il faut être fou pour vouloir être honnête à cent pour cent. Cette folie, mon père l’a connue, l’a aimée et me l’enseigna. C’était la même folie qu’il détectait chez le pilote anglais aux jambes artificielles, chez le commandant de sous-marin échappant au torpillage, chez les garçons embarqués sur le Kon Tiki, chez tous ceux dont il me résumait les vies quand j’allais le voir dans son bureau.

Les années passaient et je continuais d’aller bavarder avec lui après mes cours. Des récits d’aventures qui passionnaient un gosse de neuf ou dix ans, nous en étions arrivés à la poésie de Péguy et au nouveau roman, au cinéma muet, au jazz, à la politique, à Nietzsche. Je me souviens de nos rires quand mon père avait ouvert devant moi un colis où se trouvaient les deux premiers volumes de la nouvelle collection “Où en est ?” : *Où en est le catholicisme ?* par Geneviève Ploquin, et *Où en est la prostitution ?* par le juge Marcel Sacotte. Nous n’avions pas ri pour les mêmes raisons. On était en 1959, c’était le printemps et j’allais avoir dix-huit ans au mois d’août. Mon père trouvait drôle le choix de ces deux sujets pour le moins dissemblables, et moi j’y voyais comme un signe au moment où, connaissant bien le catholicisme, j'avais commencé d'explorer d'autres domaines, avec une préférence marquée pour ce que mon professeur de latin (j'étais en première année de philologie à l'université) avait appelé le *stuprum corporis* dans un cours sur Horace où j'avais proposé de traduire *Nympharum amator* par "amateur d'entraîneuses" plutôt que par le classique "amoureux des Nymphes".

Si la collection "Où en est ?" n'avait pas disparu, je pourrais leur proposer un "Où en est François Weyergraf ?"

Je pourrais recréer toute une partie de ma vie en me fiant aux dates de parution des livres que j'ai lus ou de ceux que j'ai feuilletés dans les librairies. D'autres se réfèrent à des extraits d'acte de naissance, à des livrets de famille, à des fiches individuelles d'état civil, à des faire-part de mariage, à des nécrologies, à leur carte d'assuré social, pour reconstruire leur vie passée. La date de l'*achevé d'imprimer* à la fin d'un livre me rappelle l'âge que j'avais au moment où je l'ai lu, puisque, dans la librairie de mon père — je devrais dire "dans les librairies" : il en créa et ferma plusieurs — j'ouvrais les livres dès qu'ils arrivaient, et cette date, le titre et le sujet de l'ouvrage, l'aspect de cet ouvrage aussi (il faut que je touche le papier d'origine, que je voie l'illustration de la jaquette), me rappellent des moments précis de mon adolescence. Je me retrouve à tu et à toi avec mon ancien moi. Tout ce petit monde, les "moi", les inconscients d'hier et d'aujourd'hui, un inamovible surmoi féru d'autopunition, des désirs sans fin qui valsent et virevoltent, s'emploient activement à dessiner ma vie. Je pénètre dans mon passé comme si c'était une librairie, ahuri par le nombre de livres disponibles, en me demandant lesquels j'emporterai chez moi, mais je n'ai pas à choisir : tout est déjà en moi.

Quand nous habitions rue Thiers, à Avignon, presque

à l'angle avec la rue Buffon, mon père ouvrit sa première librairie, la librairie des Platanes, de l'autre côté de la ville, et je n'y allais pas souvent, j'étais trop petit. Quand j'eus neuf ans, il loua un local plus grand et mieux situé, rue de la République, où je passais le voir dès que je pouvais. Trop nerveux pour rester enfermé dans un magasin pendant des heures, il décida finalement d'installer la librairie à la maison, et de vendre par correspondance ou sur rendez-vous, ce qui fut pour moi l'aubaine qu'on devine : je dormais dorénavant dans une maison pleine de livres.

Mon père, entre autres activités, animait des débats dans des ciné-clubs et m'emmenait avec lui à condition que j'aie fini mes devoirs et que le film qu'il présenterait ce soir-là convienne à un jeune garçon. J'ai connu la plupart des ciné-clubs du Vaucluse et de la Drôme, à l'époque où nous habitions Avignon, et puis ceux de Bruxelles et du Brabant wallon quand mon père ferma la troisième et dernière librairie des Platanes pour emmener toute sa famille dans l'ancien chef-lieu du département de la Dyle devenu entre-temps la capitale du royaume de Belgique, une ville que Louis XIV fit bombarder : je m'étais renseigné comme j'avais pu, j'avais feuilleté des livres comme *Napoléon Bonaparte et la Belgique, La Fin du régime espagnol aux Pays-Bas* et *Louis XIV en Flandre* dès que mon père nous avait annoncé à table que la famille quitterait Avignon après les grandes vacances pour aller vivre dans un pays plus petit mais dans une ville plus grande. J'entrerais en "sixième latine" dans un collège tenu par des Jésuites, où, m'avait dit mon père pour me rassurer, il y avait non seulement une église mais une salle de cinéma avec un balcon et un écran de dix mètres de large. Ce serait un cinéphile aguerri que verraient arriver mes futurs professeurs bruxellois.

Je fus moins surpris de découvrir New York en 1962 que Bruxelles au début des années cinquante. Je venais d'avoir onze ans, on avait fêté mon anniversaire dans la maison que mes parents louaient pour les grandes vacances au pied de la montagne de Lure, une maison où il n'y avait pas l'électricité — la lumière des lampes à pétrole accentuait ce qu'il y a de théâtral dans la vie de famille, et donnait un relief dramatique à la moindre rencontre dans un couloir — et puis, fin août, nous avons fait ce long voyage en train vers la Belgique, avec un arrêt d'une nuit à Paris, où les six petits Weyergraf ont dormi sur des matelas par terre dans l'appartement de M. et Mme Feugère, les gérants de la maison d'édition franco-belge que mon père venait de fonder. La Belgique m'apparut comme le quarante-neuvième État des États-Unis (les îles Hawaï et l'Alaska n'étaient pas encore incorporés à l'Union). Mon père affirmait que toute la politique belge, aussi bien étrangère qu'intérieure, était dictée par les États-Unis. La nourriture était plus abondante et variée qu'en Provence, et les biscuits portaient des noms américains. Dans la rue, je passais de la stupeur à la stupéfaction devant le défilé permanent de voitures américaines qui ne ressemblaient à rien de ce que j'avais pu voir jusqu'alors, des Cadillac, des Buick, des Chevrolet, des Oldsmobile en veux-tu en voilà. Je n'en revenais pas non plus de voir que ceux qui entraient dans ces voitures ou en sortaient étaient des gens normaux. J'aurais voulu que mon père en achète une. Le jour de la rentrée des classes, je restai comme deux ronds de flan devant mon collège : il était aussi vaste que le Palais des Papes ! On se moqua de moi parce que je disais “soixante-dix” au lieu de “septante”, et que je ne connaissais pas les cramiques.

Les ciné-clubs de Bruxelles me changèrent des *cinébus* provençaux et de l'installation du projecteur et d'un écran sur pied dans la salle communale, dans une école ou dans une usine. Je me souviens d'un soir à Caumont-sur-Durance, où le projecteur refusa de fonctionner : on pria mon père de raconter le film, et personne n'eut l'air déçu. Des propriétaires de salle venaient se plaindre de la concurrence déloyale du cinébus : "Le curé dans son église, l'instituteur dans sa classe et l'exploitant dans sa salle de cinéma !"

À Bruxelles, les séances avaient parfois lieu dans de vraies salles de cinéma, avec des loges et des balcons, des salles où je savais que mon père demanderait d'essayer le micro avant l'arrivée du public. Si les organisateurs étaient eux-mêmes des pères de famille, ils pensaient à me proposer un chocolat glacé ou un sachet de bonbons à la menthe. Mais le plus souvent nous étions reçus dans des locaux attenant à une église, c'était alors un ciné-club paroissial, l'écran était plus petit, il n'y avait pas le moindre bonbon à l'horizon, on était moins bien assis et les copies des films étaient en 16 mm, avec une interruption au beau milieu du film pour changer de bobine. Quand la projection reprenait, c'était aussi agréable que de se remettre encore une heure au lit quand on s'aperçoit qu'on s'est levé trop tôt. C'est dans un ciné-club paroissial que j'ai pleuré la première fois au cinéma, en regardant le gardien de prison couper les cheveux de Jeanne d'Arc dans le film de Dreyer. Pour lancer le débat, mon père commença par expliquer que le film avait été tourné dans l'ordre chronologique, et qu'au moment où il avait fallu couper les cheveux de l'actrice, ses vrais cheveux, sans truquage, toute l'équipe du film avait fondu en larmes.

Certains organisateurs de ciné-clubs venaient chercher mon père en voiture à la maison. Je remarquais vite leur air contrarié quand ils comprenaient que je n'étais pas sorti dans la rue pour dire un dernier bonsoir à mon père mais que je venais aussi. Ils m'étaient sourdement hostiles durant tout le trajet, et ne s'adressaient qu'à mon père, qu'on avait fait monter devant, comme si je n'étais pas là. Je sentais qu'à leurs yeux, la présence d'un enfant rabaisserait le niveau artistique de la soirée. Ils savaient que je les empêcherais de dîner en compagnie de mon père : il les avait prévenus qu'il rentrerait immédiatement, ne voulant pas que son fils, qui avait école le lendemain, se couche trop tard. Comment leur faire comprendre que je n'y étais pour rien et que j'aurais été ravi de dîner avec eux — des crêpes m'auraient suffi, à la confiture de rhubarbe si possible ? Les organisateurs de rencontres culturelles aiment se réunir le soir après le débat autour de leur invité, dans l'espoir que les choses importantes seront dites à ce moment-là. Je lisais dans leur pensée : "Qu'est-ce que ce moutard vient faire ici ? Il ne pourrait pas aller voir des dessins animés le dimanche après-midi avec sa mère ? Que va-t-il comprendre à *Henry V,* à Shakespeare, à Laurence Olivier ?" (Ou à *La Terre tremble,* ou à *La Bataille du rail,* ou au *Carrosse d'or,* des films que j'avais vus plus souvent qu'eux, grâce à mon père.) Quand la voiture s'arrêtait devant le cinéma, nous étions accueillis par le staff au grand complet. Mon père serrait des mains. On lui disait : "Bien entendu, après le film, nous vous gardons avec nous. Est-ce que vous aimez la blanquette de veau ? Une heure et demie de cuisson, le temps d'un bon film !" Mon père devait redire qu'il aurait volontiers accepté mais qu'il était venu avec son fils et qu'il ne s'attarderait pas. Les gens se retournaient, cherchaient des yeux un grand garçon, un étudiant en droit, un footballeur, un séminariste peut-être, et finissaient par découvrir un gamin timidement caché derrière son père.

Je m'asseyais toujours dans le fond de la salle. J'étais myope et j'aurais préféré m'asseoir plus près de l'écran, mais mon père avait l'habitude de poser son manteau et son chapeau sur un siège des derniers rangs et il me demandait de les garder. Il était nerveux avant le début de la séance. Il sortait des papiers de sa poche et les relisait une dernière fois avant qu'un des organisateurs lui fasse signe et l'entraîne devant l'écran, face au public. Mon père allait présenter le film, mais d'abord on présentait mon père : "Chers amis, nous sommes fiers d'accueillir un grand critique qui va nous parler d'un grand film. Ce soir, Franz Weyergraf nous aidera à mieux goûter la poésie de Flaherty et ce joyau qu'est *Louisiana Story.* Franz Weyergraf, romancier, essayiste, critique littéraire écouté, est aussi, comme nous tous ici ce soir, et j'ose dire mieux que nous tous, un passionné de cinéma. Il est correspondant d'une revue de cinéma italienne, la *Rivista del Cinematografo.* Il était membre du jury de l'O.C.I.C. au récent festival de Saint-Sébastien, et je viens d'apprendre qu'il le sera également aux prochains festivals de Cannes et de Venise. Il collabore à *Ecclesia,* la célèbre revue que dirige le grand historien de l'Église Daniel-Rops. Je lui cède la parole."

Pourquoi ne précisait-on jamais que Franz Weyergraf était le père de six enfants, cinq filles et un fils, François, que vous apercevez là-bas, au fond de la salle, gardien du manteau de son père et occupé à nettoyer ses lunettes pour mieux lire les sous-titres ?

Mon père remerciait brièvement son hôte — quelques mots, mais des mots prononcés avec sa chaleur habituelle, car c'était un homme très chaleureux, et je devinais la réaction de la salle : "Comme ce doit être formidable d'être l'ami de cet homme !" Mon père remerciait donc le directeur du ciné-club, qu'il appelait "la puissance invitante", et il n'y avait que lui et moi qui pensions alors à l'enveloppe que lui donnerait à la fin, en le prenant par le bras pour l'entraîner dans un coin (mais rien ne m'échappait), le trésorier du ciné-club, soit un vicaire de la paroisse qui croyait de son devoir de faire une petite croix sur le front du fils d'un ami de Daniel-Rops, l'auteur de *Jésus en son temps,* soit un médecin qui me disait : "Alors mon grand, pas encore couché ?"

Mon père comparait le débat qui suivait le film à un numéro de trapèze, mais je trouvais que la présentation du film était encore plus périlleuse. Le public venait pour voir un film, il n'y avait que moi qui étais là pour écouter mon père. J'avais toujours peur qu'il ne soit trop long. "Dix minutes suffisent", disait-il. Cinq minutes, Papa, cinq minutes suffisent largement !

Chaque fois, le miracle se reproduisait : les gens l'écoutaient en silence et l'applaudissaient. Il mettait le public en état de recevoir le film, qu'il situait dans l'œuvre de l'auteur, et il en dégageait la valeur sur le plan humain et sur le plan cinématographique. Quand il avait fini, je n'étais pas peu fier que tout le monde remarque qu'il venait s'asseoir à côté de moi. Je lui gardais une place à ma droite, à cause de sa mauvaise oreille. Parfois je me trompais de côté, et si je lui murmurais quelque chose à l'oreille pendant le générique, il me disait : "Changeons nos places, je t'entendrai mieux." Il me signalait les mouvements de caméra intéressants. Il me conseillait de prendre des notes. Il m'apprit à griffonner dans le noir sur des bouts de papier sans quitter l'écran des yeux. Au début, c'était difficile, il fallait aller vite pour noter les noms des techniciens au générique ("contente-toi du directeur de la photographie", me disait-il), et je n'arrivais pas à me relire ("il faut se relire tout de suite, dès que la lumière se rallume"). Je n'allai plus au cinéma sans glisser dans ma poche quelques fiches de bristol blanc. C'est une habitude que j'ai gardée.

Même si mon père avait déjà vu le film douze ou quinze fois, il tenait à le revoir en même temps que les spectateurs avec qui il en discuterait. Il épiait aussi mes réactions, et quand j'en fus moi-même à revoir à ses côtés pour la dixième fois *La Strada* ou *Les Vacances de M. Hulot,* je lui donnais un léger coup de coude à chacun de nos moments préférés.

Lorsque Jacques Tati vint présenter à Bruxelles son nouveau film, *Mon Oncle,* j'avais seize ans et mon père m'emmena à la projection de presse et à la réception qui suivit. Ma mère était venue avec nous. Elle me fit l'éloge du buffet, mais je n'avais pas envie d'entendre parler d'asperges et de jambon de Parme alors que je guettais le moment où Jacques Tati serait libre pour l'aborder. Je comptais lui dire que son utilisation du plan large redonnait au spectateur une liberté de regard qui permettait ensuite de voir autrement le spectacle même de la vie. Et ma mère me distrayait en me tendant une assiette : "Mange, François, c'est du poulet !" Je parvins à épater Jacques Tati en lui rappelant qu'à la fin des *Vacances de M. Hulot,* dans la séquence du bal, on entend sous la musique la voix d'un speaker provenant d'un poste de radio resté allumé dans un coin de la pièce. Je connaissais par cœur la phrase prononcée par le speaker, je pouvais l'imiter, avec son débit et sa voix nasillarde. Tati n'en revenait pas. Ce fut la première fois de ma vie que je serrai la main d'un cinéaste. Je savais déjà, depuis un an à peu près, que je ferais des films dès que j'aurais terminé mes études. Mes parents étaient d'accord. Mon père m'avait dit : "Tu commenceras par tourner des documentaires, c'est la meilleure école."

Je présentai Jacques Tati à ma mère, et lui dis qu'elle imitait M. Hulot à la perfection. Quelques années plus tôt, un dimanche après-midi, elle avait emmené ses six enfants au cinéma Le Dauphin, pour faire découvrir aux plus jeunes et permettre aux aînés de revoir *Les Vacances de M. Hulot.* J'aurais pu présenter le film aux spectateurs de cette première séance d'un samedi après-midi en répétant ce que j'avais entendu dire par mon père. À la sortie, nous avions vu notre mère improviser sur le boulevard quelques pas de danse inspirés par la dégaine de M. Hulot. Elle se déhanchait comme lui et s'approchait de passants interloqués, tout en se retournant pour vérifier que nous la suivions et qu'elle nous faisait rire. Elle refaisait à merveille les gestes de Hulot jouant au tennis même si elle ressemblait plutôt à l'héroïne de *La Strada,* à cette petite Gelsomina qui possède dans le film de Fellini les qualités que mon père attribue à la femme : patience silencieuse et refus de toute violence. Dans ce récital qu'elle offrit à ses enfants après le film de Tati, elle nous révéla une propension à la fantaisie, à l'anarchie et à la moquerie qu'elle refrénait en temps ordinaire et qu'elle nous fit tout à coup partager. Dans la famille, l'événement fut classé sous la rubrique "Maman imitant M. Hulot".

Quand je pense à mes parents, à l'image que j'avais d'eux dans ces années de mon adolescence, j'ai le sentiment que je voyais mon père en statue colossale d'empereur romain, environ dix fois la grandeur naturelle, et ma mère comme un de ces papillons d'une rare beauté que j'observais l'été au voisinage des grands arbres autour desquels ils aimaient planer : une représentation aussi classique devrait me rassurer. Si j'avais imaginé ma mère en colosse et mon père en papillon, je me retrouverais plongé dans des problèmes d'identification introjective avec les images parentales, problèmes qu'il vaut mieux laisser dormir dans des livres de psychanalyse au lieu de les réveiller dans le mien, mais je sais aussi que ces problèmes m'attendent dans les livres de mon père et ne faudra-t-il pas que je les accueille ici comme on retraite des déchets radioactifs ?

Que faire avec tous ces paragraphes que j'ai soulignés au crayon dans les livres de mon père ? Je ne vais tout de même pas passer ma vie à regretter de ne pas lui en avoir parlé tant qu'il était vivant ! Dans plusieurs de ses livres, il s'adresse directement à ses enfants. Il nous dit par exemple, à mes sœurs et à moi : "Je me demande si vous êtes sensibles, comme je le suis, à la tendresse de Marie." (Il ne s'agit pas d'une baby-sitter, mais de la Sainte Vierge.) "Je ne crois pas. C'est sans doute qu'il faut avoir connu les joies et les douleurs d'un homme pour connaître aussi la tendresse de la mère et ce qui en fait le prix. Je suis à l'aise avec la Vierge Marie. Je lui parle, elle m'écoute. Elle avait l'âge de mes grandes filles quand lui fut donné son fils unique." Maintenant que j'ai connu à mon tour les joies et les douleurs "d'un homme", je n'en suis pas plus à l'aise avec la Vierge Marie... Mais mon père était à l'aise avec elle. Il la voit "à mi-chemin entre Dieu et moi, exactement comme la mère, dans la famille, fait le relais entre le père et les enfants". Je ne sais pas ce que ma mère aura pensé en lisant cette phrase.

La Sainte Vierge, dont mon père se déclare le fils, devient aussi sa sœur. Mon père avait une mère, une sœur et une femme, et il compose allègrement une sainte Trinité avec ces trois femmes : il ne m'en a jamais parlé, je le découvre dans ses livres, et pas besoin de lire entre les lignes. Sous couvert de grandes déclarations affectueuses à sa femme et à ses enfants, il crée de toutes pièces un univers magique où tous les rôles sont interchangeables, sa mère devenant sa sœur, sa femme devenant sa mère, ses enfants devenant ses amis, les amis de ses enfants devenant ses enfants, Dieu étant un fils qui est père en même temps, et frère : "La paternité de Dieu traduite par Jésus, c'est l'alliance du père et du frère." La Sainte Vierge devient ma grand-mère, et je suis aussi son neveu ! Je reprendrai pour conclure ce que mon père écrivit après avoir tracé le portrait de son père : "Je suis le fils de cet homme-là."

Aussi loin que ma mémoire remonte en arrière, mon père mêlait Dieu à tout, comme d'autres ne peuvent pas faire la cuisine sans mettre de l'huile d'olive dans chaque plat. "Aussi loin que ma mémoire remonte en arrière" : je vois que je n'ai pas oublié cette expression découverte dans un livre d'André Gide que je feuilletai en cachette à un âge où je n'avais pas la concentration d'esprit nécessaire pour le lire en entier, mais dont le titre, emprunté au Nouveau Testament, m'avait intrigué : *Si le grain ne meurt*. Gide avait obtenu le prix Nobel de littérature quelques années plus tôt, ce qui me paraissait alors la plus sérieuse des références. J'avais entendu dire que ses livres étaient à l'Index, un privilège à côté de quoi le prix Nobel tout à coup pâlissait. Des explications données par mon père, j'avais retenu que les catholiques, s'ils voulaient lire un ouvrage mis à l'Index, devaient en demander la permission au pape. Comme je me contentais de feuilleter ce genre d'ouvrages, je n'avais pas besoin, décidai-je, d'importuner le Saint-Père pour si peu. Dès la première page de *Si le grain ne meurt,* j'appris qu'on appelait "de mauvaises habitudes" ce que le petit André Gide faisait sous la table avec le fils d'une concierge. Moi, c'était au fond du jardin que je m'étais livré à ce genre de rendez-vous, et, comme Gide, c'était aussi avec le fils d'une concierge ! "L'un près de l'autre, mais non l'un avec l'autre pourtant", écrivait Gide. Moi aussi ! Malgré le flou artistique dont il entoure cette révélation, je crois aujourd'hui, après avoir relu son texte, que Gide et l'autre bambin (il ne précise pas l'âge) se tripotaient chacun son zizi personnel, tandis qu'avec mon bambin à moi, nous n'avons rien fait d'autre que nous montrer nos postérieurs. Nous devions avoir sept ou huit ans. Ce qui est drôle, c'est que mon père m'avait demandé quelque temps avant de ne plus jouer avec lui : "Il va à l'école communale, il n'est pas chrétien, ce n'est pas une fréquentation pour toi." S'il avait su que nous nous montrions nos culs le soir après avoir fini nos devoirs ! En passant devant l'école communale, il m'arrivait de regarder les enfants qui jouaient dans la cour de récréation et de me dire : "Les pauvres ! Ils ne sont pas chrétiens, ils vont tous aller en enfer."

C'est à la deuxième page de *Si le grain ne meurt* que je devais découvrir et adopter l'expression "aussi loin que ma mémoire...". Invité à dîner chez les parents d'un ami, lorsque la maîtresse de maison servit une tarte aux fruits de sa confection, à peine la première bouchée avalée, je pris un ton dégagé pour dire : "Aussi loin que ma mémoire remonte en arrière, je n'ai jamais mangé une si bonne tarte." J'entends encore la mère de mon ami, Robert Dumont, fort en maths mais nul en français : "Tu devrais prendre exemple sur François, vois comme il s'exprime bien." En ronchonnant, Robert lui avait répondu que c'était facile pour moi, mon père était écrivain (le sien était colonel d'infanterie). Quand je soumis à mon père une rédaction dont je n'étais pas mécontent, il me dit, après avoir lu à haute voix l'expression secrètement empruntée à Gide : "Qu'est-ce que c'est que ce style ? Tu ne vas pas te mettre à écrire comme un épicier, maintenant ?" Je ne pouvais pas lui dire qu'en l'occurrence, l'épicier s'appelait André Gide, bête noire du Saint-Office mais prix Nobel 1947 de littérature. D'ailleurs, j'étais d'accord, "remonter en arrière" était lourdingue, il fallait être l'épouse d'un colonel d'infanterie pour se pâmer devant une mémoire qui remonte en arrière.

J'ai treize ans et je rentre à la maison. Mon père m'attend dans la cuisine. Il n'a pas sa voix habituelle :

— François, viens ici, je te prie. Où et quand as-tu lu *La Nausée ?*

Je suis abasourdi. Ce serait exagéré de dire que j'ai lu, ce qui s'appelle lire, *La Nausée,* mais j'avais acheté le livre avec l'argent que mes parents m'avaient confié pour que j'achète mon almanach Pestalozzi, et ce livre se trouvait sous mon matelas. J'étais cuit ! Ma mère l'avait sûrement trouvé en faisant mon lit ! Elle s'était empressée de le remettre à mon père ! D'une seconde à l'autre, il allait brandir le livre doublement délictueux, d'abord écrit par Sartre, ensuite lu par moi.

— Réponds ! Oui ou non, as-tu lu *La Nausée ?*

— Non !

— Alors, qu'est-ce que c'est que ça ?

"Nous y voilà", me dis-je. "Mon Dieu, je m'accuse d'avoir volé, d'avoir menti, d'avoir..."

Ce n'est pas le livre de Sartre que mon père agite

devant moi, c'est — je reconnais mon écriture — une de mes rédactions.

— Voilà ce qu'il a fallu que je trouve dans mon courrier ce matin.

— On t'a envoyé ma rédaction par la poste ?

Je reprends espoir. Cette rédaction était pleine de trouvailles. Mon père s'est assis. Il relit quelques-unes de mes phrases, sans doute celles qui l'ont le plus bouleversé. Il se tourne vers ma mère, et, d'un air complètement dépassé, il lui montre ma copie :

— François a lu *La Nausée,* c'est évident.

J'aurais voulu lui répondre : "Bien sûr que je connais *La Nausée* ! Comment l'as-tu deviné ? Papa, tu es le plus fantastique critique littéraire que je connaisse !"

Le Père Houdot, qui m'enseignait cette année-là le français, avait sobrement annoté ma rédaction : "Monsieur, voici les ténèbres dans lesquelles votre fils se complaît. Paix ! Joie ! Amour !" Houdot ! Je le retiens ! Il avait repris la devise des compagnons de saint François : "Paix ! Joie ! Amour !", uniquement pour impressionner mon père et m'enfoncer davantage. Cette histoire de paix, joie, amour, n'avait rien à voir avec mes études. J'aurais pu l'étrangler. Quel hypocrite ! Envoyer ma rédaction en douce par la poste, sans m'en parler, alors que je l'avais croisé le matin même, et qu'il m'avait souri !

Mon père est accablé :

— Cette vision du monde si négative, si laide, n'est pas la tienne.

Et le style ? Pas un mot sur mon style, sur un mélange inventif de phrases nominales et de phrases verbales. Mon père donne raison à mon professeur de français qui, en l'occurrence, se conduisait plutôt comme un professeur de religion :

— Je ne t'en veux pas de mentir, c'est affaire entre toi et Dieu, mais je veux te voir échapper à l'influence d'écrivains qui se vautrent dans la boue. Tu vas me faire le plaisir de déchirer ce torchon et de le faire disparaître dans la cuvette des cabinets.

Je n'avais pas le choix. La demande de mon père, critique littéraire mais aussi docteur en droit, avait force exécutoire, et je me suis exécuté. J'avais dû commettre une erreur, mais je ne voyais pas à quel moment. Acheter *La Nausée* au lieu de mon almanach ? Personne n'était au courant. Recopier des phrases de Sartre ? Je n'avais rien recopié du tout, je n'aurais même pas osé mettre le livre dans mon cartable. D'ailleurs, je ne faisais qu'une confiance relative à Sartre : n'avait-il pas écrit que la haine et l'amour descendent sur les gens comme les langues de feu du Vendredi Saint ? Il confondait le Vendredi Saint et la Pentecôte ! Dans ma rédaction, je m'étais inscrit dans un courant résolument moderne de la littérature de mon temps. Où était la faute ? Je n'étais pas influencé par Sartre, j'avais mon esprit critique, je ne me serais pas laissé avoir par cette façon systématique de rabaisser la valeur de l'existence humaine, de dire "ma salive est sucrée, mon corps est tiède, je me sens fade" au lieu de "paix, joie, amour".

Le résultat était pourtant là : mon père accablé dans sa robe de chambre, l'air incrédule, ressassant "il a lu *La Nausée,* il a lu *La Nausée*" comme s'il venait d'apprendre que j'avais la chtouille.

Avait-il si peu confiance en moi ? En fait, il n'avait pas supporté que je m'intéresse à une autre forme de pensée que la sienne. Si j'avais pastiché un texte de Claudel sur la Bible, ou l'ineffable prose de son ami Daniel-Rops, il ne se serait pas inquiété. Dans une rédaction qui, à mon avis, aurait manqué tout autant, sinon plus, de joie et d'amour, mon père et mon professeur auraient retrouvé avec satisfaction les lieux communs d'un catholicisme qui les rassurait jour après jour.

Ce fut la seule fois où mon père se rangea du côté des professeurs, et avec cette violence. Quand je me plaignais d'une note injuste ou d'une mesure de discipline idiote, il était toujours de mon côté. Il fallait parfois que je le tempère, pour éviter qu'il n'enfile son manteau et n'aille secouer le malheureux enseignant dont je m'étais plaint. Il m'aurait donné raison contre la terre entière quand j'étais dans mon bon droit ou que je défendais des idées qui battaient en brèche la routine des manuels scolaires. Avec mon prétendu pastiche de *La Nausée,* je m'étais trop éloigné du message biblique, je m'étais égaré dans un univers où la vie n'est plus considérée comme un miracle et un don de Dieu. Il avait vu que ma rédaction était une bonne rédaction, mais il avait réagi en homme responsable de mon avenir spirituel et du salut de mon âme. Dans ce cas, pas de quartier !

On aurait pu nous donner comme sujet de rédaction : "Racontez votre enfance." Je me serais inspiré du livre que mon père avait intitulé *Joyeuse Paternité,* au lieu de me laisser pervertir par des auteurs sentant le soufre. Pourquoi chercher ailleurs ce qu'on a sous la main ? Si je voulais que règnent la paix, la joie et l'amour dans la maison, je n'avais qu'à lire et relire *Joyeuse Paternité.* Je suis mentionné dans un paragraphe où l'auteur me regarde danser devant les poupées de ma sœur aînée. D'après le contexte, j'ai trois ans, et j'interviens au moment où mon père se dit qu'avec des enfants à nourrir, il ne pourra pas s'offrir deux fauteuils d'orchestre à l'Opéra. Regarder son petit garçon danser vaut bien pour lui une soirée de ballets : "Quand François découvre les poupées de sa sœur sous un amas d'ex-jouets qui n'ont plus de noms dans aucune langue, et qu'il exécute en leur honneur une danse bouffonne, mêlée d'exclamations, de courbettes et d'intermèdes où il se frotte les yeux de timidité, alors je ne regrette ni la musique ni la chorégraphie qu'on peut inventer pour Pétrouchka." Ni lui ni moi n'aurions pu deviner qu'une vingtaine d'années plus tard j'aurais — bien que marié depuis deux ans — une liaison torride avec une danseuse interprétant le rôle de la Ballerine dans *Pétrouchka*. Mon père s'extasierait nettement moins sur cette passade que sur les danses bouffonnes que je lui avais offertes jadis à domicile. Il s'imaginait peut-être que j'allais m'intéresser toute ma vie aux poupées de mes sœurs. Que je resterais toute ma vie le petit garçon obéissant à qui il avait expliqué avec des mots simples que la nourriture eucharistique était le corps et le sang de Jésus ? S'imaginait-il que je serais marqué toute ma vie par ma première communion ? Dans ce cas, il n'avait pas tout à fait tort puisque je me souviens très bien de ma première communion, et de mon étonnement quand Madame Marie-Isaure me prit à part pour m'annoncer que je ferais ma première communion dans deux semaines ! La vieille religieuse, avec la lente élocution persuasive qu'elle devait à son dentier, nous donnait à la fois les cours de catéchisme et de gymnastique. Dès qu'il faisait beau, elle emmenait toute la classe dans le jardin. Les chatons jaunes des épicéas, les fleurs roses de la primevère farineuse, les brins d'herbe, les coccinelles et les moucherons étaient porteurs des incessants messages affectueux que nous envoyait le Seigneur. Dans son habit blanc avec une croix bleue et rouge sur la poitrine, Madame Marie-Isaure nous demandait de mettre les mains aux épaules et de lever alternativement les bras. Elle nous montrait chaque mouvement avec le peu de dextérité que lui permettaient son âge et les vêtements encombrants dessinés par les fondateurs d'un ordre religieux apparu au XIIe siècle.

Elle me montra aussi comment ouvrir la bouche pour recevoir la précieuse hostie, et c'est là que je me suis aperçu qu'elle portait un dentier. “Jésus est si pressé de te connaître qu'il ne peut plus attendre”, me dit-elle en précisant que le sacrement produirait ses effets quand l'hostie passerait de ma bouche à mon estomac. Elle avait décidé que je ferais ma première communion avec un an d'avance, en compagnie des garçons de la classe supérieure. Avait-elle peur, étant donné ce qu'elle appelait devant mes parents et en ma présence "l'exceptionnelle maturité de ce petit", que je ne devienne voltairien ? Alors qu'avec son dentier, c'est elle qui ressemblait à Voltaire ? Dans cette école où il n'y avait que des religieuses, on fit venir pour l'occasion un prêtre qui m'a laissé le souvenir d'un bouc introduit dans un troupeau de chèvres. Un homme, un vrai, prenait la situation en main. Adieu les primevères et les coccinelles. Il nous fit comprendre qu'il allait décaper nos âmes, les astiquer, les récurer, les épousseter et les faire briller pour qu'elles soient dignes de l'hôte divin qu'elles réclamaient : "C'est par la confession qu'on forme les cœurs purs où Notre-Seigneur se trouvera bien quand il y viendra pour la première fois. Confessez-vous, confessez-vous afin de prévenir tout sacrilège !" Il nous invita à le rejoindre dans le confessionnal où il annulerait les actes par lesquels nous avions été livrés au pouvoir du diable. La famille habitait Avignon, et je fis ma première communion dans la basilique Notre-Dame-des-Doms, où les hosties furent consacrées sur un autel qui avait déjà servi à quatre ou cinq papes. Mon père avait l'air aussi impressionné que moi.

Ma grand-mère maternelle aussi était là. Chaque année, je débarquais chez elle au début des grandes vacances, tel un émir, accompagné de ma ribambelle de sœurs, et chaque année, elle m'entraînait dans la cuisine. Elle me demandait de fermer la porte et sortait d'un tiroir quelques billets de banque, me disant à voix basse : "C'est pour mes médicaments. J'ai tout inscrit sur cette feuille. Tu la montreras au pharmacien. Si on te pose des questions, tu diras que c'est pour ta grande sœur. Achète d'abord les médicaments, et avec l'argent qui reste, tu pourras t'acheter des bonbons."

Un petit garçon en culottes courtes partait acheter des calmants pour sa grand-mère. "Ce n'est pas pour la même personne ?" s'inquiétait le pharmacien. Imperturbable, je disais : "Oh non ! Nous sommes une famille nombreuse." Je me dépêchais de rentrer avec mon butin. J'en oubliais d'acheter mes bonbons. Je rapportais le produit de mon hold-up. Un travail sans bavures. En passant devant la fenêtre de la cuisine, qui donnait sur la rue, je sifflais les premières notes de "Au clair de la lune". C'était le signal. Ma grand-mère ouvrait la porte et s'emparait des précieux flacons.

Cette grand-mère fut la première personne qui m'encouragea à écrire. Même s'il ne s'agissait que de lui écrire des lettres, ce furent mes débuts de prosateur. Pendant je ne sais plus quelles vacances, et sans doute peu de temps après ma première communion, ma mère nous dit : "Un des enfants devrait écrire à Mémée", et je me proposai. Je ne trouvai rien d'autre à raconter que les menus faits des derniers jours. Je rapportai ce que j'avais vu et entendu autour de moi, des choses pas vraiment intéressantes dont j'espérais qu'elles le deviendraient pour la seule raison que je jugeais bon de les écrire. Cette première lettre rencontra un succès inespéré. Ma grand-mère m'en réclama d'autres. Je découvris qu'on pouvait plaire aux gens en leur écrivant. J'envoyai une bonne vingtaine de lettres à ma grand-mère, mon premier public. La dernière fois que je l'ai vue, elle ne sortait plus, elle me reçut dans sa chambre, sa tête disparaissait entre les oreillers, elle me dit qu'elle n'avait jeté aucune de mes lettres et qu'elle me les rendrait un jour. Elle me parla du temps où elle était vaillante et où elle aimait piquer des crises de fou rire en compagnie de ses petits-enfants. Je lui dis que je me souvenais parfaitement de toute cette époque. Chaque été, elle venait passer huit jours chez sa fille. La turbulence des enfants la ravigotait, disait-elle. Son mari, mon grand-père, nous l'amenait dans sa traction avant, qu'il appelait une berline : "François, tu vas nettoyer ma berline ?" Je me faisais aider par ma sœur Madeleine.

Laver la carrosserie à grande eau en plein soleil nous amusait. Madeleine s'occupait des pare-chocs et moi des phares. L'essuyage à la peau de chamois arrivait en finale comme une récompense. J'ai toujours aimé toucher, manipuler, froisser de la peau de chamois. Mon grand-père était tatillon, je ne voulais pas qu'il nous dise que le travail était cochonné. Il abreuvait de lettres le ministère de la Défense pour signaler les inexactitudes des cartes d'état-major indiquant des chemins carrossables qui n'existaient pas. Toute la famille était soulagée quand il repartait. Le soir, avec mes sœurs, nous attendions que nos parents soient couchés pour nous précipiter dans la chambre de notre grand-mère qui avait l'avantage, à nos yeux, d'être insomniaque.

Des années plus tard, dans une autre chambre où on lui apportait des médicaments qu'elle n'avait hélas plus besoin de me faire acheter en cachette, je lui parlai de la lumière des lampes à pétrole, de nos conciliabules nocturnes, de nos éclats de rire.

Je l'entendis soupirer : “Dieu ne nous a pas chassés du Paradis terrestre pour que nous en inventions un autre sur terre.”

Quand elle mourut, à la fin des années soixante, ma mère ne réussit pas à me joindre, et je n'ai pas pu aller à son enterrement. Mon père fut présent aux côtés de sa femme. Il le mentionne dans un livre qu'il publia peu de temps après : “Je me souviens de ton visage en pleurs, quand je suis arrivé auprès de ta maman morte.” Quelques lignes plus loin, il retrouve une de ses thématiques favorites : “Petite fille, tu étais redevenue la petite fille qui se sait la mère de sa mère.” Mais ma mère est ma mère, elle ne fut jamais la mère de sa mère. Aurait-il voulu qu'à son enterrement je me prenne pour un petit garçon qui se savait le père de son père ?

Ma mère me racontait qu'un de mes grands-oncles est mort très jeune en odeur de sainteté dans un village de l'Ardèche. Des miracles auraient eu lieu autour de son lit de mort et de sa tombe. Du côté de mon père, la légende familiale était tout aussi huppée : les Weyergraf descendaient de Goethe, "par les femmes" précisait mon père en riant et, me semblait-il, en y croyant. Du moins avais-je envie de croire qu'il y croyait, afin d'y croire un peu moi-même, après avoir pris mes renseignements sur ce Goethe mort quatre-vingts ans seulement avant la naissance de mon père, un grand écrivain et un grand amoureux, d'après ce que laissaient transparaître les textes auxquels j'avais réussi à avoir accès. Moi aussi, je me livrerais dès que possible à de fraîches amours avec une Lili ou une Frédérique, avec Suleika et tant de jeunes filles italiennes qui devaient être plus attirantes dans la vie que dans des poèmes mal traduits qui m'ennuyaient. Avant de pouvoir mener la vie de vadrouilleur d'un jeune Goethe moderne, je connaîtrai des périodes d'austérité sexuelle qui ne seront pas gaies. De ma naissance à mon mariage, tout me fut interdit. Encore heureux que je me sois marié à vingt ans ! Un mariage raté, mais peu importe, un mariage quand même, un pathétique essai de ma part pour échapper à l'emprise de mon père tout en suivant son exemple, persuadé par ses soins que le lien conjugal était à vie et exclusif, même si je n'étais pas convaincu que mon mariage refléterait le mystère de la relation entre l'Église et le Christ, ou rendrait tangible l'alliance totale et définitive conclue par Dieu avec les hommes — tant mieux pour le Christ, pour l'Église et pour tout le monde, vu le peu de temps que dura cette union annoncée comme indissoluble.

Mais avant d'en arriver à mon mariage — Noël 1961, et voyage de noces dans le Nordeste brésilien pour découvrir Fortaleza, la ville natale de ma femme — je ferais bien de mettre un peu d'ordre dans le récit de ma vie. C'est le propre des névrosés de raconter leur vie dans le désordre, et comme l'écrit aimablement quelque part Freud lui-même, "nous sommes tous plus ou moins névrosés", mais un petit effort de classement devrait m'aider à voir plus clair dans les rapports idolâtres et rancuniers que je continue d'entretenir avec feu mon père. Je m'étais tracé un programme, je m'étais fixé un ordre chronologique à suivre : de la naissance du fils à la mort du père, et j'ai l'impression d'avoir évoqué tout sauf cette naissance et cette mort. J'entends la voix de mon père, quand il voyait le week-end s'écouler sans que j'ouvre mes livres de classe : "Et tes devoirs ? Il serait peut-être temps que tu t'y attelles."

Sujet de mon devoir : "Votre naissance et la mort de votre père."

Nous sommes tous tributaires de choses qui se sont passées bien avant notre naissance — des acides nucléiques engendrèrent des protéines il y a des millions d'années, et nous continuons de devoir la vie à l'oxygène et au soleil — mais il n'est pas indispensable de remonter si loin. Les quelques années qui précèdent notre conception devraient suffire à la biographie de chacun. Mon sort s'est réglé dans les couloirs du Vatican, aux portes de la chapelle Sixtine. C'est là que mes futurs parents, qui se connaissaient à peine, se donnèrent leur premier rendez-vous. Le Vatican fut mon acide nucléique, Michel-Ange ma protéine. Je dois à la religion catholique, sinon la vie éternelle, du moins la vie tout court.

En 1936, dans l'Italie fasciste où les millions de baïonnettes comptaient davantage que les millions d'habitants, des jeunes gens catholiques venus de toute l'Europe avaient entrepris un pèlerinage sur les traces de saint François d'Assise. Les filles et les garçons voyageaient dans des autocars différents et se retrouvaient dans les lieux de prière. À Assise, ils avaient vu l'étable où était né le saint, transformée en chapelle, et, dans la crypte de la basilique, ils s'étaient recueillis devant son cercueil de pierre protégé par des grilles. Le soir, ils se réunissaient autour de grandes tables, buvaient du chianti — la paille autour des fiasques leur semblait franciscaine, *béni sois-tu, Seigneur, pour notre sœur la paille* — et ce fut au cours d'une de ces soirées, pendant que le soleil se couchait sur la ville bâtie de pierres rouges et jaunes, que la jeune Marie Lapidès écouta mon père entonner de sa voix grave un vieux chant d'église. C'était la première fois que ma mère voyageait à l'étranger. Elle est née et elle a grandi à Avignon, où son père était garagiste (est-ce la raison pour laquelle elle n'a jamais conduit de sa vie ?). Elle ne connaissait que les grandes fermes de ses oncles et tantes, dans la vallée du Rhône, et elle était allée à Paris en 1925 pour l'Exposition universelle. Elle jouait du piano et elle avait commencé d'apprendre à restaurer des instruments de musique auprès de son parrain, dont c'était le métier. Elle avait nettoyé des flûtes avec de l'huile d'amande, retouché des vernis de violons, recollé des parties disjointes de clavecins. Quand nous étions petits, mes sœurs et moi, ma mère nous parlait souvent de ce métier auquel elle avait renoncé en se mariant. Nous étions ahuris d'apprendre que, pour faire de la musique, on avait besoin de plumes de corbeau, de crin de cheval, de fanons de baleine, de défenses d'éléphant, de poils de sanglier.

Quand ma mère rencontra mon père en Italie, elle avait vingt-deux ans. Sur une photo prise à Assise, elle est stupéfiante de beauté. Quand je vis cette photo, j'avais seize ans et je me demandai qui était cette actrice. La lumière faisait penser à un film néo-réaliste. Après la mort de mon père, j'ai pris la photo dans le tiroir où mes parents l'avaient rangée. Je l'ai montrée récemment à un ami qui avait retrouvé lui aussi des photos de sa mère — aussi belle que la mienne — et qui m'a dit : "Nos pères n'avaient pas mauvais goût."

Après Assise, mes futurs parents allèrent à Vérone, où saint François s'était arrêté en rentrant de Venise. Ils suivirent une procession, le chapelet à la main, les yeux sur les bannières et les étendards bariolés qui faisaient penser à des étoffes orientales et leur rappelaient que le saint avait voulu convertir le sultan d'Égypte. C'était moins dérangeant de penser au voyage de saint François en Égypte qu'à l'invasion de l'Éthiopie par les troupes mussoliniennes. Le point culminant du pèlerinage fut Rome où Franz Weyergraf et Marie Lapidès se fixèrent rendez-vous à la chapelle Sixtine, mais, au lieu de la visiter, ils choisirent de se promener bras dessus bras dessous dans la Ville éternelle.

Toute l'histoire de l'humanité, la création d'Adam et Ève, la vie dans les cavernes préhistoriques et dans les cités lacustres, les règnes glorieux des pharaons, la conquête de la Gaule par Jules César, la chute de Constantinople, les joutes des chevaliers du Moyen Âge, les victoires de Napoléon, tous ces événements n'avaient servi qu'à préparer la rencontre de mes parents à Rome. J'imagine mon père ému, ma mère splendide et rayonnante, lui descendant de Burgondes aux cheveux graissés au beurre acide, elle étant la fleur d'une lignée de paysans et de marins qui avaient connu les plaines arrosées par l'Euphrate et fait le commerce des figues et des pistaches : la rencontre d'un dieu scandinave et d'une déesse phénicienne au Vatican !

Ce pèlerinage Assise-Rome appartient à la tradition orale de ma famille et mon père lui consacre plusieurs pages dans un de ses livres. Curieusement, il ne parle pas de ma mère et se satisfait d'une description des colonnades du Bernin et de l'intérieur de la basilique. Ma mère est scandaleusement absente de ses souvenirs romains. Tout pour le spirituel, rien pour le charnel ! Tout pour le chrétien, rien pour ma future et chère Maman ! À le lire, on dirait que mon père était seul à Rome, et qu'il visita la chapelle Sixtine en égrenant son chapelet, alors que nous sommes quelques-uns à savoir que c'était la main de ma mère qu'il pressait ardemment dans les siennes.

J'aurai attendu mon dixième ou douzième voyage à Rome avant d'aller moi-même au Vatican. J'eus la chance d'arriver à Saint-Pierre au moment où le souverain pontife en personne disait la messe sous le baldaquin aux colonnes torses du Bernin. Delphine m'accompagnait. Nous étions arrivés en taxi, ce qui était peut-être un peu désinvolte, eu égard aux générations de pèlerins qui avaient souffert, eux, avant d'entrer dans ce saint des saints. Pour Delphine, élevée par des parents communistes, venir avec moi au Vatican n'était pas très différent d'accompagner ses filles, quand elles étaient petites, au zoo du Jardin des Plantes. Je lui avais dit : "Regarde, c'est le pape !" J'aurais pu démontrer à Delphine que cette messe était célébrée par un grand professionnel, mais elle n'avait qu'une envie, celle de s'en aller : "On étouffe, ici !" Je ne voulais pas repartir sans avoir vu la chapelle Sixtine. Nous fûmes pris dans une foule de pèlerins et de touristes. C'était un jour de grande affluence. Comme disait mon père dans le texte où il raconte sa découverte du Vatican en 1936 : "Une telle bergerie n'est pas trop vaste pour le pacage de toutes les brebis. Au Vatican, nous apprenons par la chair ce que peut être l'océan des âmes." Delphine et moi étions plongés dans un océan de corps suants et transpirants. Des gardes nous empêchèrent de rebrousser chemin. Le parcours était imposé ! On ne plaisantait pas avec le service d'ordre de la Cité du Vatican. Michel-Ange avait mis huit ans à peindre son Jugement dernier. Nous pouvions bien patienter une heure ou deux dans des galeries sans ventilation. Nous n'aurions accès à la Sixtine qu'après la visite obligatoire d'une dizaine d'autres chapelles, chambres, loges, vestibules, niches décoratives, monuments funéraires et restes de mosaïques.

Les prières de jadis me revenaient en mémoire : "Seigneur, je ne suis pas digne, mais dites seulement une parole, et je verrai la Sixtine." Que faire ? Prier à haute voix pour le pape ? *Dominus conservet eum*... Dominus, conserve-moi en bonne santé, je suis claustrophobe, je vais avoir une crise de tachycardie si ça continue. Dominus, aie pitié aussi de ta servante Delphine. Tu vois bien qu'elle n'en peut plus.

Le Saint-Esprit nous exauça : Delphine eut une idée de génie. Elle fit semblant de s'évanouir et grâce à elle nous quittâmes ce cauchemar. Je la retins dans mes bras sous le regard en trompe-l'œil d'une farandole d'angelots. Qu'on nous sorte de là ! Que faisaient la gendarmerie pontificale, ses secouristes et ses brancards ? Delphine imita si bien quelqu'un qui tombe en syncope que je faillis croire moi-même qu'elle avait perdu connaissance. Un garde consentit à nous ouvrir une porte et à nous indiquer le chemin vers la sortie. Le stratagème de Delphine nous permit de nous retrouver à l'air libre en moins de deux. C'était le mois d'août. Nous allâmes déjeuner dans une trattoria. Un demi-siècle après mes parents, je n'avais pas vu, moi non plus, la chapelle Sixtine.

La chapelle Sixtine jouerait-elle dans ma biographie le rôle de la chambre à coucher où se déroule le fameux coït parental dont les psychanalystes sont friands ? Je ne savais qu'une chose de cette chapelle : sur le plafond, Dieu donnait la vie à l'homme, et plutôt que dans une psychanalyse de la chambre des parents, j'aimerais me lancer dans une psychanalyse du plafond, mais ce sera pour une autre fois.

Disons que j'ai besoin de la chapelle Sixtine pour y situer la première séquence du film que réclame mon imagination de mégalomane : je souhaite que ma vie ait commencé là, dans les parages du Vatican, avec un couple attiré par le plus grand travail dont un peintre soit jamais venu à bout dans une solitude à peu près complète, plutôt que sur un matelas à ressorts dans une ferme danoise, une ferme d'élevage qui n'avait rien d'une bonbonnière, où mes parents furent contraints de se cacher pour ne pas avoir compris qu'on ne se baladait pas, comme si de rien n'était, à travers l'Europe pendant la drôle de guerre (ils n'avaient pas non plus renoncé à leur pèlerinage en Italie malgré l'ambiance qu'y faisait régner Benito Mussolini).

Le 9 avril 1940, les troupes nazies envahirent le Danemark. "Les Allemands avaient besoin du bon garde-manger danois, et au début le joug était matériellement supportable", m'a dit un diplomate danois. Or, en 1940, mes parents se trouvaient au Danemark, où mon père, exempté du service militaire, avait accepté de travailler pendant quelques mois chez un avocat d'affaires. Il avait fait ses études de droit à l'université de Liège, la ville des princes-évêques, sa ville natale, une ville où il m'a toujours dit qu'il m'emmènerait et où je ne suis jamais allé avec lui. Il s'était spécialisé dans le droit maritime, lui qui aimait tant les montagnes ! Il n'était pas sûr alors de vouloir ou de pouvoir se consacrer exclusivement à la littérature. En 1940, mes parents étaient mariés depuis trois ans et ils avaient une petite fille baptisée Claire, comme sainte Claire, l'amie de saint François. C'est à Esbjerg, le plus important port de pêche danois, que mes parents apprirent l'invasion des Ardennes, la trouée de Sedan, la capitulation d'une Belgique qui avait cru aux vertus de la neutralité, la défaite, l'armistice et autres horreurs et atrocités.

Ils étaient arrivés au Danemark par la mer du Nord en mars 1940, et comptaient rentrer quelques mois plus tard en France, où mon père ouvrirait sa première librairie à Avignon avec l'aide financière de son beau-père, propriétaire de plusieurs garages dans le Midi. En novembre 1940, ils étaient toujours au Danemark où ils ne savaient plus quoi faire. L'avocat n'avait plus de travail pour mon père, spécialiste d'un droit maritime trop bafoué pour être encore défendu, si bien que mes parents envisageaient de se reconvertir dans la culture des betteraves sucrières. Quand ma mère s'aperçut qu'elle était enceinte, mes parents furent pris en charge par des familles qui, comme eux, avaient une dévotion particulière pour saint François d'Assise. (Mon père me dit souvent que le plus beau livre sur saint François était l'œuvre d'un Danois, Johannes Joergensen.) On annonça à Claire qu'elle aurait bientôt un petit frère. Le jeune ménage Weyergraf fut abrité dans une ferme du Jutland, et on finit par trouver un bateau qui voulut bien les emmener tous les trois au Portugal. De là, un bateau de la Croix-Rouge leur permit de rejoindre Marseille. Ma mère, enceinte de huit mois, eut peur d'accoucher à bord. C'est ainsi que je ne suis pas né au Danemark, un pays où les habitants sont trois fois moins nombreux que les vaches et les cochons qu'ils élèvent. Un passeport français confirme ma naissance à Aix-en-Provence le dimanche 4 août 1941. Les enfants nés le dimanche ont plus de chances d'être heureux que les autres, aurait dit ma grand-mère ce jour-là. J'obtins un passeport belge beaucoup plus tard, quand mon père nous fit déménager à Bruxelles. "Mais j'aurais voulu avoir un passeport danois !", ai-je dit à mon voisin, ambassadeur danois, dans le Boeing qui nous ramenait de Montréal. Il me promit de m'en établir un pour me prouver qu'il n'y avait pas que les lois du sang et du sol, mais aussi celles du désir et de la fantaisie ! "N'oubliez pas que les contes d'Andersen furent écrits en danois", a-t-il conclu. Où est-il en poste en ce moment ? Je pourrais lui rappeler sa promesse.

Si j'étais né au Danemark, j'aurais pu dire à l'école : "Je suis un Viking, les Vikings étaient des rois très puissants, ils ont attaqué Paris !" Mais je suis né en Provence, ce qui rend jaloux les Danois que je rencontre et qui ne comprennent pas que je leur dise que j'aurais préféré naître au Danemark. Si on ne m'avait rien raconté, je n'y penserais même pas, mais pendant mon enfance, j'avais le sentiment qu'on m'avait empêché d'être différent des autres, et je voulais être différent, je voulais être danois ! On remuait sans arrêt le fer dans la plaie. Une de mes tantes arrivait à la maison : “Comment va notre petit Danois ?” Je refusais d'ingurgiter une cuillère d'huile de foie de morue : “Au Danemark, les petits enfants ne font pas tant de simagrées.” Comme je ne suis pas né là où je voulais, je réponds n'importe quoi à ceux qui veulent savoir où je suis né. Il m'est arrivé de dire que je suis né à Singapour, le Gibraltar de l'Extrême-Orient, et ce fut reproduit dans un magazine. Ma mère me demanda de la prévenir la prochaine fois que je déciderais d'être né dans des endroits bizarres : elle ne voulait pas être prise de court quand ses amis lui poseraient des questions sur ce qu'elle faisait aux antipodes pendant les années quarante !

Maintenant, quand on me demande où je suis né, je réponds que je suis né dans le catholicisme. Les gens croient que je plaisante mais je ne plaisante pas.

En septembre 1955, j'entrai en troisième latine et j'eus M. Laloux comme professeur titulaire. J'étais pour la première fois dans une classe dont le professeur n'était pas une nonne ni un prêtre. On disait que M. Laloux avait perdu sa femme dans des circonstances tragiques, qu'il n'avait pas d'enfants et que ses élèves étaient sa seule famille. On disait aussi que c'était un des meilleurs professeurs du monde. J'avais quatorze ans quand je devins son élève et quarante ans plus tard je pense encore à lui avec la plus affectueuse admiration, des mots dont je suis peu prodigue. Il nous enseignait le grec, le latin, le français, la géographie et l'histoire. Il me fit apprendre par cœur le premier chant de l'*Iliade*. En grec ! Il proposait à ses élèves de donner les cours à sa place. Je relevai le défi et je donnai deux cours sur Blaise Pascal, un cours sur les châteaux de la Loire et un autre sur les animaux dans la poésie latine.

M. Laloux nous fit tenir un “Cahier de lecture” dans lequel il nous demandait d’analyser au moins un livre par mois. Nous devions commencer par donner des informations sur la vie de l’auteur, et terminer par un choix personnel de “beaux passages” qu’il fallait recopier et commenter. Pour mon premier travail, j’avais choisi le livre de Daniel-Rops sur l’histoire de l’Église de la Renaissance et de la Réforme, un livre de six cents pages où je lus pour la première fois les noms d’Érasme et de Piero della Francesca, deux hommes que je révère aujourd’hui. Mon père connaissant Daniel-Rops, cela me permit d’avoir des renseignements de première main pour ma notice biographique. J’ai retrouvé ce Cahier de lecture dans mes archives, et en comparant ma notice à celle du dictionnaire Robert des noms propres, je suis vexé de devoir reconnaître que celle du Robert est mieux faite que la mienne.

Dans son livre, Daniel-Rops décrivait le pillage de Constantinople par les troupes du sultan ottoman Mahomet II, la ville livrée pendant trois jours et trois nuits à la soldatesque victorieuse, des milliers de chrétiens égorgés à l’intérieur de Sainte-Sophie où ils s’étaient réfugiés, tous les hauts personnages de la cour suppliciés, la tête de Constantin clouée au sommet du grand fût de l’Augustion... Dans mon Cahier, je recopie ce passage tout du long, et le fais suivre de mes observations, qui tiennent en une ligne : “Cette vigoureuse description est d’une sombre grandeur.”

Je passe sur l’analyse beaucoup plus fouillée d’un portrait de Savonarole prêchant à Florence. “Ses yeux lançaient des flammes.” J’ai admiré cette phrase ! Des yeux qui lancent des flammes ! Dans l’immense cathédrale, du haut de la chaire de Santa Maria del Fiore, les yeux de Savonarole étaient des lance-roquettes. Je fus satisfait de pouvoir relever là une hyperbole, et j’approuvai Daniel-Rops d’avoir écrit que les yeux lançaient des flammes, non des éclairs.

Dans ce Cahier de lecture, je pars vaillamment à la recherche des figures de style, je déloge une hypallage, je débusque un zeugma, je me réjouis d'un paradoxe. Chateaubriand fut mon pourvoyeur d'éthopées. Au second trimestre, j'ai réussi à détecter une anacoluthe chez Montherlant. Voici le commentaire de M. Laloux : "Je cherche en vain l'anacoluthe dans la phrase que vous citez. Où, diable, la voyez-vous ?"

J'analyse un ouvrage de Georges Duhamel, *La Musique consolatrice* : dans des pages consacrées à Jean-Sébastien Bach, j'apprends l'existence du boogie-woogie. Je m'extasie sur un "beau passage" où Duhamel évoque une soprano à la longue chevelure blonde, sans doute postiche, qui se déroule lentement pendant les dernières mesures de la mort d'Isolde ("cette scène si poignante", précisait l'auteur). Toujours dans la rubrique des beaux passages, je recopie une phrase du compositeur Jules Massenet : "La vie de Schubert, si remplie d'amitié, est si pauvre d'amour que l'on cherche une femme autour de soi pour la lui mettre dans son lit." Contrairement à son habitude, M. Laloux n'a pas commenté le choix de ce beau passage.

Pendant des semaines, je me pris pour Schubert et je rencontrais Massenet. Voilà ce qui se passait quand mes parents me croyaient bien tranquille dans ma chambre, absorbé dans mes devoirs ! Jules Massenet me présentait à des chanteuses pleines de passion et de volupté. L'auteur de *Manon* et de *Thaïs* me jetait dans les bras de ses interprètes. Manon m'embrassait dans le cou, Thaïs chantait : "Dis-moi que je suis belle !" Nous vivions des moments délicieux. Parfois, Massenet s'asseyait au piano et entonnait sa *Nuit d'Espagne,* son *Souvenir de Venise.* Un soir, en pleine période d'examens, la plus friponne de ces jeunes beautés apparut dans ma chambre. Elle déposa ses boucles d'oreilles sur mon cartable, enleva sa robe de taffetas bleu... Reconnaissance à Massenet ! Le prochain disque de lui que je vois, je l'achète.

Je vais ranger ce Cahier de lecture. Je ne veux pas que le jeune François m'envahisse. Trop, c'est trop. Se prendre pour Schubert ! Coucher avec les amies de Massenet ! Et puis quoi encore ? Il n'avait jamais entendu une mesure d'un lied de Schubert, il ne connaissait même pas le mot "lied". Quant aux sopranos... Il n'avait jamais vu une femme nue. Je sais tout ce que je lui dois, mais si je continue à le laisser faire, il va rappliquer dans cinq minutes avec sa photo de classe, que dis-je, avec les photos de ses grandes vacances, celle où il pose au sommet du col de l'Izoard comme s'il récitait le monologue d'Hamlet, ou celle où il apparaît en maillot de bain et se prend pour un des acteurs de *Tant qu'il y aura des hommes,* Burt Lancaster de préférence (et à ses côtés, jouant à Deborah Kerr, nous aurons droit à sa petite sœur Madeleine).

Mais on ne congédie pas aussi facilement un de nos grands experts en figures de rhétorique, un des spécialistes mondiaux du zeugma et de l'éthopée, qui se prend pour le petit Jésus dans le temple, assis au milieu des docteurs de la loi : "Tous ceux qui l'entendaient étaient frappés de son intelligence et de ses réponses" (évangile selon saint Luc).

Dans la rue aujourd'hui, reconnaîtrais-je l'enfant de quatorze ans que j'étais, celui qui mettait son point d'honneur, depuis qu'il avait vu une photo d'Einstein, à porter des pull-overs quand toute sa classe était en veston ?

Si je n'avais pas rouvert mon Cahier de lecture, je n'aurais sans doute jamais revu le mot "éthopée" avant de mourir. On m'aurait demandé ces jours-ci : "Tu sais ce que c'est, une éthopée ?", j'aurais été obligé de dire non. Le garçon de quatorze ans que j'étais savait ce que ce mot voulait dire : "Éthopée, figure de pensée consistant à peindre en quelques traits le caractère d'un personnage."

Vais-je raconter maintenant la soirée inoubliable que

passa notre petit Jésus, prix de français dans un des meilleurs établissements scolaires de la chrétienté, lorsqu'il fut reçu chez eux par un célèbre psychologue suisse et sa femme, M. et Mme Jean Piaget ?

J'obtins le troisième prix à un grand concours organisé dans l'enseignement secondaire, à l'échelon européen, par l'Union de banques suisses. Le premier prix était le poids des parents de l'élève en fromage de gruyère provenant de la ville du même nom. Le deuxième prix, des cours privés de tyrolienne donnés par un berger de l'Oberland bernois, et le troisième prix un dîner chez M. et Mme Jean Piaget. Du quatrième au cinquantième prix : des tablettes de chocolat Nestlé. Je fus mortifié de ne pas avoir le premier prix, mais je compris qu'il serait plus enrichissant d'approcher le célèbre psychologue helvétique. Mon père acquiesça : "Cette rencontre sera un souvenir que tu garderas toute ta vie, tandis que le fromage de gruyère..." On me montra des photos de Jean Piaget, et j'éprouvai sur-le-champ de la sympathie pour cet homme qui s'intéressait comme moi à l'intelligence.

Mme Piaget m'attendait sur le pas de la porte. J'étais très intimidé. Je lui tendis le bouquet de fleurs qu'on m'avait dit de lui offrir. Ce fut son mari qui les disposa lui-même dans un vase qu'ils avaient reçu, me dit-il, le jour de leur mariage. Pendant le repas, Mme Piaget enleva gentiment toutes les arêtes du poisson dans mon assiette, un omble-chevalier pêché le matin même par son mari dans le lac de Neuchâtel.

Jean Piaget fut de bonne humeur pendant tout le repas. Il s'étonnait de tout, et pour marquer son étonnement il commençait sa phrase par "Bonté divine !" Il me demanda mon âge et me confia que lui aussi était né au mois d'août, mais cinquante-neuf ans plus tôt. "Alors, je suis assise entre deux Lions !", dit Mme Piaget. J'étais ravi d'être reçu seul chez les Piaget. S'il y avait eu d'autres invités, et surtout d'autres adolescents, j'aurais eu l'impression de n'être là que pour illustrer un des stades du développement intellectuel que s'efforçait de définir le maître de maison. Jean Piaget avait commencé de publier des articles à l'âge de onze ans. Je l'ai étourdiment coupé : "Comme moi !" Le premier article de Jean Piaget était consacré à l'observation d'un moineau albinos et avait paru dans un journal de Neuchâtel, *Le Rameau de sapin.* Le mien était le compte rendu d'une fête organisée dans le préau de mon collège, et destiné à *L'Éveil,* la revue du collège. Dans cet article, je stigmatisais le fait que les pistolets à eau vendus aux élèves certains jours de fête leur étaient confisqués dès qu'ils s'en servaient, en visant notamment les professeurs, et que ces pistolets confisqués étaient ensuite remis en vente par les professeurs qui venaient de les confisquer. L'article fut censuré et je fus convoqué par le Père Recteur qui me demanda pourquoi mon âme était si noire. Jean Piaget sursauta : "Bonté divine ! Votre Père Recteur n'avait pas compris que vous faisiez preuve d'un raisonnement déductif..."

Mme Piaget évoqua l'adolescence de son mari, pendant que le professeur bourrait sa pipe. Jean était un spécialiste des mollusques avant de s'intéresser aux nourrissons. À quinze ans, il avait déjà publié plusieurs articles sur des mollusques suisses de la collection du conservateur de Neuchâtel. "Mais aussi des mollusques colombiens et des mollusques bretons", dit le professeur Piaget, la pipe à la main. Mme Piaget ne se laissa pas troubler. Elle continua : "On proposa alors à mon mari, à mon futur mari plutôt, le poste de conservateur de la collection de mollusques du musée de Genève, mais il a dû refuser, pensez donc, il n'avait pas fini ses études secondaires !" J'aurais voulu dire aux Piaget que j'avais installé un musée dans ma chambre, et leur décrire ma collection, une collection qui tenait de l'autoportrait, comme toute collection qui se respecte, mais je n'osai pas interrompre Mme Piaget. Je finis par raconter qu'à l'âge où M. Piaget écrivait ses premières études sur les mollusques du lac Léman, j'étais devenu critique littéraire. J'avais publié des recensions de livres pour adolescents dans un journal. Winnetou et Biggles étaient les deux héros que j'avais recommandés le plus chaudement à mes lecteurs. M. et Mme Piaget n'en avaient jamais entendu parler. “Mon ignorance est encyclopédique !”, dit Jean Piaget.

Au dessert, je repris deux fois de la mousse au chocolat maison. Jean Piaget parla de son travail, assurant qu'il vaut mieux ne jamais rien planifier, sous peine de fausser les résultats. Une expérience, dit-il en me regardant de ses yeux bleus, est une réussite quand son résultat est inattendu : “Dites-vous bien que tout ce qui a vraiment de l'intérêt se situe de façon quasi nécessaire en dehors de tout projet préétabli.” J'étais complètement éberlué. On m'avait toujours dit qu'il fallait tout planifier.

M. Piaget se pencha soudain vers moi : “Mais vous, qu'est-ce qui vous intéresse le plus en ce moment ?

— Les figures de style.

— Ah ! Puissiez-vous être créatif ! Ne vous contentez pas d'hériter de toutes ces figures de style, considérez-les comme un tissu dans lequel vous couperez vos propres vêtements. Dites-moi, vous aimez la métaphore, les hypallages...

— J'aime surtout l'éthopée.

— Bonté divine, l'éthopée !”

Ce fut après cette conversation sur l'éthopée, ses pompes et ses œuvres, que je dus prendre congé. Un chauffeur me reconduisit dans la famille où les organisateurs du concours m'avaient logé. Je promis aux Piaget de revenir les voir. Mes études, mes premiers émois amoureux, ainsi que les innombrables colloques et symposiums auxquels assistaient M. Piaget et son épouse, nous ont éloignés les uns des autres jusqu'à ce jour d'hiver, presque vingt ans plus tard, où j'aperçus dans une rue de Genève la haute silhouette un peu voûtée de Jean Piaget qui réfléchissait en poussant devant lui son vélo, un béret enfoncé sur ses abondants cheveux blancs. Mon premier mouvement fut de courir vers lui, de le rattraper, de lui dire que je venais de lire avec profit son livre sur la formation du symbole : "Monsieur Piaget, vous vous souvenez de moi ? Vous ne me reconnaissez pas ? Nous avions parlé de mollusques et d'éthopée..."

C'était une fin d'après-midi de novembre et il faisait déjà noir. J'étais arrivé à Genève la veille en compagnie de Jennifer, une jeune Américaine que je connaissais depuis huit jours. Jennifer est la seule femme que j'aie jamais abordée dans la rue. J'étais dans un café des Champs-Élysées après avoir vu un film à la séance de minuit, et elle était entrée, pieds nus dans des espadrilles, portant un vieux manteau de fourrure un peu râpé, des jeans et un de ces chemisiers en soie dont j'appris ensuite qu'ils étaient sa seule coquetterie. Quand elle quitta le café, je la regardai s'éloigner à travers la vitre, accablé à l'idée que je ne la verrais plus jamais. Ce fut plus fort que moi : je la rattrapai à hauteur du métro George-V et je lui dis qu'il fallait que nous nous connaissions. Un an plus tard, dans un restaurant grec de la rue Saint-Séverin où nous fêtions ses vingt-cinq ans, elle m'annonçait qu'elle devait rentrer aux États-Unis et me déclarait : "Si tu ne viens pas avec moi à Philadelphie, je te tue !"

Mais à Genève, nous n'en étions pas encore là. Jennifer me tenait par la taille quand j'avais reconnu de loin Jean Piaget, et je n'avais pas voulu me séparer d'elle. Je m'étais contenté de ralentir le pas pour observer le glorieux professeur qui s'éloignait dans une rue en biais. Aurais-je dû parler de lui à Jennifer et lui dire que j'avais mangé de la mousse au chocolat chez ce vieux monsieur ? Je n'allais pas l'ennuyer en lui racontant mon enfance, et d'ailleurs je ne savais pas comment on dit “mousse au chocolat” en anglais. Nous avions continué de marcher vers le pont du Mont-Blanc et les rues en pente raide de la vieille ville. En voyant disparaître Jean Piaget et son vélo, je m’étais dit que je venais d’avoir une vision de mon avenir, et que ces cheveux blancs, ce béret, ce vieillard alerte, étaient la projection de ce que je serais dans quarante-cinq ans, un stimulant que la vie me présentait. Je m’étais fabriqué en un tournemain une vieillesse sereine et bien portante ! Lorsque j’ai publié *Machin Chouette,* mon premier roman, j’en ai envoyé un exemplaire à Jean Piaget. Il me remercia par quelques mots sur une carte de visite, mais je suis sûr qu’il n’en a pas lu une ligne.

Ce premier roman, Jennifer n’aura jamais su qu’elle m’avait aidé à le finir. J’y travaillais depuis trois ans quand je l’ai rencontrée. Je n’écrivais pas tous les jours, mais par périodes de deux ou trois mois, des périodes d’écriture intensive dans les temps libres que me laissaient mes autres travaux, surtout des films que je tournais pour diverses télévisions et qui me permettaient de voyager. Les pages s’accumulaient. Je n’avais pas le cœur de m’en séparer. Je me conduisais avec mon livre comme un petit enfant qui se retient d’aller à la selle. Et devant le monceau de pages que j’avais rédigées — allant jusqu’à récrire vingt fois certains passages — j’avais perdu de vue le plaisir, aussi intense, mais plus bref, de l’évacuation. Jennifer m’aida, sans qu’elle s’en rende compte, à prendre la décision de finir mon livre, ou plutôt d’en finir avec ce livre que personne ne me réclamait, puisque personne ne l’attendait. Elle n’y fut pas pour grand-chose car j’ai l’impression, en y repensant aujourd’hui, que le livre était arrivé à maturité. Mais le fait est que je choisis les bonnes versions de chaque chapitre, que j’arrêtai l’ordre définitif de ces chapitres et que je portai le tout à un éditeur, poussé par la seule envie d’obtenir une avance afin de pouvoir continuer d’inviter Jennifer dans les restaurants ouverts tard le soir où elle aimait qu'on se retrouve. Nous partions attendre le lever du jour dans des boîtes de nuit où elle ne dansait pas et buvait du champagne-orange en se penchant de temps en temps vers moi pour m'embrasser dans le cou. Nous nous séparions au petit matin, et chacun rentrait chez soi. Quand j'écrirai *Coucheries,* notre histoire m'inspirera un chapitre qui risque d'être assez réussi : je n'ai jamais couché avec Jennifer, ce qui ne l'empêcha pas d'exercer sur moi une séduction qu'il faut bien que j'appelle érotique. Dans le studio qu'elle occupait à Neuilly, cette merveilleuse jeune fille grande et mince comme une statue étrusque me demandait de la déshabiller — elle-même ne restait pas inactive — mais elle se mettait à trembler comme une feuille si mon sexe frôlait le sien. Elle m'entraîna dans le dédale de l'amour courtois, un amour où les regards donnent plus de joie que les baisers. Ses yeux verts avaient la couleur transparente de l'aquarelle. Je devins son troubadour. J'avais étudié la poésie du XIIe siècle et je me souvenais que les meilleurs médiévistes s'accordent pour dire que l'amour courtois n'a pas toujours exclu le bonheur physique. Dans le vacarme d'une boîte de nuit — nous ne nous sommes pratiquement jamais vus à la lumière du jour — Jennifer me fit comprendre qu'elle avait quitté la Pennsylvanie après avoir été victime d'un viol collectif dans la cave d'un bâtiment de son université. Elle avait parlé sans élever la voix malgré la musique. Elle se leva brusquement pour aller sur la piste de danse où je vis la lumière stroboscopique lui donner les gestes ralentis qu'on a dans les cauchemars. Quand je lui demandai pourquoi elle s'était laissé aborder sur les Champs-Élysées, elle me répondit que j'avais l'air tellement doux, *so sweet...* Après son départ, nous nous écrivîmes plusieurs fois par mois. Elle avait repris ses études. Un jour, elle m'annonça qu'elle allait revenir à Paris, qu'elle ferait l'amour avec moi et qu'elle souhaitait qu'on vive ensemble, même si elle savait que je vivais avec Delphine. Ensuite, je n'eus plus de nouvelles. Elle cessa de répondre à mes lettres. Je pensai qu'elle avait dû se marier. Je finis par lui écrire à l'adresse de ses parents, et je reçus une lettre de sa sœur, tapée à la machine, m'informant que Jennifer s'était suicidée deux mois plus tôt.

IV

Il fallut utiliser les forceps pour me contraindre à quitter ma mère, cette jeune Méridionale aux longs cheveux noirs qui, sur une photo où je semble avoir à peine trois semaines, me fait des yeux de velours. J'en aurai entendu parler, de ces forceps ! Mes cheveux n'ont jamais poussé sur la cicatrice qu'ils me laissèrent à la tempe droite, du même côté qu'un œil tellement myope qu'il fait de moi presque un borgne et m'empêchera d'apprécier le cinéma en relief — une invention sans avenir — mais aussi de conduire avec tout le brio souhaité. Chaque fois qu'il s'agissait de doubler un camion, je voyais les véhicules qui arrivaient en face beaucoup plus près qu'ils ne l'étaient en réalité, et une petite manœuvre exécutée de main de maître me faisait revenir sagement derrière mon camion, quitte à être traité de tous les noms par mes passagers. J'en parle au passé, ayant de guerre lasse renoncé à la conduite automobile le jour où j'avais réussi à doubler non pas un, ni deux, mais trois camions-citernes. Épuisé par cet exploit, je m'arrêtai pour boire un café, et au moment de repartir, je vis avec horreur les trois camions-citernes passer en trombe devant ma voiture à l'arrêt en la saluant de longs coups d'avertisseurs. Tout était à recommencer ! Je changeai d'itinéraire et me retrouvai à Modène alors qu'on m'attendait à Bologne. Je me réjouis tous les jours de ne plus être un automobiliste. Je dois une bonne partie du peu de sérénité dont je dispose au fait de ne plus m'enfourner dans une voiture dès que je mets le nez dehors et je n'ai plus à me torturer les méninges pour me souvenir de l'endroit où je suis garé, ce qui fut la hantise constante de mon père lorsqu'il acheta sa 2 CV après avoir courageusement décidé d'apprendre à conduire à quarante ans. Moins myope que moi, il était tout aussi froussard au moment de doubler. Quand j'étais à côté de lui, il m'ordonnait de me taire pendant toute la manœuvre, ce que j'aurais fait de toute façon, recroquevillé de peur sur mon siège. Il accélérait et disait entre ses dents : "Allez ! Plus moyen de reculer !" et nous foncions à toute vitesse droit sur un quinze tonnes. Tandis que mon père nous précipitait sur le camion, je voyais celui-ci faire du sur-place : il était plus éloigné que je ne l'avais cru, et nous nous rabattions sans problème sur la droite.

On ne m'a jamais dit que j'avais des problèmes de vision stéréoscopique. Je l'ai découvert en répandant de l'eau à côté des doigts du prêtre quand j'étais enfant de chœur et m'occupais des burettes. C'est un des inconvénients de ma vision restreinte : je ne place pas toujours le goulot de la bouteille exactement au-dessus du verre quand je dois servir à boire, mais je heurte d'abord discrètement le bord du verre avec l'extrémité de la bouteille pour prendre un repère et ne rien verser à côté. C'est un petit truc qui rend service.

À cause de ma cicatrice, je n'ai jamais aimé les coiffeurs. Je m'humiliais jusqu'à leur dire : "Attention, ne dégagez pas les tempes !", mais quand ils me rendaient mes lunettes, je découvrais ma cicatrice artistiquement dénudée. C'est un des problèmes posés par la myopie : on ne peut pas surveiller le travail des coiffeurs. La mode des cheveux longs arriva beaucoup trop tard. J'avais eu le temps de souffrir à l'école, où inévitablement, chaque année, deux ou trois demeurés me montraient du doigt et me lançaient des gentillesses comme “tu as un trou dans la tête !”, “il te manque une vis !”. Je n’allais pas leur parler des forceps, ils ne connaissaient même pas le mot. J’avais adapté à mon usage la parole du Christ en croix : “Seigneur, pardonne-leur, ils ne savent pas qu’ils sont bêtes comme leurs pieds.” À Avignon, mon père m’emmenait chez son coiffeur, un petit vieux qui avait coupé les cheveux de tout ce qui comptait dans le cinéma français aux studios de la Victorine avant guerre. De tous mes coiffeurs, c’est celui qui savait le mieux mettre ma cicatrice en valeur. Avec lui, j’avais l’air d’un trépané. À la fin, il me soufflait dans le cou, son haleine empestant le Ricard, pour disperser les cheveux coupés. La boutique de ce figaro se trouvait rue Notre-Dame-des-Sept-Douleurs. À Noël, il m’offrait une mandarine. En regardant ma cicatrice dans le miroir de la salle de bains, je me posais des questions sur les forceps. Cet objet ressemblait-il à un ouvre-boîte ou à un casse-noix ? Je regrette d’avoir gaspillé dans un de mes romans, en la reproduisant sans commentaire, une phrase que j’entendis très jeune. Dans la cuisine, mes parents bavardaient avec une amie et la conversation tomba sur moi. J’entendis ma mère prononcer la phrase suivante : “À la naissance de François, le docteur a dit qu’il mourrait ou bien qu’il deviendrait fou. Normalement il n’aurait même pas dû survivre.” Depuis des années, ma mère proteste énergiquement quand je fais allusion à cette phrase. Elle ne l’a-ja-mais-pro-non-cée. Le docteur non plus. C’est de la pure in-ven-tion. Constatant chaque jour que je ne mourais pas, je me suis donc attendu pendant des années à devenir fou.

Ce médecin — excellent accoucheur, je suis forcé et même forcepsé d’en convenir — n’avait pas pensé dans sa cervelle d’oiseau à une troisième solution : on peut échapper à la mort sans devenir fou, il suffit de devenir névrosé. Mon père non plus n'envisageait pas que la névrose puisse atteindre un membre de sa famille. Quand il évoque un couple modèle, “un ménage accordé, où le moindre rire a sa signification secrète, un ménage heureux dans son harmonie amoureuse”, il précise : “Ces époux sont entourés d'enfants qui sont gais, pleins de fantaisie et de santé. On est tranquille pour ces gens-là. La névrose peut passer au large de leur maison et les marchands d'infidélité en seront pour leurs frais...” La névrose vint s'installer dans ma chambre et les marchands d'infidélité ne pourront pas dire que je fus un mauvais client.

Un des avantages d'aller à la messe était de pouvoir regarder les jambes des jeunes filles qui s'agenouillaient devant moi sur les prie-Dieu. Quand je dis “les jambes”, il faut entendre la seule partie un peu charnue qui s'offrait à la vue entre le bas de la robe et les socquettes. Celles qui portaient déjà des bas nylon étaient rares. Je me souviens d'une famille nombreuse dont les deux aînées étaient d'adorables collégiennes qui auraient à coup sûr inspiré Francis Jammes : elles avaient des jambes d'albâtre. Je réussis quelquefois à m'agenouiller à côté d'elles sur les coussins du banc de communion. Je faisais au Christ l'offrande des sentiments chastes qu'elles m'inspiraient. Après la messe, mon père, qui n'avait pas été dupe de mon manège, me demandait pourquoi je n'étais pas allé communier en même temps que lui. S'il n'y avait pas eu de jeunes filles dans les églises — seuls endroits où je pouvais en contempler pendant trois quarts d'heure d'affilée — aurais-je cessé beaucoup plus tôt d'assister à la messe ? Rien n'est moins sûr. Il était inconcevable qu'un des enfants dise un beau dimanche, quand toute la famille était sur le point de partir pour l'église : “Je n'y vais pas !” Il aurait fallu un courage égal à celui des prisonniers qui se taisent sous la torture. J'allais à la messe parce qu'on ne me laissait pas le choix. Mes parents ne m'ont jamais dit : "Tu préfères aller à la messe ou au cinéma ?" Mon père vivait dans son rêve, dans un univers où tous ses actes devaient être rachetés par les souffrances du Christ qui était mort jadis pour son salut : "Dieu a racheté la chair misérable", a-t-il écrit à propos de rien de moins que son propre mariage. Il nous entraînait dans son rêve comme un gradé entraîne sa troupe au casse-pipe. C'est en observant leurs parents, disait-il, que les enfants acquerront des réflexes chrétiens. Son mot d'ordre était "christianiser". Il fallait tout christianiser. Je le cite : "Apprend-on la maladie d'un ami, la mort d'une tante, la joie d'une naissance ? Que la famille entière vibre aussitôt de la même réaction sous l'impulsion des parents, qu'on se mette en prière pour supplier le Seigneur, le remercier, le louer." J'aurais eu du mal à faire vibrer ma famille entière devant les jambes des jeunes filles de la paroisse. Quand nous partions tous ensemble à la messe, c'était dans d'autres intentions. Ma mère disait : "Que ceux qui sont déjà prêts partent en avant ! N'oubliez pas vos missels !" Chacun des enfants avait son missel relié en cuir, des modèles luxueux sur lesquels mon père avait de grosses remises. On rangeait tous les missels sur le coin de la cheminée de la salle à manger, et je comparais cette pile à un gratte-ciel, un mot qui convient mieux, en effet, à des missels qu'à des immeubles. Le sermon était toujours un grand moment. Mes sœurs et moi avions un orateur favori, l'abbé Delval. Nous avions du mal à étouffer nos fous rires, même quand il abordait des sujets graves comme la mort ou l'enfer. Il ponctuait chacune de ses phrases en levant le bras et en faisant trembler sa main. On aurait dit que, perché en l'air au-dessus des fidèles, il essayait de dévisser une ampoule. Il était irrésistible. Après la lecture de l'Évangile, quand on s'asseyait pour écouter le sermon, si c'était lui qui montait en chaire, nous nous disions : “Chouette ! C’est M. l’abbé Delval aujourd’hui !” Il s’installait là-haut, il étalait devant lui les pages de son sermon, faisait un signe de croix, levait la main, se saisissait d’une ampoule, et, délicatement, sans se laisser distraire par ce qu’il disait, il la dévissait et la faisait disparaître avant d’en dévisser une autre. Le temps d’un sermon, il vous aurait dévissé toutes les ampoules d’une façade de casino à Las Vegas.

Les églises sont faites pour l’adoration, et j’y adorais des visages, des chevelures, des seins naissants, des corps souples, des nuques comme des pétales de roses roses. J’adorais de loin Dieu et les jeunes filles, un Dieu enfermé dans le tabernacle et des jeunes filles aux jupes plissées qui s’agenouillaient si joliment, et à qui je n’osais pas sourire.

À neuf ans, je fus pris d’une dévorante passion pour Marie-Cécile, une jeune amie de mes parents, une infirmière d’une vingtaine d’années. Je me suis retrouvé seul avec elle pendant toute la durée des vacances de Pâques en 1951. Elle m’avait emmené dans la maison de campagne de ses parents pour soulager les miens, une maison cossue et confortable, dans une étroite vallée non loin du ballon de Guebwiller. Nous faisions de grandes promenades, et s’il pleuvait, nous jouions aux dames, ou bien nous lisions chacun dans notre coin. Le soir, on jouait à cache-cache dans le noir avant d’aller se coucher. Derrière la maison, il y avait un étang où j’observais des salamandres qui avaient des couleurs de sucres d’orge. Dans une ferme où nous allions chercher des œufs, on avait demandé à Marie-Cécile si j’étais son petit frère. Au lieu de dire que j’étais son amoureux, elle avait répondu que j’étais le fils de deux grands amis à elle, et j’avais refusé de jouer avec elle ce soir-là. J’étais éperdument amoureux d’elle, même si je ne m’en rendis compte que beaucoup plus tard. Elle aurait pu faire de moi ce qu'elle voulait. J'ai raté là une belle occasion de traumatisme sexuel, sans compter l'excellent chapitre que cela me fournirait pour *Coucheries* ! Mais je mélange tout ! C'est moi, aujourd'hui, devenu un homme de plus de cinquante ans, qui voudrais bien retrouver dans mes bras plutôt que dans mon souvenir Marie-Cécile telle qu'elle était à vingt-quatre ans, avec ses yeux verts et son allure d'Ingrid Bergman dans *Jeanne d'Arc,* une robe longue en guise d'armure. Hélas, on ne couche pas avec ses souvenirs, et les ruminer n'est pas gai. Quand j'avais neuf ans, je pensais qu'un lit ne servait à rien d'autre qu'à dormir : si mes parents dormaient ensemble, c'était parce qu'ils s'aimaient tellement qu'ils n'avaient pas envie de se quitter le soir. Je me demandais comment les enfants réussissaient à entrer dans le ventre de leur mère avant d'en sortir. Je me posais la question chaque fois que ma mère nous annonçait la future naissance d'un petit frère ou d'une petite sœur — je priais pour que ce soit une petite sœur, et je dois dire que j'ai eu de la chance. La naissance d'un frère aurait été une catastrophe. Tout le monde se serait occupé de lui. On l'aurait mis dans ma chambre. La dernière fois que ma mère fut enceinte, elle déclara devant ses six enfants : "Cette fois-ci, ce sera un petit frère, vous verrez." Je la comprenais. Elle avait déjà cinq filles. Mais qu'on se mette à ma place ! J'allais devenir comme ces vieux empereurs qui gardent leur titre mais dont tout le monde se fiche. Il n'y en aurait plus que pour l'autre, le nouveau, le plus jeune. Je me disais : "Il ne faut pas qu'il naisse ! Jamais ! Jamais !" Et ma mère ne parla plus de ce petit frère. Je n'appris que des années plus tard qu'elle avait fait une fausse couche. Peut-être l'ai-je su à l'époque, mais alors je m'empressai de l'oublier. J'avais la conviction d'avoir fait mourir cet intrus. C'était moi et moi seul le responsable, le meurtrier, l'assassin, le tueur. Ce ne fut pas chez un juge d'instruction que j'avouai ce crime, mais assis en face d'une psychanalyste (et mère de famille) qui me parla comme à un *serial killer* : "Vous en avez encore beaucoup en réserve, des morts comme ça ?"

Lors de la première visite médicale au collège, je fus effaré de voir tant de garçons tout nus : des dizaines et des dizaines. Moi, j'avais gardé mon caleçon. Je n'avais pas l'habitude des visites médicales à l'école. Ce n'était pas chez Madame Marie-Isaure que j'aurais vu ça. Maintenant, j'avais onze ans et je vivais dans une ville disposant d'un aéroport international et comptant plus d'une centaine de salles de cinéma, dans une ville qui était la capitale d'un pays. À côté du collège de Bruxelles, mon école d'Avignon ressemblait à une cabane de berger. On nous fit souffler dans des bonbonnes, on nous fit passer sous la toise, on m'entra une sorte de microscope dans chaque oreille, on me félicita pour ma capacité thoracique, on me dit que je devrais me tenir plus droit.

Le docteur me demanda d'enlever mon caleçon. Il se saisit de ma verge et la décalotta brutalement. Je poussai un cri et reculai en me protégeant des deux mains. Il me demanda ce qui se passait. Il m'avait fait peur et je lui dis que j'avais eu mal. D'un ton péremptoire, il me répondit qu'il n'y avait pas de quoi crier :

— Tu dois faire ça tous les jours. Tu dois te laver la verge comme si c'était le bout de ton nez.

La comparaison avec le bout de mon nez me déplut souverainement. Je la jugeai dénigrante, vexatoire, rabat-joie. Je n'allais pas mettre sur le même plan mon très précieux et mystérieux sexe avec le bout d'un nez que tout le monde pouvait voir, que je mouchais en hiver et qui saignait en été. Je ne m'étais jamais décalotté moi-même. À onze ans, était-ce une tare ? Je quittai ce médecin avec de la rancœur.

J'en ai reparlé l'hiver dernier avec ma sœur Madeleine. À ma grande stupeur, elle se souvenait encore que j'étais rentré à la maison pâle comme un linge, et que je l'avais prise à part pour lui dire qu'un docteur avait retourné mon sexe comme un gant. Elle est formelle, je lui ai bel et bien dit "retourné comme un gant". (Le sexe, je l'appelais alors le robinet.)

Quand je repense aujourd'hui à ce médecin, le Dr Martinon, je pourrais l'étrangler. J'espère qu'il est déjà mort ! À moins qu'il ne soit devenu anémique, irritable, édenté, un vieillard à qui de courageuses infirmières viennent de temps en temps nettoyer le bout de la verge comme s'il s'agissait du bout de son nez ? Je forme souvent le rêve, ou le fantasme, de revoir maintenant tous ceux qui m'ont brimé ou simplement énervé quand j'étais jeune, je voudrais évidemment les revoir à l'âge qu'ils avaient au moment des faits, et leur demander des comptes. Ils n'en mèneraient pas large. Une chose est de se moquer d'un petit garçon, autre chose est d'avoir affaire à moi ! Eh bien, Dr Martinon, c'est comme ça qu'on prend le risque de traumatiser à vie un gosse de onze ans ? En se jetant sur sa quéquette comme une pieuvre sur un petit homard ? Vous vouliez déceler l'absence de phimosis congénital ? Vous avez cru que personne n'y avait pensé avant vous ? Montrez-moi votre diplôme ! À cause de vous, je n'ai pas osé regarder mon gland pendant des années. Je le nettoyais en fermant les yeux, avec cette crainte qui ne fait défaut à aucune analyse du sentiment du sacré chez l'être humain. Encore maintenant, Dr Martinon, je ne suis pas à l'aise quand je regarde des sexes en érection dans un film porno. Ils sont plus gros que le mien, ils bandent plus longtemps que le mien, ils sont *mieux décalottés* que le mien, Dr Jean-Étienne Martinon. À cause de vous, je n'arrive même pas à regarder sans frémir un simple dessin anatomique d'une verge et je ne vous parle pas d'une coupe longitudinale ! Vous me direz qu'on aurait pu me faire circoncire. Les ancêtres de ma mère l'auraient fait. Après tout, mon grand-père maternel ne se prénommait pas Isaac pour rien. Isaac Jacob Alphonse, et tout le monde l'appelait Alphonse. Il avait une image de saint Alphonse de Liguori au-dessus de son lit. Je ne saurai jamais si ce grand-père descendait de Juifs venant d'Espagne ou de Juifs chassés d'Espagne ou de Juifs qui vivaient à la cour papale d'Avignon. J'aurais pu éviter d'aller à la messe, mais je ne me serais pas amusé non plus à la synagogue, semble-t-il. J'aurais été parfait en disciple d'un maître du hassidisme, “pour être près de lui et le regarder lacer ses chaussures”, comme répondit un éminent rabbin donnant ses raisons d'entreprendre un voyage pénible afin de passer le Sabbat chez un maître. Mais peut-être mon grand-père descendait-il de protestants ardéchois qui cherchaient volontiers des prénoms dans l'Ancien Testament. J'entendis parler de la religion égyptienne — et du bouddhisme et de l'hindouisme — bien avant que mes mentors catholiques ne me laissent soupçonner l'existence du judaïsme. J'admire la phrase de Rabbi Nahman : “La venue du Messie ne changera rien, si ce n'est que chacun aura honte, alors, de sa sottise.”

L'année où j'appris que j'étais pourvu d'un prépuce et d'un gland fut aussi l'année de mon premier orgasme, en plein cours de gymnastique ! Pourquoi ce point d'exclamation ? Il n'y a rien d'étonnant à ce qu'un orgasme se produise pendant un cours de gymnastique où on m'accordera qu'il est plus à sa place que pendant un cours de religion.

Au collège, je devins imbattable aux exercices d'équilibre, je franchissais en quelques secondes et sur la pointe des pieds la longue poutre suspendue au-dessus du vide, devant une classe médusée qui n'avait pourtant pas le handicap d'avoir appris la gym avec une religieuse. Mon premier orgasme me tomba dessus à l'improviste pendant que je montais à la corde lisse. Arrivé en haut, une sensation inconnue se mit à irradier de tout mon ventre et gagna les muscles de mes bras. J'avais les jambes en coton et je me retenais fermement à la corde en tâchant de ne rien perdre du picotement voluptueux auquel je me serais abandonné s'il n'y avait eu danger de mort à lâcher prise. Je ne comprenais pas ce qui m'arrivait, et je restais là-haut à attendre qu'une solution se présente. J'entendis vaguement la voix de mes camarades : « Redescends, François ! » J'avais oublié qu'on grimpait à la corde par équipes, une sorte de course de relais verticale. Avec cette extase imprévue, je faisais perdre mon équipe ! Le soir même, comme un savant, je cherchai à reproduire expérimentalement les sensations voluptueuses que j'avais découvertes par hasard. Grimpé sur une chaise, je me suspendis à la corniche de la grande armoire qu'on avait remisée dans ma chambre, et lorsque mes pieds quittèrent la chaise et que j'amenai, par une traction des bras, mes épaules à la hauteur de mes mains, le plaisir dont j'avais si mal profité dans la salle de gymnastique, ce plaisir intense fit sa réapparition. Il se manifestait à l'état pur. J'avais réussi à l'isoler ! Et dorénavant je pourrais le reproduire à volonté... Une volonté mise à rude épreuve lorsque je dus m'opposer à la volonté de Dieu !

Je compris vite comment me procurer ce plaisir sans avoir à m'accrocher à des corniches d'armoires ou à des rampes d'escaliers. Mes premiers orgasmes ne s'accompagnèrent pas de sperme, un liquide dont je n'avais jamais entendu parler. La première fois que j'en eus sur la main, je fus effrayé. Je m'imaginai que je ne pourrais plus jamais uriner et j'allai boire de grands verres d'eau à la cuisine pour me précipiter ensuite aux cabinets où, en proie à l'anxiété la plus vive, j'attendis le dénouement de ce combat naval. Quelle joie lorsque mon urine, bien liquide et bien fluide, se mit à couler ! Je m'habituai vite à considérer comme une production normale de mon organisme le liquide nouveau.

Quand je pense que j'avais des scrupules à émettre des réserves sur les livres et les convictions de mon père ! J'ai lu hier soir trois pages de lui que j'aurais pu lire depuis longtemps, l'achevé d'imprimer étant daté du 15 juin 1950 : "Ce livre a été achevé d'imprimer afin que sur tous ceux qui y travaillèrent, qui l'inspirèrent, qui le liront et le propageront descendent la bénédiction, la paix et la joie du Seigneur qui a dit *Bienheureux les pauvres,* Amen, Alléluia."

Alléluia ? Il n'y a pas de quoi. Concerné par cet achevé d'imprimer puisque je suis un de ceux "qui le liront", je me sens plus concerné encore par les pages où mon père parle de moi. Si je les avais lues de son vivant, je lui aurais envoyé une lettre au picrate. Il m'avait appris que le picrate est une sorte d'explosif. "Écrire au picrate" était pour lui un éloge.

Je dois être très fatigué. Je suis trop seul. Je joue avec ma santé. Delphine me manque. Mes filles aussi. Zoé monte un film à Istanbul, Woglinde tourne à Buenos Aires dans le premier long métrage d'un jeune Argentin. J'aurais préféré ne pas être seul hier soir après avoir lu ce que j'ai lu. J'ai pleuré. Tout comportement absurde a son origine dans la petite enfance, ai-je lu je ne sais plus où, mais pas dans un livre de mon père. Or, c'est un passage d'un livre de mon père qui m'a fait pleurer, le seul livre de lui que je n'avais jamais ouvert. Une phrase m'intrigua : "Les époux qui n'ont pas souffert ensemble au chevet d'un enfant malade n'ont pas senti la plénitude de l'amour." Mon père eut six enfants et je n'en ai que deux, mais faut-il souffrir au chevet d'un enfant malade pour sentir la plénitude de l'amour ?

Ce livre achevé d'imprimer en juin 1950, il l'écrivit dans les mois qui précèdent. J'avais donc huit ans.

Comment expliquer ce que j'ai ressenti ? Ce n'est qu'à la troisième page que j'ai compris que cet enfant malade, c'était moi. "Nous lui avions fait", écrit mon père, “dans le secret de nos pensées, une vie à lui où le monde serait fraternel, où les anges le visiteraient pour lui dire ce que Jésus avait fait pour lui, où peut-être un jour il saisirait dans ses mains le pain et le vin et aurait le pouvoir de recréer la Crèche et le Calvaire.” Cette citation établit bien qu’il s’agit de moi, qui suis le seul garçon de la famille, et donc le seul qui aurait pu “saisir dans ses mains” — pour reprendre le style de mon père — le pain et le vin. Ainsi, il aurait aimé que je devienne prêtre ? Il vaut mieux qu’il en ait rêvé pour son fils que pour lui, sans quoi je ne serais pas né.

La situation qu’il décrit est la suivante : je suis petit, je suis très malade, je vais mourir — toujours son sens aigu de la dramatisation — et il accepte ma mort imminente puisque le Seigneur son Dieu la réclame. Non seulement il l’accepte mais il l’écrit ! Il l’écrit et il le fait imprimer afin que, sur tous ceux qui le liront, descende la joie du Seigneur ! Alléluia ! Il parle de moi comme si j’étais déjà mort : “Il s’agissait de consentir au sacrifice d’Abraham.” Pour ceux qui ne seraient pas au courant, je rappelle qu’Abraham était prêt à égorger son fils sur une simple demande de Dieu, qui lui expédia un ange au dernier moment pour lui dire que le sacrifice d’un mouton suffirait. Un mouton ou un bœuf ? Je ne vais pas rouvrir ma Bible pour si peu. Comment mon père s’est-il permis d’écrire — en parlant de moi qui n’étais qu’un petit enfant —, comment a-t-il pu non seulement faire imprimer mais éditer et vendre des phrases comme celles-ci : “Ah ! ce n’est pas pour rire que nous nous sommes aimés (*ce “nous” concerne sa femme et lui, c’est-à-dire mes parents*), ce n’est pas pour rire que Dieu nous a aimés et nous a demandé ce sacrifice. La souffrance, c’était notre chair qui nous était enlevée, lentement et sûrement, par cette fièvre inexplicable — trop explicable, car elle était la volonté de Dieu en marche. Il n’est pas facile de se représenter un Dieu aimant qui broie ses enfants dans l’étreinte de la souffrance. (*"Ses enfants", ce n'est même pas moi, c'est lui et ma mère.*) Notre silence voulait dire : Seigneur, nous comprenons, et dans nos corps terrassés nous acceptons avec joie — une joie de deuil, voilée de noir, austère et farouche, mais une joie quand même — cette souffrance que vous avez voulue pour nous rendre plus proches de votre amour. (*Le concept de "joie de deuil" me laisse pantois, moi qui ai pourtant lu Tertullien, Pascal, Kierkegaard, Kafka, Schopenhauer, Beckett. En gros, il accepte avec joie que je crève, et je m'étonnerais d'avoir été agoraphobe ?*) Cet enfant, nous l'aimions comme nous aimons notre amour. Il était le carrefour de nos vies et de nos vies prolongées et assurées de ne pas périr. (*Je connais la grammaire et les pièges de la conjugaison : il parle de moi comme si j'étais mort : "nous l'aimions", "il était" !*) Nous avions fait pour lui ce petit monde de la maison tièdement éclairé, avec cette table, ce lit choisi avec délice par un après-midi d'automne où le vent nous fouettait les joues (*notre auteur parle de l'automne et du vent au lieu de traiter son sujet : l'agonie de son fils*), avec cette salle de jeux vaste comme un continent (*"vaste comme un continent" : l'auteur s'excite pour rien, cette salle de jeux avait trois mètres de long et deux mètres quatre-vingts de large : je le sais puisque j'ai survécu*)."

Conclusion du père de ce pauvre gosse : "Et c'est toutes ces réalités, tout cet espoir que le Seigneur nous demandait de lui rendre, ensemble (*ma mère et lui*), près de la lumière tremblante qui faisait plus rose son visage dans l'étoile humide des cheveux. Nous sentions monter en nous la douleur énorme du sacrifice (*ma mort !*), nous nous sentions juchés au sommet du monde, appelés à une tâche surhumaine, grandis, ennoblis malgré nous, rechignant comme Simon de Cyrène sous la Croix et pourtant, faisant notre route ensemble vers le calvaire. Jamais, comme à cet instant, je ne me suis senti en route, dégagé de tout, méprisant tout, allégé, libre, n'existant que pour cette douleur et mon amour qui la partageait avec ma femme. Il en fut comme pour Abraham. Dieu envoya un ange pour arrêter le sacrifice. Il nous laissait avec notre reconnaissance éperdue." À mon avis, l'ange, c'était la pénicilline. Je retiens que mon père s'est senti "dégagé de tout, allégé, libre" au moment où il était convaincu que j'allais mourir. Son texte commençait par : "Sur la table, le thermomètre accablant. Et ce médecin qui n'arrivait pas !" Commentaire d'un critique de l'époque : "Tout ce vécu est irradié de poésie."

Peu d'enfants, à ma connaissance, disposent du récit de leur mort consentie par leur père. Mon oraison funèbre est imprimée depuis le mois de juin 1950 ! Je peux m'estimer heureux de n'avoir pris connaissance de ces pages qu'hier soir. Elles auraient dû me laisser indifférent, mais elles ont eu le pouvoir de me mettre sens dessus dessous.

Pourquoi a-t-il écrit : "Il en fut comme pour Abraham" ? S'il avait eu un peu de tact, il aurait écrit : "Il en fut comme pour Isaac." (Isaac est le fils d'Abraham : au risque de paraître didactique, je le signale aux jeunes générations.) C'est quand même incroyable que mon père ait pu trouver le moindre prétexte de joie à l'idée que j'allais mourir. Jusqu'à présent, je me disais : "En parlant de mon père, il ne faudrait pas que je choque ma mère, ni mes sœurs. Il paraît que mon livre est très attendu dans la famille." Ladite famille ferait mieux de lire les livres de mon père au lieu d'attendre le mien !

Mes sœurs ont toutes l'air d'aller mieux que moi, et ne comprennent visiblement pas pourquoi je m'esquinte le moral et la santé à vouloir en découdre avec mon père dans un livre. Du coup, je n'ose pas leur poser de questions sur lui. Elles me fourniraient pourtant plein d'anecdotes. Madeleine m'a dit l'autre jour : "C'était un violent et un angoissé. On sentait qu'il devait faire des efforts pour se maîtriser, pour canaliser ses pulsions. Tu te souviens du jour où il a failli te battre ? — Oui ! Je le revois qui me poursuit dans le couloir et m'arrache presque un bras. — Tu l'avais traité d'imbécile. — Tu es sûre de ça ? J'avais quel âge ? — On était assez petits, je dirais huit ans. — J'ai du mal à croire que j'aie pu oser lui dire "Imbécile !" — On avait des ballons et, pour te punir, il a crevé ton ballon. Je m'en souviens bien. Je m'étais dit que je te donnerais le mien."

Je revois mon père qui m'apprend à préparer le plâtre et à façonner des moules avec de la pâte à modeler. Je mettais le plâtre en poudre dans un bol et je versais de l'eau en délayant soigneusement, jusqu'à ce que j'obtienne une bouillie bien lisse. Je creusais le moule avec des épingles à cheveux. J'ai moulé des pièces de monnaie que je saupoudrais de talc. Un jour d'hiver, mon père m'aida à mouler des empreintes d'oiseaux dans la neige. Pour son anniversaire, je lui fis un cendrier en plâtre, sur lequel je passai une couche de vernis qui donnait l'impression que le cendrier était en céramique. Comment ai-je pu traiter d'imbécile un homme pour qui j'ai fabriqué avec amour et compétence une pièce unique, à la fois belle et fonctionnelle, que tout le monde à la maison appelait "le cendrier de François" ? Comment ai-je pu ?

Qu'avait fait mon père pour me contraindre à lui parler sur ce ton ? Ce qui me rassure, c'est d'apprendre que je n'ai pas attendu d'avoir seize ans pour commencer à ne plus être d'accord avec lui. Dans un de mes romans, le narrateur se souvient d'avoir quitté la table pendant le dîner, quand il avait sept ou huit ans, après avoir insulté son père. Le père le rattrape dans le couloir, lui tord le bras et le ramène de force dans la salle à manger, où il l'oblige à se mettre à genoux devant toute la famille : "Maintenant, tu vas me demander pardon."

Ne serait-ce pas en lisant ce livre que ma sœur aurait cru retrouver le souvenir d'une dispute entre mon père et moi ? Elle aurait inventé du même coup l'histoire du ballon crevé et mon recours à l'exclamation "Imbécile !".

J'avais les yeux cernés, je bâillais en classe, j'étais facilement irritable, si bien que ma mère m'emmena chez un médecin — une sommité, un spécialiste de l'adolescence et des troubles de la puberté, quelqu'un qu'on interviewait à la radio et auprès de qui mon père avait dû faire intervenir un de ses amis pour que je sois reçu en urgence. "Asthénie", avait conclu le spécialiste. Il m'avait trouvé "légèrement fatigué" alors que j'étais victime d'une épouvantable inhibition psychomotrice. Pourquoi, me demanda-t-il, avais-je renoncé à prendre des cours de piano ? Ma mère avait cru bien faire en lui disant : "François ne s'intéresse même plus à son piano." J'avais étouffé dans l'œuf une carrière de virtuose, mais si j'avais refusé d'assouplir mes dix doigts, c'est que mes mains étaient déjà suffisamment occupées lorsque je me livrais à une gymnastique qui ne concernait que moi. Ce spécialiste de l'adolescence n'avait pas l'air d'y penser. Je l'entendis déclarer à ma mère : "Si votre fils n'aime pas la musique, vous en ferez un savant, un ingénieur, un marchand de biens..." Un marchand de tapis, tant que tu y es, crétin ! "Notre grand garçon a besoin de se dépenser, de respirer à pleins poumons. Je vous donnerai l'adresse d'un camp de vacances, où des jeunes aident à reconstruire des villages. La dépense physique et le grand air, voilà qui va nous le remettre d'aplomb." M'avait-il bien regardé ? La Seconde Guerre mondiale n'était finie que depuis sept ou huit ans, et l'Europe ne s'était pas encore relevée de ses ruines, mais ce n'était pas une raison pour me faire passer les grandes vacances avec une pelle à mortier et un fil à plomb. Et ma mère souriait ! Assis à côté d'elle sur un tabouret rembourré, m'efforçant de ne pas remuer les jambes, j'étais vexé, piqué au vif, furieux. Cet idiot n'avait visiblement pas soupçonné une seconde les graves questions que me posait le tribunal intérieur de ma conscience, et ma mère l'approuvait, le remerciait ! J'étais humilié jusqu'au fond de l'âme. Je n'étais pas dépourvu d'un certain sens du bricolage — je sciais du triplex, je savais clouer des planches, je m'étais confectionné un poste à galène — mais j'étais surtout un être exceptionnel qu'on ne pouvait pas confondre avec ces freluquets qui jubilent en transportant des gravats et en vissant des charnières sur les chantiers de jeunesse où ils fournissent de la main-d'œuvre gratuite. Dans la rue, j'avais donné la main à ma mère sans dire un mot, jugeant inutile de lui démontrer que j'étais unique au monde puisqu'elle le savait mieux que moi. Elle m'acheta les fortifiants prescrits par ce médecin chez qui je lui fis promettre de ne plus jamais me conduire. Ce que je voulais, c'était qu'on me laisse tranquille dans ma chambre, avec toutes mes affaires. J'avais ma vie d'adulte à préparer. Les affiches de cinéma m'offraient un tableau succinct mais prometteur de l'existence qui m'attendait, les bars, les femmes, les puissantes décapotables, les règlements de comptes, les nuits ensorcelées. Si mes parents ne voulaient pas que je devienne un brave type toujours d'accord avec ce qu'on lui dit, ils avaient à m'entourer de soins, comme on met de la paille en hiver autour de certains troncs d'arbres fragiles, au lieu de m'envoyer retaper des immeubles en ruine chaque fois qu'on me trouverait mauvaise mine. Les jeunes garçons repliés sur leur monde intérieur ont mieux à faire que dialoguer avec des médecins, surtout quand c'est à leur mère que le médecin adresse de préférence la parole. Dans ma chambre, entouré de mes livres de la collection "Bibliothèque de l'alpinisme", ayant chaussé des crampons qui mordaient dans les plaques de glace et de neige durcie, je dialoguais sur la face nord de l'Annapurna avec Maurice Herzog et Lachenal. J'ai passé des heures sur cette crête de glace, le sommet de l'Annapurna, perdu dans mes pensées, plongé dans un état de satisfaction complète, n'ayant plus rien à demander à personne, ne sentant pas que mes pieds gelaient, agacé par les appels de Lachenal : "Il faut qu'on redescende, mon vieux ! Active-toi !" Enfin, revenu au camp IV, les sherpas me préparaient du thé en m'appelant Weyer Sahib. J'avais écouté à la radio un reportage sur la conquête de l'Annapurna. Quand Maurice Herzog publia l'année suivante son livre *Annapurna premier 8 000* aux éditions Arthaud, je lui écrivis pour le féliciter. Il me fit parvenir dans une grande enveloppe plusieurs photographies de "sa" montagne, que je punaisai aussitôt au mur de ma chambre. Leur contemplation me permit de me transporter autant de fois que je le voulus dans cet espace lointain où je respirais un air dont je tirai meilleur parti que du grand air recommandé par un charlatan.

En l'an de grâce 1956, à la fin du deuxième trimestre, au début du Carême, toute la classe s'apprête à partir en retraite. Cinq jours de prière et de méditation nous attendent. Un check-up de l'âme pour ces grands garçons qui s'acheminent tout doucement vers l'âge où il va falloir qu'ils décident ce qu'ils feront dans la vie. On ne nous avait pas parlé de check-up, mais de "récollection" : on préférait les mots qui venaient du latin et définissaient la vie spirituelle. Comme des chefs d'entreprise qui organisent leurs séminaires dans des hôtels de luxe à la campagne, avec piscine, les bons pères nous emmenaient dans une abbaye dont quelques photos circulèrent pendant le dernier cours de religion avant le départ : façade du XIIIe siècle, cloître néogothique, radiateurs dans le réfectoire. Chacun se verrait attribuer une cellule personnelle : le luxe, à la piscine près. (De toute façon, je nageais comme un fer à repasser.) Le jour arriva où nous devions tous nous retrouver à la gare dans l'après-midi. Pendant le déjeuner, mon père me sembla plus tendu qu'à l'ordinaire. Était-il ému de me voir partir en retraite ? Je lui racontai ce qu'on nous avait dit le matin : pendant le Carême, pour se préparer à participer à la résurrection du Christ, il faut d'abord consentir à mourir avec lui. C'était un programme qui m'exaltait. J'allais mourir avec le Christ en m'efforçant de mourir à moi-même. Le temps du Carême était un temps de sacrifice. Le professeur de religion nous avait dicté deux questions que je lus à mon père : "Suis-je prêt à mieux écouter le Seigneur en me privant, par exemple, de paroles inutiles et de certains loisirs même légitimes ?" Je lui dis que je ne l'accompagnerais pas quand il irait présenter *Le Voleur de bicyclette* au ciné-club des Amis de l'Écran. Il m'approuva, mais fut-il dupe ? Il savait que j'avais déjà vu le film cinq ou six fois. L'autre question était : "Pendant le Carême, ne pourrais-tu pas te priver de quelque chose pour en faire profiter les autres ?" L'heure du départ approchait. Mon père me demanda de l'accompagner dans son bureau. Il referma la porte et resta debout. Il me mit une main sur l'épaule et se lança sans crier gare dans une explication de la vie sexuelle — testicules, sperme, érection, pénétration, cycle de vingt-huit jours chez la femme, fécondation, mariage chrétien, présence de Dieu. Sa voix était troublée par l'émotion. Il faisait un effort violent pour me révéler des choses qu'il lui était pénible de me dire. Il passa beaucoup trop vite à mon goût sur la pénétration, le sujet que je connaissais le moins et qui m'intéressait le plus. Je n'osais pas formuler de sous-questions. J'étais gêné de le voir dans cet état. D'habitude, il montrait plus d'assurance. Je me dis qu'il était en train de faire son métier de père. Un jour ou l'autre, les pères doivent parler à leurs fils d'éjaculation et de pénétration. J'hésitai à profiter de ce moment de franchise pour l'informer que les rouleaux de papier qui disparaissaient régulièrement des toilettes étaient stockés sous mon lit et me permettaient de recueillir ce que j'appellerais dorénavant grâce à lui mes spermatozoïdes. Comme effrayé par ses propres phrases, il bafouillait, se reprenait, me disait pour la troisième fois : "Ce qui compte, c'est l'usage qu'on en fait..." Me prenait-il pour un cancre qui l'aurait attendu pour se documenter ? Robert, le fils du colonel, m'avait déjà dit que l'éjaculation était plus intéressante avec une femme que tout seul.

Et si je lui apprenais que j'avais décousu le fond de la poche droite de mon pantalon ? Et que, juste avant de quitter la salle de classe pour me confesser dans l'église du collège, je m'arrangeais pour commettre un péché mortel que Dieu me pardonnerait dix minutes plus tard ?

Il croyait m'apprendre que le sperme sortait du sexe en érection, et il allait me faire rater mon train. La voix de ma mère mit fin à cette angoissante entrevue : "Mais qu'est-ce que vous fabriquez ? François va être en retard !" Mon père me serra contre lui et m'embrassa. Il trouva le moyen d'ajouter : "Bien sûr, il y a le péché et le mal qui sont présents dans ce domaine comme partout, et de façon encore plus effroyable. Tu seras tenté de faire un mauvais usage de ton corps. Il faudrait que je t'en parle longuement, mais ce sera pour une prochaine fois. Allez, pars vite, et bonne retraite !" Dans le train, je ne pensai plus aux histoires de spermatozoïdes et d'érection, j'essayai d'oublier le péché, et je rêvai au domaine merveilleux que m'avait laissé entrevoir le discours de mon père : l'amour d'une femme, le mariage, la procréation, et surtout la pénétration. J'avais compris que la pénétration des spermatozoïdes dans le sexe féminin devait se faire avec amour. Avec amour, ce serait facile, mais aussi avec dextérité, supposais-je. Comment s'y prenait-on exactement ? Je n'avais jamais vu de sexe féminin.

Mon père avait fait apparaître mon avenir dans une boule de cristal : une jeune fille m'attendait avec un recueil de poèmes de Rilke à la main. Elle me dirait : "Vois-tu, là-haut, ces alpages des anges entre les sombres sapins ?" Comment la pénétration pouvait-elle être un péché ? Je relus une phrase de Paul Claudel recopiée dans un carnet qui ne me quittait jamais. "Le paradis qui consisterait dans la possession totale d'une femme et dans la prise comme fin suprême de ce corps et de cette âme ne me semble en rien différent de l'enfer", avait écrit, peut-être en connaissance de cause, le grand poète catholique. Un critique avait dit que mon père reprenait pour notre temps le message de Claudel !

Des moines trappistes nous attendaient à la gare et nous embarquèrent dans deux camionnettes dont ils se servaient d'habitude pour livrer de la bière. Je voyais cette retraite comme une croisière. L'abbaye nous servirait de paquebot, et nous aurions des cellules en guise de cabines. Nous nous retrouvâmes la plupart du temps sur le pont, c'est-à-dire dans la chapelle où un révérend père se hâta de nous mettre dans l'ambiance en nous disant qu'il comptait sur nous pour que le christianisme reste le ferment du monde moderne. Il nous lut des extraits de la première épître de saint Pierre : "Le diable, votre ennemi, rôde sans cesse comme un lion rugissant, cherchant qui dévorer. Mes frères, soyez sobres et vigilants. *Fratres, sobrii este et vigilate !*" Le R.P. Jean Buzelet était un jésuite éminent, venu tout exprès de Paris pour nous édifier. Il avait écrit plusieurs ouvrages de spiritualité et j'attendais d'être rentré à la maison pour demander à mon père s'il le connaissait et pour chercher les titres de ses ouvrages dans les catalogues des éditions du Cerf ou de la Librairie Arthème Fayard.

Le premier soir, dans ma cellule, je me sentis "the happiest man in the world" (je commençais d'apprendre l'anglais). Nous avions dîné avec les moines, en silence, pendant que l'un d'entre eux lisait d'une voix monocorde des histoires atroces de missionnaires torturés par les Chinois. C'est dans cette cellule de moine cistercien que j'ai pris goût à la vie dans les hôtels. Contrairement aux apparences, j'aime les lieux où on n'est pas encombré par les objets qu'on possède et d'où on peut partir séance tenante. Peut-être a-t-on plus envie de rester quand on sait qu'on est libre de s'en aller, qu'il s'agisse d'un lieu, d'un travail ou d'un couple ? Pendant ma retraite, j'étais ravi d'être loin de ma famille. Je dormais dans une chambre que mes parents ne verraient jamais. J'éteindrais la lumière quand je voudrais, sans craindre qu'on ne vienne frapper à la porte en disant : "François, il faut dormir !" Assis devant une tablette accrochée au mur qui servait de table — ma cellule ne ressemblait pas à celle que les moines avaient photographiée pour attirer chez eux des classes entières de retraitants —, je repensais à ce que mon père m'avait dit avant mon départ. Pourquoi avait-il choisi ce jour-là pour prononcer des mots aussi peu courants dans sa conversation que spermatozoïdes et vagin ? Tous les parents n'auraient-ils pas reçu la même lettre leur demandant d'informer leur fils des réalités de la vie avant le début de la retraite ? Et mon père se serait exécuté au dernier moment, ne voulant pas faillir à sa tâche. Dans ma cellule, je demandai à Jésus de veiller sur lui, sur ma mère aussi, sur mes sœurs, sur ma future femme, et de me pardonner le péché d'orgueil que j'avais commis en méprisant mon père qui avait fait son devoir, mais qui l'avait fait trop tard à mon avis... Pour marquer mon indépendance, je n'enfilai pas le pyjama que ma mère avait repassé, et pour la première fois de ma vie, à quatorze ans et demi, je dormis tout nu.

À la fin de la retraite, nous fûmes reçus un à un par le Père Buzelet. Il voulait mieux connaître chacun d'entre nous et il avait affiché à la sortie de la chapelle une feuille de papier ligné où se trouvaient nos noms et l'heure à laquelle il nous invitait à venir le voir. J'étais le dernier de la liste : visite prévue à 21 heures le dernier soir. Quand j'ouvris la porte, je reconnus la cellule luxueuse qui figurait sur le prospectus de l'abbaye, la seule qui avait une salle de bains. Je revois les joues grasses et le teint couperosé de notre prédicateur. Il ouvrit le tiroir de sa table et en sortit un large rouleau de papier. Je crus qu'il allait me remettre un diplôme. Sous l'éclairage direct d'une lampe de travail orientable, il se mit à dérouler son document. Je vis apparaître la photographie en couleurs d'une femme complètement nue.

— Eh bien, François, qu'en dis-tu ?

C'était la première femme nue que je voyais. Une femme nue faisait enfin irruption dans ma vie. Ce n'était pas vraiment sous de tels dehors que j'imaginais ma future femme, mais j'étais sans esprit d'exclusive.

Et j'avais failli demander un certificat médical pour être dispensé de cette retraite ! Ce prêtre était véritablement génial :

— Regarde, me disait-il. Regarde bien.

Je voyais côte à côte le visage réjoui du père jésuite, et le corps cambré d'une femme qui ne laissait rien ignorer de ses charmes.

— Eh bien, François, j'espère que tu te souviendras de cette image. Quand tu te marieras, autant choisir un bon morceau.

Avait-il d'autres photos ? Pourquoi ne les avait-il pas toutes sorties ? Après m'avoir entendu en confession, avait-il pensé que celle-là était plus précisément adaptée à mon cas ? Savait-il que je me masturbais en regardant des photos de femmes ? Lui, il n'y avait que le mariage qui l'intéressait. À l'entendre, plus je resterais pur et chaste, plus excitante serait ma femme, plus affolante sa poitrine, plus émoustillantes ses cuisses et ses fesses. Le tour de poitrine de mon épouse serait directement proportionnel à ma chasteté. Tant pis ! Je me marierais avec une maigre !

Il s'était ensuite inquiété de mes lectures. Après la

chair, l'esprit ! Autant il avait pu me déstabiliser facilement avec sa photo de femme nue qu'il agitait comme une muleta — le corsage échancré d'Yvonne de Carlo sur l'affiche de *L'Aigle du désert* m'avait déjà trouvé sans défense —, autant, si on se mettait à parler de livres, il aurait vite fait de comprendre que, dans ce domaine, je n'étais pas tombé de la dernière pluie. Il veut savoir ce que je lis en ce moment, ce gros ballot ? Soit ! Pour la retraite, j'ai choisi un ouvrage récent, écrit par un père jésuite qui vient de mourir à New York, le Père Pierre Teilhard de Chardin. Le livre s'appelle *Le Phénomène humain,* sa couverture a la couleur bleu pâle des boîtes de dragées de baptême, et l'auteur, qui a dit la messe en plein désert de Gobi, fut aussi un savant qui chercha les empreintes digitales de Dieu sur les squelettes d'australopithèques. À chaque page, il éblouit son lecteur avec des mots qui commencent tous par des majuscules, le Sens Cosmique, l'Ultra-Humain, l'Oméga, la Noosphère. Depuis le début de la retraite, je lisais avec passion, et en sautant les nombreuses pages auxquelles je ne comprenais rien, l'ouvrage de ce Jésuite à qui les autorités religieuses avaient interdit de publier ses livres de son vivant. On lui avait aussi interdit d'accepter une chaire au Collège de France. À sa place, je ne me serais pas laissé faire. Il avait réussi à donner du fil à retordre aux autorités dont il dépendait, au Vatican et à tous ces cardinaux que j'aurais aimé décrire, dans une rédaction qui aurait choqué tout le monde, en train de faire des ricochets sur l'eau du Tibre avec leurs grands chapeaux rouges. Lisant Teilhard de Chardin et ses déclarations d'amour à la Matière, à la puissance spirituelle de la Matière, à la sainte Matière, à la Matière totale — l'Humanité baignait dans un océan de Matière —, je devenais dans ma cellule de la matière cérébralisée à la dérive dans la Noosphère.

— Ce n'est pas du tout une lecture pour toi, trancha le P. Buzelet. C'est tout à fait au-dessus de tes capacités.

Comme si je ne le savais pas ! Mon père aussi me l'avait donné à entendre, mais lui, au moins, m'avait laissé libre de m'en rendre compte par moi-même.

— À ton âge, poursuivit le prédicateur, tu devrais lire les *Lettres de mon moulin* d'Alphonse Daudet.

Ah ! Sa façon insidieuse de me prendre pour un arriéré mental, et de préciser le nom de l'auteur des *Lettres de mon moulin,* un livre qu'on avait étudié deux ans plus tôt ! Il m'aurait suggéré de me nourrir au biberon que je n'aurais pas été plus humilié. Mais j'avais même vu le film, patate ! Avec Roger Crouzet dans le rôle d'Alphonse Daudet, et Pierrette Bruno dans celui de Vivette ! Le scénario de Marcel Pagnol est disponible aux éditions Flammarion. C'est un film à sketchs. Qu'est-ce que tu veux savoir encore ? J'avais envie de l'insulter, mais je n'étais pas en position de force : c'était lui le prêtre, c'était lui le directeur de conscience, ce serait lui qui aurait le mot de la fin. Moi, je n'étais rien là-dedans, j'étais le pigeon, j'étais de la pâte à modeler, non pas dans les mains du Seigneur, mais dans les pognes d'un obsédé sexuel. L'entretien n'avait pas duré plus de vingt minutes. Ce n'était pas du travail d'amateur. J'avais été soigneusement remis à ma place. On ne souhaitait pas que mon intelligence se développe, et on ne me laissait pas non plus le choix sur les mensurations de ma femme, au cas où je ferais la bêtise de me marier, car saint Paul a dit : "Celui qui n'est pas marié s'inquiète des moyens de plaire au Seigneur, celui qui est marié s'inquiète des moyens de plaire à sa femme." Le mariage vous classait dans une catégorie inférieure, c'était un tranquillisant pour ceux qu'une photo de femme nue suffisait à troubler.

Pendant le voyage de retour, aucun de mes camarades ne parla de cette photo. J'étais sûr que nous l'avions tous vue, mais chacun préféra sans doute croire qu'il était le seul à avoir l'air assez dégourdi pour qu'on la lui montre. Quand je rentrai à la maison, mon père fut d'accord avec moi pour dire que je méritais de lire autre chose qu'Alphonse Daudet. Je ne crus pas utile de faire allusion à la photo.

Je n'ai pas dit à Delphine que, depuis son départ, je termine des bouteilles de whisky plus vite que mon livre. Une bouteille me fait deux ou trois jours. Il n'y a pas si longtemps, je me serais inquiété. Je serais allé voir un médecin. J'ai pris goût aux *vintages* — j'ai bu une bouteille de Linkwood 1946 qui m'est revenue plus cher que la note de téléphone — mais comme il s'agit des meilleurs whiskys du monde (rien à voir avec ce qu'on appelle whisky dans les bars), ils ne donnent pas mal à la tête le lendemain.

J'aimerais assez que mon téléphone soit coupé, ça me rajeunirait en me rappelant l'époque où je n'avais jamais de quoi payer les factures des P.T.T., et puis je n'aurais plus à téléphoner sous prétexte que je me sens seul et que j'éprouve le besoin de parler. Maintenant, quand le téléphone est coupé, l'abonné continue, paraît-il, de recevoir les appels extérieurs. Je ne devrais plus appeler le premier et je verrais bien qui pense à moi.

J'ai sorti de leur boîte et lavé les verres à liqueur en cristal hérités de ma grand-mère, et je me verse les minuscules rasades que ces verres autorisent. Ce serait plus approprié de boire mon pur malt dans un *quaich*, mais je n'en possède pas, et je ne tiens pas non plus à passer pour un connaisseur. Je préfère la grappa ou l'aquavit au whisky. Alors, pourquoi le whisky ? À cause des millésimes, bien sûr, et ce n'est pas un alcool qu'on doit mettre dans le congélateur. La grappa non plus, c'est vrai. Le mieux, pour la grappa, c'est de la boire à température dans un verre qui sort du frigo, ce qui suppose toute une organisation à laquelle on peut s'astreindre quand on a des invités mais qui, dans le cas présent, me distrairait. Le whisky reste l'alcool le plus indiqué pour le romancier qui a besoin à la fois d'un coup de fouet et d'une levée de ses inhibitions.

Suis-je arrivé en un mois à une tolérance accrue qui m'empêche de m'apercevoir que les doses, nuit après nuit, augmentent dangereusement ? Le whisky me fait écrire des lettres que je déchire le lendemain après les avoir relues, et me fait téléphoner en pleine nuit à des amis qui ne dorment pas (ou qui se réveillent) sur d'autres continents, ce qui n'arrangera certes pas la prochaine facture de France Télécom et ce qui m'oblige à rappeler pour expliquer que j'étais saoul, au cas où mes amis ne l'auraient pas compris. Quand je tombe sur des répondeurs, il paraît que je parle jusqu'à la fin de la bande magnétique. Je n'ose pas demander qu'on m'envoie ces bandes. J'ai dû téléphoner tout à l'heure à Midori Udagawa, la traductrice japonaise de mon dernier roman, une jeune femme qui est arrivée en kimono au premier rendez-vous que nous avions dans le hall de mon hôtel à Shinjuku. L'autre nuit, complètement ivre, j'ai essayé de la joindre à son numéro privé à Tokyo. "Le matin d'avant-hier, vous avez dit sur mon répondeur téléphonique que vous souhaitiez de nouveau coucher avec moi", m'a-t-elle dit en riant, "mais, Weyergraf-San, comment pourriez-vous coucher encore une fois avec moi, nous ne l'avons jamais fait, excusez-moi !" Avais-je perdu la face ? "Oh non, répondit-elle, vous êtes un écrivain, vous avez besoin d'une existence imaginaire..." Je vais lui envoyer un cadeau. Ce n'est pas mon style de faire des propositions si directes, même si l'alcool est connu pour supprimer les refoulements. Ne lui ai-je pas plutôt annoncé que mon prochain roman s'appellera *Coucheries* en souhaitant non pas de coucher avec elle mais qu'elle soit de nouveau ma traductrice ?

Serais-je en train de substituer l'alcool à la jouissance sexuelle ? Quand une explication a l'air juste, c'est une excellente raison pour s'en méfier. Chaque effet a une multitude de causes. À quoi bon essayer de comprendre ou d'analyser cette récente passion pour le whisky ?

Dans l'état de déprime où je me démène non sans plaisir depuis quelque temps, la confrontation avec l'alcool est une expérience à laquelle je ne tiens pas à me soustraire. J'ai passé des années à ne pas boire une goutte d'alcool. C'était inconciliable avec la panoplie de calmants qui me furent prescrits dès le début de mon mariage jusqu'à la parution, douze ans plus tard, de mon premier roman. Ni alcool, ni café, ni tabac, me disaient les médecins, plus réalistes que les confesseurs m'ayant seriné jusqu'alors "ni orgueil, ni mensonge, ni luxure". Très nerveux, j'étais sujet à des crises de tachycardie. C'est à Rome que j'ai eu la tentation de me remettre au café : comment résister à l'arôme d'un bon café italien ? Le tabac, je m'en prive facilement quand je suis à la campagne ou au bord de la mer, mais comme je n'aime vivre qu'en ville, je suis bien obligé de continuer à fumer. Seule la cigarette réussit à faire écran entre mon odorat et la puanteur des pots d'échappement.

Boire de l'alcool, même si c'est une erreur diététique évidente, est la preuve que je n'ai plus besoin de calmants. L'alcool les remplace et je traque mes souvenirs en compagnie de mes whiskys millésimés. Que faisais-je à l'âge de cinq ans ? Une bonne gorgée de Linkwood 1946 et me voilà en train d'essayer ma première paire de lunettes : "Tu vas ressembler à Papa", me dit l'opticien. Mes parents avaient compris que j'avais des problèmes de vue en me voyant observer de trop près des pucerons sur les feuilles d'un rosier. Je fus satisfait au plus haut point de porter des lunettes. Elles me donnaient de l'importance. Tout le monde trouvait qu'elles m'allaient bien. Je n'avais pas été sans remarquer que nombre d'hommes intelligents en portaient, eux aussi. Quelques années plus tard, elles m'empêchèrent de mener une carrière d'ailier droit dans l'équipe de football du collège Saint-Ignace, quand je les perdis et marchai dessus au moment de shooter un penalty.

J'ouvre une bouteille de Strathisla 1956. La géographie des distilleries écossaises n'aura bientôt plus de secrets pour moi. Je vais finir par distinguer les eaux de source des Highlands du Nord de celles des îles Orcades. 1956 est l'année où mon père acheta une maison en Provence, l'année où, dans le département des Basses-Alpes, entre Carniol et Revest-des-Brousses, un ancien prieuré fut mis en vente par l'évêché de Digne. Toute la famille partit le visiter. Des moines y avaient vécu jusqu'à l'hiver précédent, sans chauffage et sans lumière électrique dans les chambres, mais il y avait l'électricité au rez-de-chaussée. Pas d'eau courante, l'eau était fournie par un puits au centre d'une cour qui avait dû être un cloître deux siècles plus tôt. Des murs en pierre de taille. Vue admirable sur un paysage de collines que nous décrétâmes plus beau que la Grèce où nous n'étions jamais allés. L'autre maison que mes parents louaient chaque été dans le Vaucluse, une énorme bâtisse de vingt-cinq chambres que les gens du village appelaient "le château", était en vente elle aussi, mais c'était beaucoup trop cher pour nous, et nous savions que nous y passions notre dernier été. La cause fut vite entendue : il fallait acheter ce prieuré qu'on aménagerait et restaurerait au fur et à mesure. Le lendemain, mon père partit pour Digne où il avait rendez-vous avec l'évêque-propriétaire. Ils finirent par s'entendre sur un prix. L'évêque ne fut pas insensible au fait de céder son prieuré à un écrivain catholique, mais mon père ne disposait pas de la somme demandée. Il prit alors une des décisions les plus ahurissantes de sa vie. Il remonta dans sa voiture, et, au lieu de rentrer à la maison, il alla jouer au casino de Cannes comme Orphée descendit aux Enfers. Il nous le raconta souvent par la suite : "Je fis une prière et j'entrai." Il gagna en une heure la somme qui lui manquait et fut de retour vers minuit. L'évêque lui avait donné une option de quelques jours. Ma mère, qui avait eu peur d'un accident en ne le voyant pas revenir pour le dîner, réveilla les enfants pour leur annoncer la bonne nouvelle : on achetait la maison ! La Providence nous l'offrait !

Mon père sera mort sans avoir eu le temps d'écrire un livre dont il me parla souvent avec enthousiasme et qu'il voulait appeler *Une maison en Provence.* Si nous n'avions pas été fâchés et si j'avais su qu'il allait mourir, je l'aurais rassuré, je lui aurais démontré que ce livre, il l'avait écrit puisqu'il n'avait cessé d'évoquer la Provence dans toute son œuvre, une Provence à laquelle il fut aussi fidèle qu'à sa femme, et qu'il découvrit grâce à elle, jeune étudiant quittant les bords de la Meuse pour rejoindre ceux du Rhône et parcourir avec sa fiancée la forêt du Lubéron, la chaîne des Alpilles et la Montagnette qui sépare Barbentane de Maillane, où les emmenait, sur une charrette campagnarde tirée par des bœufs, l'un ou l'autre de ces fermiers qui furent mes grands-oncles. Ma mère me dira peut-être que c'était son oncle chanoine qui les conduisait à bord d'une automobile dernier cri sur les routes poussiéreuses de la plaine de Basse-Durance. Prirent-ils un fiacre pour aller à Fontaine-de-Vaucluse ? Au milieu des années trente, y avait-il encore des fiacres qui sortaient d'Avignon par la porte Limbert et vous déposaient au café Pétrarque-et-Laure, comme je l'ai lu dans un guide imprimé en 1914 : “Les cochers, aux stations de fiacre, font le trajet pour 12 à 15 fr.” ? Cette image me plaît : mes parents se dévorant des yeux dans un fiacre qui brille au soleil, entre les mûriers, les chênes verts et les lavandes sauvages, sur des chemins qui les rapprochent du lieu où le poète Pétrarque eut le trait de génie d'attacher le souvenir d'un amour à la permanence d'un paysage. On peut faire confiance à mon père pour avoir trouvé sur place les comparaisons adéquates entre la célèbre source, son gouffre insondable, et l'action de l'Esprit-Saint sur le présent et l'avenir de leur couple. Il existait encore, avant la guerre, une industrie papetière à Fontaine-de-Vaucluse. Certains moulins dataient de l'installation des papes dans le Comtat Venaissin, et avaient fourni du papier aux imprimeurs de Sa Sainteté. J'aimerais penser que mon père eut ce jour-là, en regardant avec sa fiancée les meules à papier et les roues hydrauliques, l'idée de créer sa maison d'édition. Son premier projet fut de publier des livres de luxe à tirage limité, vendus par souscription dans une librairie qui lui appartiendrait. Je crois qu'il commanda au moulin du Pont le papier serpente qui protège les gravures du premier livre qu'il édita — un moulin racheté au XIXe siècle par une famille dont on aimerait retrouver les prénoms dans un roman d'aventures : Siffrein-Mathias et Voltaire-Benjamin. Les cuves encore en activité aujourd'hui à Fontaine-de-Vaucluse ne produisent plus que cet horrible papier chiffon dans lequel on insère des pétales de fleurs et qu'on arrive à vendre à des touristes persuadés que c'est le fin du fin en matière de beau papier. Mais ce ne furent ni les papiers vergés ou vélins, ni les fiacres, qui intéressèrent mon père quand il venait voir sa fiancée dans le Midi. Ce qu'il aimait, c'était retrouver l'image de sa mère dans sa future femme. Dans les pages où il fait revivre cette période de leur vie, il s'adresse ainsi à sa fiancée : "Depuis le jour où ma mère a lâché ma main, grand garçon, sur la route qui conduisait aux hommes, j'avais cette blessure au flanc... Mais vous êtes venue, avec les mêmes gestes maternels, petite comme l'était ma mère, et je me suis senti plus ferme." Ils entrent dans une église, et mon père s'adresse alors au Christ : "Pourrai-je, Seigneur, mesurer au vôtre ce visage d'une de vos créatures que vous aimez plus encore que moi ? Nos enfants auront-ils cette grâce de vous être semblables, fraternels aux humbles et aux animaux, marqués d'une croix par leurs yeux purs embués de paradis, et ce nez droit, signe de la chair, éternelle crucifixion de la terre et du ciel ?" Il avait déjà signalé, à propos de sa fiancée, que les sourcils et le nez forment le signe de la Croix. C'est une remarque qui aurait intéressé Matisse quand il dessinait son Chemin de croix pour la chapelle de Vence. En tout cas, elle m'intéressa, moi, la première fois que je la lus, et j'allai voir dans la glace si mes yeux (embués de paradis) formaient une croix avec le bout de mon nez dont je n'ignorais plus les rapports qu'il entretenait avec le bout de ma verge, laquelle me paraissait plus apte, sinon à former une croix, du moins à m'entraîner dans un chemin de croix aux stations plus nombreuses que celles du modèle original, ces quatorze stations que je connaissais bien grâce à mes activités annexes d'enfant de chœur.

"Il est malaisé de parler du temps des fiançailles, qui est le plus facile et le plus difficile de la vie", continue d'écrire mon père dans *Joyeuse Paternité,* ouvrage achevé d'imprimer à Lyon en 1941, l'année de ma naissance, et c'est une des nombreuses phrases de lui qui m'impressionnèrent quand j'en pris connaissance étant jeune. Je consultais fréquemment ses livres, avec un respect auquel se mêlait une piété filiale qui valait bien la piété fervente que je tenais à la disposition de Dieu et de son Église, et qui — je le comprends aujourd'hui — m'importait davantage. Je cherchais dans les livres de mon père des renseignements sur la vie qui soient plus profonds, plus durables, peut-être plus crédibles, que ceux qu'il me donnait de vive voix. Je le supposais plus sérieux et plus fiable dans des livres dont il avait pesé chaque mot et surveillé chaque phrase, qu'il ne pouvait l'être dans nos conversations où il était forcément amené à improviser et gauchir ou monnayer ses convictions. Si mon père s'était contenté d'écrire des romans, ma vie n'aurait pas été la même. En le lisant, j'aurais été confronté à des transpositions d'angoisses et d'idées fixes qui n'auraient pas été les miennes, et je n'aurais aujourd'hui, devenu romancier à mon tour, qu'à porter sur les romans de mon confrère un jugement critique un peu dérisoire, avec ce côté "inspecteur des travaux finis" inhérent à toute critique littéraire, un métier que j'ai commencé de pratiquer grâce à lui à l'âge de quatorze ans.

Au lieu de se cantonner au roman, mon père préféra écrire des livres où il parla de lui, de ses parents, de ses pèlerinages, de ses amis — il écrit à propos d'un de ses amis : "Un tel être pouvait accomplir le miracle de conserver des dons de fille, l'intuition et la grâce, dans un beau corps solide et musclé." Il centra ensuite ses livres sur sa fiancée, sa femme et son Dieu, lequel Dieu se décline, pour me servir d'un verbe dont le milieu de la mode raffole, en divers produits : Sainte Trinité, Saint-Esprit, Seigneur, Christ, Dieu le Père, Jésus, ce qui fait beaucoup de monde, sans oublier la Sainte Vierge et sans compter les six enfants qui lui fourniront de la matière au fur et à mesure de leurs naissances. Si encore il avait raconté sa vie et celle des siens comme une chanson de geste ou comme une comédie musicale : les Weyergraf chantant sous la pluie. Mais non. Il a fallu qu'il y mêle ses fameuses certitudes. Dans le pire de ses livres, je veux dire dans celui que j'ai le plus pris au sérieux à cause de son titre : *Lettres à un jeune chrétien* (j'aimais ce titre, j'ignorais que c'était un décalque des *Lettres à un jeune poète* de Rilke et je ressentis une grande déception quand je l'appris), il écrit à son correspondant : "Je n'ai que ma certitude à t'offrir. C'est une certitude totale, qui m'a été donnée, sans doute, mais que j'ai conquise aussi, patiemment, par une lutte quotidienne. Je voudrais la partager autour de moi. Elle est bonne comme un pain." Comment ai-je fait pour ne plus vouloir manger de ce pain-là ? Comment en suis-je arrivé à me méfier de toute personne qui n'aurait que sa certitude à m'offrir ?

Je reviens à la phrase sur le temps des fiançailles, "qui est le plus facile et le plus difficile de la vie". Dès l'âge de douze ans, je me suis attendu à ce que le temps de mes fiançailles, cette Terre promise, soit le plus facile et le plus difficile de ma vie. Il ne fut ni l'un ni l'autre.

V

Delphine a téléphoné tout à l'heure. Elle est partie depuis presque un mois maintenant. Elle s'entend toujours à merveille avec Suzanne, alors que j'avais pensé — ou espéré ! — qu'au bout de quinze jours elles ne se supporteraient plus et que Delphine rentrerait en avion, laissant Suzanne se débrouiller avec la voiture. Elles quittent Naples demain matin pour Capri.

J'ai dit à Delphine que j'allais bien, et c'est vrai que depuis quelques jours je me sens relativement calme. Elle m'a demandé si j'avais écrit le passage sur la mort et l'enterrement de mon père. Elle sait que je redoute ces pages-là. Je lui ai menti une fois de plus en lui disant que c'était fait. Sa question m'a énervé. Chaque fois qu'on me pose des questions précises sur mon livre, on m'énerve.

Delphine dormira donc demain soir à Capri. Je voudrais prendre le prochain avion pour Naples et la rejoindre. Elle va découvrir sans moi cette île que je connais bien. Juste retour des choses ! J'y étais allé sans elle. C'est le genre d'épisodes dont elle me dit : "Je préfère ne pas en entendre parler." Toute une partie de notre vie commune est impossible à évoquer quand nous nous laissons aller à parler du passé ensemble. Ce sont les très nombreux moments où je me suis conduit avec elle comme un goujat. Elle m'a dit à je ne sais plus quelle occasion, mais il n'y aurait que l'embarras du choix : "Quand tu veux, tu t'y entends pour gâcher la vie des gens." Et ma vie, je ne l'ai pas gâchée aussi ? Ce qui me déprime le plus, depuis cinq ans, ce n'est pas de penser à mon père tous les jours en m'asseyant à ma table de travail, mais d'exhumer jour après jour, des boîtes où je garde ma documentation, mille et un témoins de mes faiblesses, de mes naïvetés, de mes échecs. Il faut que je sois un peu dingue pour avoir conservé tout ça.

Ce ne fut presque jamais par plaisir et rarement par narcissisme que je décidai de ne pas jeter une lettre, une photo, une facture ou les cahiers dans lesquels j'ai tenté à diverses reprises de tenir un journal intime. Je me persuadais qu'un jour cette matière première me permettrait d'écrire mon Journal de Gide, mes Mémoires d'Outre-Tombe, mes Confessions de Jean-Jacques Rousseau ! Je me retrouve non seulement à la tête d'une masse de documents en tous genres, que même la Bibliothèque nationale ne saurait pas où caser, mais aussi en pleine dépression psychogène, ce qui reste tout de même préférable à une dépression endogène : les thèmes dépressifs que rumine le déprimé psychogène sont plus compréhensibles que le délire du déprimé endogène. Passant des heures à fouiller dans mes papiers, je ressemble à un dompteur dévoré par ses tigres. Il y a quelque temps, je me serais plutôt comparé à la chèvre de M. Seguin luttant toute la nuit contre le loup qui la mangera au petit matin. Depuis, comme on voit, la situation s'est durcie.

Je devrais me débarrasser de toute cette paperasse. Je viens de fouiller dans une boîte où je conserve des factures et de vieilles lettres recommandées : "*Cabinet Godillon Frères.* Recouvrements judiciaires. Poursuites devant les tribunaux. Dernier avertissement avant poursuites. Nous ferons procéder à la saisie et vente de vos meubles et biens." "*Banque Nationale de Paris.* À la suite de différents incidents, nous nous trouvons dans l'obligation de clôturer votre compte n°..." "*Direction générale des impôts.* J'appelle votre attention sur les sanctions (voir au verso) auxquelles vous expose tout retard dans l'accomplissement de vos obligations." Années soixante, début des années soixante-dix : j'en ai une collection, de ces lettres qui seraient plus à leur place sur la table d'un historien ou d'un sociologue. Leur ton est révélateur d'une certaine arrogance ambiante. La société pouvait se permettre de ne pas tenir compte des singularités de chacun. Nous étions moins nombreux qu'aujourd'hui à ne pas être en règle avec elle. Sans doute n'étais-je guère en règle non plus avec moi-même. Je voulais réaliser des longs métrages de fiction d'après mes propres scénarios, et, de peur d'échouer (ou de réussir ?), je tournais des documentaires pour la télévision. Je crus inventer quelque chose de nouveau, ce que j'appelais "le documentaire détourné", le film de fiction déguisé en film documentaire. Je tournai pour la télévision bavaroise un film sur Richard Wagner où je n'avais retenu, de la vie de Wagner, que ce qui me faisait aussi penser à moi : les problèmes d'argent et les histoires de femmes — j'en avais d'ailleurs rajouté à propos des femmes, attribuant à Wagner des liaisons qui ressemblaient aux miennes, à une époque où ma sœur aînée m'avait dit : "Tu devrais cesser d'avoir des liaisons, il ne faut avoir que des amours." J'avais été payé en deutschmarks, avec retenue des impôts à la source, ce qui fait qu'il n'y a dans mes dossiers aucune lettre comminatoire du ministère des Finances de l'Allemagne fédérale, lettres qui devaient être gratinées, elles aussi ! La télévision française, forte de son monopole, se conduisait avec les scénaristes et les réalisateurs comme les propriétaires terriens des romans russes qui ont droit de vie et de mort sur leurs paysans. On me commandait des scénarios qu'on ne me payait pas. J'ai passé deux mois à écrire une adaptation de l'*Aurélia* de Nerval pour des prunes, et trois mois à préparer un documentaire sur Rimbaud, sans avoir signé de contrat, pour apprendre un beau matin que le projet avait cessé de les intéresser.

Ce serait peut-être le moment d'écrire mon chapitre sur les banques, un sujet qui intéresse tout le monde. J'ai un bon titre pour ce chapitre : *La banque et le saltimbanque.* L'idée m'en est venue quand j'ai eu l'année dernière des démêlés avec ma banque à propos d'un découvert de deux cent cinquante mille francs. Mes derniers livres s'étaient bien vendus et j'avais fini par inspirer confiance. “Mais c'était du soutien abusif !”, me dit spontanément une nouvelle venue dans la banque quand je lui donnai ma version de cette histoire qui m'avait rendu célèbre non seulement dans l'agence mais au siège central où j'avais été convoqué.

Je fus prié de rendre mes chéquiers et ma carte de crédit. Je leur demandai s'ils voulaient me châtrer. J'avais affaire à des gens charmants. Ils étaient quatre. Leur patron me proposa un plan de remboursement étalé sur deux ou trois ans. Je fus sincèrement choqué : “Est-ce que j'ai la tête de quelqu'un qui viendra vous voir tous les premiers du mois avec son petit apport en numéraire ? Je vous rembourserai en une fois, et plus vite que vous ne semblez le croire. — Mais nous vous faisons confiance depuis plus d'un an. Où en est votre livre, M. Weyergraf ?” Pour deux cent cinquante mille francs, il pouvait se permettre de poser la question que personne d'autre autour de moi n'aurait osé formuler aussi franchement. Je dus jouer serré.

“Nous travaillons, vous et moi, avec le temps”, répondis-je. La banque m'avait déjà demandé de prendre une assurance-vie d'un montant égal à celui du découvert, et qui serait viré à mon compte en cas de décès. Mon principal argument était : “Vous êtes en train de m'aider à finir un livre. J'ai pris du retard mais qui se souvient du retard quand le travail est livré ? Il ne s'agit pas d'un livre ordinaire. Sinon j'aurais déjà fini. Mais là, j'aborde de front un problème... Je parle de mes rapports avec mon père qui est mort à un moment où nous avions cessé de nous voir, à la suite de la parution de mon premier roman qui lui avait déplu, que dis-je déplu ! Qui l'avait révulsé..." Je sentis qu'on m'écoutait avec la plus grande attention. Il y avait un juriste parmi eux. Il se mit à prendre des notes. Je sortis de ma poche une feuille de papier, en me disant qu'il serait bon qu'on me voie noter quelque chose, moi aussi, et j'écrivis : *ne pas oublier d'acheter du sucre en morceaux.*

En les quittant, je leur dis : "Même les impôts sont plus patients que vous." Huit jours plus tard, je disais aux impôts : "Même la banque est plus patiente que vous." J'aurais adoré pouvoir raconter cette séance à mon père. Il aurait admiré le brio avec lequel je dominais des situations qui lui auraient donné la jaunisse. Il avait eu la jaunisse après la guerre, au moment de publier un roman dans lequel il estimait, m'a confié ma mère, qu'il était allé trop loin dans l'érotisme. Comme quoi tout est relatif !

Mon père admirait la façon dont j'affrontais les huissiers, lui que la simple idée d'en avoir un au téléphone rendait malade. Remplir sa déclaration de revenus était chaque année un cauchemar pour lui. Il commençait d'en parler un mois à l'avance : "J'ai des crises d'aérophagie. Les impôts approchent." J'étais un enfant et je voyais déjà une escouade d'huissiers cerner la maison, des experts débarquer dans son bureau, le ligoter sur une chaise et lui brûler la plante des pieds. C'est là que j'intervenais. Je m'avançais vers celui qui avait l'air d'être le chef : "Fichez-moi le camp d'ici. Allez, ouste !" J'avais neuf ans, dix ans, onze ans : la même scène se renouvelait chaque année. Mon père s'enfermait dans son bureau avec son ami André Migot, un fiscaliste. Il en ressortait en coup de vent et d'une humeur massacrante pour aller grignoter ce qu'il trouvait dans la cuisine, se plaignant de ce qu'il n'y avait jamais rien de bon à manger dans cette maison — alors que ma mère m'avait envoyé lui acheter du foie de veau — et j'en profitais pour faire décamper les huissiers. Si j'en tuais un, mon oraison funèbre était toute prête : "Il ne nous donnera plus de fil à retordre", une réplique de Biggles à la fin du *Mystère des Avions disparus.*

C'est curieux, ce besoin que j'ai toujours eu de vouloir protéger mon père. Dès que je pense à mon enfance — et au-delà — je me vois en train de faire des efforts à la fois excessifs et infructueux pour l'aider, le soulager, le seconder, comme si je voulais chaque fois équilibrer ou neutraliser le mal que je lui avais souhaité. Quand j'étais très jeune, l'aide que je lui apportais consistait toujours à lui sauver la vie : je lui devais la vie, il fallait qu'il me la doive à son tour — à moins que je n'aie tenu à lui sauver la vie dans la mesure où je rêvais parfois de la lui ôter, comme tout bon petit garçon qui se respecte ? À neuf ou dix ans, réveillé en pleine nuit par un cauchemar, je me suis souvent imaginé que des bandits s'apprêtaient à tuer toute la famille, et qu'ils s'acharneraient d'abord sur mon père. Personne sauf moi n'était conscient d'un tel danger. Je ne parvenais pas à me rendormir. Il fallait que quelqu'un veille pour donner l'alerte, et muni de mes armes improvisées — un cintre, un compas —, je me couchais par terre dans le couloir, devant la porte de la chambre de mes parents, semblable au guetteur qui veille la nuit sur le toit des Atrides au début de la trilogie d'Eschyle, un homme dont l'angoisse et la lassitude me paraîtront familières lorsqu'on me fera traduire plus tard en classe le monologue : "Je supplie les dieux de mettre un terme à mes fatigues, à cette longue faction qu'on m'impose..."

Je grandis et j'arrêtai de vouer mon père à des morts sanglantes. Je me considérai de plus en plus comme son associé, son collaborateur, une sorte de conseiller technique. Quand il avait des soucis, j'essayais d'en prendre ma part. Je demandais au Seigneur de le protéger, de le rendre heureux, de lui assurer le succès. Je fanfaronne aujourd'hui, je me prends pour un esprit fort, j'ai tendance à confondre mon père avec un faire-valoir, mais j'ai partagé toutes ses convictions jusqu'au moment bien tardif où je commençai à faire le tri et à me dire qu'on pouvait vivre sans nécessairement croire en Dieu. Je fus un adolescent assez prétentieux, je fus aussi un adolescent très religieux. J'ai raconté comment j'accompagnais mon père dans les ciné-clubs, mais je n'éprouvai pas moins de satisfaction lorsqu'il me proposa d'aller à la messe avec lui, quand arriva cette révolution dans l'Église : les messes du soir. Pour bien des gens, c'était plus commode d'aller à la messe en fin de journée. La messe du soir prolongea mon adhésion au catholicisme. Je terminais souvent mes devoirs tard dans la nuit, à l'image de mon père qui tapait en même temps ses articles, et j'en avais assez de me lever tôt pour aller communier à jeun dans des églises où, à quinze et seize ans, j'étais moins impressionné de voir des jambes de jeunes filles que quelques années plus tôt. J'étais passé entre-temps à un nouveau stade de la découverte du corps féminin en regardant des photos qui en étaient encore à une période quasi préhistorique de la pornographie dans un magazine interdit aux mineurs que m'avait vendu le marchand de journaux chez qui j'allais acheter des quotidiens pour mon père : "Je vais te montrer quelque chose qui n'est pas pour ton âge. Cette revue, tu la regarderas tout seul. Si ça te plaît, j'en ai beaucoup d'autres." Christophe Colomb découvrant l'Amérique ne fut pas surpris davantage que moi parcourant cette revue : je n'avais jamais vu un porte-jarretelles, encore moins une guêpière, des vêtements qui relevaient de la science-fiction, le seul domaine auquel je trouvai à me référer en contemplant ces créatures aguicheuses.

Quand, allongé sur le divan d'un psychanalyste, je me livrerai à un historique minutieux des grandeurs et servitudes de la masturbation, j'aurai le plaisir de m'entendre dire que la notion d'auto-érotisme ne s'applique pas à celui qui se masturbe en regardant des photos et que bien au contraire, c'est un bon moyen de trouver facilement accès aux femmes.

Je m'agenouillais à côté de mon père le dimanche à 18 h 30, et nous allions communier ensemble, ce qui prouvait à chacun des deux que l'autre n'était pas en état de péché mortel. Je répondais en même temps que lui : "Deo gratias", et nous quittions l'église. Je m'agenouillais de nouveau à 23 h 30 devant mon lit sur lequel je venais d'étaler les images qui me permettaient d'échapper à l'auto-érotisme et de constater que l'oreiller ne remplace pas le corps féminin. Ensuite je repassais calmement mes leçons du lendemain. Mon père travaillait aussi, et je l'entendais qui allait se faire du café à la cuisine. C'était souvent moi qui postais ses articles quand il fallait les envoyer par exprès en Italie ou à Paris, ou qui les portais directement à l'imprimerie quand il était trop fatigué pour s'y rendre lui-même après avoir écrit à la dernière minute cinq feuillets sur Billy Wilder ou Jean Grémillon pour sa chronique cinématographique de *Familles nombreuses,* un hebdomadaire qui, comme son titre l'indique, tirait à l'époque à quelques centaines de milliers d'exemplaires. Il me recommandait de ne pas donner l'enveloppe au gardien de l'imprimerie, mais de la remettre en mains propres à un chef de fabrication qui m'avait un jour demandé combien il me devait pour la course. Au lieu de dire que j'étais le fils de l'auteur de l'article, j'avais jugé plus chic de répondre que la course était déjà payée par l'auteur lui-même.

J'aidais aussi mon père à corriger les épreuves de ses articles et de ses livres. Mon orthographe était devenue aussi bonne que la sienne. Je trouvais régulièrement des coquilles dans les pages qu'il avait relues. Il était le rédacteur en chef d'une revue mensuelle de bibliographie et de critique qu'il avait fondée et appelée

Livres d'aujourd'hui. Aucun article n'était signé. Il les rédigeait presque tous. *Livres d'aujourd'hui* se présenta d'abord sous l'aspect d'une simple feuille pliée en quatre, mais quand je fus en âge de m'y intéresser, la revue avait plus de vingt pages et une couverture imprimée sur un beau papier couché légèrement satiné. J'attendais avec impatience, vers le quinze de chaque mois, l'arrivée des jeux d'épreuves. En été, nous allions les corriger dans le jardin. Un des avantages de vivre à Bruxelles était d'avoir pu louer une maison de trois étages avec un jardin. Nous habitions aussi une maison à Avignon, mais il n'y avait pas de jardin. Dans le jardin, chaque enfant avait droit à sa parcelle de terrain, et sur la mienne j'avais planté des roses trémières. Nous appelions le centre du jardin "la prairie", un espace de quatre mètres sur cinq où il y avait en effet de l'herbe sur laquelle je m'étendais à côté de mon père pour corriger les épreuves qui arrivaient sous la forme de longs "placards" que je déroulais avec les gestes avides et précautionneux d'un antiquaire japonais à qui on propose l'achat d'un kakémono rarissime. Je dois à la correction attentive des épreuves de *Livres d'aujourd'hui* la partie la plus paradoxale de ce qui constitue encore à présent ma culture générale. Je suis au courant de choses dont les intellectuels de ma génération n'ont jamais entendu parler, à la fois de tout un effort humaniste parfois bête mais souvent touchant et toujours sincère pour sauvegarder dans les années cinquante des valeurs qui gênaient l'essor de la société moins sympathique qui l'emportera peu après — la grande industrie dictant à chacun son comportement — et les dernières manifestations d'un catholicisme qui avait pris la fâcheuse habitude de croire que l'avenir passait par lui et qu'il était le seul rempart possible contre toutes les manifestations du mal, dont l'éventail allait de la masturbation au stalinisme.

Mon père avait installé dans la pièce à côté de la salle à

manger, qui aurait dû être le salon, une librairie qui fournissait tous les livres recommandés par *Livres d'aujourd'hui,* et n'importe quel autre titre demandé par ses clients, lesquels étaient souvent des prêtres ou des vieilles dames responsables de bibliothèques paroissiales. Ce fut dans cette pièce, où se trouvaient en permanence trois ou quatre mille livres, que j'attrapai le virus de la maladie inguérissable qui m'oblige à entrer dans une librairie dès que j'en vois une, si bien que je connais mieux les librairies de Venise ou de Berlin que l'intérieur du Palais des Doges ou le Pergamon-Museum. Même à Paris, quand je propose à Delphine de sortir se promener avec moi, elle me répond : "À une condition, c'est que tu me promettes de ne pas entrer dans une librairie." Je suis pourtant le meilleur compagnon qui soit dans une librairie, mais j'admets qu'à la longue ce soit lassant. Il en va des librairies comme du whisky : ce sont des passions auxquelles il vaut mieux s'adonner seul. Pendant qu'on boit un single malt de quarante ans d'âge, ce serait dommage de se déconcentrer en bavardant avec quelqu'un.

Mon père décida de vendre *Livres d'aujourd'hui* à un autre éditeur, tout en restant le rédacteur en chef. L'administration de la revue fut transférée 212, boulevard Saint-Germain, Paris VIIe, et pour l'Amérique du Nord, on pouvait s'abonner chez Périodica, avenue Papineau à Montréal. Chaque numéro était alors une élégante plaquette de quarante-huit pages, avec une couverture typographique dont il avait dessiné la maquette. J'avais pris ma modeste part à l'amélioration de la revue avant qu'elle ne suscite des convoitises et soit mise en vente. Le soir où mon père, qui devait boucler son prochain numéro, me demanda de lui donner un coup de main et de choisir dans une pile de nouveautés trois ou quatre titres qui me plaisaient pour lui en apporter rapidement des comptes rendus d'une vingtaine de lignes, je compris ce qu'avaient dû ressentir Racine et Boileau en apprenant que Louis XIV les chargeait d'écrire l'histoire de son règne. J'avais déjà publié des articles, mais je ne m'étais pas encore mesuré avec la littérature, avec des livres *pour adultes.* Ce n'était pas trop tôt. J'avais seize ans. Pour ma première collaboration, je rendis compte d'une biographie de saint Jérôme, d'un essai sur Horace et d'un recueil de nouvelles d'Heinrich Böll. À ma grande honte aujourd'hui, je me dois d'avouer que je consacrai aussi, avec l'approbation de mon rédacteur en chef, une pleine page de la revue à l'ouvrage d'un certain Henry Bars, *L'Homme et son âme,* paru dans la collection “Église et temps présent” aux éditions Grasset : nous sommes en 1958 et chaque maison d'édition devait au catholicisme une partie non négligeable de son fonds de commerce, quelques années avant d'y renoncer au profit des sciences humaines. Mon article est très mauvais — je viens de le relire — et il me permet de me rendre compte que j'étais encore bien dans le rang, très préoccupé par la Révélation de la vie éternelle (la majuscule est de moi), ne doutant pas qu'il convenait avant tout de chercher le Royaume des Cieux, le reste nous étant donné par surcroît.

La fin des années cinquante, qui marqua le déclin des collections catholiques chez les éditeurs de littérature générale, vit aussi la disparition de la maison d'édition de mon père, les éditions du Cèdre, qui avaient publié une trentaine d'ouvrages et permis de nourrir pendant quinze ans une famille de six enfants, ce qui était le principal but de l'entreprise, bien qu'il n'ait pas figuré dans les statuts. Trente livres en quinze ans, ce n'est pas beaucoup, mais la moitié d'entre eux, il fallut aussi que mon père les écrive.

Les éditions du Cèdre avaient publié entre autres un recueil d'articles de Georges Duhamel, une édition illustrée des *Dialogues de bêtes* de Colette, des traductions de Robert Louis Stevenson (*Kidnapped* et *Catriona*), un livre d'Isabelle Rivière sur la mort et la résurrection du Christ, méditations masochistes sur Jésus cloué à sa croix pour que nous soyons décloués de la nôtre. J'étais impressionné de savoir que mes parents connaissaient la sœur d'Alain-Fournier, épouse de Jacques Rivière, deux garçons que je connaissais bien pour avoir dévoré les quatre volumes de leur correspondance en regrettant de ne pas avoir comme eux un ami à qui envoyer de longues lettres où j'aurais parlé de mes lectures, de mes admirations, de ma fascination devant les jeunes filles et de mes angoisses sur le sens de la vie. Je n'ai jamais eu beaucoup d'amis à l'école. Pendant les récréations, je m'isolais ostensiblement et, m'appuyant contre un mur, j'ouvrais un des livres que j'avais choisi le matin même dans la librairie de mon père.

Isabelle Rivière (née Fournier, comme on l'aurait précisé dans un vieux roman anglais) avait publié des documents sur son frère, l'auteur du *Grand Meaulnes,* mort à vingt-huit ans, porté disparu en 1914, et mon père, jeune et ambitieux critique littéraire au début des années trente, était entré en relations avec elle après avoir publié quelques articles sur les textes posthumes d'Alain-Fournier. Quand mes parents se marièrent, Isabelle Rivière leur envoya ses vœux pleins d'affection (c'est moi qui possède aujourd'hui sa lettre), souhaitant que Dieu les accompagne, les bénisse et fasse de leur foyer le plus beau des foyers chrétiens. J'avais lu en cachette les lettres d'Isabelle Rivière à mes parents. Elles me touchaient moins que celles de son frère, mais elles étaient inédites et manuscrites. Le courrier de mon père fut toujours une de mes lectures favorites, surtout les lettres qu'il avait reçues avant ma naissance. J'étais choqué par la platitude et la suffisance des lettres de remerciement que lui envoyaient les écrivains auxquels il avait consacré un article, tous persuadés que c'était la moindre des choses, alors qu'ils auraient dû assurer mon père de leur reconnaissance éternelle pour avoir eu l'honneur d'être lus et compris par un homme aussi bon, attentif et intelligent. Ces lettres, je les ai ! Si je ne craignais pas d'avoir des ennuis avec les héritiers, j'en recopierais volontiers quelques-unes, notamment celle de Félix de Chazournes, auteur de *Caroline ou le départ pour les Îles,* prix Femina 1938. La lecture des lettres d'Isabelle Rivière me rendit plus proches son frère et son mari, dont elle parlait abondamment, prévenant mon père — un jeune homme de vingt-quatre ans — qu'il ne fallait pas s'attendre à gagner de l'argent en publiant des livres, et elle mentionnait les sommes d'argent dérisoires gagnées par "Jacques" — ce Jacques dont une rapide enquête dans la librairie me fit savoir qu'il était l'ami de Gide, de Claudel et de Proust : du moins était-il riche en amitiés. Mais c'est à cause du *Grand Meaulnes* que je parle ici de Mme Rivière, née Fournier. C'est dans le roman de son frère que je découvris le prénom Frantz orthographié avec un t. Je compris alors pourquoi des écrivains s'obstinaient à dédicacer leurs livres à mon père en commettant l'erreur d'écrire, au lieu de "Franz" : "pour Frantz Weyergraf". Ils avaient lu *Le Grand Meaulnes,* eux aussi !

Le vrai prénom de mon père était Casimir — saint Casimir est le patron de la Pologne — mais il avait choisi de signer Franz quand, à vingt ans, fervent lecteur du *Grand Meaulnes,* il avait envoyé ses premiers articles à des revues. Casimir Weyergraf conviendrait à la rigueur à un jeune avocat, mais pas à un futur essayiste et romancier. On l'avait baptisé Casimir à la demande de sa marraine polonaise, une infirmière réfugiée en Belgique et tuée au début de la guerre de 14 en soignant les blessés des Légions de Pilsudski (chaque famille écrit ses propres livres d'histoire !). "Mais pourquoi n'écris-tu pas Frantz, avec un t comme dans *Le Grand Meaulnes* ?" avais-je demandé à mon père qui me répondit : "C'est ma touche personnelle !" Franz allait bien avec le côté allemand de notre nom de famille, et se rapprochait du prénom de saint François d'Assise, le saint que mon père vénérait par-dessus tout, mais alors, pourquoi ne s'était-il pas appelé François Weyergraf ? Il n'était pas encore marié, il ne savait pas que je naîtrais, et même s'il espérait avoir des fils, il n'aurait eu que l'embarras du choix pour les prénoms. En choisissant de s'appeler lui-même François, il nous aurait évité quelques désagréments, à lui et à moi, car il va sans dire que Franz et François se confondent plus facilement que Casimir et François.

Je ne m'imagine pas portant un autre prénom que le mien. Il fut prononcé par toutes les personnes qui m'ont aimé. Quand une femme qui semble vouloir s'intéresser à moi me dit : "François...", je me sens vulnérable et je renonce à faire appel à un esprit critique qui m'empêcherait sans doute d'aller plus avant. Il paraît que même dans le coma, l'être humain reste sensible à son prénom, si on le lui dit à l'oreille. Un prénom n'est pas rien, dans la vie de quelqu'un. Je trouve surprenant qu'on en ait inventé si peu.

Faut-il parler de la place que saint François d'Assise a tenue dans ma vie ? À la maison, saint François était plus respecté que mes deux grands-pères. C'est une situation à laquelle un enfant n'est pas insensible. Mon père a écrit une vie de saint François : *L'Appel de la pauvreté,* mais je préfère de loin un autre de ses livres où il entraîne son lecteur dans la forge qui fut le décor de son enfance. Mon grand-père était forgeron. Quand je l'ai connu, il était à la retraite. C'était un homme de plus d'un mètre quatre-vingts, avec de grosses moustaches jaunies par la nicotine. Il était allemand et s'était installé à Liège peu de temps avant la Première Guerre mondiale. En 1914, plutôt que de l'emprisonner, les autorités liégeoises l'avaient naturalisé en quatrième vitesse, d'une façon peu réglementaire.

Mon grand-père ne voulut jamais de machine dans son atelier. Chez lui, tout le travail se faisait à la main. Une seule fois, mon père me raconta ce qui se passait dans cette forge. Des amis venaient voir son père, lui disaient :

— On en parlait encore cet après-midi chez le marchand de fer, il n'y a pas deux forgerons comme toi dans toute la province de Liège.

— Il y en a beaucoup, répondait mon grand-père, il y a le grand Adam, il y a celui de Remicourt, et Albert...

— Toujours est-il que le jour où Cockerill a eu besoin de ses fonds de chaudières en cuivre pour le Canada !... Et les bielles ! C'est toujours chez toi qu'on vient !

Un homme d'affaires était venu commander des bielles :

— Et vous savez, c'est pour l'étranger. Si ce n'est pas bon, je mets au rebut.

De sa voix calme, en jouant de la main droite avec un marteau-massue de dix kilos, mon grand-père répondit qu'il n'avait jamais eu de commande rebutée. Il forgea lui-même ces bielles, se battant avec le métal, debout sur une table de fonte. Le réceptionnaire était revenu, avait cherché la trace d'une soudure : "C'est extraordinaire, il n'y a pas de soudure. Pourtant, vous n'avez pas de pilon !

— Le travail n'est jamais aussi bien fait qu'à la main.

— Enfin, c'est dommage que vous soyez si cher...

— Quand on veut du bon travail, il faut le payer !"

Mais mon grand-père ne s'est jamais enrichi. Il avait deux enfants. Il envoya son fils aîné à l'université, lui payant tous les livres et tous les dictionnaires qu'il voulait. La fille, je suppose, resta à la maison, acceptant que son frère ramasse le gros lot. Quand nous étions petits, mon grand-père arriva un jour à la maison avec un lampadaire qu'il avait forgé. Après son départ, je fus triste pour lui d'entendre mon père dire et répéter que ce lampadaire était affreux. Chaque fois que des gens venaient à la maison, je leur montrais le lampadaire : "C'est Grand-Papa qui l'a fait." Ce qui était affreux, c'était l'abat-jour choisi par mon père.

Mon grand-père a dû comprendre que son lampadaire n'avait pas plu. Par la suite, il n'apporta qu'un seul objet fait de ses mains, et ce fut un cadeau pour moi : un aquarium de soixante centimètres de long, que je transformai en terrarium pour y élever des lézards. Je ne sais pas ce qu'est devenu mon aquarium. Je n'ai rien gardé de mon grand-père paternel, sauf cette photo prise à la fin de sa vie, où on le voit debout à côté de son fils. Ils sont très élégants tous les deux, mon père en costume de velours et mon grand-père (qui, à quatre-vingts ans, dépassait son fils de plusieurs centimètres) dans un complet noir sur mesure, avec un gilet qui semble être en soie.

La conduite de mon père avec le sien fut un drôle d'exemple pour moi. Il me donna toujours l'impression de mal s'occuper de lui. Grand-Papa venait dîner deux fois par mois à la maison et mon père le laissait s'endormir dans un fauteuil après le repas, en s'éclipsant pour aller finir un article. On rabrouait ce pauvre homme quand il avait le malheur de sortir de sa valise des sacs de bonbons et des paquets de biscuits pour les enfants. Il arrivait de Liège le vendredi et repartait le dimanche. Je lui cédais ma chambre. Je m'efforçais d'être le plus gentil possible avec lui, pour compenser la froideur incompréhensible de mon père, à qui je n'aurais pas osé faire la moindre remarque, mais je n'en pensais pas moins... Qu'avait-il pu se passer entre la parution des pages lyriques que mon père lui avait consacrées dans un livre qu'il lui dédia ("À mon père, qui m'a donné sa Foi") et, vingt-cinq ans plus tard, ces visites où on l'abandonnait dans un fauteuil comme un vieux vêtement qu'on ne mettra plus ?

J'ai fini par apprendre, après la mort de l'un et de l'autre, que mon grand-père avait refusé de mettre de l'argent dans la maison d'édition de son fils à un moment où la faillite menaçait — une maison d'édition qui, comme on sait, vivait surtout de la vente des livres écrits par le fils en question. Je n'en sais pas plus. Dans ma famille, un père ne s'était pas intéressé aux livres de son fils, et c'était le sort qui m'attendait !

Quand mon grand-père mourut en Autriche en 1963 dans la ferme de son frère cadet — il était l'aîné de sept garçons —, j'arrivai la veille de l'enterrement, et je fus réveillé par les pleurs de mon père dans une chambre voisine. Ma mère essayait de le convaincre d'aller voir le corps de son père, et il s'y refusait. "Ce sera la dernière fois que tu le verras ! — Non, je ne veux pas le voir mort." Pendant l'enterrement, quelques heures plus tard, il fut très calme et il lut le texte d'un psaume que mon grand-père avait recopié sur une page de cahier d'écolier qu'il gardait pliée en quatre dans son portefeuille.

Saint François d'Assise, lui, n'a jamais rien refusé à mon père. Il lui a appris la valeur de la pauvreté. Mon père m'enseigna à son tour qu'il valait mieux être pauvre que riche, ce qui me permettra de dire, quand il m'arrivera de disposer de grosses sommes d'argent : "Je ne suis pas riche, je suis un pauvre qui a de l'argent." À peine marié, mon père se lança dans l'aventure des Foyers-Compagnons de Saint-François, des couples se réclamant d'un esprit franciscain qui les poussait surtout à faire des pèlerinages. Les foyers-compagnons n'hésitaient pas à partir sur les routes avec leurs enfants pendant huit jours d'affilée. On dormait dans des granges. On chantait : "Compagnons, marchons droit, car devant nous marche saint François !" Un des compagnons était un botaniste réputé. Il retardait tout le pèlerinage en cueillant des fleurs avec les enfants dont j'étais et en nous parlant de monocotylédones et de gamopétales, des mots qui nous épataient. Il était intarissable sur les chardons, les pissenlits et les lichens. Il me fit commencer un herbier et j'abandonnai ma collection de timbres, ce dont il me félicita : "Tu vois, tu mûris", me dit-il.

La leçon de saint François, telle qu'elle me fut transmise par mon père, c'est l'esprit d'aventure et une confiance totale dans le présent. "Qu'est-ce que tenter l'aventure ?", m'écrivit mon père quand j'avais quinze ans. "C'est accepter ce qui arrive, et en faire son profit pour aller au-devant d'une aventure nouvelle. Saint François accepte d'avancer, mais à chaque avancée, il interroge le Seigneur sur la direction à prendre."

Mon père s'était senti soulagé en se débarrassant des éditions du Cèdre. Un des premiers titres publiés par les éditions du Cèdre fut un livre pour enfants, achevé d'imprimer à Avignon en novembre 1945, une adaptation signée par Franz Weyergraf d'un conte d'Andersen, *La Reine des neiges.* Ce doit être agréable d'écrire pour les enfants quand on en a soi-même. J'aurais dû le faire. Quand Zoé avait huit ans, et que je me trouvais en voyage en Autriche avec une autre femme que sa mère — Zoé avait refusé de la rencontrer, elle m'avait dit : "Cette femme fait du tort à ma mère" — je lui avais envoyé en guise de lettre un conte pour enfants de mon cru qu'elle avait apporté à sa maîtresse, laquelle le lut devant toute la classe. C'est un des moments que je préfère dans ma vie d'écrivain. J'ai une tendance exagérée à me sentir fier d'une multitude de choses qui m'arrivent et qui n'en méritent pas tant, mais là, pour une fois, il y a de quoi. Je suis fier que ma fille aînée ait eu l'idée de montrer mon petit conte à sa maîtresse, et que celle-ci l'ait jugé digne d'intéresser une classe d'enfants de huit ans.

La cession des éditions du Cèdre n'empêcha pas, bien au contraire, les livres de mon père de continuer à se vendre, l'amour conjugal et l'éducation chrétienne ayant toujours leur public d'acheteurs motivés, couples scrupuleux et parents à la recherche de guidance ou de guide-âne. Les livres qu'il avait édités furent tous réimprimés avec de nouvelles couvertures, et mieux distribués. Délivré des soucis de la gestion quotidienne d'une librairie et d'une maison d'édition, mon père se consacra entièrement à son œuvre et revint au roman. Le papier à lettres des éditions du Cèdre devenu inutilisable lui servit pour faire des brouillons et pour les doubles au papier carbone de ses articles. La fin de la librairie me fit comprendre que j'étais expulsé de mon enfance, et que mon adolescence était pratiquement achevée, au cas où je n'aurais pas voulu m'en rendre compte. Il ne faudrait plus venir me chercher dans la librairie quand tout le monde serait déjà à table. Je n'avais plus l'inexpérience, ou la crédulité, ou la naïveté, qui me faisaient chercher à traduire en clair les titres de certains livres dont j'imaginais que les auteurs avaient utilisé un code secret pour s'adresser à moi. Je ne réussissais pas à décrypter leur message, mais je m'en imprégnais, et grâce à eux la vie me semblait plus mystérieuse, donc plus attirante. Ces livres ne firent souvent qu'une apparition d'un soir dans la librairie, expédiés aux clients dès le lendemain, en mon absence, ce qui ne pouvait que renforcer à mes yeux leur côté "oracle", "épiphanie". Je n'ai pas oublié la plupart de ces titres, je sais aujourd'hui qui sont leurs auteurs et je connais leur place importante ou secondaire dans l'histoire de la littérature, mais comment puis-je trahir le petit garçon que je fus en traitant ces titres comme des renseignements bibliographiques alors qu'ils m'ont permis d'entrevoir qu'une autre vision du monde était possible que celle qu'on m'imposait en classe et à la maison ? Ces livres, quand je les vois chez les bouquinistes, je les achète, comme on fait tirer une photo quand on retrouve un vieux négatif : *Réflexions sur la mort d'un porc-épic, Le Revolver aux cheveux blancs, Mourir de ne pas mourir, Portrait de l'artiste en jeune chien, La Vie recluse en poësie, Discours du grand sommeil, Amants, heureux amants.*

Toute la famille fut mise à contribution pour repeindre les murs et décorer l'ancien bureau des éditions du Cèdre qui fut rendu à sa vocation première de salon où mes parents, au lieu de recevoir des libraires venus commander un 13/12 du dernier ouvrage de mon père et des prêtres souhaitant acheter une biographie de saint Bonaventure, purent accueillir les garçons qui deviendront leurs gendres et, un soir d'octobre 1959, la jeune fille dont je deviendrai le mari.

Delphine dormira demain soir à Capri. Elle connaît déjà la baie de Naples, qu'on appelle "golfo" en italien. Nous y sommes allés ensemble. Pour Capri, je n'ai pas osé lui conseiller de prendre le vieux bateau traditionnel qui fait le trajet en une heure et demie, pendant laquelle on voit lentement apparaître l'île. Je ne veux pas qu'elle se souvienne que j'ai pris ce bateau vingt ans plus tôt avec une autre femme qu'elle. Nous avions trente ans à ce moment-là, et je l'avais laissée seule à Paris avec les deux filles, pour rejoindre une pianiste anglaise dont je m'étais entiché quelques mois plus tôt en allant la féliciter après un récital de sonates de Haydn qu'elle avait donné au British Council. Il n'y a pas de quoi me vanter. Officiellement, j'avais besoin d'être seul afin de travailler à mon premier roman... Le nombre d'étés que j'aurai passés à soi-disant terminer des romans !

Quand j'arrivai à Capri, Kate Streeter — je lui disais : "Kiss me Kate" — m'annonça qu'elle partait dans deux jours mais que la chambre était louée jusqu'à la fin du mois d'août et elle me conseilla de rester à Capri pour travailler. Elle partait pour Prague où elle aurait la chance de rencontrer Emil Guilels qui l'aiderait à se perfectionner dans l'usage de la pédale sur les doubles et les quadruples croches. "Les gens regardent les mains des pianistes, mais il faut aussi regarder leurs pieds", me dit-elle.

Il n'y avait pas de piano à notre hôtel, mais Kate avait fait la connaissance d'un couple de vieux Anglais qui en possédaient un. C'était un piano en mauvais état, sur lequel il fallait utiliser la sourdine et baisser la pédale gauche. J'appris à Kate que ma mère avait joué du piano et restauré des clavecins. Regarder Kate interpréter pour moi, à Capri, quelques préludes de Debussy représenta un de ces moments que je pourrais faire figurer sur la liste des "grands moments de ma vie", d'autant plus que nous avions fait l'amour juste avant, et, sans que nous le sachions, pour la dernière fois. Elle partit le lendemain. Dire qu'à Paris, Delphine s'imaginait que je roucoulais avec une quelconque gazelle ! Alors que, bien malgré moi, j'étais seul et j'écrivais mon livre... J'ai acheté en juin dernier le nouveau disque de Kate. Sur la photo, elle n'a pas tellement changé. Les cheveux courts lui vont bien. J'ai calculé qu'elle a maintenant quarante-trois ans. Elle m'envoie une carte chaque année pour mon anniversaire, en se trompant de date. Elle vit toujours à Londres où elle a épousé un ingénieur du son qui enregistre ses disques. Ils ont deux enfants.

J'ai regardé hier une photo d'elle prise à Capri par un de ces photographes qui surgissent le soir dans les restaurants comme s'ils vous prenaient en flagrant délit d'adultère, du moins est-ce le souvenir que j'en ai gardé, ce qui prouve que je n'avais pas la conscience tranquille. J'ai pensé : "J'ai tenu cette jeune fille entre mes bras !" Ensuite je me suis dit que ce n'était pas moi qu'elle avait embrassé et caressé, mais celui que j'étais, quelqu'un avec qui j'ai encore en commun le désir de coucher avec elle, sauf que lui l'a fait et que pour moi c'est un événement impossible, ce qu'on signale en mathématiques au moyen d'un zéro barré.

Après le départ de Kate, je restai dans la chambre où je n'avais passé que trois nuits avec elle. Je tapais à la machine devant les deux portes-fenêtres qui donnaient sur un balcon et sur la mer. Je travaillais la nuit, comme d'habitude, et j'allais me coucher quand le soleil se levait. En fin d'après-midi, j'allais m'asseoir à une terrasse de café sur la piazza. C'est là que j'ai rencontré Laura, venue s'asseoir à la seule table encore libre, juste à côté de la mienne.

Elle me demanda de lui prêter mon journal : elle voulait voir les films qu'on jouait à Paris. Elle était élève au Centre Expérimental du Cinéma à Rome et je m'empressai de lui faire savoir que, dix ans plus tôt, j'avais suivi les cours de l'Institut des Hautes Études Cinématographiques à Paris. Je la fis rire en lui racontant comment j'avais commencé à perdre la foi à cause de Roberto Rossellini, réalisateur, pourtant, des très orthodoxes *Fioretti de saint François.* En janvier ou février 1962, Rossellini était à Paris et j'avais obtenu un rendez-vous avec lui pour une interview, un dimanche à dix-huit heures à l'hôtel Raphaël. Réveillé trop tard pour assister à une des messes du matin, je fus devant un dilemme qui m'effraya : ou bien j'allais voir Rossellini et je commettais un péché mortel en n'allant pas à la messe un dimanche pour la première fois de ma vie, sauf quand j'avais été très malade — "pour la première fois de ma vie", n'y avait-il pas là une circonstance aggravante qui entraînerait *ipso facto* l'excommunication ? —, ou bien je téléphonais la mort dans l'âme à l'hôtel Raphaël pour annuler le rendez-vous. J'accomplirais mes devoirs religieux mais je raterais l'occasion de bavarder avec celui dont les films m'avaient donné envie d'en faire à mon tour. Que faire ? Je tournais en rond dans ma chambre de bonne au dernier étage d'un immeuble du boulevard Raspail où tout le monde était sûrement déjà allé à la messe le matin. Je mettais sur mon pick-up la *Messe solennelle* de Mozart en croyant que j'atténuerais la gravité de mon péché imminent. Pourquoi n'y avait-il pas de messes *permanentes,* comme au cinéma ? Pourquoi ne proposerais-je pas à Rossellini d'aller à la messe avec moi ? Aller à la messe avec Rossellini serait un événement pour un garçon dont le père avait présenté *Paisà* et *Stromboli* dans tant de ciné-clubs. Un volume de la collection “7e Art” affirmait que Rossellini était le plus grand metteur en scène catholique de l’histoire du cinéma. Que pourrait-il m’arriver de mal en sa compagnie ?

Comme le démon était subtil ! Il se servait d’un cinéaste catholique pour m’inciter au péché. Manquerais-je de volonté — la force de volonté que Dieu m’avait donnée — et irais-je voir Rossellini, ou resterais-je fidèle à l’orientation foncière de mon être vers Dieu, autrement dit : irais-je à la messe ? Un choix personnel s’imposait. La grâce divine me fit défaut. “Après tout, me dis-je, beaucoup de gens vont à la messe. Il n’y a que moi qui sois attendu par Rossellini. J’assisterai à deux messes dimanche prochain. Je ne vais tout de même pas contrarier ma vocation de cinéaste.”

Il me reçut dans une suite qui avait la taille et l’apparence d’une chapelle privée. Pendant qu’il me parlait, j’entendais les cloches d’une église voisine appeler les fidèles au saint sacrifice de la messe. J’étais persuadé que quelque chose de grave allait m’arriver. Rossellini me demanda pourquoi je ne prenais pas de notes : “Ça ne vous intéresse pas, ce que je dis ? Mais croyez-moi, c’est très important. Il faut renoncer à l’art aujourd’hui, et songer d’abord à se rendre utile.” Je n’allais pas lui répondre que j’attendais d’une seconde à l’autre un châtiment du ciel. Il était dix-neuf heures vingt et je n’avais pas encore été réduit en bouillie par l’Éternel, par le Dieu des armées, par le Seigneur qui avait laissé pour moi un message dans la Bible : “Tu seras couvert de honte, j’exercerai ma vengeance avec colère.” Ce serait en quittant l’hôtel que je tomberais foudroyé par la colère et la fureur de l’Éternel. Je n’osais plus m’en aller. Je me mis à poser des questions plus ingénieuses et désarçonnantes les unes que les autres pour contraindre Rossellini à me garder sous sa protection. Vers neuf heures du soir, il me dit gentiment qu’on l’attendait pour dîner et qu’il était déjà très en retard. Il me raccompagna dans le hall de l’hôtel et je lui serrai la main en tremblant. Il serait le dernier à m'avoir vu vivant. Je me réveillai sain et sauf le lendemain. Je venais de découvrir qu'on pouvait sans dommage apparent se passer d'aller à la messe le dimanche. Au lieu de profiter de ma trouvaille, je suis retourné à la messe le dimanche suivant. On ne s'affranchit pas si facilement d'une vie de sujétion. Mais la brèche était ouverte. Quelques mois plus tard, au début de mon mariage avec Ana Augustina, qui n'était pas moins catholique que moi, nous décidâmes d'un commun accord de quitter l'église où nous étions entrés presque machinalement un dimanche matin, de la même manière que nous nous consultions dans le noir des salles de cinéma pour savoir si l'autre était d'accord pour partir avant la fin du film.

À Capri, je reçus une lettre de mon père qui désapprouvait à demi-mot ma façon de vivre loin de ma famille, et sur ce point je ne pouvais que lui donner raison. Avait-il envisagé ce qui se passait vraiment ? Comment aurait-il réagi si, au lieu de lui écrire que je travaillais à un scénario, je lui avais fait comprendre que j'étais venu à Capri pour y passer quelques nuits avec la pianiste dont je savais qu'il avait entendu parler par ma mère, et que je m'apprêtais à en faire autant avec une étudiante romaine ? Sa lettre se terminait par : "Sois heureux selon toi. Comme d'autres dont nous sommes sont heureux selon eux." C'était stoïque de sa part. Il acceptait que nous ne partagions plus la même conception du bonheur, mais il n'avait pas écrit : "Sois heureux selon toi comme nous le sommes selon nous" (ce "nous" représentant sa femme et lui). Il avait fallu qu'il ajoute : "Comme *d'autres* dont nous sommes..." Qui étaient ces autres, sinon ceux dont je n'étais pas, ceux dont il m'excluait, ceux qui se conduisaient bien ?

À chacun sa vie ! Je suis un homme qui aime la même femme depuis trente ans et qui vit toujours avec elle, mais il y eut des moments où je devais coucher avec d'autres femmes pour échapper à l'idée intolérable que, restant fidèle toute ma vie, j'aurais vécu la copie conforme du mariage de mes parents, et pour échapper à cette autre idée que je me suis faite : si je restais fidèle à la même femme, elle finirait par représenter mes parents que j'aurais peur de trahir ou quitter. Ne devoir son plaisir sexuel qu'à une seule personne nous assujettit à elle d'une manière qui finira par nous la faire détester, même sans que ce soit formulé, et sans méconnaître non plus l'intérêt d'être énervé par ceux qu'on aime. Pourrait-on aimer quelqu'un qui ne vous énerverait jamais ? J'ajouterai quelque chose d'irremplaçable, la complicité intellectuelle. Pourrait-on aimer longtemps quelqu'un avec qui on ne serait d'accord sur rien ? Une de mes petites amies me demanda un jour de vivre avec elle et me dit : "Pourquoi restes-tu avec Delphine ?" Elle faisait partie de celles qui vous annoncent qu'elles sont amoureuses de vous dès qu'on se trouve avec elles dans le même lit. Ma réponse aurait été celle d'un mufle : presque tout ce qu'elle me disait me paraissait idiot.

L'oncle de Laura possédait un hôtel à Capri. Elle m'emmena danser jusqu'à l'aube au *Penthotal* et refusa de m'accompagner dans ma chambre mais me proposa de venir dans la sienne. Dans un des cahiers que j'emportais avec moi quand on se promenait dans l'île, je retrouve cette note : "La rencontre d'une femme commence bien avant qu'on aperçoive cette femme, et finit (si ces affaires-là finissent) à un tout autre moment que celui qu'on croit, et pas du tout au moment où l'un commence à se lasser de l'autre, mais bien plus tard, et il y a des histoires d'amour qui continuent même si les deux amants sont morts." J'écrivais beaucoup de bêtises comme ça, à cette période de ma vie. J'avais gardé la chambre de Kate pour travailler. Laura venait m'y rejoindre en fin de journée. Un jour, elle me dit : "Tu te rappelles le grand type blond que je t'ai montré ? J'ai rendez-vous avec lui ce soir, ça ne t'ennuie pas ? Je reviendrai tout de suite après." Je lui demandai à quelle heure elle rentrerait, et elle me répondit de ne pas lui parler comme ses parents. Elle me dit que je la retrouverais dans un des trois night-clubs que nous connaissions, elle ne savait pas encore lequel, ce ne serait pas compliqué de la chercher. Laura, je le sens, va elle aussi m'inspirer un chapitre de *Coucheries* ! Ce sera d'autant plus facile que j'ai gardé toutes mes notes de Capri, j'ai les noms des night-clubs, j'ai le nom du groupe pop italien qui jouait dans la première boîte où nous sommes allés : *i Grisbi.* Je repense à ces péripéties italiennes à cause de Delphine qui se trouve là-bas. Me dira-t-elle à quoi ressemblent aujourd'hui les boîtes de nuit de Capri ?

La bouteille de Strathisla 1956 sera bientôt finie. 1956 fut aussi l'année où j'ai changé de collège. Les Jésuites voulaient que je redouble sous prétexte que j'avais eu des notes exécrables dans des matières qui, à mes yeux, ne l'étaient pas moins. Ils firent valoir que j'avais un an d'avance et que je n'aurais à souffrir d'aucun retard, comme si cette année d'avance ne voulait rien dire pour moi, comme si elle ne m'assurait pas de devenir le plus vite possible un artiste qui pourrait se consacrer à son travail. Je voulais être peintre. J'avais pris quelques cours de peinture à l'huile avec un Luxembourgeois qui avait servi dans la Légion étrangère et qui fut prisonnier des Japonais en 1944 dans un coin de la Thaïlande où il subit le supplice de la goutte d'eau. Il s'appelait Diekirch. Nous n'avons jamais su son prénom. Il est apparu un jour à la maison. Mes sœurs et moi l'avons croisé dans le couloir en rentrant de l'école. Mon père venait de l'engager pour faire des colis et les porter à la poste. Il ressemblait à un personnage de western. Il avait le crâne rasé et s'habillait toujours en noir. Il me parla du général Patton qui avait libéré le Luxembourg, et il ne comprenait toujours pas pourquoi Patton n'avait pas désobéi quand il avait reçu l'ordre de ne pas aller jusqu'à Prague qu'on abandonnait aux Soviétiques. Diekirch avait des amis à Prague. Il avait des amis dans le monde entier. Il vivait dans un sous-sol éclairé par un soupirail, et dormait sur un lit de camp. Au centre de la pièce se trouvait son chevalet. Quelques toiles étaient retournées contre le mur. Il me les montra. Elles représentaient des corps défigurés, déchiquetés. Il ne peignait qu'avec du gris. Je voulais du bleu et de l'orange. Il sortit m'acheter des tubes de couleurs, et dans ce décor qui ressemblait aux descriptions qu'il m'avait faites de sa prison thaïlandaise, je peignis ma première toile, un barbouillage mi-fauve mi-cubiste. “Délivre-toi de tes obsessions”, me répétait M. Diekirch. Des obsessions ? Je ne savais pas ce que c'était, je ne comprenais pas bien ce mot, qui était loin d'être à la mode. Jusqu'alors, j'avais demandé à Dieu de me délivrer du mal. M. Diekirch ne répondait pas à mes demandes d'explication. Il hochait la tête, parfois il ricanait. Il me demanda un jour ce que je pensais de mon père. Je répondis que je l'aimais. M. Diekirch me regarda comme si j'avais dit une bêtise : “J'attendais une réponse un peu plus futée.”

Quelques semaines plus tard, mon père me fit venir dans son bureau, et sans me donner la moindre raison, il m'informa que je n'irais plus chez M. Diekirch. “Et la peinture ?”, lui dis-je. “La peinture, on verra plus tard, tu es encore très jeune.” M. Diekirch continua de travailler pour les éditions du Cèdre jusqu'à la fin de l'année. Il ne me serrait plus la main quand je le rencontrais. Il inclinait la tête et me disait, sur un ton plutôt sarcastique : “Bonjour, très cher.” J'attendis des années avant de connaître le fin mot de l'histoire. Mon père s'était imaginé que M. Diekirch me sauterait dessus dans son atelier, ou — si l'imagination de mon père allait jusque-là — me proposerait une petite masturbation mutuelle. C'est ma mère qui me l'a raconté, un jour où je dressais devant elle une liste de reproches à faire à mon père. Elle ajouta : "M. Diekirch était un prêtre défroqué, tu ne l'as jamais su ? Un missionnaire qui avait perdu la foi pendant la guerre." Et voilà comment je fus privé du plaisir d'inviter ma famille et mes amis au vernissage de ma première exposition.

Je ne redoublai pas au Collège Saint-Ignace, mon père m'ayant rendu le grand service d'aller faire mon éloge dans un autre collège tenu par des prêtres séculiers, j'allais dire par des prêtres comme vous et moi, qui s'empressèrent de m'accepter au vu de mes excellentissimes notes en grec, latin et français. Je tombai sur de jeunes professeurs enthousiastes, qui auraient pu être mes frères aînés, qui s'intéressaient autant que moi au cinéma, et qui, tout comme moi, connaissaient l'œuvre de mon père, surtout sa récente anthologie de poésie contemporaine dont ils se servaient en classe. Au premier cours de français, j'entendis l'abbé Van Hoecke annoncer à la classe : "Nous allons commencer l'année en étudiant un poème choisi par le père de notre nouvel ami François." Et c'était *La Jolie Rousse* de Guillaume Apollinaire, un poème que d'autres prêtres, professeurs de français, n'appréciaient pas du tout. Mon père avait reçu un courrier abondant lui reprochant d'avoir retenu *La Jolie Rousse,* un titre qui pouvait fournir une cause de chahut en classe et entraîner à des rêveries pernicieuses. Dans ce poème, la raison apparaît, la raison ardente : elle a l'aspect charmant, écrit Apollinaire, d'une adorable rousse. N'est-ce pas charmant, en effet ? Et n'était-ce pas une bonne façon de préparer les élèves à aborder plus tard la raison selon Kant ? Grâce aux jeunes prêtres du Collège Saint-Marc, je commençai à me décoincer un peu. J'avais des complices plutôt que des juges. Le cycle de mes études secondaires allait s'achever en beauté par les classes dites de "Poésie" et de “Rhétorique”. Je devins le responsable de la bibliothèque du collège, et je recommandai aux plus jeunes les récits d’aventures que mon père m’avait fait lire quand j’avais leur âge, ainsi que des livres que j’avais découverts tout seul, les meilleurs titres de la collection “Signe de Piste” et des livres d’alpinisme (*K 2, montagne sans pitié* fut souvent demandé). On m’invita aussi à préparer les plus petits à leur première communion, et je joignis à mes activités de bibliothécaire celles de catéchiste. Le principe des pères jésuites était de faire de chaque élève un théologien en puissance, alors que le clergé séculier nous préparait à une vie de laïcs responsables, aptes à s’intégrer à la vie paroissiale qui les attendait. C’était moins exaltant, moins snob et moins retors, mais je ne vivais plus dans une tension permanente et je pouvais me permettre de déconner de temps en temps sans me retrouver illico dans le bureau du Père préfet ou du Père recteur. Pendant les cours de religion, par exemple, on ne m’écrasait plus avec une suite de vérités enseignées d’une façon définitive et absolument obligatoire, *ex cathedra.* Sans renoncer bien sûr aux définitions solennelles du magistère, les prêtres du Collège Saint-Marc ne se prenaient pas pour des évêques réunis en concile. Les Jésuites les auraient-ils traités de modernistes ? Ils nous parlaient des populations pauvres de l’Afrique, des besoins de l’Église en Amérique latine, des prêtres persécutés en Chine communiste, du cardinal Mindszenty réfugié à la légation américaine à Budapest : les cours de religion ressemblaient à des cours de géographie. D’ailleurs, les deux matières étaient enseignées par le même professeur, qui nous signalait aussi les films qu’il avait aimés. Il préférait le cinéma japonais au néo-réalisme italien, qui, d’après lui, était loin d’avoir le même sens du sacré. Les grands cinéastes italiens, disait-il, supposent que Dieu existe, mais leurs confrères japonais, eux, le savent. Un professeur de religion qui vous parlait plus volontiers des mérites comparés de Keisuke Kinoshita et de Cesare Zavattini que de théologie johannique ou de saint Augustin ne pouvait que me séduire. Il nous conseilla même d'aller voir les films russes qui étaient projetés le dimanche matin dans un ciné-club communiste. Nous ne fûmes que deux dans la classe à y aller, moi et mon voisin de banc, Jean-Claude Boissel, un garçon qui jouait le Boléro de Ravel sur son harmonica. Je me réveillais avant tout le monde le dimanche pour assister à la messe de huit heures, je rentrais déposer mon missel et je repartais voir un film de Donskoï ou de Dovjenko. Quand j'étais sûr que mon père n'avait pas vu le film, je rentrais plus tard en disant que la projection avait duré deux heures et demie, ce qui me permettait de traîner en ville avec Jean-Claude qui me lisait ses poèmes. Un jour, après un documentaire sur la bataille d'Ukraine qui ne durait pas plus de cinquante minutes, nous décidâmes d'aller jusqu'à la Grand-Place et d'entrer au *Roi d'Espagne*, un café fréquenté par des étudiants beaucoup plus âgés que nous, un eldorado (mon père aurait dit un lupanar). Nous eûmes l'impression d'accomplir un exploit en pénétrant dans ce café comme des spéléologues dans un gouffre. En cherchant une table libre, j'aperçus ma sœur aînée dans les bras d'un garçon que je ne connaissais pas ! “Viens, on s'en va, laisse-la tranquille”, me dit Jean-Claude, mais je fonçai au contraire droit sur elle et je lui demandai d'un ton rogue à quelle heure elle comptait rentrer à la maison. “C'est qui, cet abruti ?”, lui demanda son chevalier servant. “C'est mon frère ! — Eh bien, frérot, reprit le copain de ma sœur, tu pourrais pas dégager ?” J'étais soufflé. Pendant que je restais au collège après les heures de cours pour m'occuper de la bibliothèque, pendant que j'enseignais le catéchisme à des gosses, ma sœur aînée embrassait des garçons qui la caressaient partout ! Alors, elle avait cessé d'être pure et chaste, et elle n'arriverait pas vierge au mariage ? Elle désobéissait à

Papa ? Ma grande sœur qui me conduisait à l'école quand j'étais petit ? Elle laissait des garçons introduire leur langue dans sa bouche grande ouverte ? Des garçons qui, en plus, buvaient de la bière ? Je n'allais pas me battre avec lui. Il casserait mes lunettes. Je me tournai vers Jean-Claude resté en silence derrière moi, prêt à intervenir si l'autre avait cherché la bagarre. Jean-Claude pouvait se montrer dangereux s'il le voulait. Il allait deux fois par semaine dans une salle d'escrime. Je n'avais que quinze ans, il en avait dix-sept. Il s'était déjà battu avec son père et il avait réussi à lui faire une clé, c'était du moins ce qu'il racontait.

Ma sœur avec un garçon que je ne connaissais pas ! C'était trop pour moi. Je suivis le conseil de Jean-Claude et nous allâmes prendre un milk-shake un peu plus loin, dans un café de la place de Brouckère. Je m'empressai de raconter à ma mère que j'avais vu Claire se laisser embrasser par un garçon *dans la rue.* Elle joua l'incrédule : "Tu es bien sûr de l'avoir reconnue ?" Je laissai tomber.

En bon garde-chiourme au service de mes parents et des valeurs irréfragables de Notre Mère la Sainte Église, j'avais donné l'ordre à ma sœur de rentrer à la maison alors qu'elle réussissait enfin à se faire la belle ! Je me revois, petit morveux en état de choc, fonçant sur ma sœur et sur le grand gaillard qui l'entraînait dans le péché. J'étais comme un ethnologue qui débarque sur le terrain et qui est aussitôt obligé de renoncer à la plupart de ses notions, qu'il croyait complètes et satisfaisantes. On s'était bien gardé de m'apprendre qu'il faut toujours procéder du concret à l'abstrait.

La même année, je lus *Le Mythe de Sisyphe,* attiré par la table des matières : Un raisonnement absurde, L'Homme absurde, La Création absurde. "Tous les héros de Dostoïevski, écrivait Albert Camus, s'interrogent sur le sens de la vie." Moi aussi, je m'interrogeais sur le sens de la vie. "C'est en cela qu'ils sont modernes : ils ne craignent pas le ridicule." Moi aussi, je me sentais moderne, mais je craignais le ridicule. Camus parlait du suicide, le seul problème philosophique vraiment sérieux, selon lui. J'avais des questions à lui poser et je lui envoyai une lettre. À quoi pouvait servir, lui demandais-je, la vie d'un garçon de seize ans (je m'étais vieilli d'un an) ? Il me répondit qu'à seize ans, on doit refaire à ses propres frais le parcours que nos aînés ont déjà fait. Je découvris sa lettre sur la table de la salle à manger en rentrant du collège. Au dos, on lisait distinctement : "Expéditeur : Albert Camus", suivi de l'adresse imprimée des éditions Gallimard. Je courus montrer la lettre à mon père. Il n'était plus le seul à recevoir du courrier d'écrivains célèbres. Je lui dis : "Tu as vu ma lettre ? — Oui, oui, j'ai vu ça au courrier ce matin." Je dus sortir moi-même la lettre de l'enveloppe et la déplier pour qu'il consente à y jeter un coup d'œil : "Tu ne veux pas la lire ?" Je l'avais relue plusieurs fois et je vis mon père la lire si rapidement que je me demandai s'il avait eu le temps de la comprendre. Il la replia et me la rendit comme si je lui avais prêté un mouchoir. Il prit un air qui me parut excessivement dédaigneux pour me dire : "Méfie-toi de ces gens-là, ton Camus et d'autres, ce sont des existentialistes." Il aurait préféré que j'écrive à Gustave Thibon ? À Gabriel Marcel ? À son ami le chanoine Leclercq, l'auteur de *Valeurs chrétiennes* publié aux bien-pensantes éditions Casterman ? "Monsieur le Chanoine, Albert Camus affirme qu'un monde absurde et sans dieu se peuple d'hommes qui pensent clair et n'espèrent plus. La pensée fait-elle renoncer à l'espoir ?" Le chanoine Leclercq m'aurait répondu en envisageant la question sous l'angle de l'éternel. Quinze ans plus tard, je revendis la lettre d'Albert Camus à un marchand d'autographes à Paris, et (même si je suis sûr de m'être fait arnaquer, quand j'y repense) j'en tirai une somme suffisante pour nourrir pendant huit jours ma petite famille — les deux filles étaient nées — sans compter les cigarettes pour Delphine et moi, que nous n'aurions pas pu nous offrir sans l'aide posthume d'Albert Camus, un grand fumeur, lui aussi.

En août 1958, le jour de mes dix-sept ans, mon grand-père maternel, qui était aussi mon parrain, m'offrit à la stupéfaction générale — il était célèbre pour sa radinerie — une coquette somme d'argent dont je pourrais faire usage, me dit-il, au cours de ma première année universitaire. Je consacrai toute la somme à l'achat d'une caméra 16 mm d'occasion à trois objectifs, que mon père m'aida à choisir chez un revendeur spécialisé à Marseille. J'achetai aussi des filtres, un pied, une cellule Weston Master et de la pellicule inversible noir et blanc. La caméra se remontait avec un ressort. On pouvait tourner des plans de trois minutes. Avant même de commencer à tourner, je me réjouissais du montage qui m'attendait. En apprenant à charger les bobines de trente mètres, je retrouvais les gestes qu'on a quand on change les rubans d'une machine à écrire. Je décidai de tourner une sorte de journal intime d'un été en Provence. Mon père, au volant de sa 2 CV décapotable, me servit de chauffeur et de travelling-man : debout dans la voiture, en lui demandant de ralentir ou d'accélérer, je faisais des travellings avant sur les platanes de la Nationale 100 et des travellings latéraux le long des rues des villages. Je tins aussi à filmer ma ville natale. Mon père me conduisit à Aix : travelling latéral sur les façades du cours Mirabeau, et plans fixes au marché de la place de l'Hôtel-de-Ville. Un petit vieux en redingote noire mettait une à une dans ses poches les prunes et les tomates qu'il venait d'acheter. “Filme-le”, me dit mon père, “filme-le, on se croirait dans un film néo-réaliste. C'est tout à fait *Umberto D.* !” Ce petit vieux ne m'intéressait pas. J'étais en train de filmer des inserts de cageots, de balances et d'écriteaux en pensant au montage alterné, à la Eisenstein, que je pourrais faire plus tard. "Dépêche-toi de filmer le petit vieux, il va s'en aller !" Les autres sont toujours persuadés qu'ils ont de meilleures idées que vous pendant que vous êtes en train de faire quelque chose. J'installai mon pied et ma caméra en face du petit vieux qui ne se rendit compte de rien et je tournai un plan fixe de trois minutes.

En rentrant, mon père avait dit à table : "François a dégoté un petit vieux au marché qui valait bien tous les non-professionnels des films de Vittorio de Sica", et, au montage, ce plan fut tout simplement le meilleur du film. Après le voyage à Aix, je me résolus à terminer le tournage sans l'aide de mon père. J'allai tourner dans la ferme voisine du prieuré. Les fermiers nous avaient souvent invités à dîner. Ils avaient des enfants de notre âge, qui allaient à l'école à Forcalquier et à Digne. Dans la cour de la ferme, je rencontrai une jeune fille que je ne connaissais pas. Deux jours plus tard, je ne pensais qu'à la serrer dans mes bras, l'embrasser, la caresser, lui dire que je l'aimais et passer le reste des vacances avec elle sous une tente dans la montagne de Lure. J'avais vu *Jeux d'été* juste avant de partir en vacances, et mon rêve était de tourner un jour en Provence un film aussi beau que *Jeux d'été.* Maryse serait ma Maj-Britt Nilsson ! Elle s'appelait Maryse Patakis et elle était la nièce des fermiers. Son père était importateur de fruits exotiques à Toulon. Je la trouvais très jolie et elle était toujours de bonne humeur. Elle possédait une fraîcheur et une sensualité auxquelles, en tant que producteur-réalisateur, je ne fus pas insensible. Un soir, j'annonçai à mes parents : "Je vais prendre une actrice dans mon film." J'entends encore mon père me répondre : "Si tu veux filmer une de tes sœurs, les autres ne comprendront pas. Crois-moi, continue de faire un documentaire comme tu en avais l'intention depuis le début." Il s'imaginait que je filmerais une de mes sœurs ! Quelques jours plus tard, j'appris qu'on organisait une excursion à Simiane-la-Rotonde, un village où s'élevait une rotonde dont les archéologues n'arrivaient pas à percer le secret : s'agissait-il d'un édifice construit par des Sarrasins, d'un lieu occulte conçu par Frédéric de Hohenstaufen, d'une invention maléfique des Templiers ? Dès que je sus que Maryse s'était inscrite pour l'excursion, je déclarai que la rotonde de Simiane figurerait dans mon documentaire. Ma mère dit qu'elle serait contente, elle aussi, de voir cette fameuse rotonde. Avait-elle appris que Maryse serait du voyage ? Elle ne pouvait pas me ficher la paix ? Quand même, j'avais dix-sept ans ! Quand nous montâmes dans le car à Saint-Michel-l'Observatoire, je fis semblant de découvrir la présence de Maryse assise tout au fond : "Elle est toute seule, je pourrais aller m'asseoir à côté d'elle, ce serait plus gentil." Réponse de ma mère : "Si elle est venue seule, c'est qu'elle a envie d'être seule. Laisse-la tranquille. Il y a deux places libres, on va s'installer là." Quand on arriva à Simiane, j'attendis que Maryse descende pour l'embrasser. Elle me proposa de porter ma caméra. La veille, je lui avais montré comment charger les bobines dans l'obscurité. Ma mère s'approcha : "Bonjour, Maryse. Ton oncle et ta tante vont bien ? Ils ne sont pas venus ? Évidemment, ils ont du travail. Jacqueline n'a pas pu t'accompagner ?" (Jacqueline était une des filles des fermiers et la copine de Maryse.) Ma mère avait-elle deviné que Maryse s'était arrangée pour être seule avec moi ? Cette journée fut un supplice. J'avais prévu de la passer avec Maryse, et la présence de ma mère me contraignit à filmer cette maudite rotonde sous tous les angles. J'entendais les rires de Maryse qui aidait les responsables de l'excursion à préparer le pique-nique. Ma mère expliquait à qui voulait l'entendre que son fils allait entrer dans une école de cinéma à Paris. La visite de la rotonde aurait lieu après le déjeuner, mais je savais déjà qu'il ferait trop sombre à l'intérieur pour que je puisse filmer. J'aurais aimé faire quelques gros plans de Maryse : la lumière ne serait pas bonne, mais au moins je serais avec elle.

À la fin du repas, ma mère vint me trouver : "Tu ne devrais pas tourner autour de Maryse comme ça. Tout le monde l'a remarqué. Laisse cette petite en paix." J'aurais dû répondre : "Maman, c'est moi qu'il faut que tu laisses en paix." J'aurais dû lui dire que cette "petite" avait mon âge, qu'elle ne désirait sûrement pas que je la laisse en paix puisque c'est elle qui avait insisté pour que je vienne à Simiane : "Maman, ne vois-tu pas comme j'ai l'air heureux quand je suis près d'elle ? Ne souhaites-tu pas le bonheur de ton fils ?" Mes chers parents, au lieu de jouer aux cerbères, vous auriez pu me signaler l'existence des capotes anglaises. Je savais charger une caméra, j'aurais su mettre un préservatif. Je connaissais beaucoup de noms de Japonais, mais je n'avais jamais entendu celui du professeur Ogino. Si elle avait peur que je mette la petite Maryse enceinte, ma mère n'avait qu'à me parler de la méthode Ogino, qu'elle devait bien connaître. Mon père aussi aurait pu me parler de ce M. Ogino, au lieu de me féliciter quand je sortais dans la conversation le nom de Kazuo Miyagawa, chef opérateur des derniers films de Mizoguchi, mais il était trop enfermé dans son univers où n'existait que le mariage chrétien : le mariage, a-t-il écrit, est la rencontre de deux êtres mutilés, rendus imparfaits par le péché originel, et que Dieu laisse aller sur le chemin de la Rédemption. Quand il se risque à évoquer le fait indubitable qu'il ait couché avec ma mère, il écrit : "Nos bouches se rejoignent, nos dents se touchent, mais ces dents ont abrité le corps du Christ. Ce matin même nous avons mangé Sa Chair. Elle nous habite et si nos mains se conjuguent, ce sont les mains du Christ qui se rejoignent et s'offrent au Père Éternel." Aurait-il fallu que j'aille communier avec Maryse avant de partir pour Simiane ? Ma mère se serait dit : leurs bouches se rejoignent, leurs dents se touchent, leurs langues ont gardé le goût de la sainte hostie, les mains de François sur la poitrine de Maryse sont les mains du Christ. Le passage sur les dents qui abritent le corps du Christ est extrait d'un livre assez ancien de mon père, celui qu'il a publié quand ma mère était enceinte de moi, mais qu'il laissa rééditer sans modifications pendant plusieurs années, tout en ne le mentionnant plus dans la liste des ouvrages "du même auteur" au milieu des années soixante. Si son style s'était simplifié entre-temps, sa pensée n'avait pas tellement bougé. En 1958, au moment où sa femme veillait au grain et me décourageait de m'intéresser de trop près aux jeunes filles, il écrivait dans *L'Aventure de l'éducation* : "Toute autorité vient de Dieu, les parents la détiennent, ils en usent comme des dépositaires et transmettent à leurs enfants les vues que Dieu a sur eux." Les vues que Dieu avait sur moi n'étaient pas que je batifole avec Maryse, mais que je tourne un documentaire en 16 mm sur la Haute-Provence. Il fallait tourner un film et ne pas tourner autour d'une fille, tel fut mon *to be or not to be.* Une adolescente me tournait la tête pendant que je tournais autour de la rotonde de Simiane qui n'aura pas joué dans ma vie le rôle de la chapelle Sixtine dans celle de mes parents.

Tandis que je filmais cette rotonde mystérieuse, je n'avais jamais vu, jamais caressé, jamais embrassé, jamais pénétré un sexe de femme. Je filmais dans toute la Provence des portails et des embrasures, des portes murées, des arcades aveugles, des escaliers, des grilles, des voûtes. Personne ne s'en rendit compte, mais ce premier film d'amateur tourné par un futur professionnel était un film intensément érotique, comme tous les films documentaires où l'auteur se sert de son sujet au lieu de le servir.

Le soir, je pensais à Maryse en lisant des poèmes

d'Eluard, en soulignant “La boucle de tes bras éblouissants et frais”. L'après-midi, j'étais avec ma caméra, le soir avec mes livres. L'après-midi, je voyais des visages et des paysages, je sentais sur moi le vent et le soleil, je m'appuyais à un mur de pierres sèches et je pensais à la vie. Dans très peu d'années, je reviendrais en Provence et je tournerais mon premier film de fiction, une histoire d'amour entre deux jeunes gens qui auraient échappé à leurs familles et découvriraient l'absolu de la passion dans les paysages désertiques des hauts plateaux de la montagne de Lure : à la fin, ils mourraient tous les deux, ou seulement un des deux, la fille peut-être. Le soir, je lisais les romans de Faulkner que mon père m'avait donnés. Au début d'*Absalon ! Absalon !* la vieille maison aux persiennes fermées me rappelait la maison que mes parents n'avaient pas pu acheter, la maison entourée de cèdres en face du mont Ventoux — on avait planté des cèdres partout en Provence au XIXe siècle — et je notais dans mon carnet : “L'artiste peut donc malaxer le temps.” L'après-midi, j'avais envie de serrer Maryse dans mes bras et le soir j'étais furieux de ne pas avoir osé le faire. Je lisais le journal intime de Cesare Pavese dont je devais faire un compte rendu pour *Livres d'aujourd'hui.* Pavese s'était suicidé à cause d'une histoire d'amour malheureuse. Il affirmait qu'on ne se tue pas par amour pour une femme, mais à cause d'un amour, n'importe lequel, qui vous révèle dans votre néant et votre misère. Je ne connaissais ni le néant ni la misère. Plus tard, peut-être ? J'aurais voulu prêter *Le Métier de vivre* à Maryse, mais j'en fus empêché par une remarque de Pavese que je n'aurais pas voulu qu'elle lise. Pour qui m'aurait-elle pris ? Pavese avait écrit qu'il fallait être jaloux même des petites culottes de sa bien-aimée. En face de la phrase, j'avais mis au crayon : “ ? ? ?”, puis j'effaçai les points d'interrogation : inutile que mon père apprenne, s'il reprenait le livre, que j'avais été intrigué, donc attiré, par une remarque qui me paraissait le comble de ce que j'aurais pu appeler dans mon article — mais je n'en parlai pas, bien sûr — un érotisme échevelé.

Si j'avais couché avec Maryse au mois d'août 1958, ma vie n'aurait pas été la même, pour la bonne raison que j'aurais réussi à satisfaire mes désirs plutôt que ceux de mes parents. Je n'eus pas la force d'enfreindre la loi paternelle. Je n'ai même pas imaginé que c'était possible. En demandant à toute la famille de se réunir pour la prière du soir, mon père se prenait pour un représentant de Dieu. Il l'a écrit : "Nous avons vu, lentement, nos enfants prendre une connaissance concrète des réalités religieuses. La prière, c'était la réunion de leurs proches. Le père qui conduit cette prière est celui qui représente, malgré toutes ses imperfections, le Père qu'ils ont aux cieux." Ce n'est pas simple de se révolter contre un père qui se désigne lui-même comme une sorte de pape à domicile. Il s'était muré une fois pour toutes dans son Vatican mental, dans son château Saint-Ange, dans sa citadelle catholique où, plus ou moins à l'abri de ses angoisses, il avait cloîtré sa femme et bouclé ses enfants. Quand j'y repense, j'ai l'impression d'avoir été élevé en captivité comme ces animaux rares qu'on entoure de précautions dans les zoos et dont la naissance intéresse les naturalistes, bien que l'espèce en voie de disparition, c'était plutôt mon père.

Dans l'organisation du ménage de mes parents, ma mère se chargeait de mettre bon ordre aux tentatives de relations sexuelles des enfants. Je ne pense pas que ce fut le résultat d'une discussion entre elle et son mari. Elle dut en prendre spontanément l'initiative, moins dans l'intérêt des enfants, du reste, que pour préserver une paix apparente. Elle regardait parfois mon père avec les yeux du vulcanologue qui se demande si le volcan risque d'entrer en activité. Elle n'était pas sans expérience, ni pour les volcans qui se réveillent, ni pour les débordements des sens. Avant son mariage, elle avait consacré une bonne partie de son énergie et de son adolescence à faire en sorte que sa mère s'aperçoive le moins possible qu'elle était trompée. Mon grand-père avait une liaison avec la sœur cadette de ma grand-mère. Ils habitaient tous les trois la même maison, mais pas au même étage. Ma mère avait grandi dans cet imbroglio. Je l'appris très tard et je compris pourquoi ma grand-mère m'envoyait lui acheter des calmants, et pourquoi on nous demandait de ne pas aller voir Tante Mireille : "Ne soyez pas trop gentils avec elle, sinon votre grand-mère sera triste."

On imaginera sans peine la dextérité à ménager la chèvre et le chou que ma mère dut acquérir en louvoyant entre son père, sa mère et sa tante. On ne s'étonnera pas d'apprendre qu'elle obtenait chaque année à l'école le premier prix de politesse. Je n'aurais pas dû m'étonner non plus quand elle me demanda de laisser Maryse en paix : ne lui donnais-je pas l'occasion de prononcer enfin les phrases qu'elle ne s'était jamais permis de dire à son père ? C'est à moi qu'elle ordonnait de ne pas tourner autour de Maryse, faute d'avoir pu lancer à son père : "Arrête de tourner autour de Tante Mireille !" Comme dans la Bible, la malédiction retombait sur une autre génération. Si mon grand-père, à qui je devais l'achat de ma caméra, n'avait pas entretenu une liaison avec la plus jeune sœur de sa femme, ma mère aurait-elle fermé les yeux sur mon flirt avec Maryse ? Étais-je à Simiane le bouc émissaire des frasques de mon grand-père ? J'aurais dû me douter que ma mère me mettrait des bâtons dans les roues. Déjà, un an plus tôt, elle n'avait pas supporté de voir dans ma chambre une reproduction d'un Nu de Modigliani, une simple carte postale en couleurs, achetée dans une papeterie où j'achetais aussi mes crayons et mes cahiers, l'image d'une femme étendue sur un lit, cambrée, offerte, les seins en avant, les poils du pubis bien visibles, l'image d'une femme qui — même un puceau s'en rendait compte — attendait qu'on lui fasse l'amour. En passant des photos publicitaires pour les sous-vêtements féminins à la femme nue de Modigliani, j'avais accompli un grand progrès. Au lieu de me donner envie de me tripoter le sexe, la peinture me faisait imaginer les nuits d'amour qui m'attendaient dans ma vie d'adulte. L'art me faisait échapper au péché mortel ! Je n'avais pas hésité une seconde à acheter cette carte postale. Ma mère fut étonnée de la découvrir sur ma table. Sans me regarder, elle dit vivement : "Cette image n'a rien à faire dans la chambre d'un jeune homme."

J'ai d'autres souvenirs du même genre. À quatorze ans, je m'étais épris d'une jeune fille de treize ans qui habitait dans la même rue que nous. Chaque matin, je guettais par la fenêtre le moment où elle sortirait de chez elle et je me hâtais de la rattraper pour lui proposer de porter son cartable. Chaque fois le prodige avait lieu : elle acceptait de me le confier et je le lui rendais deux rues plus loin, quand nos chemins bifurquaient. Cette idylle dura presque un trimestre, jusqu'à ce que la mère de la petite Élisabeth vienne trouver la mienne et la prie de me faire renoncer à mon manège. Mes parents ne s'étaient aperçus de rien. En rentrant un jour à midi, je fus accueilli par mon père : "Alors, il paraît que tu portes le cartable d'Élisabeth Jourdan ? Tu as peur qu'elle se démette l'épaule ?" Il avait dû se concerter avec ma mère dans la cuisine. Il s'était résolu à traiter la question avec humour. Toutes les fois que je m'étais intéressé à une fille, on s'était moqué de moi dans la famille, et mon père n'avait jamais manqué de donner le ton. Il y avait eu Béatrice Blangeard pour commencer, à l'époque de ma première communion. Même mes sœurs s'y étaient mises : "N'oublie pas une petite prière à sainte Béatrice pour ta chouchoute !" Les familles sont pires que les États, si on souhaite y introduire une personne étrangère ! Porter le cartable d'Élisabeth ne se faisait pas. Et pourquoi ? Parce que ça dérangeait sa mère ! Et la mienne ! Et mon père ! Tout ce beau monde avait-il découvert le symbolisme sexuel de cet inoffensif cartable ? Je n'étais pourtant pas un satyre, Mme Jourdan, je ne faisais que porter le cartable de votre fille, je n'allais pas lui arracher en pleine rue son premier soutien-gorge dont je devinais la présence sous son chemisier blanc.

Maryse ne portait pas de soutien-gorge et je voyais ses seins quand elle se penchait pour m'aider à caler le pied de la caméra avec des pierres. Elle portait des robes qui se boutonnaient devant et ne les boutonnait pas jusqu'en haut. Dès qu'elle le pouvait, elle enlevait ses sandales et marchait pieds nus. Je n'étais pas encore le grand perturbé sexuel que des femmes me reprocheront plus tard d'être devenu — “mon cher François, je ne tiens pas à être seulement le support de tes fantaisies érotiques, je suis aussi une femme !”, ou : “dans tes lettres, tu ne parles que de sexe, tu ne me poses même pas la plus petite question sur mon travail” — et j'avais regardé les seins de Maryse comme je regardais la courbe des collines ou les branches d'un pin sylvestre ployées par le vent, avec le regard pur d'un jeune chrétien.

Je ne vais tout de même pas écrire au marqueur indélébile sur le mur de ma chambre : “Ah, que n'ai-je couché avec Maryse !” J'étais le fils de Franz Weyergraf, il serait peut-être temps que je m'y fasse. Je n'étais pas le fils de Casanova ni celui de D.H. Lawrence, des gens au profil névrotique plus effarant que celui de mon père. Je n'aurais pas supporté d'avoir un autre père que le mien. Mon narcissisme l'a intégré à ma personne et même si je dressais une liste d'hommes intéressants, je suis sûr de préférer les avoir comme amis, même Jean-Sébastien Bach qui, à première vue, a dû être un père convenable, ayant trop de travail et trop d'enfants pour régenter la vie sexuelle de chacun d'entre eux, mais il m'aurait forcé à jouer du clavecin toute la journée, et il vaut mieux être le François de Franz que le Karl Philipp Emanuel de Johann Sebastian.

Il était écrit que le fils de Franz Weyergraf ne coucherait pas avec Mlle Patakis en août 1958 au milieu des arbrisseaux qui séparaient le prieuré de la ferme. Le fils de Franz Weyergraf n'avait pas le droit de déshabiller une jeune fille du regard, il n'avait pas le droit de lui caresser les seins même par-dessus la robe et n'avait certainement pas le droit d'entraîner cette jeune fille loin de tout lieu habité.

Comme j'aurais aimé faire l'amour en plein air et en plein soleil ! Est-ce pour ne pas avoir entraîné Maryse dans un ravin ou dans un bosquet cet été-là que je fis si peu souvent l'amour ensuite en pleine nature ? J'ai plutôt des souvenirs de canapés et de lits *king size* dans des hôtels — j'ai calculé que, rien qu'à Paris, je suis allé dans quatre-vingt-deux hôtels différents, mais pas toujours avec une femme, puisqu'il y eut toute une période de ma vie où je ne supportais pas de vivre ailleurs qu'à l'hôtel, le lieu idéal pour ceux qui aiment se sentir irresponsables — et j'ai rarement fait l'amour sous un châtaignier ou un érable, entouré de chèvrefeuilles en fleur ou de plantes potagères, ni dans les neiges éternelles, et pourtant la vue de la neige est toujours excitante ! Je me suis habitué aux matelas, aux salles de bains et aux terrasses sur lesquelles on boit ensuite un verre en admirant la vue, par exemple à l'hôtel *Éden au Lac* à Montreux ou à l'*Albergo Le Sirenuse* à Positano, deux endroits où Delphine fut plus heureuse avec moi que ces derniers temps. Je comprends qu'elle m'ait dit que j'étais plus marrant avant. "Avant", nous passions le mois de juin sur la côte amalfitaine dans un des plus beaux hôtels du monde, nous étions plus souvent au lit qu'à la plage et nous n'avions pas peur de l'avenir. Ou bien on partait pour New York avec nos deux filles qui ne consentaient à circuler qu'en taxi, pour voir les gratte-ciel par la vitre arrière, leurs petites têtes renversées comme si elles étaient sur une balancelle. Il n'y a guère qu'avec Delphine que j'ai couché dans l'herbe. Au début de notre liaison — dans mon cas, un adultère — nous avons fait une grande promenade dans les Landes et je lui ai dit : "Rentrons à l'hôtel ! — Pourquoi attendre d'être à l'hôtel ? On n'a qu'à le faire tout de suite." Le fils de Franz Weyergraf n'aurait pas eu cette idée.

Pauvre fils de Franz Weyergraf ! À l'époque de mon amour platonique pour Maryse, j'avais pris dans la bibliothèque du salon un livre publié par mon père quinze ans plus tôt, ses *Lettres à un jeune chrétien,* qui me changèrent de Faulkner et de Pavese, l'univers de mon père étant apparemment plus rassurant, dans la mesure où l'amour n'y conduisait pas au suicide, à la folie ou au viol. Ces lettres écrites à un jeune homme de sa connaissance, je les lus comme si elles m'étaient adressées. Une vieille habitude consistait à prévenir quand on prenait un livre dans la bibliothèque familiale pour l'emporter dans sa chambre. Quand j'annonçai que j'allais lire les *Lettres à un jeune chrétien,* il aurait pu me dire : "Écoute, c'est dépassé tout ça. Plus tard peut-être, si tu t'intéresses encore à ton vieux père, ça t'amusera comme un document sur ce que je pensais quand j'avais trente ans." Non ! Il eut un sourire de satisfaction. Il me regarda prendre le petit volume in-octavo et me dit : "Ah ! Très bien !"

Le personnage, inventé ou réel, à qui mon père avait écrit cette dizaine de lettres ne me correspondait pas tout à fait, puisqu'il s'agissait d'un garçon de vingt ans qui venait de se convertir.

En songeant à Maryse, je lisais : "Tu te jettes tête baissée dans de fragiles aventures sentimentales. Est-ce vrai ? Oui ? Alors, tu flirtes. Excuse-moi. Le mot est laid, comme la chose. Défense de flirter, mon vieux François." (Il avait écrit "mon vieux Gérard", mais j'avais lu "François".) "Méfie-toi : la bassesse va des petites choses aux grandes. Ces gestes, même anodins, engagent une part de ton cœur. Et ce cœur, tu le dois à la jeune fille qui grandit quelque part dans le silence, ta future compagne d'éternité. En flirtant, tu affaiblis cette vénération, cette force et cette intelligence qui devront informer ton amour conjugal, tu diminues cet amour. N'accepte pas le moindre éclat dans le vase parfait de ton futur amour."

J'avais une fâcheuse tendance à confondre les livres de mon père avec le Nouveau Testament, en tout cas avec les épîtres de saint Paul... Je revis Maryse et j'oubliai ma lecture. Je l'avais nommée script-girl sur mon tournage. Je la laissai tourner quelques plans elle-même. Je me disais : "Si elle passe son bras autour de ma taille, j'embrasse ses épaules..." Elle pensait sans doute la même chose. Elle apportait du fromage de chèvre et des pêches. Un jour, elle arriva en short. J'aurais voulu cadrer des pierres et puis faire un panoramique jusqu'à ses cuisses, en m'inspirant des photos de Bill Brandt. Au bout d'un moment, elle me dit : "Mon short ne te plaît pas ? Tu ne m'as rien dit." Elle l'avait acheté en pensant que ce serait plus pratique pour le tournage. Le soir, me souvenant de ses jambes nues, je fis une prière : "Mon Dieu, je renonce au péché, je fais ce sacrifice, j'offre ma pureté pour que vous protégiez Maryse et que vous m'éclairiez sur ma conduite envers elle." J'aurais toujours le temps de me masturber plus tard. J'imaginais Maryse, je la voyais près de moi, avec ses jambes un peu courtes, ses lèvres d'un rouge Modigliani, son sourire, ses épaules et ses seins.

À la fin du mois d'août, elle vint nous dire au revoir. Elle rentrait à Toulon et elle ne m'avait même pas prévenu ! Tout le monde quitta la cuisine pour l'accompagner jusqu'à la camionnette de son père : j'assistai au départ de la pulpeuse petite Patakis dans le véhicule du magasin familial.

Au départ de Maryse succéda une autre catastrophe. Mon père fit un aller et retour à Paris où il apprit qu'on n'entrait pas aussi simplement que je l'aurais cru à l'Institut des Hautes Études Cinématographiques. Il fallait passer un concours d'entrée. Ce concours se préparait pendant un an dans un lycée parisien. Moi qui me voyais déjà en train de tourner mon film de fin d'année avec tous les moyens techniques mis à la disposition des élèves ! Mes parents se demandèrent s'ils pouvaient me lâcher sans autre forme de procès dans la Ville-Lumière, bien nommée pour quelqu'un qui voulait faire du cinéma, avait dit mon père à qui j'avais répondu que j'aurais préféré étudier dans la Ville-Méliès, ce qui n'empêcha pas mes parents de conclure qu'il était impensable de me laisser vivre seul à Paris à mon âge. Ils me voyaient, à dix-sept ans, perdu dans les bas-fonds de Pigalle, maqué avec une pute et chopant la syphilis, ou violé par un fort des Halles, ou mourant d'inanition dans ma chambre sans réchaud, puisque je n'avais même pas appris à faire des œufs à la coque ! Ils avaient bien songé un moment à demander aux Feugère, qui représentaient les éditions du Cèdre à Paris (où se trouvait d'ailleurs le siège social), de m'héberger dans leur appartement ou de me dénicher une chambre dans leur immeuble, à la rigueur dans la même rue, mais j'avais catégoriquement refusé de dépendre de gens que je n'avais vus que trois fois dans ma vie — j'avais évoqué Baudelaire accablé par son conseil judiciaire. Je décidai de préparer le concours tout seul. Je me faisais fort de le passer haut la main. Mon père m'approuva. Il ne mit pas une seconde en doute mes capacités. Il me demanda cependant de m'inscrire à des cours universitaires : “Imagine que tu renonces au cinéma. — Mais autant dire que je renoncerais à avoir des mains et des yeux.” Je dus convenir que j'étais trop jeune et qu'un an d'études universitaires me permettrait de mûrir et de prouver que j'étais sûr de vouloir faire du cinéma au lieu de devenir professeur, “un métier qui te laisserait du temps libre”, avait dit ma mère, comme si j’avais besoin de temps libre alors que je souhaitais consacrer tout mon temps — jour et nuit jusqu’à ma mort — au besoin dévorant de signaler ma présence sur la planète, de justifier cette présence, d’en augmenter la valeur en créant des œuvres d’art qui rendraient hommage à celles de mes glorieux prédécesseurs et n’en seraient pas moins très personnelles, à la fois sereines et audacieuses. Comme les artistes mentionnés par André Malraux dans sa préface à *Sanctuaire,* j’exprimerais l’essentiel de moi-même dans une lutte contre mes propres valeurs, je m’envelopperais dans la sexualité, je m’enfouirais dans l’irrémédiable, je serais un génie crispé.

Dans l’immédiat, j’avais à me procurer du matériel pour commencer le montage de mon film. Il me fallait tout d’abord coller bout à bout les bobines de trente mètres revenues du laboratoire. Mon père — qu’aurais-je fait sans lui ? — se débrouilla pour louer un appareil de projection 16 mm et une colleuse. Je pouvais être satisfait : tous les plans étaient nets. Il y avait beaucoup de profondeur de champ dans les plans larges. Je m’y attendais, n’ayant jamais ouvert le diaphragme à moins de 5,6. Grâce à ma cellule américaine, je n’avais rien surexposé ou sous-exposé. Je pris la décision assez courageuse de ne pas mettre les plans de Maryse dans le montage final. Je ne comptais pas présenter un document psychologique sur mes états d’âme, mais un témoignage austère sur un pays ascétique, ou un témoignage ascétique sur un pays austère, en tout cas un témoignage sur un pays, un témoignage original sur une Haute-Provence que personne à ma connaissance n’avait filmée avant moi. Les plans de Maryse furent rangés dans une boîte d’où je les ressortis parfois pour les regarder image par image avec un compte-fils. Cesare Pavese se lamentait sur son histoire d'amour ratée avec une starlette américaine qui n'avait pas voulu de lui, mais dans mon cas, c'était l'amour qui n'avait pas voulu de Maryse et moi, et qui nous avait renvoyés dos à dos à nos chères études, chacun dans son foyer, pour cause d'impréparation, de manque de hardiesse et d'endoctrinement frisant le lavage de cerveau.

La "première mondiale" de mon court métrage eut lieu fin novembre dans le grand salon de l'immeuble que possédaient, boulevard Brand Whitlock à Bruxelles, M. et Mme Horacio de Queiroz, les parents de Ana Augustina de Queiroz, une jeune fille d'une éclatante beauté que tout le monde appelait Tina et que, pour me distinguer des autres et attirer son attention, je m'évertuai pendant quelques mois à appeler Ana Augustina. Je venais de faire sa connaissance aux Facultés Universitaires Saint-Louis où nous suivions les mêmes cours de philosophie et de latin. Dès que je l'avais vue entrer dans l'amphi, ses longs cheveux noirs lui couvrant les épaules — j'assistais pour la première fois à un cours dont l'auditoire était mixte — j'avais pensé instantanément qu'un jour elle serait ma femme. Elle s'était installée au premier rang, et, quelques gradins au-dessus d'elle, j'avais guetté les moments où je pouvais apercevoir son profil de Lady Godiva sud-américaine. Je la comparais à tout ce que j'avais déjà vu (dans des livres d'art et dans des musées) comme femmes aux longs cheveux et au sourire engageant : la Vénus de Botticelli, la Callisto du Titien, la Danaé du Corrège, la Léda de Raphaël, cette femme nue qui s'étire dans un coin d'un tableau intitulé *Le Triomphe de la chasteté* — toutes les femmes peintes dont je me souvenais en regardant Tina étaient nues. Et tout se passait comme si j'avais besoin de donner à Tina une place dans la longue histoire des rapports entre les yeux des hommes et les corps des femmes, ce qui permettra quelques années plus tard à un psychanalyste d'évoquer devant moi l'érotisation excessive de mon monde intellectuel. Encore un trait typique d'obsessionnel ! J'avais donc besoin, devant une femme inconnue, de me la rendre familière en cherchant à quoi elle ressemblait dans le vaste domaine — jamais assez vaste — de ce que je connaissais déjà. "Votre libido narcissique...", avait murmuré mon psychanalyste, "tout ce que vous parvenez à assimiler renforce votre libido narcissique." Il m'avait donné l'exemple des lieux de vacances où les gens aiment retourner pour se protéger contre les impressions nouvelles et souvent pénibles d'un lieu inconnu. Je lui avais demandé s'il considérait les femmes comme des lieux de vacances. "Pas moi, mais vous !", avait-il répondu en se levant pour me signifier la fin de la séance.

Tina ne savait pas encore que j'existais, quand je savais déjà que nous allions nous marier ! De même que mon père disait : "Je n'ai que ma certitude à t'offrir, une certitude totale", en parlant de sa foi en Dieu, je ressentais avec non moins de force la certitude que ma vie serait désormais liée à celle de Tina pour le meilleur et — ce qui arriva — pour le pire. J'étais comme un savant qui émet une théorie sans savoir si elle est juste et qui, pour la prouver, a besoin d'accumuler les données expérimentales.

Je m'étais inscrit en philologie romane, j'étudiais le français ancien et les chansons de geste. Connaître à fond des textes comme *La Chanson de Roland* ou *Perceval* m'aiderait plus tard, pensais-je, à construire des scénarios. Les récits du Moyen Âge ne traînaient jamais. Leurs auteurs connaissaient Horace et son *semper ad eventum festinat* : toujours se dépêcher, courir à la rencontre de l'événement, du but, du dénouement.

Festino, je me hâte, je me presse, je me dépêche. Il fallait que je connaisse cette fille splendide et mystérieuse. Je lui annoncerais, tel un autre ange Gabriel : "Et voici, nous allons nous épouser !" Combien de jours lui faudrait-il pour tomber amoureuse de moi ? Combien de semaines ? “Pourquoi pas tout de suite ?”, me demandais-je, car rien n’est impossible à Dieu. En tout cas, j’avais bien fait de me mettre à étudier les genres poétiques médiévaux à Bruxelles au lieu de partir pour Paris.

Mes parents avaient d’abord pensé m’inscrire à Louvain, dans une université qui, certes, était la plus célèbre d’Europe trois siècles auparavant, mais je ne voulais pas me retrouver en exil dans un bled où il n’y avait sûrement pas de cinémas d’exclusivité. Je n’irais pas m’enterrer à Louvain. Je ne logerais jamais dans une maison communautaire. Je ne partagerais pas la cuisine avec des types qui suivaient des cours dans le seul but d’en donner eux-mêmes un jour. Je voulais vivre dans une *ville,* pas dans une *agglomération.* Pourquoi ne pas suivre des cours à l’Université Libre de Bruxelles ? “L’U.L.B. ? Ce sont des francs-maçons !”, trancha mon père. On opta finalement pour les Facultés Universitaires Saint-Louis, en plein centre-ville, tout près des cinémas de la rue Neuve et de la place de Brouckère. Entre deux cours, je pourrais aller à pied à l’Eldorado, au Victory, au Métropole, au Pathé Palace, au Caméo.

S’il y avait un nombre impressionnant de jeunes filles assises partout autour de moi dans l’amphithéâtre — beaucoup plus de filles que de garçons s’intéressaient à Lancelot et aux chevaliers de la Table Ronde — je n’en avais pas moins une flopée de prêtres comme professeurs. Je ne leur échapperais donc jamais ? Ces prêtres avaient destiné à l’usage exclusif des étudiantes une grande pièce où elles pouvaient se retrouver entre elles, se recoiffer, se remaquiller, rajuster leurs jupes ou leurs combinaisons, s’apercevoir que leurs bas avaient filé. Cette pièce s’appelait pompeusement “le gynécée” et nous avions tous fait suffisamment de grec pour savoir que c’était un lieu réservé aux femmes. Dans mon dictionnaire, j’avais lu cet exemple tiré de Jean-Jacques

Rousseau : “Les hommes entrent peu dans ce petit gynécée.” À Saint-Louis, on n’y entrait pas du tout ! La porte du gynécée donnait sur un couloir et restait souvent grande ouverte. Pas étonnant qu’on découvre quelques années plus tard du voyeurisme dans ma névrose ! Les collants n’existaient pas encore, et toutes ces jeunes filles avaient des porte-jarretelles de couleur rose ou ivoire. Elles remontaient leurs longues jupes plissées, et tandis que je faisais semblant de lire les horaires des cours affichés dans le couloir, j’apercevais pendant quelques secondes leurs mains qui s’affairaient autour de jarretelles élastiques réglables. Quand Tina entrait dans le gynécée, je m’éloignais. Je ne tenais pas à ce qu’elle s’imagine que j’avais envie de regarder le haut de ses cuisses : je ne souhaitais pas les voir, en effet, mais les toucher, les caresser, les presser contre moi, les mordre, tous les jours, tous les soirs, toutes les nuits ! Pendant le cours de philo, les jeunes filles qui venaient de régler les bretelles de leurs soutiens-gorge et qui avaient fixé les pinces de leurs jarretelles sur leurs bas nylon prenaient des notes en même temps que moi : “La mort, c’est une possibilité de son être que chacun doit assumer soi-même. La mort, notre possibilité absolument propre, inconditionnelle, certaine, indéterminée, indépassable. La mort possible à chaque instant. En tant qu’être-dans-le-monde, chaque réalité-humaine (*Dasein*) dans sa déréliction est déjà livrée à sa mort. *Existenz-philosophie.*” Notre prof de philo était un chanoine qui disait la messe tous les matins, ce qui ne l’empêchait pas de commenter Heidegger en qui il avait reconnu un complice qui, comme lui, n’acceptait pas que “finir” signifie nécessairement “s’achever”. Pour le chanoine, rien ne s’achevait puisque la vie éternelle nous était proposée, ce que n’aurait jamais affirmé Heidegger, et je notais tout cela avec enthousiasme — “finir n’implique pas en moi un achèvement” — mais à mes yeux, c’était commencer qui avait de l’importance !

En moins d'un trimestre, j'étais devenu un autre homme. Je ne dirai pas que j'avais pris de l'assurance, car je n'en manquais pas. L'amour que m'avait porté ma mère dès ma naissance — ce genre d'amour qui vous fait croire ensuite pendant toute votre vie que tout se passera toujours bien — et la confiance que mon père avait dans mon avenir — il me voyait rafler l'Oscar du meilleur film étranger dès mon premier film au plus tard dans trois ans — m'aidaient à ne pas perdre de temps en hésitations diverses sur ce que j'avais à faire, et à ne pas m'éparpiller. Tes père et mère honoreras, mais surtout, me disais-je, épateras. Ils auraient été bien épatés, en effet, d'apprendre qu'au lieu d'aller au cinéma entre deux cours, j'utilisais leur argent pour offrir des bouteilles de vin mousseux à des entraîneuses qui ne les buvaient pas, mais, en contrepartie, me laissaient leur embrasser les seins pendant qu'elles me masturbaient beaucoup mieux que je ne l'avais jamais fait moi-même.

On était en octobre, peu de temps après la rentrée universitaire, et ce fut par hasard que j'entrai en contact avec ce que, dans une note en bas de page, mon manuel de sociologie appelait le phénomène prostitutionnel. L'Exposition universelle, "Expo-58", n'avait pas encore fermé ses portes, et la ville était envahie par les touristes dont l'accoutrement et la bonne humeur lui donnaient chaque soir des allures de station balnéaire. Je partais assister aux cours sans rentrer ma chemise dans mon pantalon, comme si j'étais encore en vacances et que j'allais me promener sur le front de mer au Lavandou.

Après avoir entendu parler pendant une heure des rapports entre les chansons de geste françaises et le romancero espagnol, je traversai le boulevard du Jardin Botanique en direction de deux cinémas qui se trouvaient près de la gare du Nord, le Filmac et le Royal-Nord, des salles où je n'étais jamais allé. On y programmait en général des films que j'avais déjà vus ou qui étaient projetés dans d'autres cinémas plus près de la maison, mais surtout, ces deux salles se trouvaient dans un périmètre considéré comme tabou par mon père qui avait jusqu'alors réussi à m'en tenir éloigné pour des raisons étrangères à la cinéphilie.

Dans le hall du Filmac, je regardai quelques photos de Jennifer Jones et William Holden dans *Love is a many splendored thing,* un film d'Henry King — je m'appliquais à citer les titres dans leur version originale — et j'eus envie de boire un Schweppes avant de retourner suivre mes cours. Dans une rue adjacente, j'aperçus deux jeunes filles qui bavardaient à l'entrée d'un bistrot. Je venais de découvrir un des cafés que fréquentaient les étudiants de Saint-Louis qui, comme moi, sortaient prendre l'air entre les cours. Les deux étudiantes me firent de grands sourires. Elles portaient des robes sans manches, jupe ample et corsage ajusté, de jolies robes imprimées de fleurs, qui les rendaient très gracieuses. L'une des deux m'interpella : "Tu viens t'asseoir avec moi ?" Je ne l'avais jamais vue. Elle devait être en seconde année. Je la trouvai fraîche et nature, et je fus charmé qu'elle me prenne par le bras. Je commandai mon Schweppes et elle me demanda de lui offrir une coupe de champagne, qui, calculai-je immédiatement, me reviendrait au prix de deux places de cinéma. Au diable l'avarice. Elle était non seulement fraîche et nature, mais elle était drôlement moderne, si elle buvait du champagne l'après-midi. C'était sûrement une fille de bonne famille. Je faillis lui dire qu'elle me faisait penser à Grace Kelly dans *The Country Girl,* un film qu'elle n'avait peut-être pas vu. Oui, tout à fait Grace Kelly, avec les mêmes yeux clairs, le même regard pur, ou alors Gene Tierney, au regard plus troublant, Gene Tierney dans *Rings on her fingers,* de toute façon des actrices de bonne famille, qui étalaient sur leurs visages les crèmes de soins les plus rares depuis leur adolescence. On nous servit et elle se rapprocha de moi. Elle remit de l'ordre dans mes cheveux. Elle était vraiment sympathique et attentionnée. "Comment t'appelles-tu ? — François. — Enchantée, François. Moi c'est Virginia." Et elle m'embrassa dans le cou, puis elle me regarda en souriant avec insistance : "Tu n'as pas envie de m'embrasser, toi ?" C'était donc ça, la vie universitaire ? Des étudiantes de seconde année qui vous embrassaient avec cette merveilleuse franchise ? "Regarde mes épaules, tu ne veux pas m'embrasser une épaule ?" Je lui donnai un baiser rapide sur l'épaule, une épaule tiède et dorée. "Mais tu es un grand timide ! Il ne faut pas être timide comme ça. Regarde comment ils font à l'autre table." Je me retournai et je vis un homme plus vieux que moi — un professeur, sans doute — qui avait mis ses deux mains dans le décolleté de l'autre étudiante et lui léchait frénétiquement les oreilles. L'étudiante avait rejeté la tête en arrière et fermé les yeux. La scène était un peu vulgaire. "Enlève tes lunettes", me dit Virginia, "je vais te montrer." Elle appuya mon visage contre sa poitrine, en se cambrant pour appuyer ses seins contre ma bouche. Le souffle coupé, je sentis sa main sur ma braguette. Qu'en aurait pensé Martin Heidegger ? Les baisers que je donnais dans le décolleté profond de Virginia appartenaient-ils à l'*Ayant-été Avenir* ? Même si ma conduite se dévoilait comme une fuite heideggerienne devant la mort, je préférais aller au-devant des seins de Virginia, auxquels convenaient, mieux qu'aux poèmes de Hölderlin, les déclarations du philosophe que j'avais notées le matin même : les seins de Virginia éveillaient l'apparition de l'irréel et du rêve, et pourtant, c'était ce qu'ils assumaient d'être qui était le réel.

Elle se mit à me caresser le sexe par-dessus la toile de mon pantalon, et posa sa cuisse sur la mienne. Je fus sur le point d'éjaculer séance tenante. Elle me proposa de commander une bouteille et voulut que je lui montre l'argent dont je disposais. Avec une bouteille, on irait s'isoler dans un box, où nous serions plus à l'aise. “Comment ça, plus à l'aise ?” lui demandai-je. “Reviens avec de l'argent pour une bouteille, et tu ne seras pas déçu.” Elle me reconduisit jusqu'à la porte et m'embrassa les lèvres. Dehors, je me retournai plusieurs fois pour lui faire de grands signes. Je l'avais trouvée extrêmement gentille et j'avais déjà envie de la revoir.

Pendant le quart d'heure qu'avait duré notre rencontre — dont douze minutes d'affolement de mes hormones testiculaires — je n'avais pas mis en doute une seconde qu'elle soit étudiante. Confondre une entraîneuse avertie avec une étudiante, même de deuxième année ! Ce n'était pas l'Oscar du meilleur film étranger qui m'attendait, mais le prix Nobel de l'ignorance crasse ! Pour moi, les prostituées portaient des guêpières en satin rouge, des déshabillés en tulle transparent, des soutiens-gorge qui s'arrêtaient à mi-seins, des bas noirs en maille filet avec couture — j'avais vu les affiches des films auxquels la Centrale catholique attribuait la cote 5 : “il est demandé de s'abstenir de voir ce film”. Comment aurais-je supposé que ces deux jeunes filles souriantes qui prenaient le soleil dans leurs petites robes boutonnées jusqu'en haut étaient de redoutables mangeuses d'hommes ? L'idée que la somme d'argent destinée à “la bouteille” puisse servir à autre chose qu'au plaisir de boire du champagne ne m'avait même pas effleuré. J'inventai je ne sais plus quels droits d'inscription fantôme pour soutirer à mon père le prix de cette bouteille. Virginia m'avait promis de bien s'occuper de moi. Elle enlèverait son soutien-gorge. Je devrais patienter jusqu'au lendemain après-midi. Elle n'était là que l'après-midi. Je n'allais pas dire à mes parents qu'une étudiante était prête à me montrer ses seins à condition de boire du champagne avec moi. Le lendemain, je confiai mes billets de banque à Virginia qui ferma à clé la porte du bistrot. Elle me demanda de la monnaie pour le juke-box : “Il ne faut pas qu'on nous entende. Est-ce que tu cries quand tu jouis ?" La question me sidéra. Fallait-il lui expliquer que si j'avais crié, toute ma famille aurait cru que j'avais une attaque et aurait fait irruption dans ma chambre ?

Mon père avait écrit : "Au creux même de la tentation, tu serrais ton chapelet dans ton poing, au fond de la poche de ton manteau, tu t'accrochais à cette ancre." Ce fut une autre ancre que Virginia alla chercher au fond de mon pantalon, et pour la première fois de ma vie, une main de femme vint enfin relayer la mienne, et réussit à faire augmenter au-delà de mes souhaits les plus délirants le volume d'un sexe que je croyais pourtant bien connaître. Virginia avait déboutonné sa robe jusqu'à la taille et s'était débarrassée, comme promis, de son soutien-gorge. Elle m'abandonnait sa poitrine, m'offrait ses seins, les premiers seins dont ma bouche s'approchait depuis mon lointain sevrage ! Nous étions serrés l'un contre l'autre sur la même banquette, et pendant que la main relayeuse me donnait un cours magistral de masturbation — j'étais loin d'avoir affaire à une étudiante ! — la main relayée caressait avidement les fesses de Virginia qui n'avait pas enlevé sa culotte : "On ne fait pas l'amour ici, je te donne du plaisir avec ma main, tu vas voir, tu seras content." Quand je lui dis que je croyais qu'elle était étudiante, elle éclata de rire et me caressa la joue : "Pourquoi viens-tu ici à ton âge ? Tu n'as personne ? Tu ne t'es pas trouvé une petite amie ? Mais ne sois pas si nerveux ! Laisse-toi faire ! Je ne vais pas te l'arracher." Je n'aurais pas osé comme elle remonter ma main de haut en bas avec la vigueur d'un potier qui veut voir apparaître le goulot d'une cruche. La cruche, c'était moi, je le savais. "Alors, tu ne m'as pas répondu, tu n'as pas de petite amie ?" Je n'allais pas me lancer dans des considérations théologiques sur la concupiscence et sur la tentation qui s'oppose à la volonté d'obéir à Dieu. Je n'avais pas le droit de faire l'amour avant de me marier, et Virginia aurait éclaté de rire si je lui avais dit que, dans le fond, ça m'arrangeait bien qu'elle ait choisi cette façon-là de m'exciter, plutôt qu'un acte sexuel complet qui n'était d'ailleurs pas exclu à l'avenir. En la quittant, je lui avais confié que c'était la première fois qu'une femme me masturbait, et elle s'était presque excusée : "Si j'avais su, je t'aurais proposé de faire l'amour. On aurait pu s'allonger sur la banquette. C'est dangereux à cause de la police, mais tu reviendras ? Je t'ai quand même bien fait jouir ?" Une heure plus tard, pendant le cours de latin — examen des sources du *De Deorum Natura* de Cicéron — je regardai intensément Tina. Fallait-il que je lui déclare mon amour ? La force de l'amour que j'éprouverais pour elle me permettrait de lutter contre les appels de la chair. "Un garçon comme toi mérite mieux que se branler dans son lit", m'avait dit Virginia. Nous traduisions *deos beatissimos esse constat* : il va de soi que les dieux sont très heureux, sont béatissimes, même. Cicéron parlait des dieux au pluriel dans la langue latine confisquée ensuite par l'Église ! Notre professeur eut beau vanter la très haute conception des valeurs éternelles prônées par l'épicurisme, je ne pensais qu'au pluriel, je ne pensais qu'à faire l'amour un nombre incalculable de fois. Je voulais me sentir *beatissimus.* Grâce à l'argent gagné par mon père avec un de ses nombreux articles sur l'authentique amour conjugal, et au son de *Tenderly* et *I feel pretty* — mes choix sur le juke-box —, le visage enfoui entre les seins de Virginia, la serrant de toutes mes forces contre ma poitrine nue (j'avais enlevé ma chemise), blotti contre elle pendant qu'elle me disait : "Laisse-toi aller... Voilà..." en recueillant dans du papier de ménage le sperme qui jaillissait par saccades, j'avais connu, facile à impressionner comme je l'étais, des émotions d'alpiniste. Virginia et moi, la cordée victorieuse ! Un orgasme a l'avantage d'être plus vite atteint que le sommet d'une montagne, et c'est surtout la descente qui est plus facile.

Il m'avait suffi d'ouvrir les yeux pour me retrouver au camp de base, où nous attendait une vieille femme en peignoir qui devait être là depuis le début et qui me fit peur, mais j'avais déjà remonté mon pantalon : "Virginia mon chou, est-ce que Monsieur t'offre une autre bouteille ? — Il va s'en aller", dis-je en parlant de moi comme un enfant qui ne maîtrise pas encore les pronoms personnels de la première personne, une réaction qui n'aurait pas surpris Jean Piaget pour qui, avant l'apparition du *je,* l'enfant n'a pas compris que l'image qu'il a de lui-même est différente de celle qu'en ont les autres. Sans doute, au moment de quitter ce café où j'étais entré débordant de joie, n'avais-je pas d'autre image de moi-même que celle que s'en faisait la mère maquerelle : un client ferré par Virginia mon chou, qu'il s'agissait de ratiboiser. Au lieu de me garder dans ses bras, Virginia m'avait dit : "Eh bien, à la prochaine ! Madame va t'ouvrir la porte." J'avais régressé au stade délocutoire du langage en parlant de moi à la troisième personne lorsque la mère maquerelle avait surgi du fond du bistrot comme un fantôme de théâtre japonais, comme une sorcière de *Macbeth,* comme la vieille religieuse qui m'avait donné mes premiers cours de gymnastique. Maquerelle ou religieuse, il s'agissait de femmes qui me surveillaient.

Quand nous avions reçu à Bruxelles une lettre d'Avignon nous annonçant la mort de Madame Marie-Isaure, je me masturbais déjà frénétiquement, avant de faire mes devoirs et après, et aussi pendant. "Elle est au ciel et elle te protège", m'avait dit ma mère, "elle te voit et tu lui fais plaisir chaque fois que tu études bien tes leçons." Chaque fois que je me mettais à genoux devant mon lit avant d'introduire mon sexe entre le sommier et le matelas, est-ce qu'elle croyait que c'était pour faire une prière ? Mes photos de femmes, elle les voyait tout de même d'assez loin, elle pouvait les confondre avec des images pieuses... Aujourd'hui je suis obsessionnel, mais la mort de Madame Marie-Isaure me rendit paranoïaque. Chaque fois que j'entrais dans ma chambre, elle mettait sa caméra de surveillance en marche, ou bien elle se dérangeait en personne, ou plutôt en pur esprit, sans son dentier, mais avec ses petits yeux et ses lunettes, et je savais où elle était : dans un angle de ma chambre, toujours le même, en haut, près du plafond, à droite quand on regardait en direction de la porte depuis mon lit. Ce lit avait deux chevets en bois de même hauteur, et je fus contraint d'aller me cacher derrière le chevet le plus éloigné de la porte quand je voulais faire usage de ma liberté contre la volonté de Dieu. Bien sûr, cela entraîna une complète renonciation à ma technique du sommier-matelas, et pour déjouer la surveillance de mon espionne céleste, il me fallut revenir, dans des conditions très inconfortables, à la gestuelle de mes débuts. Un jour, mon père nous annonça qu'un de ses clients possédait un magasin de meubles et lui consentait d'énormes réductions. Ce serait idiot de ne pas en profiter. On achèterait un nouveau lit pour François ! "Pourquoi toujours lui ?" dit une de mes sœurs. Je l'approuvai : Pourquoi toujours moi ? Mon père insista : on me trouverait un lit plus moderne, sans ces deux affreux chevets. J'allais être privé de mon rempart contre Madame Marie-Isaure ? J'en serais réduit à m'enfermer dans la salle de bains dont la porte n'avait jamais bien fermé à clé ? "C'est du très beau bois, et j'aime le bois", m'entendis-je articuler d'une voix de mourant.

Dans la crainte de l'arrivée de ce nouveau lit, je redoublai d'activité derrière mon chevet en bois de cerisier — au moins avais-je appris que c'était du cerisier —, ce qui ne m'empêcha pas, au cours des années 1953 et 1954, d'obtenir les meilleures notes de catéchisme de ma vie et d'avoir mon nom affiché en lettres d'or dans l'église du collège à la suite d'une rédaction (frisant le grand art) sur le thème imposé de

La Condition pécheresse de l'homme, une rédaction "toute vibrante de foi et d'espérance", avait jugé le professeur de religion, "un reportage", aurais-je plutôt dit. J'avais travaillé à cette rédaction pendant deux soirs de suite sous le regard protecteur de Madame Marie-Isaure, filant parfois comme une flèche derrière mon lit, à l'abri du chevet, afin de donner à mes pages sur le péché un goût d'aventure vécue, un côté "la vie saisie sur le vif", tel Charles Lindbergh retraçant avec précision les péripéties de son vol au-dessus de l'Atlantique.

On n'entendit plus parler des nouveaux meubles qui, à en croire mon père, devaient envahir la maison, une chaise longue du Corbusier, une table conçue en Italie par un jeune architecte qui avait restauré un couvent, un nouveau meuble pour la cuisine, un meuble danois... Mon père aimait le mobilier moderne. Il en rêvait. Il fut un rêveur toute sa vie, et je tiens de lui. Il nous annonçait périodiquement des merveilles — l'année prochaine il emmènerait la famille au grand complet en Toscane ; le tableau qu'il venait d'acheter chez un brocanteur était sûrement une œuvre de jeunesse de Manet et après l'avoir vendu, il ferait refaire toutes les chambres du prieuré — et puis il ne se passait rien. Il aimait dire que toutes les révolutions ont été faites par des pauvres et que les grands penseurs qui ont influencé leur temps étaient pauvres, et il me fit même l'éloge de Nietzsche et de Marx, en précisant qu'ils n'étaient pas "pauvres" sur le plan de l'intelligence. Traduisant à ma façon ce langage franciscain, l'abandon des richesses pour se rapprocher de Jésus, je méprisais les garçons plus riches que moi et je préférais ma culture à leurs costumes.

J'allais à l'école sans livres et sans cahiers, en me répétant le long du chemin : "Mon intelligence et ma mémoire me suffisent." Au confessionnal, je m'accusais de pécher par orgueil, et là encore je me trouvais intelligent d'avoir vu que c'était par orgueil que je mettais mon intelligence au-dessus de la richesse. Je n'avais pas compris ce que mon père voulait dire. Lui, il était pour chercher d'abord le Royaume de Dieu, en espérant que le reste lui soit donné par surcroît, comme c'est écrit dans l'Évangile. Lorsqu'il avait besoin d'argent, il empruntait, il hypothéquait l'avenir et, disait-il, il faisait garantir l'argent par le Seigneur, dans une prière ardente à laquelle les enfants participaient : "Seigneur, aidez Papa à rembourser l'argent qu'il doit." La richesse peut être signe de beauté, me disait-il aussi, et une peinture de Rubens, qui était un homme riche, peut nous émouvoir comme une fresque de Fra Angelico, qui était pauvre. Son grand truc était de dire que les riches s'ennuyaient — il ne manquait jamais de stigmatiser la monotonie des palaces et les repas copieux — et que les pauvres goûtaient avec plus d'appétit à la vie. Il m'en persuada. Aujourd'hui, je ne le reprendrais que sur la monotonie des palaces. À l'époque, il n'en connaissait pas lui-même. Je crois qu'il changea d'avis le jour où il fut invité par le festival de Saint-Sébastien à l'hôtel Maria-Cristina. Il aimait le luxe — le "vrai" luxe, précisait-il — et ce fut certainement pour lui une souffrance d'y renoncer ou de ne pas y avoir accès. La pauvreté porte sa récompense en elle-même, disait-il. L'éloge de la pauvreté, pour être authentique, pour avoir toute sa valeur de dépouillement, doit s'accompagner de l'éloge de la richesse, une richesse qu'il faut admirer mais refuser : "L'amour que nous portons aux meubles fastueux, aux maisons de maître, doit être balayé par un amour plus grand. Il ne faut pas offrir au Seigneur le pseudo-sacrifice des biens que nous méprisons, mais le sacrifice de la richesse qui nous tente et qui est aussi beauté. Tu entends ? Que ton amour pour le faste soit balayé par ton amour pour le Christ." C'était le genre de sujet que mon père abordait quand j'allais le trouver et lui disais : "Parlons de choses importantes."

Des meubles fastueux ! Je ne savais pas si l'épithète

convenait, mais mon lit me paraissait suffisamment fastueux, et fastueux aussi tout ce qu'il me donnait la possibilité de faire, non pas dedans, mais derrière... J'étais devenu onaniste comme on devient pianiste, ébéniste ou bouquiniste, par vocation, par goût, par besoin d'exercer un métier ou pour prendre la succession de son père, bien qu'on n'ait jamais lu sur le papier à en-tête d'une firme : "Onanistes de père en fils." J'étais capable d'apprécier un lit ultra-moderne, italien, en bois précieux, sans chevets, mais j'offrais bien volontiers le sacrifice de ce lit au Seigneur. Pour parler comme mon père, mon amour pour le lit italien était balayé par un autre amour, celui que je portais à mes organes érectiles. Un soir, écoutant mes parents à leur insu, j'appris avec soulagement que le client marchand de meubles ne remettrait plus les pieds chez nous. Il était venu chercher des livres dans l'après-midi, et il en avait profité pour donner son numéro de téléphone personnel à ma mère, en précisant qu'elle ne le dérangerait jamais et qu'il était séparé de sa femme. "Si j'avais été là, je l'aurais remis à sa place", avait dit mon père. Ma mère avait continué : "Avec un sale sourire de type qui croit que c'est dans la poche. — Dieu le jugera, ne parlons plus de ce saligaud", avait conclu mon père. Moi aussi, Dieu me jugeait, et non seulement Dieu, mais Madame Marie-Isaure toujours fidèle au poste. Quand mon délire paranoïaque avec elle a-t-il pris fin ? Quand ai-je cessé d'être atteint d'espionnite aiguë dans ma propre chambre ? Je ne m'en souviens plus, ce qui est peut-être mauvais signe. Mais quand je pensais qu'on me regardait, n'était-ce pas une habile façon de ne pas m'avouer que c'était moi qui avais envie de regarder ? Oui, j'avais envie de regarder. J'en mourais d'envie. Je voulais voir une femme nue et m'assurer que le sexe des femmes était différent du mien. Chaque samedi vers quinze heures, dans la maison d'en face, au premier étage sur lequel, de ma chambre, j'avais une vue plongeante, j'observais un couple qui entrait dans une chambre. La femme enlevait sa robe et apparaissait en gaine-culotte et soutien-gorge. L'homme s'allongeait sur le lit, tout habillé. Elle lui enlevait sa chemise pendant qu'il se débarrassait maladroitement de ses souliers, de ses chaussettes et finalement de son pantalon. Au bout de trois minutes, la femme s'approchait de la fenêtre et tirait les rideaux. Elle avait une longue chevelure rousse. Je restais là, à m'imaginer tout ce qui pouvait bien se passer sur ce lit, derrière les rideaux de velours sombre. Au bout d'une vingtaine de minutes, le type venait rouvrir les rideaux. Une seule fois, je vis la femme toute nue, mais elle était de dos : elle ouvrit une porte au fond de la chambre et alluma la lumière dans une salle de bains où elle s'enferma. Toutes les autres fois, elle était déjà à l'intérieur de la salle de bains quand le type venait fumer une cigarette à la fenêtre et je me disais que ce ne serait pas encore cette fois-là que je verrais une femme nue de face.

Je n'en vis pas non plus, cinq ans plus tard, dans le café où Virginia refusa d'enlever sa petite culotte tout en me promettant mieux quand je reviendrais. Je revins. Elle n'était plus là. D'autres jeunes filles me sourirent à la porte du haut lieu où j'avais connu mon premier orgasme grâce à une femme, rue de la Bienfaisance à Bruxelles — un nom de rue que je ne me permettrais pas d'inventer. Et j'oubliai aussitôt Virginia avec la petite brune qui avait pris sa place et qui me fit penser à Audrey Hepburn dans *Roman Holiday*. Mes passages rue de la Bienfaisance ne m'empêchaient pas de rester un catholique fervent. Je ne tenais pas à avoir des ennuis en racontant à un prêtre que des entraîneuses me branlaient — un verbe que je n'aurais jamais utilisé à l'époque — et je fus sauvé par la grammaire. D'habitude, je disais : “Je m'accuse de m'être masturbé”, j'inventais un chiffre plausible — cinq fois, par exemple — et on s'arrêtait là. Je connaissais le tarif :

cinq *Notre Père* et dix *Je vous salue Marie,* une pénitence dont je m'acquittais consciencieusement. Mettre une femme dans le coup, c'était une autre histoire ! J'aurais dû dire : "Je m'accuse d'avoir été masturbé par une jeune fille." Le prêtre m'aurait posé des questions sur elle : "Ta fiancée ? Ta cousine ?

— Non, il s'agit d'une femme de mauvaise vie, que je paye avec l'argent des articles que mon père publie dans la revue de Daniel-Rops..." Si je passais aux aveux, autant qu'ils soient complets. "Et pas une seule femme, mais beaucoup. Elles me font penser à des actrices de cinéma, mon Père, à Grace Kelly, à Audrey Hepburn, à...

— Quoi, malheureux, avec des actrices de cinéma ?

— À Yvonne de Carlo, mon Père."

Un tel scénario était *inenvisageable.* Je voyais déjà le prêtre me tirer du confessionnal et me ramener chez moi pour me faire tout avouer à mon père. En fait, il suffisait de bégayer. C'était ça, mon astuce ! Je disais : "Je m'accuse d'avoir été..." et je me reprenais : "de *m'être* masturbé". Moi je savais que j'avais été masturbé par les sosies de Linda Darnell ou de Belinda Lee, mais les différents prêtres à qui je demandai l'absolution n'y virent que du feu et prirent pour un lapsus ("j'ai été... pardon, je me suis...") le résultat d'un savant dosage entre un temps composé du verbe être et son emploi comme verbe pronominal.

Entre 1958 et 1961, l'année de mon dernier séjour dans un confessionnal, étape obligatoire à la veille d'un mariage religieux, j'aurai conjugué le verbe "se masturber" dans plusieurs églises européennes — on voyage toujours avec son sexe — et si j'étais loin d'éprouver le repentir voulu, je me disais que j'aurais tout le temps d'achever de subir les conséquences pénibles de mes péchés au Purgatoire, un endroit prévu pour ça.

Octobre 1958 ! Ma révolution d'octobre ! Cette charmante Virginia ! Elle s'appelait sans doute Josiane ou

Nicole. Je me demande ce qu'elle est devenue. Lorsque la mère maquerelle était apparue dans le box où je venais de me prendre pour un alpiniste — Virginia me faisant gravir la face nord du Cervin, un bon début pour qui allait plus tard affronter les 6 100 mètres du Nevado Alpamayo avec Mlle Ana Augustina de Queiroz (pour l'Himalaya, j'attendrais Delphine) — j'avais cru revoir ma vieille Madame Marie-Isaure ! Les cloisons en contreplaqué du box m'avaient rappelé les chevets en bois de cerisier de mon lit. La maquerelle avait tout vu ! Y aurait-il toujours quelqu'un pour me prendre en faute ? Mes tendances paranoïaques s'étaient réveillées. Elles ne m'avaient jamais quitté. Toujours au rendez-vous ! Toujours à m'envoyer des espions dans les pattes ! Qu'elles me fassent prendre une maquerelle pour la réincarnation de Madame Marie-Isaure, passe encore, mais des années plus tard, alors que je m'apprêtais à faire l'amour avec Maureen Michell, une cover-girl anglaise aux yeux bleus et aux cheveux blonds, je sentis que je débandais au moment même où elle me demanda en termes vifs et sans équivoque — un vocabulaire qui avait déjà fait ses preuves — de la pénétrer. J'étais sur elle, et je sentis tout à coup que mon père nous observait. Il était là, tapi dans un coin, comme Madame Marie-Isaure. Il n'avait même pas attendu d'être mort, lui. Maureen voulut se mettre à califourchon sur moi. C'était impossible ! Allongé sur le dos, j'aurais le visage tourné vers le plafond et je verrais mon père ! Quel garçon, dans une situation pareille, à moins qu'il ne couche avec une psychanalyste, irait dire : “J'ai l'impression que mon père nous épie, ça m'enlève tous mes moyens” ? Ce n'était pas une impression que j'avais, mais une certitude : “Il est là, il est là, j'en suis sûr !” J'aurais pu ramener les couvertures sur nous, mais on était en juillet et il faisait étouffant. Maureen crut que j'étais malade et alla me préparer un jus d'orange.

Sa chambre était remplie de photos d'elle. Il y en avait sur la cheminée, sur la porte, les murs et le plafond. Maureen posant pour les bas Elbeo, pour les parfums Atkinsons, pour les produits de beauté Gala of London. Même sur le T-shirt qu'elle venait d'enlever, elle avait fait imprimer sa photo grâce à un procédé ultra-moderne (nous étions au début des années soixante-dix). Si j'avais accepté qu'elle se mette sur moi, j'aurais pu la voir grandeur nature sur l'immense poster de la *Sunshine Girl* punaisé au plafond. Depuis deux mois, j'étais à Londres où je tournais deux émissions de télévision de cinquante minutes sur la mode et où j'avais une "affaire" avec une fille que se disputaient les meilleurs photographes de l'époque, Clive Arrowsmith, Barry Lategan, David Bailey, Henry Clarke, Norman Parkinson, Dick Avedon, des noms que j'ai retenus parce que Maureen annulait continuellement pour eux les rendez-vous qu'elle me donnait. Au téléphone, mon père s'était montré sceptique : "Ce n'est pas en tournant avec des femmes-enfants que tu réaliseras le film adulte qu'on attend de toi." Je n'avais retenu que cette phrase qui m'avait agacé, mais il m'avait aussi encouragé et félicité. Sa remarque acide sur les femmes-enfants ne visait qu'à m'interdire de coucher avec l'une ou l'autre de ces donzelles dont j'avais dû lui parler avec trop d'enthousiasme. Je venais d'avoir trente ans et je m'inquiétais encore des opinions de mon père sur ma vie sexuelle ! Je lui avais donné l'adresse de Maureen en indiquant "c/o M. Michell". Il était tombé dans le panneau en m'écrivant c/o Mr Michell. Ses lettres me submergeaient de conseils pour la promotion d'un film qui n'existait pas encore. Il me parlait de ces deux malheureuses émissions de télévision comme si j'étais en train de tourner *Citizen Kane* ! C'était involontairement cruel. J'avais eu envie de lui téléphoner pour lui dire qu'il avait pesé d'un tel poids sur moi que je n'osais pas faire des films qui soient meilleurs que ses livres, et que je m'étonnais que lui, un critique de cinéma averti, s'aveugle au point de prédire à des émissions de télévision tournées en 16 mm l'avenir d'un film de fiction en 35 que j'aurais pu tourner en partant d'un scénario à moi et en m'entourant de techniciens hors pair (l'emploi dans ce contexte de "hors pair" me semblait assez savoureux).

Je n'avais pas eu besoin de lui téléphoner. Il s'était transporté lui-même à Londres, invisible et inaudible, mais surnaturellement perceptible. Je le sentais flotter au-dessus de moi. Il errait comme une âme en peine dans la chambre où Maureen, en désespoir de cause, was giving me a slow blow job. Pendant qu'elle faisait son possible pour ramener mon sexe à la vie, je fermais les yeux. Je ne voulais pas risquer de voir mon père. Quand on est confronté à des apparitions de caractère surnaturel, l'Église catholique demande à juste titre qu'on enquête sur la psychologie du visionnaire et sur le milieu ambiant. Il était chouette, le milieu ambiant ! Un ancien catho et une ancienne anglicane frétillant sur leur matelas comme un couple de hamsters ! (Est-ce qu'on sent bien, dans cette comparaison avec les hamsters, le poids de vingt siècles d'histoire de l'Église encombrant mon esprit, vingt siècles où la moindre *effusio seminis* en dehors du mariage fut un *peccatum gravissimum* ?) L'une ranimant le sexe de l'autre, et l'autre ruminant de vieux sentiments de culpabilité ! Mon père avait écrit, à propos de la fidélité dans le couple : "Quand un autre amour est en vue, c'est l'odeur de la mort qui plane." Me voyant prêt à succomber aux charmes de Maureen, alors qu'il m'aurait voulu fidèle à Delphine, mère de deux de ses petites-filles, j'aurais compris qu'il soit intervenu au tout début de cette histoire pour éloigner de moi l'odeur de la mort qui planait dans cette chambre de Cadogan Street où nous faisions pourtant brûler pas mal d'encens. S'il avait vu les photos de Maureen posant pour les imperméables

Aquascutum, les crèmes de beauté Revlon, les perruques Deltress ("*You're ready for anything in a Deltress wig*"), il aurait pu me parler de femme-objet plutôt que de femme-enfant. Mais là, qu'est-ce que ça pouvait bien lui faire ? C'était trop tard. Pourquoi venait-il rôder autour de nous au moment où j'allais coucher pour la énième fois avec une jeune personne qu'il aurait mieux fait de complimenter sur son bon goût : ne me préférait-elle pas à tout ce que la pop music anglaise comptait de chanteurs et de guitaristes plus baraqués que moi ? Je mis un temps fou à bander de nouveau. Pauvre Maureen, quel travail je lui donnais ! Et quelle régression de ma part, quelle rechute ! J'étais devenu un de ceux que mon père vilipendait dans ses livres, un de ces libertins qui, d'après lui, confondent l'amour charnel avec l'animalité. J'en avais pris mon parti, mais je n'arrivais pas à faire déguerpir mon père de la chambre, malgré tous les efforts de Maureen, ses mains, sa bouche, la pointe de ses seins convoqués au chevet du malade ! Mon père supplantait mon ange gardien. "Toutes les fois que tu devras résister à une tentation grave", m'avait-il dit quand je n'étais qu'un enfant, "invoque ton ange gardien." En fait d'ange gardien, Maureen me suffisait largement.

Cet impromptu londonien eut lieu durant une période bénie entre toutes dans l'histoire de l'humanité, et pendant laquelle j'ai eu la chance d'être jeune — cette période qui va de la diffusion de la pénicilline et de la mise en vente de la pilule à l'apparition du sida, soit une trentaine d'années parmi des milliards —, une période dont personne n'a su profiter, quoi qu'on dise. C'était si inattendu. Avec Maureen, mon corps était libre, mais mon cerveau tournait au ralenti (et pas qu'avec elle !). J'ai retrouvé une note prise en 1965 : "Le jour où je me suis rendu compte que les femmes s'intéressaient à mon corps, ça m'a vraiment ahuri." C'est noté en toute candeur par un garçon de vingt-quatre ans qui n'en revenait pas d'avoir attiré l'attention et mérité les caresses de deux danseuses classiques habituées à d'autres musculatures masculines que la sienne ! Je me croyais intelligent et je ne savais pas que j'étais beau !

Maureen non plus ne s'y était pas trompée. Ce n'était pas pour que je lui parle du problème de l'existence d'autrui et de la solitude de la conscience individuelle qu'elle m'avait remis un jeu de clés de son appartement. (Et encore, allez savoir...) J'avais failli tout gâcher en amenant mon père avec moi dans sa chambre !

Ce fut ma dernière crise majeure de paranoïa, ma dernière élaboration délirante d'envergure (du moins je l'espère), une récidive sans séquelles, une des cicatrices mal refermées qui sont l'héritage de mes trois tentatives de psychanalyse. Bien sûr, je ne suis pas complètement débarrassé de symptômes mineurs, et quand une voiture de police se range à ma hauteur le long du trottoir, je m'attends à être aussitôt ceinturé et menotté. Angoisse paranoïde ? Attitude psychosexuelle de soumission à des policiers dominateurs ? Quand on s'est fait psychanalyser, on s'attend à tout.

J'avais appris que je m'étais exténué pendant mon enfance dans une pénible lutte contre moi-même — comme si c'était fini ! J'avais été l'enfant que les adultes cherchent à "égarer sur le plan sexuel et intimider dans le domaine religieux" (Freud dixit). J'avais appris que voler des livres est un symbole du rapt de la mère enlevée au père ainsi qu'un symbole de la castration du père. J'avais appris que le couple regardé depuis la fenêtre de ma chambre symbolisait le coït de mes parents. L'histoire des rideaux tirés puis rouverts avait, paraît-il, une grande importance. Ma passion pour la géographie n'était qu'un substitut de mon intense curiosité pour les organes sexuels. Ma relation à mon professeur de troisième, M. Laloux, était une répétition de ma relation à mon père, et il fallait y voir une homosexualité refoulée. Mes bonnes notes en français symbolisaient des rapports homosexuels avec mon père.

J'avais répondu qu'il y avait là un pléonasme, puisqu'il me paraissait difficile pour un garçon d'avoir des fantasmes de rapports hétérosexuels avec son père. "Vos associations prouvent clairement, m'avait répondu je ne sais plus lequel de mes trois psychanalystes, que vous avez éprouvé de l'admiration pour votre père copulant avec votre mère, et que vous avez souhaité prendre part à ce qu'ils faisaient." Je l'ai dit : en psychanalyse, il faut s'attendre à tout.

"Parlez-moi de votre mère", m'avait brusquement demandé le Dr Zscharnack, qui voulait sans doute m'éviter de croire que j'étais sorti de la cuisse de Jupiter. On allait repartir pour un petit tour de coït fantasmatique avec Maman ? C'est alors que je fis un lapsus qui ne mérite pas l'oubli dans lequel il est tombé depuis : "Œdipe a tué sa mère et il a couché avec son père." Je venais de découvrir, cinquante ans après Freud et, contrairement à lui, sans fournir de grands efforts intellectuels, le concept du complexe d'Œdipe inversé : le père est, autant que la mère, l'objet des désirs inconscients, libidinaux, agressifs, primaires, souterrains — et j'ajouterais affectueux — du fils. Il faudrait peut-être que je remette dans mon livre une phrase que j'ai enlevée : "Pendant toute mon enfance, je fus amoureux de mon père", mais j'ai eu raison de l'enlever. Elle est mièvre et simplificatrice.

Je rentrais chez moi et je me plongeais dans les *Contributions to Psycho-Analysis* de Melanie Klein, un recueil d'articles qui n'était pas encore traduit et que j'avais commandé chez Galignani, acquérant du même coup tout un vocabulaire anglais qui me permettra plus tard d'amuser mes amies anglo-saxonnes en leur parlant en V.O. du "réveil de la phase phallique" et de "pleine satisfaction des tendances amoureuses" au lieu de leur dire "j'ai encore envie de toi", ou "tu es plus belle que jamais ce matin".

"Parlez-moi de votre mère", m'avait dit Zscharnack,

s'empressant de faire ensuite comme si ma réponse ne l'intéressait pas. J'avais lu que les petits garçons veulent couper en morceaux le corps de leur mère, le manger, le dévorer, et que ces désirs les traumatisent. La peur de la mère devient intolérable. Avais-je eu moi aussi ces envies de fouiller dans le ventre de ma mère pour en extraire un pénis paternel sanguinolent ? Sur la photo où, dans les bras de ma mère, j'ai le regard vif et l'expression affectueuse d'un teckel, est-ce que je méditais de lui cisailler les intestins ? Après tout, pourquoi pas ? Mes tendances sadiques en plein boum !

J'avais beau fouiller dans mes souvenirs, je ne trouvais rien de vraiment féroce. Je n'avais pas essayé de supplicier ma mère. Étais-je normal ? Zscharnack me lança de nouveau sur mon père, dont, à peine né, j'avais souhaité plus d'une fois la mort, m'assurait-il, si bien que je finissais par le croire. Quand j'avais des migraines, je ne prenais plus d'aspirine, je me disais : “Il faut que j'accepte l'idée d'avoir souhaité la mort de mon père quand j'étais petit. D'accord ! J'ai voulu le tuer !” Et hop, mes maux de tête disparaissaient. Parfois, cette formule magique agissait aussi contre la constipation. Et même, disons-le, j'ai souhaité la mort de mon père pendant ma psychanalyse avec le Dr Zscharnack. Parfaitement ! Pendant que j'essayais de guérir de mon agoraphobie ! Un garçon de vingt-quatre ans, en pleine régression, dînant avec ses parents à la Coupole, regarde son père et pense : “S'il était mort, je m'occuperais mieux de ma mère que lui.” Comme si j'avais pensé “s'il était mort” ! J'étais plus véhément, plus précis, je l'ai dit dès le lendemain à Zscharnack : “S'il pouvait mourir ! Plaise au ciel qu'il meure !” Je l'ai dit à Zscharnack parce qu'il fallait que je me délivre de mon secret. Je n'allais tout de même pas le dire à ma mère. Elle m'avait trouvé suffisamment nerveux comme ça.

Avec ce genre d'aveu, vous croyez que Zscharnack était satisfait ? Il trouvait que nous n'allions pas assez loin. Je me mettais en quatre pour lui apporter du matériel de grande classe, et il faisait le délicat. Jc passais en revue les jeunes filles à qui ma mère m'avait sournoisement empêché de faire la cour dans les années cinquante, puisqu'il voulait que je lui parle d'elle. "Vous rendez-vous compte, docteur ? Dès que je voulais m'évader, m'approcher d'une jeune fille, j'étais insidieusement ramené au sein de ma famille. Un prêtre m'avait conseillé d'écrire des poèmes au lieu de me masturber, mais ce n'était pas la même chose, vous êtes d'accord ? Des élans trop forts pour être sublimés, je suppose... Un soir, nous étions entassés dans une voiture, j'avais quatorze ans et j'étais assis devant entre mon père et le conducteur, lequel conducteur se trouvait être le père d'une jeune fille de mon âge assise à l'arrière entre sa mère et la mienne. Je fis négligemment descendre mon bras de l'autre côté, dans l'espoir de toucher, frôler, caresser peut-être les genoux de cette jouvencelle que j'aimais en silence. Sans dire un mot, ma mère me saisit la main et elle remit mon bras sur le siège avant ! C'était la nuit, je pensais que personne ne verrait rien... Une demi-heure plus tard, j'ai de nouveau tenté ma chance. Nouvelle intervention de ma mère ! Pas moyen d'atteindre les genoux de la fille ! Et la petite Chantal, je vous en ai déjà parlé ?" Zscharnack grommelait : "On n'a rien de mieux à se mettre sous la dent ?"

Mes fiançailles avec Tina ! C'était mon tube ! Allongé sur le divan, chaque fois que j'annonçais que j'avais rêvé de Tina et que j'allais reprendre le récit de mes fiançailles, j'étais sûr de mon effet : Gilbert Bécaud annonçant qu'il va chanter *Le Pianiste de Varsovie* ! Encore un peu et Zscharnack applaudissait. Je l'entendais derrière moi qui repliait ses journaux et rallumait son cigare. Il avait un faible pour ce qui s'était passé le jour du mariage, mais il avait aussi le sens du suspense, et, comme un gosse, il aimait que je commence par le début, par un rappel de la première projection de mon court métrage sur la Provence dans la maison des parents de Tina, une maison commandée en 1911 par un magnat de la finance belge au célèbre architecte, belge lui aussi, Henry Van de Velde pour le consoler d'avoir raté la commande à Paris du théâtre des Champs-Élysées. ("Les cons !" murmurait Zscharnack, en ne manquant pas de me rappeler qu'il possédait des meubles dessinés par Van de Velde, et des éditions originales de Nietzsche reliées par lui.) La maison, que la famille de Tina avait revendue, venait d'être détruite. "Dommage que la psychanalyse ne guérisse pas de la connerie !" soupirait le docteur.

J'avais appelé mon film *L'Heure exacte,* à cause des plans fixes de cadrans solaires qui ponctuaient chaque séquence.

— Vous devriez vous décider à me le montrer, ce chef-d'œuvre ! Combien de temps dure-t-il ?

— *L'Heure exacte* dure vingt-six minutes.

— Vous avez une notion du temps bien à vous, mon cher. Vous n'avez pas envie qu'il s'écoule, hein ? Vous vous croyez encore dans le ventre de votre mère, ma parole. Vingt-six minutes l'heure exacte. On se croirait à la fermeture du marché. Deux salades pour le prix d'une ! À quoi bon vouloir brader le temps ? Ne le méprisez pas. C'est une denrée précieuse. Continuons.

Le soir de la projection, les parents de Ana Augustina avaient réuni chez eux la fine fleur de la colonie brésilienne de Bruxelles. Pour les dix-huit ans de leur fille unique — à peine plus âgée que moi, elle était née au moment où j'avais été conçu ! — ils avaient décidé de donner dix-huit fêtes pendant dix-huit soirs de suite. (Zscharnack : "Follement incestueux, mais passons !") Je mettais les pieds dans un univers invraisemblable, celui des richissimes Sud-Américains. Ils possédaient tous des milliers d'hectares, des mines de cuivre, des forêts entières, des flottilles de pêche, des hydravions.

(Zscharnack, déconcerté : “Des hydravions ?”) J’étais allé louer avec Tina un appareil de projection et un écran. Quand elle me fit entrer dans le salon où aurait lieu la projection, je compris pourquoi elle avait tenu à louer le plus grand des écrans disponibles. Ce n’était pas un salon mais un vrai plateau de cinéma, encombré de plantes vertes qui rappelaient sans doute à M. et Mme de Queiroz la forêt amazonienne. Un domestique avait solennellement emporté au vestiaire mon vieux duffle-coat comme si on lui avait confié la toge de Marlon Brando dans *Jules César,* le film que j’avais présenté un mois plus tôt au ciné-club universitaire en essayant de donner souvent la parole à Tina pendant le débat qui avait suivi la projection. Elle connaissait visiblement bien la pièce de Shakespeare, et elle disait Mark Anthony au lieu de Marc Antoine. Pour ne pas être en reste, j’avais fini par dire Marcus Antonius : après tout, nous étions entre universitaires. Elle connaissait par cœur la tirade *“Friends, Romans, countrymen, lend me your ears”*. Un étudiant moins sensible que moi aux charmes de notre Ana Augustina avait protesté à voix haute : “Ah non ! Pas de récital poétique ici !” Elle était venue me voir après : “Qu’est-ce qui vous a pris de me faire parler sans arrêt ? C’était gênant. J’avais étudié la pièce l’année dernière et je l’ai relue cet après-midi, sans quoi j’aurais été nulle en vous répondant. Je suis timide, François...” Elle avait prononcé mon prénom ! Elle ne me connaissait pour ainsi dire pas, et elle m’avait appelé François ! Dans sa bouche, mon prénom devenait une formule incantatoire. Je découvris ce soir-là qu’il suffirait dorénavant qu’une femme dise mon prénom d’une voix tendre pour que tout bascule et que je devienne instantanément amoureux d’elle, quitte à corriger le tir par la suite, la condition nécessaire restant malgré tout que cette femme me plaise. Mon prénom dans la bouche d’une femme m’excite. Peut-on dire que ce prénom vaut alors symboliquement pour mon sexe ? Réponse de Zscharnack :

— Oh ! Pas si vite, pas si vite ! Mon ami Benveniste pourrait vous éclairer là-dessus. Un nom propre est une marque conventionnelle d'identification sociale qui vous désigne constamment et qui fait de vous, de manière unique, un individu unique. Que ce soit une femme qui vous le confirme au lieu d'un officier de l'état civil ne modifie en rien ces données.

— N'empêche que Tina marqua un grand coup le soir où elle m'appela François.

— Avez-vous été assez subtil pour comprendre qu'une jeune fille vous fait la cour par le simple fait d'accepter que vous la lui fassiez ?

— Des femmes m'ont dit "François" sans y attacher la moindre importance, et mon cœur à chaque fois bondissait. Être bouleversé à ce point quand une interlocutrice finit ses phrases par un "François" qui n'a pas plus de valeur pour elle que "n'est-ce pas" ou "tu vois", ce n'est pas normal. Mais il m'est arrivé de croire que je ne disposais de rien d'autre que mon prénom pour me différencier de mon père, comme certains insectes ou même des timbres-poste ne se distinguent entre eux que par des détails que perçoivent les seuls spécialistes.

— Donc, nous étions dans un salon qui évoquait un plateau de cinéma où vous auriez volontiers embrassé votre Scarlett O'Hara, n'est-ce pas, mon cher Rhett ?

— Où j'ai passé un après-midi délicieux à bavarder avec Tina tout en poussant les canapés du salon pour les ranger face à l'écran. Tina me regardait de ses yeux clairs. De nombreux Portugais, me dit-elle, avaient eu des ancêtres aux yeux bleus, du sang celte, des aïeux wisigoths. À moins qu'une de ses grand-mères n'ait eu une liaison avec un bel Allemand dans les dunes de Rio Grande do Norte ? Mais ses grand-mères étaient de trop ferventes catholiques pour avoir cédé à ce genre de tentation.

— Et c'est là que vous avez laissé passer votre chance. Il y avait combien de canapés pour vous permettre de céder à la tentation au lieu de vous occuper des gènes récessifs et dominants ?

— Je disais à Tina que mon but était d'atteindre dans mes films à une austérité cézanienne.

— Je la vois plutôt dans votre comportement, l'austérité cézanienne !

— Elle aussi, elle aimait Cézanne. Et Gauguin. Elle aimait beaucoup Gauguin et les gestes de ses Tahitiennes, des gestes, disait-elle, qui suggéraient les sentiments essentiels, la peur, le désir.

— Mais quel gâchis ! Arrêtez ! Vous aviez cette petite à votre disposition, et vous lui parliez de Cézanne ! Et après, vous venez vous plaindre de la durée de vos fiançailles !

— Le soir de la projection, il y eut un grand dîner. Tina disparut pour se changer, après m'avoir présenté à ses parents qui ne firent pas attention à moi, se précipitant vers des diplomates d'Amérique centrale et des membres du gouvernement belge. "D'après Tina, vous êtes l'avenir du septième art !" m'avait dit son père, sans se douter qu'il s'adressait à son futur gendre. Je n'étais pour lui qu'un des ornements de sa soirée, un jeune homme venu livrer son film comme on avait livré toute la journée des fleurs et des télégrammes. Pourtant, j'avais l'impression de vivre ma première soirée d'adulte.

— Je n'irais pas jusque-là !

— Je n'occupais plus une position dans un système familial, tout se mesurait en positions de prestige. Je valais quelque chose parce que j'avais réalisé un film.

— Plus de position familiale ? Au moment où vous vous considérez comme le futur gendre ?

— Vous ai-je dit que le père de Tina mourut quelques mois plus tard dans un accident de voiture ? Et qu'à partir de ce jour-là, elle se mit à détester le mien ?

— Ce pauvre Franz ! Personne ne peut l'encadrer ! Je vais finir par le trouver éminemment sympathique.

— Docteur, ne faites pas le malin. Vous savez que j'aime mon père. Moi, en tout cas, je sais que je l'aime. Quand on pense si souvent à quelqu'un, c'est qu'on l'aime.

— Tous ceux qui essaient de définir l'amour méritent un coup de chapeau. Moi-même je m'y suis risqué... Votre père aussi a payé son écot. Dites-moi si je me trompe, mais *Le Couple fidèle,* c'est un titre de lui ? Culotté, comme titre. De même que Shakespeare est l'intraduisible des intraduisibles, l'amour est l'indéfinissable des indéfinissables.

— Comme la beauté de Tina !

— Dites donc, elle était au courant, pour vos entraîneuses dans les cafés de la gare du Nord ? J'y suis allé, figurez-vous. On peut dire que c'est une spécialité belge, comme le Manneken-Pis et les moules ! Elles vous branlent et ça s'arrête là. Je reconnais qu'elles sont très fortes. Je ne sais pas si nous sommes tombés sur les mêmes. Rue de la Bienfaisance, c'est bien ça ? Un bon titre, *Rue de la Bienfaisance,* pour un garçon qui souffre d'agoraphobie ! Vous devriez tourner un documentaire là-bas. D'une austérité toute cézanienne, bien sûr. Alors, avez-vous émoustillé votre Tina en lui racontant comment les petites Audrey Hepburn du coin s'y prenaient avec vous ? Ou bien suis-je le seul à avoir droit aux détails ?

— Je me souviens d'une réunion du Cercle littéraire de Saint-Louis. Tina était là. Tout le monde cherchait des thèmes de conférences et de débats, des noms de gens à inviter pour l'année suivante.

— C'était en quelle année ? Vous savez qu'ils m'ont invité ? Il y avait une majorité de prêtres dans la salle. Pour les faire bicher, je leur ai dit que la psychanalyse était une escroquerie. Mais vous, c'était beaucoup plus tôt ?

— On est toujours en 1958, docteur. Vous auriez dû voir Tina avec sa blouse stricte à col montant et sa longue jupe plissée. Je savais qu'on finirait par se marier et elle faisait semblant de ne pas y penser. Vingt minutes plus tôt, j'étais encore dans les bras d'une entraîneuse géniale. Je n'avais que le boulevard à traverser. Une Flamande très maigre et très nerveuse, vous voulez que je vous en parle ?

— Vous connaissez la règle. Dites tout ce qui vous passe par la tête.

— Nous étions en train de chercher des idées pour le programme de la prochaine année académique. Ils attendaient tous que je parle. On devait être en mai. En 1959, alors. Je me suis trompé en vous parlant de 58.

— Une date ne laisse jamais savoir en quel temps elle est énoncée. C'est le contexte qui l'éclaire. Je vous écoute.

— Ils avaient eu une saison brillante grâce à moi. J'avais réussi à faire venir plusieurs amis de mon père. Thème : "L'écrivain et le mal." Je m'en fichais, de leur année suivante, puisque je leur fausserais compagnie pour aller à Paris. Vous auriez dû voir leur tête quand je leur ai suggéré un cycle de conférences sur le thème : "Y a-t-il un érotisme belge ?" J'ai tout de suite regardé Tina. Avec son passeport brésilien, elle n'était pas concernée.

— Elle a dû être surprise de vous entendre parler d'érotisme. Venant de vous, ça la changeait ! Et votre Flamande, vous n'en parlez plus ?

— "Y a-t-il un érotisme belge ?", avouez que c'était bien envoyé.

— C'était facétieux. Vous auriez pu donner toutes les conférences vous-même. Mais j'y pense, vous ne vous êtes jamais fait câliner la verge par votre fiancée ? Et cette godiche, ça ne lui est jamais venu à l'idée ? Quatre ans de fiançailles, quatre ans de stimulations sensorielles, mais, si je vous ai bien suivi, pas d'exploration de la cavité vulvaire ? Le terrain était trop glissant ?

Fallait-il que je lui explique la différence que je

faisais entre chasteté et péché ? Je restais chaste avec Tina — c'était l'essentiel — et je confiais mon sexe à des entraîneuses, ces géniales généralistes de l'éjaculation, qui vous palpaient comme un médecin. Les confesseurs m'absolvaient et mon père veillait sur mes fiançailles. Je me contentai de dire :

— Avec Tina élevée par les religieuses du Saint-Esprit et moi par mon père, c'était mal parti.

— Ou peut-être bien parti... À l'époque des premiers martyrs, l'Église canonisait de jeunes patriciennes qui s'étaient promises à Dieu seul plutôt qu'à leur époux. Sainte Cécile au moment de sa décapitation était à la fois vierge et veuve. Estimez-vous heureux. Le rôle de son Valérien de mari aurait pu vous échoir.

— Vous voulez dire qu'à notre façon, nous étions des martyrs ? Comme ces chrétiens qui étaient enfermés et cousus dans des peaux de bêtes avant qu'on ne leur donne la chasse ?

— Et ça recommence ! Pourquoi vous condamner à l'animalité ? Avec le sadisme en prime... Avançons, mon cher, avançons !

— Le soir de la projection de mon court métrage...

— Je sais, je sais, il y avait la fine fleur des propriétaires fonciers du Brésil et il y eut un grand dîner. Je viens de vous dire : "Avançons !"

— Quand Tina, qui s'était changée...

Zscharnack dans mon dos s'impatiente et récite à ma place : "Elle fit son apparition dans une robe du soir en dentelle grise rebrodée de fils d'argent, une robe qui faisait d'elle l'héroïne du conte de fées que serait un jour votre vie commune... Ensuite ?"

Quatre ans de fiançailles ! Combien de temps avait duré le voyage de Magellan autour du monde ? Combien de temps avait duré l'expédition de Bougainville ? Moins longtemps que mes fiançailles ! Magellan était déjà revenu à son point de départ que Ana Augustina de Queiroz était toujours vierge et Weyergraf

Junior aussi : des fiançailles sérieuses, une vraie promesse de mariage, avec don par le jeune homme à la jeune fille d'une bague de fiançailles dont le prix d'achat représentait au bas mot une centaine de séances de branlette dans les cafés où triomphait l'érotisme belge.

Combien de temps ont duré les expéditions du capitaine Cook dans l'océan Pacifique ? Le Dr Zscharnack n'était pas impressionné par la longueur de mes fiançailles. Freud aussi est resté longtemps fiancé. Et Kafka, une compétence en la matière ! Cinq ans. Plus fort que Magellan, Bougainville, Cook et Weyergraf ! Cinq ans de tourments avec sa Fräulein Bauer. Cinq ans et mille pages de lettres qui n'étaient pas encore publiées quand je commençai ma cure de psychanalyse en 1964 avec le Dr Zscharnack. J'habitais avec Tina — Mme François Weyergraf — dans les deux appartements contigus de la rue de l'Odéon achetés par elle avec une infime partie de la fortune que lui avait laissée son père.

Depuis notre divorce, elle m'aurait soi-disant rendu toutes mes lettres. Ce n'est pas vrai. Il y a de l'ordre dans mes archives et je sais qu'elles n'y sont pas. Attendrait-elle ma mort pour jouer à Felice Bauer n° 2 et se hâter de vendre toute ma correspondance afin que nul n'ignore quel idiot j'étais ? Afin qu'on se moque de celui qui lui racontait sagement ses visites au musée du Louvre (Poussin, Chardin, Courbet, Corot) au lieu de lui écrire qu'il attendait avec impatience de lui sucer le sexe et les seins, bref de coucher avec elle le week-end prochain ? (J'entends Zscharnack qui remue derrière moi.)

Le Louvre, ce havre de paix au début des années soixante ! En quittant le musée, j'avais acheté pour Tina *Lettera amorosa,* une petite plaquette de René Char que je n'avais finalement pas osé lui envoyer. J'avais trop peur qu'elle ne soit choquée par trois mots qui se détachaient au milieu d'une page : *"Ta fascinante lingerie"*. De même que ma mère avait trouvé déplacé un

Nu de Modigliani dans la chambre d'un jeune homme, je jugeai déplacé de porter une telle phrase à la connaissance de ma jeune fiancée.

— Pourquoi ? (Zscharnack toujours aussi direct !)

— Quel aveu, n'est-ce pas ! Quel aveu ! Aller faire comprendre à Tina que les lingeries me fascinaient. Pour elle, un soutien-gorge servait à empêcher la poitrine de ballotter quand on court. Elle ne se doutait pas qu'un soutien-gorge puisse servir à faire apparaître les seins quand une femme l'enlève en présence d'un homme, ou... Vous comprenez ?

— Vous faites allusion aux seins de vos entraîneuses ?

— La première fois que j'ai voulu embrasser Tina dans la bouche, elle a reculé. Vous savez comment je lui ai déclaré mon amour ? Nous étions assis de part et d'autre d'une table basse dans le salon de ses parents, où nous nous trouvions seuls. Je l'ai regardée dans les yeux et je lui ai dit : "Tina, voulez-vous devenir ma femme ?" Nous ne nous étions jamais caressés, ni rien d'autre. Elle m'a répondu "oui" comme si nous étions déjà à l'église, et puis nous avons continué de nous regarder sans bouger. Un vieux couple à la fin de sa vie ! Deux jeunes gens de dix-huit ans dépassés par les événements... Moi, dix-sept ans et demi, comme dans le poème de Rimbaud : "On n'est pas sérieux quand on a dix-sept ans"... Or, j'étais sérieux comme un pape, tendu comme un joueur qui attend que son numéro gagne. Il devait être minuit. Les fenêtres étaient ouvertes. Il faisait doux. On était au mois de mai. Tina rompit le silence en proposant qu'on aille faire une promenade. Si elle n'avait pas pris cette initiative, nous serions restés là jusqu'à l'aube, et la bonne nous aurait découverts en arrivant, figés comme deux statues qu'elle aurait machinalement époussetées. Sur le boulevard, j'ai pris Tina dans mes bras. J'eus l'audace de guider sa main sous ma chemise pour qu'elle me caresse le dos. Elle croyait qu'il n'y avait qu'au cinéma qu'on s'embrassait dans la bouche. Après trois heures de ce qu'un commentaire critique des troubadours aurait appelé "un colloque amoureux entremêlé d'embrassades", nous ne savions plus trop quoi faire et nous nous sommes séparés pour nous retrouver le lendemain. Je n'avais pas les clés de chez moi. J'appelai ma mère d'une cabine téléphonique. Il me fallait une excuse sérieuse pour la réveiller en pleine nuit, et comme les écoliers qui, pour justifier une absence, prétendent que quelqu'un est mort dans leur famille, je m'entendis lui déclarer : "Je viens de rencontrer celle qui sera ma femme ! Nous allons nous fiancer ! Je l'aime, Maman, je l'aime. J'ai laissé mes clés à la maison ! Tu pourras m'ouvrir ?" (Ce passage plaisait beaucoup au Dr Zscharnack : "C'est très important, opinait-il, est-ce que vous vous rendiez compte de ce que vous disiez ? Non, n'est-ce pas ? Comme d'habitude !") Je n'avais jamais parlé de Tina à mes parents. Je ne tenais pas à les voir se mêler prématurément de cette affaire. Je ne voulais pas me sentir obligé de tenir compte de leur avis. Même leur approbation m'aurait gêné. Il serait toujours temps de leur en parler quand ce serait fait, me disais-je. Et cette nuit-là, ça y était ! La jeune fille qui grandissait quelque part dans le silence en attendant de me rencontrer, celle que mon père dans ses livres me désignait comme une "future compagne d'éternité", je l'avais demandée en mariage, je l'avais embrassée ! Dans la bouche ! Puisque l'éternité était en jeu, je n'étais pas à quelques heures près, mais pourquoi avais-je obéi au besoin irrésistible d'en informer ma mère ? Pourquoi ? Comme un homme marié qui apprend à sa femme qu'il a une maîtresse ! (Profonds soupirs de consternation du Dr Zscharnack...)

À peine rentré à la maison — merveilleux retour à pied, seul dans la nuit et le calme, méditant sur la réciprocité qui n'était plus un concept mais cet amour venu combler le même vide dans deux vies —, je redis à ma mère que j'allais me fiancer et me marier. Au lieu de m'écouter chanter les louanges de Tina, elle coupa court à mon lyrisme : "C'est très bien, et demain il faudra que tu le dises à ton père." (Zscharnack : "Nous y voilà !") J'aurais préféré attendre quelques jours, mais ma mère avait dit : "Demain ! Allez, va vite te coucher. C'est bien beau, ce que tu me racontes, mais il faut penser à dormir. À quelle heure veux-tu que je te réveille ?"

Je la connais mieux aujourd'hui, ma mère. Elle a dû penser : "Pour la première fois de sa vie qu'il embrasse une petite, il va se mettre dans la tête de l'épouser !" C'est ce qu'elle dirait maintenant, mais je ne suis pas sûr qu'elle l'ait pensé à l'époque. Il y a même un anachronisme à imaginer qu'elle ait pu avoir un tel recul. Elle l'a acquis peu à peu en voyant les mariages de ses six enfants battre de l'aile et voler en éclats, sans parler de ses petits-enfants qui lui ont présenté chacun un nombre incalculable de partenaires. C'est dommage que mon père soit mort sans avoir pu assister au défilé ininterrompu des garçons et des filles que ses petits-enfants amènent l'été dans la maison provençale qui fut la sienne. À moins que, lui vivant, on n'ait prié sa descendance de se tenir à carreau et de ne pas s'afficher avec *trop* de partenaires sexuels devant ce grand-père intelligent mais intolérant ? Mais il est difficile de connaître la pensée ou d'imaginer les réactions de quelqu'un quand il n'est pas là pour y consentir et vous y aider.

Je préparai ma rencontre avec mon père comme on prépare un examen, en relisant ce qu'il avait écrit sur les fiançailles. Beau sujet pour un tableau de genre ou un dessin d'humour : "Père apprenant que son fils veut se marier." Extrait des *Lettres à un jeune chrétien* de Franz Weyergraf, lues par son fils François quelques heures après son premier baiser dans la bouche : "Il y a une spiritualité propre au temps des fiançailles. Vous devez la découvrir ensemble. Je pense qu'il vous faut simplement trouver Dieu en tout. Ne dites pas *Seigneur, Seigneur !* mais que toutes vos conversations, que vous parliez d'un film, d'un livre, d'un paysage ou d'une belle façade, d'un coucher de soleil ou d'un enfant qui sourit, soient aimantées comme l'aiguille de la boussole et postulent le prolongement de cette vie dans l'éternité, la Présence souveraine et permanente de Dieu." Me suis-je jeté à genoux au pied de mon lit pour remercier Dieu de m'avoir conduit jusqu'à Tina ? Je crois bien que oui. À genoux devant mon nouveau sommier et mon nouveau matelas, entre lesquels je glissais mon sexe afin de simuler sans l'aide de la main les joies charnelles du mariage, comme un soldat à qui on apprend à tirer à blanc avant de l'envoyer sur le champ de bataille. (Aucune de mes comparaisons ne laissait insensible l'attentif Dr Zscharnack.)

Suite de la lecture de l'évangile selon Franz : "Nous réussirons ces exploits que le monde déclare impossibles : être chaste et fidèle." Tout à fait pour moi ! L'idée d'être chaste et fidèle me fascinait. Je serais chaste avec Tina et je lui serais fidèle. Je ne me masturberais plus jusqu'au bout ! Et j'irais moins souvent chez les entraîneuses. Il valait mieux faire des cadeaux à Tina que dépenser mon argent avec des professionnelles. Pourtant, aller voir des entraîneuses était un grand progrès de ma part. Un théologien que mon père respectait, le chanoine Mével, avait écrit qu'il valait mieux, pour un jeune homme, faire l'amour avec une prostituée que s'adonner seul dans son coin à la masturbation. Au moins le jeune homme entrait-il en communication avec autrui lorsqu'il était avec une pute, au lieu de se refermer égoïstement sur lui-même. Mon père : "Le mouvement qui te porte corps et âme vers cette fiancée qui t'est désignée de toute éternité, c'est un mouvement physique et métaphysique. Il est bon dans son essence. Il n'est que de le diriger. Pense à ce que ta fiancée réclame de toi : l'attention, la pureté, le respect. Ne pense pas à ce qu'elle pourrait donner : de l'esprit, on glisse au corps facilement. Un amour qui ne se manifeste pas par le respect ne mérite plus son nom." De telles consignes ne me faisaient pas ricaner. J'adhérais de toutes mes forces à ce que je considérerai plus tard comme des âneries. "De l'esprit, on glisse au corps facilement." Je me promettais de ne pas glisser de l'esprit au corps. J'admirais l'intelligence de Tina. Pour le corps, on verrait au moment du mariage. De grandes épreuves m'attendaient, dont je sortirais vainqueur. Mon âme en fusion serait immergée dans un bain froid et deviendrait de l'acier trempé. Mon âme serait une épée de combat, une lame de Tolède. Quand je me sentirais trop nerveux, j'aurais toujours la possibilité de faire un tour du côté de la gare du Nord. J'avais nettement progressé : je payais dorénavant mes visites avec l'argent de mes articles. Mon père me disait : "Il y a un ordre des valeurs. Tu reconnaîtras avec moi qu'en restant chaste malgré les appels de la chair, tu appelles à ton aide des valeurs plus hautes que celles dont l'intelligence est la commune mesure." Il écrivait : "Nous savons, d'une douce et ferme certitude, que tout homme est un tabernacle vivant." De mon côté, je savais d'une douce et ferme certitude que les belles entraîneuses — des tabernacles vivants — me donnaient accès à des valeurs pas nécessairement plus hautes que celles que me fournissait mon intelligence, mais plus enthousiasmantes. Le vrai tabernacle, me disais-je, écoutant les appels de la chair — une expression qui me rappelait un de mes livres d'enfant, *L'Appel de la forêt* —, le vrai tabernacle, ne serait-ce pas le soutien-gorge de ces jeunes femmes, contenant de si délicieuses hosties ? Une de mes dernières découvertes était le *Bazooka Bar,* avec une arrière-salle immense qui servait de dancing, à peine éclairée par un juke-box multicolore qui brillait dans le fond, aussi émouvant pour moi que, pour un chrétien, ces lampes à huile qui signalent dans les églises la présence du Saint Sacrement. Il y avait toujours une dizaine de sensuelles silhouettes féminines apparemment désœuvrées qui se disputaient le plaisir de danser avec moi dès que j'arrivais. J'ai toujours vu cet endroit à peu près désert. Je suppose qu'il y avait foule en pleine nuit. Je dansais avec l'une, avec l'autre, avec une troisième, qui se serraient bien fort contre moi et me tripotaient l'entrejambe jusqu'à ce que je me décide à en choisir une et me laisse entraîner dans un coin sombre où j'étais prestement déculotté. Je rêvais de tourner un film dans ce décor. Je travaillai à une adaptation de *Sylvie.* Gérard de Nerval avait écrit : "Je sortais d'un théâtre où, tous les soirs, je paraissais aux avant-scènes en grande tenue de soupirant." Je remplaçai le théâtre par le *Bazooka Bar,* et la comédienne par une entraîneuse en guêpière.

J'écrivais des poèmes en prose pour Tina, de vrais cryptogrammes où je dissimulais sous un vocabulaire emprunté aux surréalistes des désirs que je ne tenais pas à rendre plus explicites. Je rédigeais aussi des vers de mirliton que je récitais aux filles du *Bazooka Bar.* Ils les faisaient rire et me donnaient droit à de langoureux baisers non facturés, mais jamais dans la bouche. Je me souviens de ce distique :

L'amour est un prêté rendu
Par le sexe, bien entendu !

Mon père avait chaleureusement approuvé ma décision de me fiancer et il était prêt à adopter Tina, dont le père ne devait pourtant mourir que l'année suivante.

— Nous en avons fini avec les entraîneuses de Bruxelles ? se hasarde à me demander Zscharnack. Oui ? Vous n'aurez pas manqué de vous rendre compte, très cher, que vous entreteniez avec elles des rapports parfaitement incestueux. Je vous l'indique puisque vous avez l'air de vouloir changer de sujet. Je suppose que nous allons cependant rester dans le même feuilleton, "Les aventures du jeune François, ou Comment je ne suis pas encore arrivé à me dégager de ma famille"...

— C'est vrai que ces filles qui me prenaient sur leurs genoux pendant que je leur suçais les seins, c'est assez maternel comme image. Mais quand elles me branlaient ?

— Ou branlochaient gentiment...

— Quand elles me faisaient quand même...

— Éjaculer ? Un vieux rêve de nourrisson, mon cher !

— Et le *Bazooka Bar,* c'était la chambre de mes sœurs ?

— Ne nous emballons pas ! Vous avez parlé d'église et de tabernacle, mais n'allez pas vous croire plus audacieux que vous ne l'êtes. Je pourrais vous citer les fantasmes de l'un de vos semblables, qui rêvait d'introduire une hostie dans le vagin de sa compagne — une hostie consacrée, c'est un détail que vous êtes à même d'apprécier — afin que son gland s'en trouve en quelque sorte chapeauté lors de la pénétration. Vous voyez qu'il vous reste bien des progrès à ne pas faire... Revenons à l'accueil réservé à votre promise par monsieur votre père.

— Sachant que je partirais pour Paris dans quelques mois, mon père pensa-t-il que cet amour m'aiderait à résister aux appels de la chair ? Ma fiancée serait sa nouvelle fille, me dit-il. Il le dit aussi à Tina : "Vous êtes ma sixième fille." Il en faisait une de mes sœurs !

— Pour vous convaincre qu'il ne coucherait pas avec elle...

— Ou pour la faire entrer dans la grande marmite où il remuait jour et nuit son mélange fait maison de maris qui sont les enfants de leur femme et de mères de famille qui sont les sœurs de leurs enfants.

Quand je voyais le Dr Zscharnack, je n'avais pas lu aussi attentivement qu'aujourd'hui les œuvres de mon père, sinon j'aurais pu lui apporter une petite anthologie qui l'aurait édifié. Mais une partie des livres de mon père n'étaient pas encore écrits lorsque je suivais cette cure de psychanalyse, notamment ceux où il entraîne son lecteur dans les montagnes russes des ascendances et descendances, dans la jungle des liens de parenté. Tina n'était pas très désireuse de devenir la nouvelle fille de mon père, et moi non plus, je ne tenais pas à ce qu'elle le soit. À peine mariés, nous recevons par la poste le nouveau livre de mon père, et que vois-je au milieu de la page 85 ? "J'ai conduit ma nouvelle fille à la découverte de la Provence." Page 89 ? "Ce n'est pas seulement à la Provence que j'introduisais ainsi ma nouvelle fille, mais aussi..." Lui-même, à une autre page, se nomme grand frère bourru en s'adressant à ses enfants : "ce grand frère bourru et violemment tendre que vous appeliez papa." Grand Frère Bourru ! On dirait un nom de guerrier sioux ! Cet homme aimait tellement ses enfants qu'il était prêt à déformer ou transformer tout ce qui risquait de les éloigner de lui. Il acceptait qu'ils se marient. Normal. Le mariage, c'était son cheval de bataille, son fonds de commerce et son Saint-Graal. Mais encore fallait-il que je me marie avec sa nouvelle fille, et fallait-il que cette nouvelle fille, pour être bien sûr que je ne m'éloigne pas trop — il n'aurait pas dû s'inquiéter, je deviendrais bientôt agoraphobe —, me rappelle ma mère, c'est-à-dire sa femme, pendant que moi-même, Dieu sait pourquoi, je lui rappelais son père. Comme j'ai l'impression d'être en train d'exagérer, je rouvre son livre. Page 154 : "Mon fils est peut-être plus proche de moi depuis son mariage. Il me ressemble mieux. Nous avons en commun d'être mariés, tous les deux. Sa mère et sa femme se ressemblent sans doute pour lui, comme lui-même et mon père se ressemblent pour moi. On dirait que de nouvelles attaches se nouent quand les anciennes se défont. Lui, il me connaîtra quand il aura un fils, et qu'il apprendra à le connaître."

Pas de chance ! J'ai eu deux filles, ce que mon père, parti dans son grand huit des degrés de parenté, n'a même pas eu l'idée d'imaginer. Il écrivait pourtant un livre, il ne me passait pas un coup de fil. Ces phrases, il les a lues et relues, il les a tapées à la machine. Il écrit que je lui ressemble mieux depuis mon mariage. Ce "mieux" vaut de l'or en barre ! Avant, je ne lui ressemblais pas assez ? Il aurait été bien inspiré de me faire corriger les épreuves comme dans le bon vieux temps. Peut-être aurait-il aimé que je vienne discuter de ce livre avec lui, pendant qu'il l'écrivait dans son prieuré provençal ? Je ne serais pas aujourd'hui, trente ans après la parution de cet ouvrage — son best-seller, cela dit — et vingt ans après la mort de l'auteur, en train de perdre mon sang-froid devant des pages dont j'irai jusqu'à dire qu'elles sont plutôt flippantes.

Quand il a publié *L'Enfance de mes enfants* — deux cent mille exemplaires vendus, sans compter une dizaine de traductions — mon père était loin de s'imaginer que j'écrirais des livres à mon tour. En 1964, j'étais un auteur de films. Je n'avais pas encore obtenu l'Oscar du meilleur film étranger, mais chacun de mes courts métrages avait récolté des prix dans différents festivals. Mon père parlait de moi dans ses livres sans me demander mon avis. Qu'il l'ait fait quand j'avais six ans, passe encore. Mais quand j'en avais vingt-quatre ! Et pas dans des romans. Non ! Dans des essais ! "Ce livre n'est rien d'autre que le journal de bord d'une famille nombreuse, écrit par le père, mais vécu par les époux avec leurs enfants", a-t-il laissé imprimer (ou demandé qu'on imprime, ou écrit lui-même) sur la quatrième page de couverture d'un livre paru, celui-là, en 1958. Il ne nous quittait pas même dans ses livres. Tant qu'il parle de lui, c'est intéressant, comme toujours quand quelqu'un parle de soi. L'ennui, c'est qu'il se répand en conseils donnés à la terre entière sur la façon de faire l'amour dans le mariage et d'élever ses enfants.

Pauvre Tina, elle ne savait pas avec le fils de qui elle se mariait, même après quatre ans de fiançailles.

Nous avions commencé à nous embrasser au mois de mai, et début juillet la longue Cadillac blanche de son père la déposait au prieuré où elle resta trois semaines en partageant la chambre de deux de mes sœurs. Ce fut un vrai supplice. Quand tout le monde allait se coucher, je ne tenais plus en place. Tina m'embrassait dans le couloir et disparaissait dans la chambre la plus proche de la mienne. De l'autre côté d'un mur du XVe siècle, elle rangeait son soutien-gorge sur une chaise ! Le matin, je la croisais à la porte de la salle de bains, dans son ravissant peignoir. On était loin du *Bazooka Bar* ! J'en étais réduit à me masturber moi-même au milieu de la nuit, pendant que me parvenait le son étouffé de la machine à écrire de mon père qui profitait du calme revenu — croyait-il ! — pour terminer un article en retard. Je pratiquai le plus souvent la *masturbatio interrupta,* sans savoir que c'était mauvais pour mes nerfs, et persuadé que ce serait bon pour le salut de mon âme. Renoncer à l'éjaculation au dernier moment était un signe de la prééminence de ma personne spirituelle sur mon animalité. Saint Paul n'avait-il pas écrit que le corps est le temple du Saint-Esprit ? Je n'allais pas faire glisser le Saint-Esprit sur du sperme ! Je ne fus pas peu surpris d'apprendre par la suite que ma technique n'avait rien de personnel. Nous étions nombreux de par le monde à ne pas aller jusqu'au bout. Un Allemand avait publié dans la *Zeitschrift für Sexualwissenschaft* — et dès 1908, je le précise — un article sur de jeunes Prussiens et autres Poméraniens qui s'adonnaient comme moi aux joies “rétensives” de la masturbatio interrupta. Les névrosés, précisera Karl Abraham en 1910, pensent que la perte séminale leur fait du tort et se satisfont de pratiques interrompues avant l'éjaculation. Ils s'imaginent alors qu'ils ne se sont pas masturbés. Tout à fait moi ! J'aurais compensé la renonciation au plaisir final par des plaisirs préliminaires plus importants, mais l'excitation sexuelle qui n'est pas satisfaite se change en angoisse, affirme Karl Abraham qui n'est pas un plaisantin.

Dans mon souvenir, je n'étais pas tellement angoissé en prenant le petit déjeuner avec Tina sur la terrasse. Nous avions plutôt peur des guêpes qui se posaient sur nos tartines. J'aurais aimé revoir Maryse. J'étais allé à la ferme, mais j'avais appris qu'elle ne viendrait pas cet été. Elle s'était mariée en juin parce qu'elle était enceinte, "et même pas avec le père de l'enfant", avait ajouté le fermier. "Elle a suivi le premier qu'elle a vu !" Je n'allais pas lui faire l'éloge de Maryse pendant qu'il me complimentait sur ma fiancée.

Quatre ans de fiançailles ! Un spéléologue qui n'avait passé que soixante jours dans un gouffre en a fait un livre. Il avait attendu soixante jours avant d'appeler la corde qui le remonterait, et tout le monde le félicita pour sa volonté ! Moi, quatre ans ! Quatre ans à écrire des lettres à Tina, des lettres qu'elle refuse de me rendre, des lettres qui m'auraient aidé à écrire mon livre. J'y aurais trouvé plein de renseignements de première main sur ma vie entre 1958 et 1961, pour m'en tenir aux fiançailles. C'est comme les lettres que j'ai écrites à mon père. Il conservait son courrier. Où sont-elles, ces lettres ? Impossible de mettre la main dessus. Ma mère m'a dit récemment qu'elle les avait jetées. Elle aurait pu penser qu'on ne jette pas les lettres d'un écrivain. Elle n'a gardé, m'assure-t-elle, que les cartes postales. Pour les images, peut-être ?

J'ai du mal à croire que ma mère ait pu se résoudre à jeter mes lettres. Je ne la vois pas qui les retrouve dans les affaires de mon père, longtemps après sa mort, et qui se dit : "Tiens, des lettres de François ! Qu'est-ce que ça fait là ? Poubelle..." J'aurais pu recevoir un petit mot : "Veux-tu récupérer les lettres que tu as envoyées à ton père ?" Il y avait là-dedans tous les projets dont je lui ai fait part, et même cette lettre que je lui écrivis en essayant d'analyser un de ses livres que je n'avais pas réussi à lire jusqu'au bout, tant le livre et l'auteur m'avaient énervé. Mes lettres ne méritaient peut-être pas, en effet, de finir ailleurs qu'à la poubelle. Les relire m'aurait déprimé. J'aurais été mis devant cette évidence : je n'avais pas réussi à faire ce que je rêvais de faire, je n'avais tourné aucun de ces films mirobolants dont je parlais à mon père et qu'au fond de moi je n'avais pas envie de tourner puisque je ne les ai pas tournés, par lâcheté, orgueil, mollesse, névrose, paresse, manque de discipline, peur — peur de signaler à tout le monde : "C'est moi ! Je suis là ! J'existe ! Faites-moi de la place ! À mon tour ! Je ne suis pas n'importe qui !" Le mot "peur" ne convient pas. Je luttais tellement contre mes désirs indécents de toute-puissance que je n'avais plus de force pour autre chose. Ce n'était pas : "Faites-moi de la place !" que je pensais, mais : "Tirez-vous, bande de cons ! À genoux ! À genoux devant Sa Seigneurie Moi-Même !"

Comme je bénis ma mère d'avoir jeté toutes mes lettres à mon père ! Une sagesse de sainte femme ! Elle n'aime pas remuer le passé. Je lui donne raison. Elle a quatre-vingts ans. Je ne vais pas l'inquiéter avec ces broutilles. Je comprends qu'on ait demandé des comptes à un Heidegger octogénaire sur son passé nazi, mais ma mère ! Parce qu'elle aurait jeté mes lettres ! J'entends encore sa voix charmante, la voix d'une jeune fille qui obtint régulièrement le premier prix de politesse entre les deux guerres dans la Cité des Papes : "Je n'ai gardé que les cartes postales."

Les scénarios de films que j'envoyais à mon père, je les racontais aussi au Dr Zscharnack. Lui, ce n'était pas un homme à jouer au gourou qui vous rencontre dans la forêt : "Mon pauvre enfant, pourquoi êtes-vous malheureux et plein d'anxiété ?" C'était un rationnel, Zscharnack. On pouvait y aller carrément, avec lui. Mais je n'en ai pas profité. Il passait son temps à me dire : "Mon vieux, le catholicisme vous colle à la peau. Ce ne sera pas commode de vous en débarrasser. Ce n'est pas aussi simple à enlever qu'un vêtement." Il me voyait sur le point de comprendre quelque chose et je reculais, effrayé par mes propres découvertes. Que je veuille faire des films ne l'excitait pas outre mesure. Que je sois marié avec Tina non plus. Tout ce que mon père approuvait, Zscharnack s'en méfiait. Je lui racontais mes scénarios et il ne se gênait pas pour me dire : "C'est une façon d'essayer de vous en sortir, mais rien n'indique que ce soit la bonne."

Une façon d'essayer de m'en sortir... Il en existait donc au moins une autre ? Cette phrase sceptique — une douche froide — ne me condamnait pas au désespoir, mais je ne comprenais pas si elle s'appliquait à mes scénarios ou à ma vie, au comportement de mes personnages ou à celui de ma personne. Était-ce moi qui faisais fausse route en voulant tourner des films ? Était-ce le héros de *La Grande Amuseuse* (titre provisoire de mon premier long métrage de fiction) qui avait tort d'hésiter entre deux femmes pendant qu'il mettait en scène un opéra ? Je ne savais pas que mon cas s'aggraverait au fil des ans jusqu'à me retrouver en train d'hésiter entre une dizaine de femmes au lieu de m'en tenir sagement à deux comme dans *La Grande Amuseuse,* un titre auquel Jacques Demy m'avait suggéré de renoncer : "*L'Amuseuse,* si tu veux, mais pas *La Grande Amuseuse* !" J'aurais mieux fait de vivre comme dans mes scénarios, et de mettre dans mes scénarios ce qui me compliquait la vie. Pauvre François, toujours en quête d'une façon de s'en sortir qui soit enfin la bonne !

M'en sortir de quoi ? Comme si je ne savais pas, en écoutant les commentaires de Zscharnack, que j'étais agoraphobe au dernier degré ! Claustrophobe, aussi. Et sujet à des crises de tachycardie ! Et, *last but not least,* marié !

Le premier neuropsychiatre venu vous dira que l'agoraphobie est la plus handicapante des névroses phobiques de l'adulte.

Dans l'ordre, il y eut donc : primo, mon mariage, secundo, la tachycardie, tertio l'agoraphobie.

La rue de l'Odéon où j'habitais au moment de mon premier accès d'agoraphobie a le grand désavantage, pour qui se découvre atteint de cette infirmité psychique, d'être située entre deux places. Entre ces deux places qui se disent en grec *agora*, un agoraphobe était fait comme un rat. Le joli verbe *agorazô* qu'on trouve chez Thucydide, Hérodote, Xénophon ou Aristophane, et que je traduisais quelques années plus tôt, selon le contexte, par "je flâne sur la place publique" ou "je vais au marché", n'était plus pour moi.

"La tachycardie n'est rien à côté de l'agoraphobie", aurait pu déclarer le professeur François Weyergraf devant des candidates à l'examen d'entrée dans une école d'infirmières, "la tachycardie est à l'agoraphobie ce que la cocotte-minute est à un haut fourneau. Une crise de tachycardie est impressionnante mais ne résiste pas à une bonne piqûre dans la fesse. Injectez dix milligrammes de quelque benzodiazépine, et on n'en parle plus ! Je recommande le diazépam, commercialisé sous le nom de Valium. Quant à la claustrophobie..."

Me voilà lancé ! J'aurais adoré donner des cours à ces jeunes filles dont les évidentes qualités morales me faisaient défaut — l'altruisme, la compassion, le besoin de dévouement. "Quant à la claustrophobie, Mesdemoiselles, très mal vue par les compagnies aériennes qui veulent à tout prix remplir leurs avions, s'il lui arrive d'accompagner l'agoraphie, c'est à la manière de ces oiseaux qui s'installent sur le dos des rhinocéros ou qui vont picorer dans les mâchoires des crocodiles. La claustrophobie est un parasite de l'agoraphobie." Le vieux rêve machiste : épouser une infirmière ! C'est un peu ce qui m'arriva. Bon gré mal gré, Tina devint mon infirmière, dans une spécialité à laquelle j'eus l'honneur de la former : infirmière d'agoraphobe. Dans l'épreuve, cette jeune femme révéla des trésors de bienveillance et d'abnégation. "Je ne souhaite à aucune d'entre vous, Mesdemoiselles, d'épouser un agoraphobe. Vous me direz que ce n'est pas écrit sur le minois des jeunes gens par qui vous vous laissez faire la cour. Posez adroitement l'une ou l'autre question. Fut-il brutalement décalotté lors d'une première visite médicale à l'école ? À ce propos, puis-je vous conseiller de faire circoncire vos nouveau-nés ? Votre futur mari a-t-il eu affaire à l'ordre des prostituées, famille des entraîneuses, genre branleuse, espèce Benelux ? Et sa mère ? Méfiez-vous d'un garçon qui aime trop sa mère, c'est un agoraphobe en puissance. Le père, me demandez-vous ? Nous entrons là dans un domaine si vaste... Je terminerai mon cours ici. Je vous rappelle que la claustrophobie n'est parfois qu'une simple phobie des moyens de transport." C'était ce qui m'était arrivé à New York quand les responsables du *Film Department* du Musée d'art moderne m'avaient invité à venir présenter mes courts métrages et à faire une conférence. Apothéose du petit garçon qui accompagnait son père dans les ciné-clubs du Vaucluse et du Brabant wallon ! J'aurais voulu les voir, les dirigeants de ciné-clubs qui m'avaient snobé, lorsque mon nom figura sur une affiche du Museum Of Modern Art, 53e Rue Ouest à New York City ! Comme les généraux romains qui obtenaient les honneurs du Triomphe, j'aurais mieux fait d'avoir un esclave placé derrière moi pour me dire de temps en temps : "Souviens-toi que tu n'es pas grand-chose."

Un beau matin, après plusieurs jours de succès — projections, conférences (en français), invitations flatteuses — je me réveillai claustrophobe. Je fus pris d'une crise d'angoisse dans l'ascenseur de l'hôtel. Je demandai qu'on me donne une chambre au premier étage. Quand je me souvins que j'allais devoir prendre un avion pour rentrer en Europe, j'eus la plus violente diarrhée de ma vie. Chaque fois que je pensais à cet avion, j'avais des spasmes et des nausées. J'eus l'excellente idée de me confier à un jeune critique de cinéma qui avait aimé mes films et avec qui je me sentais en confiance depuis qu'il m'avait raconté qu'on l'avait interné pendant quelques mois dans un hôpital psychiatrique. Il m'obtint un rendez-vous avec le bon Theodor Reik qui me débarrassa de ma claustrophobie en deux temps trois mouvements, me faisant asseoir en face de lui et commençant par me prévenir que la rencontre avec soi-même est rarement une expérience plaisante. "Je ne vais pas avoir le temps de vous soigner, mais nous allons nous arranger pour que vous puissiez prendre votre avion."

Le Dr Zscharnack n'aimait pas que je lui parle de mes trois ou quatre séances avec Reik. À mon avis, il était jaloux. Reik avait bien connu Freud, et lui pas. Pour l'énerver, je lui demandai s'il ne trouvait pas que ma psychanalyse express avec Reik était comparable à la rencontre de Gustav Mahler avec Freud, quand les deux hommes avaient passé un après-midi ensemble en Hollande.

— Ce n'est pas en se promenant au milieu des tulipes et des boules de gouda qu'on soigne quelqu'un. Freud n'arriva même pas à érafler le blindage de la névrose obsessionnelle de Mahler ! Personne n'y serait arrivé en si peu de temps. Et vous ne devriez pas, mon cher, vous plonger dans cette musique, hm..., dans cette ensorcelante affliction...

Reik m'avait dit que Freud avait lui aussi souffert d'agoraphobie, ce que Zscharnack avait l'air d'ignorer, puisqu'il avait bondi de surprise : "Quoi ? Freud était agoraphobe ?" D'un ton très dégagé, sans réprimer un petit sourire de satisfaction, j'avais confirmé : "Je le tiens de Reik lui-même. Freud avait hésité devant lui à traverser une rue et lui avait confié : « C'est la trace d'une agoraphobie mal liquidée. » Je vous demande, docteur, d'être plus efficace avec moi que Freud avec lui-même."

L'agoraphobie m'empêchait d'exercer quelques-uns de mes talents : regarder les femmes dans la rue — ma spécialité —, rêver devant toutes sortes de vitrines, me sentir heureux tout simplement parce que je suis en train de marcher. Descendre acheter le journal était devenu un problème. Pour les cigarettes, ça allait, j'achetais plusieurs cartouches à la fois. Traverser le carrefour de l'Odéon devint aussi dangereux que si j'avais été un des premiers soldats obligés de débarquer sur la plage d'Arromanches. Ne parlons pas de la place de la Concorde : autant vouloir traverser le désert de Gobi dans sa longueur (1 500 kilomètres). Si je m'éloignais de plus d'une cinquantaine de mètres de la porte d'entrée de notre immeuble, j'étais persuadé que j'allais m'évanouir. J'avais l'impression de manquer d'oxygène, mes muscles respiratoires n'allaient pas tarder à être paralysés. Je m'appuyais aux façades et je progressais centimètre par centimètre, dans un état de tension extrême. Je renonçai vite à ces efforts démesurés — je n'y renonçai même pas, j'en devins incapable et je me vis contraint de me réfugier à la maison.

Pour me déplacer, j'avais aussi renoncé au métro. La claustrophobie avait réapparu. Il ne manquait plus qu'une bonne crise de tachycardie. La première fois que j'eus une crise de tachycardie, ne sachant pas ce que c'était, je crus que j'allais mourir (le cœur bat si fort, le sang circule si vite qu'on n'a plus la moindre perception de ses bras et de ses jambes). La crise avait commencé pendant que je conduisais. Je venais de faire un détour par la rue Pigalle, pour voir les prostituées. En roulant vers Barbès, j'avais senti des picotements aux mains. J'eus l'impression qu'un faux contact amenait du courant électrique dans le volant. Je réussis à rentrer chez moi et je m'étendis sur le lit en disant à Tina : "Je vais mourir. Appelle vite un médecin." J'avais pensé :

"C'est injuste de mourir alors que les autres vont continuer de vivre !" Un jeune médecin prononça devant moi le mot "tachycardie" et me fit la piqûre qui deviendrait rituelle. Cette crise eut lieu au tout début de notre mariage. Aurais-je dû écouter le médecin qui m'avait conseillé d'aller passer un mois au bord de la mer ? D'après lui, l'océan Atlantique m'aurait fait du bien. Tina m'avait rassuré. Pour elle, j'étais un artiste, et il ne fallait pas s'étonner que je sois plus sensible que la moyenne des gens. L'agoraphobie nous inquiéta davantage, deux ans plus tard.

J'aimais prendre le métro, mais d'un jour à l'autre mes crises d'angoisse m'en interdirent l'accès. Pourtant, dans le métro, je me livrais à de l'anthropologie culturelle appliquée — une discipline que j'avais découverte en préparant l'examen d'entrée à l'IDHEC — et je m'intéressais au milieu socio-culturel commun à tous les occupants de la rame. Je remarquais les personnalités individuelles — souvent de très jolies femmes — qui manifestaient leurs propres inclinations tout en passant des compromis avec les modèles culturels fournis par le groupe organisé auquel nous appartenions. Ce vocabulaire m'enchantait. Je le trouvais moins insupportable que celui de la religion, même s'il était plus facile à caricaturer. Grâce aux anthropologues américains, je ne voyais plus le catholicisme comme avant. Il ne s'agissait plus de croire mais de produire des formes de comportement qui soient profitables. J'écrivis même une lettre à mon père sur le thème : "le catholicisme est une habitude", lettre que je déchirai au lieu de la poster.

Je dus me placer sous la sauvegarde des chauffeurs de taxi. Les taxis étaient "sécurisants", pour employer un mot apparu dans le champ psycho-social de cette époque. Je ne me sentais pas prisonnier dans un taxi, puisque je pouvais demander à tout moment au chauffeur de s'arrêter. Je pouvais baisser la vitre dès que j'étais repris par la peur d'étouffer, même si, en hiver, je me faisais insulter par les chauffeurs qui me permettaient ainsi de retrouver pour leur répondre le ton rogue et cassant qui était le mien quand j'avais dix-neuf et vingt ans, et auquel j'avais renoncé en payant le prix fort comme chaque fois qu'on refoule un peu de cette agressivité pourtant si nécessaire afin d'empêcher les autres de vous prendre pour une serpillière.

Quand j'appelais un taxi par téléphone pour qu'il me conduise de la rue de l'Odéon au Trocadéro, il n'y avait aucun problème, mais les taxis refusaient de me prendre quand je leur demandais de me conduire au bout de la rue. J'agitais un billet de banque sous les yeux du chauffeur : "Avancez-moi de deux cents mètres et c'est à vous !" Il se méfiait, fermait les portières de l'intérieur et démarrait en trombe. On me répondit même : "Je vais te conduire chez les fous, si tu insistes." Le petit trajet est le chemin de croix de l'agoraphobe.

Aussi, quand je voulais aller rue de l'Ancienne-Comédie ou rue de Condé — à trois minutes à pied de chez moi pour quelqu'un de normal, ou pour un agoraphobe guéri, ou pour un agoraphobe tenant un chien en laisse — je disais au chauffeur de me conduire à l'autre bout de Paris, ou je m'écriais d'un air affairé : "À Orly ! Dépêchons-nous ! Mon avion décolle dans cinquante minutes !" et dès que la somme inscrite au compteur était suffisamment élevée, je disais : "J'ai oublié mon passeport !" (dans la version du départ pour Orly) ou : "J'ai une course plus urgente à faire, ramenez-moi du côté de l'Odéon", afin de me faire déposer à deux cents mètres de mon point de départ, là où je souhaitais me rendre depuis le début. Combien de fois Tina ne fut-elle pas obligée de venir me chercher dans des endroits où j'avais réussi à arriver mais d'où je ne pouvais plus repartir, notamment aux heures de pointe, quand je ne trouvais pas de taxis !

Tina fut d'une grande gentillesse avec moi, du moins jusqu'au jour où elle déclara : "Je n'ai jamais été heureuse avec toi !", mais je supportais mal qu'elle soit témoin de ce que j'appelais mes errements agoraphobiques et parfois phobiques tout court. D'une façon presque inévitable, je me tournai vers d'autres femmes. Je réussissais sans trop de peine à leur dissimuler que j'étais atteint d'agoraphobie : les mensonges aux chauffeurs de taxi m'avaient servi d'apprentissage.

Je n'étais plus capable de me rendre seul dans des lieux publics, galeries ou salles de spectacles. Quand Tina préférait ne pas sortir et que j'avais envie de voir un film — mieux encore : quand Tina s'absentait — je cherchais dans mon carnet d'adresses à quelle femme je pouvais me permettre de demander à neuf heures du soir de m'accompagner au cinéma à la séance de dix heures. Il fallait aussi qu'elle ait une voiture et qu'elle passe me prendre. Après le film, pour la remercier je l'invitais à dîner et — qu'y puis-je ? — je lui faisais la cour. Ces femmes, qu'en général je connaissais à peine, s'étonnaient sans doute de l'intérêt soudain que je leur marquais et de mes confidences inattendues : à la fin du repas, mis en confiance, j'allais parfois jusqu'à leur avouer que j'étais agoraphobe, ce qui ne manquait jamais de les intéresser et parfois de les attendrir. De même que certains hommes n'aiment que des boiteuses, certaines femmes étaient prêtes à passer la nuit avec un agoraphobe. Je m'enhardissais et parlais de la claustrophobie. Qu'à cela ne tienne ! Elles étaient prêtes à passer la nuit avec un claustrophobe aussi, du moment qu'il ne le soit pas dans leur chambre. Je disais que j'avais peur de devenir fou dans les salles de cinéma et dans le métro. Résumait-elle l'opinion générale, ou fut-elle un cas à part, celle qui me répondit : "Tu ferais mieux de devenir fou dans mes bras" ? Malheureusement il n'en était pas question. Il était tard et il fallait que je rentre, sans quoi ce serait Tina qui deviendrait folle, et je ne voulais pas qu'elle s'inquiète. À moins que... "Que quoi ? — À moins que tu ne me ramènes en voiture chez moi après ?" Isabelle accepta et je connus avec elle ce que mon père aurait appelé “la débauche et la trahison”. Pour Tina, je rentrais d’une projection privée qui avait commencé à minuit. Je venais de commettre mon premier adultère, qui représentait sans nul doute, pour un agoraphobe, ce que la psychanalyse appelait le bénéfice secondaire de la maladie : autrement dit, si je n’avais pas été malade, je ne me serais pas retrouvé dans les bras d’Isabelle.

Nous recommençâmes une dizaine de fois. Elle m’attendait dans sa voiture en bas de la maison. Je lui donnais rendez-vous quand Tina suivait ses cours à la Sorbonne. J’espérais naïvement que faire l’amour avec Isabelle me guérirait. Je racontais à Tina que j’allais mieux et que je redevenais capable d’aller seul au cinéma. Isabelle eut la malencontreuse idée de m’envoyer une lettre d’amour que je fis la bêtise de laisser traîner. Tina, l’ayant lue, me dit qu’elle ne pourrait plus jamais avoir confiance en moi. Je réussis à la persuader que c’était la lettre d’une folle qui me poursuivait depuis qu’elle m’avait vu au festival du court métrage de Tours, bien avant notre mariage. Isabelle, qui me faisait écouter chez elle des disques de Mozart, avait heureusement signé “Dorabella”, ce qui avait empêché Tina de comprendre que c’était Isabelle Érard, une jeune actrice dont on parlait en 1964 et que j’avais rencontrée — c’était la version officielle — pour lui proposer le rôle principal de mon prochain film. J’avais rapporté une dizaine de photos d’elle à la maison et Tina la trouvait très bien jusqu’à l’arrivée d’une autre lettre au dos de laquelle Isabelle avait écrit son nom et son adresse. Tina s’empara des photos et, en pleurant et en me donnant des gifles et des coups de poing, elle déchira les agrandissements en petits morceaux qu’elle essaya de faire entrer dans ma bouche : “Embrasse ses genoux ! Là, regarde, embrasse les genoux de ton amour ! Passe ta langue sur sa poitrine ! Tu préférerais qu’elle soit toute nue, hein ! C’est ça que tu voudrais ! Et ses grosses fesses ! Tu en veux aussi, de son cul ?” Elle criait, elle pleurait, elle s'en voulait de s'être fait du mauvais sang pour moi, d'avoir téléphoné à des médecins en pleine nuit pour qu'ils viennent me faire des piqûres, alors que j'avais trouvé une garde-malade plus obligeante : "C'est moi qui trinque parce que je suis au courant de toutes tes misères, et tu vas parader chez ton grand amour ! Est-ce qu'elle avale ton sperme, elle aussi ? Tu es un salaud ! Tu es un sale type !" J'avais répondu que je ne faisais pas l'amour avec Isabelle, mais que nous écoutions des disques et que nous parlions du scénario. La fureur de Tina avait redoublé : "C'est mon scénario ! Les meilleures idées sont de moi ! Je te défends de parler de mes idées avec elle." Je m'étais dit que ce serait une bonne scène dans un film. Elle sortait nos disques de leur pochette et les brisait l'un après l'autre. Je vins à son secours : "Si tu veux que ça aille plus vite, je peux aussi en casser quelques-uns." Le résultat de cette empoignade fut que je cessai de voir Isabelle, qui avait d'ailleurs un autre amant qu'elle épousa peu de temps après.

Il n'y a pas mille manières de se disputer dans un couple, ni mille raisons d'en arriver là. Les détails varient, mais nous étions entrés, Tina et moi, dans une catégorie de comportement où notre marge d'invention était réduite. "Nous n'allons pas nous conduire comme la moyenne des gens, lui avais-je dit. Il faut que notre amour échappe à une conduite standard, y compris celle de savoir si je te trompe." Elle opposait mon comportement à mes déclarations qu'elle traitait de "verbalisme", et elle n'avait pas tort.

Tout ça n'arrangeait pas mon agoraphobie. J'avais consulté deux neurologues qui m'avaient prescrit l'un et l'autre des médicaments si puissants qu'il n'y avait même pas besoin d'avaler tout le contenu du tube pour se suicider. Dès que les comprimés commençaient à faire de l'effet, je n'étais plus capable de tenir debout et j'allais m'allonger sur le lit, la tête penchée comme

Marat assassiné dans sa baignoire. Je n'avais plus la force de quitter l'appartement, ce qui était une façon radicale de ne pas éprouver d'angoisse dans la rue ! C'est alors que je pris rendez-vous avec le Dr Zscharnack. Les psychanalystes ne donnent pas de médicaments.

— Docteur, j'ai besoin d'être reçu le plus vite possible.

— C'est quoi, votre urgence ?

— Agoraphobie galopante, si j'ose dire !

Il me donna rendez-vous le lendemain matin, et me conseilla d'imaginer, au moment de m'endormir, que je n'éprouvais plus la moindre difficulté à marcher dans les rues. Il n'était que neuf heures du soir et j'allai immédiatement me mettre au lit. Je m'empressai de fermer les yeux et je me vis en train d'accomplir des prouesses. Zscharnack m'avait-il hypnotisé à distance ? Je me voyais marcher le long des quais, de Saint-Michel au pont de la Concorde. Je traversais ce pont sans avoir peur qu'il ne s'effondre. Ensuite, je traversais la place de la Concorde comme si de rien n'était. Et la porte de Saint-Cloud ? Je la traversais aussi ! Comme dans du beurre ! Et si j'essayais de prendre le métro ? Non ! Il ne fallait pas tricher. Le docteur avait dit : "Essayez de vous voir en train de marcher sans angoisse dans la rue." Revenu place de la Concorde en traversant la place du Trocadéro et la place de l'Alma, je rentrai sans encombre à la maison, par la rue de Rivoli et le Pont-Neuf. Le lendemain matin, je me levai bien avant Tina, je préparai le petit déjeuner et je me rendis à pied chez le Dr Zscharnack : je marchai jusque chez lui sans angoisse. Il habitait dans le bas de la rue de Seine, à cinq cents mètres à vol d'oiseau de chez moi (j'avais regardé mon plan de Paris, où un centimètre représentait cent mètres). Qu'allais-je lui raconter ? Quand je sonnai à sa porte, j'avais cessé d'être agoraphobe ! Je fus reçu immédiatement :

— Expliquez-moi, mon cher, comment avez-vous trouvé le chemin de mon cabinet ?

J'eus envie de lui répondre que j'avais trouvé le chemin de son cabinet en passant par la rue Mazarine et la rue Jacques-Callot. Je lui parlai de quelques-uns de ses articles, il se rengorgea :

— Dans des revues qui deviennent introuvables dès que mon nom figure au sommaire.

"Sommaire toi-même !" pensai-je, mais comme toujours quand quelqu'un m'énerve, je cherchai quelque chose de gentil à lui dire :

— Docteur, vous êtes ma dernière cartouche !

— Ne nous emballons pas.

Nous nous sommes tout de suite entendus comme larrons en foire, Félix Zscharnack et moi. Si je n'avais pas dû le payer à la fin de chaque séance, on serait même devenus copains.

Je confiai à mon père que j'avais commencé une cure de psychanalyse. Il prit un air soucieux. Je crois qu'il était consterné, mais il s'efforça de ne pas me le montrer — comme si les efforts qu'il faisait pour dissimuler ce qu'il ressentait ne se voyaient pas ! Comme si un silence réprobateur n'était pas plus violent, plus préoccupant pour ceux à qui on souhaite épargner une réaction trop vive, que de leur dire qu'on n'est pas d'accord avec eux, quitte à se disputer : c'est un risque à courir. J'aurais pu ouvrir le feu le premier : "La psychanalyse me fait échapper à ces histoires de confession des péchés, de fautes avouées, d'expiation ! C'est déjà ça." J'essayai de le rassurer et je lui décrivis la psychanalyse comme une excitante expérience intellectuelle. Je me lançai dans une de mes théories favorites, celle des aventuriers de l'esprit. Il arrive qu'on s'expose à de plus grands dangers dans le domaine de la pensée que dans celui de l'exploit sportif. Je l'avais entraîné sur un de nos terrains d'entente. Il citait saint Paul et moi Paracelse. Nous fûmes d'accord pour Pascal et pour saint

Jean de la Croix. Mais Freud ? “Si tu y tiens, je te l'accorde”, dit-il.

Après sa mort, je fus surpris de trouver parmi les livres qu'il posait sur la cheminée, juste derrière sa table de travail, un exemplaire de l'*Introduction à la psychanalyse* sur lequel il avait inscrit, ce qu'il ne faisait jamais, la date de l'achat, une date qui, d'après mes calculs, correspondait à peu près à la semaine qui avait suivi le début de ma psychanalyse avec Zscharnack. Une étiquette au dos du livre indiquait qu'il venait d'une librairie d'Aix-en-Provence, ma ville natale ! Mon père était donc allé l'acheter après notre discussion. Il avait lu et annoté ces quelques centaines de pages comme il avait suivi sur sa grande carte d'Italie le voyage que j'avais fait en tournant mon documentaire sur l'architecture romane. Je n'allais pas m'attendrir. C'était normal. J'aurais fait pareil. Il avait mis de grands traits dans la marge en face d'un passage où Freud établit que la tâche du fils consiste à se réconcilier avec le père s'il lui a gardé une certaine hostilité, ou à s'émanciper de sa tyrannie quand, par réaction contre sa révolte enfantine, il lui est devenu soumis comme un esclave. Mon père avait-il pensé à son père ou à son fils ? Dans mon exemplaire, j'avais aussi coché ce passage.

Je suis allé voir Zscharnack pendant deux ans, et plus jamais mon père ne m'en parla, même pas sur le ton goguenard qu'il savait si bien prendre quand il voulait rabaisser quelque chose en faisant semblant d'y trouver un élément comique. Il aurait pu me dire : “Alors, ton Zscharnack, c'est toujours l'arnaque ?” Je ne me serais pas formalisé du jeu de mots facile. Je l'aurais pris pour une marque d'intérêt. Je ne pense pas qu'il ne s'intéressait pas à ce qui m'arrivait, mais il avait choisi de ne pas en parler pour éviter les problèmes. Toute une partie de ma vie alimentait ce qu'il nomme dans un livre sa “sourde anxiété”. De mon côté, j'enrageais de voir son intelligence asservie à une morale chrétienne qui entachait ses meilleurs articles. Dans sa critique d'un roman où une jeune femme se marie en restant amoureuse d'un autre, il s'est cru obligé d'écrire : "Le livre est composé sur un canevas qui pourrait être sordide. Cependant la donnée n'est jamais exploitée dans ce qu'elle a de malsain." L'emploi d'adjectifs comme "sordide" et "malsain" ne me semblait pas s'imposer à propos d'un roman de Joyce Cary qu'il analysait par ailleurs très finement.

Fallait-il lui en vouloir ? Ce n'était pas pour moi qu'il écrivait ce genre d'articles, et il ne me les envoyait pas : je tombais dessus par hasard en fouillant dans ses affaires quand j'allais le voir. Je n'étais pas son public. Il s'adressait aux chrétiens ses frères. Je n'étais pas son frère ! Mais justement j'étais son fils, et j'aurais aimé avoir une autre image de lui. Pourquoi sacrifiait-il son intelligence et son esprit critique sur l'autel du Dieu qui avait "réjoui sa jeunesse" ? (*Ad Deum qui laetificat juventutem meam* était la première phrase que je prononçais pendant les prières au bas de l'autel quand j'étais enfant de chœur, et je ne l'ai pas oubliée, comme je n'ai pas oublié le visage grave de mon père quand il entrait dans une église avec ses enfants : il nous regroupait autour de lui sur les prie-Dieu, prêt à nous défendre contre les démons qui, comme chacun sait, sont capables de vous assaillir n'importe où, y compris dans une église.)

Lui qui m'avait appris la valeur de l'indépendance d'esprit — "n'écoute pas ces imbéciles", disait-il souvent à propos de mes professeurs —, quel plaisir trouvait-il dans sa fidélité inconditionnelle à l'Église ? Comme un enfant qui a peur de se faire gronder (un théologien parlerait de crainte respectueuse), il se soumettait aux ordres du pouvoir pastoral détenu par le pape et les évêques. Il s'était renfrogné en apprenant que je commençais une psychanalyse. Croyait-il que son rigorisme excessif me satisfaisait ? Je dirai à sa décharge qu'il n'était pas le seul à condamner et dénoncer toute conduite qui différait de celle du chrétien adulte. J'ai retrouvé un communiqué des cardinaux et archevêques de France qui se penchèrent en avril 1960 sur l'état du cinéma : "L'assemblée des Cardinaux et Archevêques constate, avec une profonde inquiétude, l'immoralité grandissante d'un certain nombre de films de la production française. Le comportement spirituel de notre pays, et même du monde moderne, se trouve directement atteint. Nous avons trop conscience des devoirs de notre charge pour garder plus longtemps le silence. Il risquerait d'être interprété comme une faiblesse devant un tel danger de corruption." À lire attentivement le texte complet, qui stigmatise "le complaisant étalage de débordements sensuels" mais aussi "le mépris de toute autorité", et qui signale aux pouvoirs publics qu'ils ont le devoir d'intervenir, on s'aperçoit que notre sainte mère l'Église commençait à comprendre au début des années soixante qu'elle avait sérieusement besoin d'être protégée par l'Esprit-Saint si elle ne voulait pas connaître un déclin qui, de menaçant, pouvait devenir définitif. Ce déclin, mon père le mesura à la fin des mêmes années soixante, quand ses livres sur le mariage et la famille commencèrent à moins se vendre. L'Église perdait ses fidèles et mon père ses lecteurs.

Est-ce à partir de ma cure de psychanalyse que je me suis éloigné de mon père ? C'est à ce moment-là que je me suis peut-être mieux rendu compte que beaucoup de choses n'allaient plus entre nous. Que veut dire "s'éloigner de quelqu'un" ? Je pourrais répondre qu'en m'installant à Paris — ai-je déjà signalé que je fus reçu premier au concours d'entrée à l'IDHEC ? — j'avais mis sept cents kilomètres entre mon père et moi lorsqu'il était en Provence, et il y en avait encore trois cents quand il prenait ses quartiers d'hiver à Bruxelles où il remontait en voiture sans passer par Paris. Le rôle de l'histoire et de la géographie dans la vie des gens m'intéresse davantage que leur psychologie. Disons que l'attitude des gens envers l'histoire et la géographie m'éclaire sur leurs états psychologiques, et parfois sur leur manque de psychologie. L'histoire et la géographie sont les incarnations du temps et de l'espace, et elles ont le grand mérite de ne pas prendre en compte les notions plutôt douteuses d'éternité et d'infini.

J'aurais vu beaucoup plus souvent mon père s'il avait finalement loué l'appartement que j'avais déniché pour lui et ma mère près de la place de la Contrescarpe. Nous nous serions peut-être disputés, mais nous nous serions vus. Notre premier sujet de dispute nous fut fourni, en 1959, par les films d'Ingmar Bergman. Il admirait le travail de mise en scène et la direction d'acteurs, mais il n'en démordait pas : on avait affaire à un érotomane. Je lui avais rétorqué que son intransigeance le conduisait à l'intolérance, et qu'un film comme *Jeux d'été* me semblait bien innocent. Oui, mais ça n'empêchait pas le Bergman de *La Nuit des forains* d'être un érotomane ! N'avait-il pas déclaré qu'il aimait toutes les femmes, les belles et les moches, les petites et les grandes, les grosses et les maigres, les jeunes et les vieilles ? Je ne m'étais pas permis de faire remarquer que c'était plutôt de la générosité. Moi, je n'aimais que les femmes jeunes quand elles étaient maigres, grandes et belles. Sans le savoir, en s'attaquant à Ingmar Bergman, mon père s'attaquait à moi. Si des films comme *Sourires d'une nuit d'été* ou *La Nuit des forains* étaient les films d'un érotomane — on y décelait plutôt un sentiment vécu de la profondeur du péché — comment mon père aurait-il qualifié ma vie sexuelle ? Érotomane, autant dire enfant de chœur. Il m'aurait traité de pervers ne méritant rien d'autre qu'une castration chirurgicale. Je le revois parlant de Bergman avec mépris, ce pauvre Bergman en route vers l'enfer par le chemin de l'érotomanie. Il revenait d'une réunion où des critiques de cinéma devaient choisir le meilleur film de l'année : "Tu comprends, quand j'ai vu que Bergman recueillait beaucoup de voix, je me suis levé et je leur ai dit : Messieurs, je vous signale que vous vous apprêtez à couronner un érotomane." J'ai eu honte pour lui, ou de lui, ou pour moi : en tout cas, j'ai eu honte, un sentiment très bergmanien.

Cela dit, il faut que je vienne à la rescousse de mon père. Dans les années soixante — j'en parlerai plus tard — il admit que Bergman était un cinéaste sincère, tandis que l'académicien François Mauriac (fortifié davantage par son prix Nobel que par sa religion) se déconsidérait en parlant d'un film de Bergman que mon père admira, *Le Silence*. Exemple d'une prose catholique de 1964, extrait du Bloc-Notes de feu Mauriac au si beau prénom, dans *Le Figaro* : « Cette France dont de Gaulle dresse en ce moment, au-dessus du tiers monde, l'image radieuse, en quoi ressemble-t-elle à ces files de garçons et de filles aux yeux "faits" qui attendent leur tour pour voir ce film à "faire rougir un Suédois"... » La suite est si consternante que je m'arrête de recopier. Je fus un de ces garçons qui firent la queue pour voir *Le Silence* dans un cinéma de la rue du Dragon.

Ce premier désaccord avec mon père à propos d'Ingmar Bergman fut suivi d'une série d'autres, et plus ils étaient profonds, moins je réagissais. Je pris le parti de laisser tomber dès que la discussion risquait de s'envenimer. Je me disais : "Après tout, s'il est heureux comme ça, tant pis pour lui..." Je n'étais pas chargé de faire ni de parfaire son éducation. J'étais gêné de constater qu'il croyait que j'étais d'accord avec lui. S'est-il jamais douté alors que notre entente n'était qu'une façade ? Il ne s'imaginait même pas que je puisse être d'un autre avis que lui. Il avait pris l'habitude de me voir approuver tout ce qu'il disait. J'aurais été son ami au lieu d'être son fils, je lui aurais dit : "Arrête de pontifier. Ne te réfugie pas derrière des certitudes qui ne sont pas les tiennes mais celles d'une religion à qui tu demandes de régler tes problèmes à ta place." À ce train-là, j'aurais vite cessé d'être son ami. Il ne supportait pas qu'on le contredise. Avait-il des amis ? Il ne s'intéressait qu'à sa famille. Comme tous ceux qui ne fréquentent que des personnes qui sont à leur dévotion — après avoir écarté les autres —, il vivait dans un monde imaginaire où il avait toujours raison, sans voir que ceux qui étaient à sa dévotion, par le fait même, lui mentaient.

Je regrette de ne pas m'être disputé avec lui, de ne pas l'avoir poussé dans ses retranchements. J'avais peur de le voir s'effondrer. Il avait si peu l'habitude qu'on lui tienne tête. C'est en évitant de l'affronter que j'ai acquis la conviction que le pire service qu'on puisse rendre à quelqu'un, c'est de l'approuver quand on n'est pas d'accord avec lui, une approbation qu'on donne par paresse ou par peur, par indifférence ou même par mépris. Dans le livre où mon père s'adresse à nous, ses enfants, il nous gratifie de ceci : "Quel courage il m'a fallu, la première fois où j'ai reconnu que vous aviez raison contre moi !" Je voudrais bien savoir à quelle occasion il a dû faire preuve de ce courage, mais que vient faire le courage là-dedans ? Il dramatise toujours tout. Un jour, un de ses enfants lui fit comprendre qu'il avait tort (ce n'était sûrement pas moi) et il n'en revient pas, se donne un brevet de courage et ajoute : "Ce courage paie", ce qui est à mon avis, quand on parle à ses enfants, un manque de tact. Voici le passage complet : "Quel courage il m'a fallu, la première fois où j'ai reconnu que vous aviez raison contre moi ! Ce courage paie : il m'aide à ne pas être sûr de moi, à ne pas arrêter la vérité qui se fait en moi. Ce qui n'empêche pas la certitude, ni les affirmations, ni les coups de gueule, comme vous savez." Je retiens que ne pas être sûr de soi n'empêche pas la certitude, notion à laquelle est consacré le paragraphe suivant. Il n'est pas sûr de lui en dialoguant avec ses enfants — il aurait pu me le montrer — mais une manœuvre de repli est toujours possible, puisqu'il dispose heureusement de sa certitude de Dieu : "Ma certitude de Dieu est en moi comme une lave, et chaque jour qui passe mêle cette lave à mon sang. Je n'aurai jamais fini d'en être brûlé et pénétré. Même jeu avec mes autres amours, avec votre mère et avec chacun de vous, mes enfants." Il avait une imagination volcanique. En le lisant, je deviens son Haroun Tazieff. "Eh oui, m'aurait dit Zscharnack, il faut s'approcher du cratère..."

En 1959, quand j'avais vu le film de Tazieff sur les volcans, assis à côté de mon père un matin à onze heures pendant la projection de presse — il avait trouvé à redire au titre, *Les Rendez-vous du diable,* alors que ces jaillissements de lave en fusion, avait-il écrit dans son article, nous donnent plutôt un aperçu de la magnificence divine —, je ne m'étais pas rendu compte qu'il avait un cratère à la place du cœur. Le volcan des Açores soulevant des colonnes d'eau tourbillonnantes, c'était son amour pour moi. Aux millions de globules rouges que son cœur propulsait dans son système circulatoire, venait s'ajouter cette coulée de lave fluide, cette pâte compacte mêlée de cristaux, le basalte — les orgues basaltiques ! — de l'amour possessif et dominateur, de l'amour inquiet, anxieux, effrayant que me témoignait mon père et dans lequel je me démenais comme un écureuil en cage.

Ce n'était pas son amour qui m'emprisonnait, mais son inquiétude. On la retrouve dans ses livres. "L'inquiétude ne me quitte pas", écrit-il en pensant à deux de ses filles qui, pendant les vacances, sont allées faire un tour et ne sont pas encore rentrées. Il en convient : elles sont grandes et il sait où elles sont, mais il est inquiet. C'est le soir. D'après le contexte, il ne redoute pas un accident de la circulation... Mes sœurs avaient dix-huit et vingt ans, et leur père se dit : "Il reste en elles assez de traces de ton amour pour que tu leur fasses confiance." En fait, il avait peur qu'elles ne soient en train de courir le guilledou ! Il avait toujours besoin de savoir où nous étions. Toute mon adolescence sous contrôle judiciaire ! En 1959, nous étions tous les deux à Paris et je ne sais plus comment j'avais obtenu un rendez-vous avec Jacques Prévert à Saint-Germain-des-Prés. Mon père connaissait par cœur des poèmes de Prévert ("Le désespoir est assis sur un banc", par exemple) mais s'il aimait le défenseur des faibles et des pauvres, il m'avait dit : "Fais attention. Prévert est effroyablement athée et blasphémateur. C'est un révolté. Tu sais que la révolte est saine quand elle ne manque pas son but, mais Prévert se révolte contre Dieu et l'Église." Je n'avais pas besoin d'aller raconter à Prévert que j'étais catholique. Le scénariste des *Visiteurs du soir* et des *Enfants du paradis* m'avait demandé de le rejoindre au café de Flore, autant dire, pour mon père, dans un nid de dangereux existentialistes. Il faudrait qu'il s'y fasse : je ne l'accompagnerais plus dans ses visites pieuses à la Librairie Arthème Fayard ni chez les chrétiens de gauche des éditions du Seuil. Guy de Larigaudie et la lecture d'*Étoile au grand large,* c'était fini. Au Flore, Prévert me proposa généreusement d'écrire le commentaire de mon film sur la Provence : "Il faut que ça parle, un film. Je vais vous donner un texte, ça pourra vous aider à trouver des thunes pour la bande sonore." Nous étions sans cesse interrompus par des gens qui venaient lui serrer la main. J'étais attablé avec le dialoguiste de Renoir et de Carné, j'avais devant moi un verre de whisky — "un scotch pour le gosse !", avait décrété Jacques Prévert — auquel je n'osais pas toucher. Quand j'avais dit à Prévert que je n'allais jamais voir les films où il n'y a pas de femmes, il s'était penché au-dessus de la table pour me taper sur l'épaule : "Je vous adopte !" Je lui avais signalé qu'à part *Douze Hommes en colère,* il fallait se lever tôt pour dégoter un film sans rôle féminin (il avait dit "thune", je pouvais dire “dégoter”). On était en novembre et dehors il faisait déjà noir. J’aperçus tout à coup de l’autre côté de la vitre, apparaissant juste au-dessus des rideaux comme une tête de marionnette, celle de mon père dans le rôle du gendarme ! Depuis combien de temps était-il là à m’observer ? Avec son feutre brun enfoncé sur le crâne, il aurait pu interpréter Maigret. Dans l’ambiance bruyante du Flore où il n’y avait plus une table libre, j’entendis la voix de ma mère : “Casimir, tu oublies ton chapeau ! Tu vas prendre froid !” Que faisait le couvre-chef de Casimir Weyergraf au-dessus des rideaux du Flore en novembre 1959 ? Je n’avais pourtant rien d’un artiste soviétique en visite à l’Ouest, flanqué de son agent du KGB. Pourquoi mon père me surveillait-il ? Il croyait que je ne l’avais pas vu. S’imaginait-il que j’avais rendez-vous avec Françoise Arnoul, si excitante sur les photos de *La Chatte sort ses griffes* ? Mais j’étais fiancé ! J’étais amoureux ! Il ne me faisait pas confiance. Je prenais en flagrant délit d’incompétence et d’interventionnisme le futur auteur du best-seller des années soixante sur la paternité. J’étais au beau milieu d’un rendez-vous professionnel et il venait jouer au voyeur. Nous avions pourtant convenu de nous retrouver à l’hôtel à huit heures et demie pour aller dîner. Il n’avait pas besoin de venir m’épier une heure avant. J’étais fou de rage. J’aurais pu l’étrangler. Que faisait-il là ? Il avait rendez-vous aux éditions du Seuil !

— Vous reluquez une gonzesse, mon vieux ? m’avait demandé Prévert que j’écoutais distraitement, les yeux fixés sur le visage fantomatique de mon père, tel un moderne Hamlet confondant la terrasse du café de Flore avec celle du château d’Elseneur.

Mais Hamlet supplie le fantôme de son père de lui parler. Moi, j’étais mort de peur que mon père ne vienne m’adresser la parole. Et Prévert avec son histoire de gonzesse ! Comme si j’avais la tête à ça ! Papa, va-t’en, on se retrouve à l’hôtel comme prévu. Je ne vais pas le boire, ce whisky, ne t'en fais pas. Accepte que ma vie ne ressemble pas à la tienne. Disparais, je le veux !

À l'hôtel, je lui demandai pourquoi il était venu au Flore. "Oh, mon rendez-vous s'est fini plus tôt et je voulais voir si tu n'avais pas oublié le tien." Je me promis de ne plus jamais le tenir au courant de mes rendez-vous. En 1959, il n'avait pas encore écrit le livre dans lequel il évoque son inquiétude permanente au sujet de ses enfants et se pose une question qu'il aurait déjà pu se poser quand il vint me surveiller au Flore : "Suis-je encore dans le domaine de ma paternité en m'inquiétant ? Je sais bien qu'il n'y a qu'une attitude valable : faire confiance, prendre appui sur ces longues années où mes enfants ont vécu de notre amour, dans notre amour, et les remettre mentalement dans les mains de Dieu. Pourtant l'inquiétude ne me quitte pas. Je la laisse rôder autour de moi, je la laisse pénétrer en moi à son gré. Je sens que je souffre. J'offre cette souffrance pour ce qu'elle vaut : sursaut de nerfs fatigués ou conscience de ma paternité en éveil, je ne sais pas." Il m'avait remis mentalement dans les mains de Dieu en me laissant discuter le bout de gras avec Prévert, le poète "qui ricane et salit" (paterfamilias meus dixit).

Il y a quelque chose que je ne comprends pas. Je suis à présent un jeune quinquagénaire (quand j'aurai cinquante-neuf ans, je dirai que je suis un quinquagénaire tout court !), j'ai réalisé plusieurs films et publié une dizaine de livres, j'ai de nombreux projets — une pièce de théâtre, notamment —, deux producteurs me relancent régulièrement pour que je me remette à faire du cinéma, et je n'écris pas les scénarios qu'on me réclame, je ne termine pas ma pièce de théâtre, je compte pour rien mes films et mes livres, je m'obstine depuis cinq ans à refuser des invitations en Amérique du Nord et du Sud ou en Inde, et tout ça pourquoi ? Pour lire et relire les livres de mon père en laissant échapper à mi-voix, tout seul devant ma table : "Ce n'est pas possible ! Ah non ! Non ! Mais enfin ! Quoi ???” J’ai un crayon et dans la marge, j’écris “au fou !”. Je ferais mieux de me dire que c’est moi, le fou. À bord de mon bathyscaphe mental, je descends dans les profondeurs sous-marines de mon passé. Je vois défiler devant moi des bêtes lourdes qui nagent lentement, des poissons de cauchemar au museau mou, dépourvus d’yeux dans les nappes profondes où la lumière ne pénètre plus. Je me déplace dans le calme, l’obscurité et le froid des eaux abyssales. C’était bien beau de faire joujou dans le ventre de ma mère, mais le temps de s’ébattre dans le liquide amniotique est passé. Comme l’a dit mon auteur préféré dans la Bible, il y a un temps pour toute chose sous les cieux : un temps pour naître et un temps pour mourir, un temps pour se lamenter et un temps pour danser, un temps pour aimer et un temps pour haïr, un temps pour trouver son père intelligent et un temps pour le trouver fou, un temps pour gigoter dans le ventre de sa mère et un temps pour descendre en bathyscaphe dans les profondeurs de l’inconscient familial, où vous attend la gloutonnerie insatiable de poissons aveugles. Telle est ma vision du monde en ce moment. Je deviens une de ces affreuses créatures qui me fascinent, avec des yeux qui sortent de ma tête comme des télescopes et des organes phosphorescents qui me permettent de repérer mes proies. On n’imagine pas le nombre de poissons émetteurs de lumière qui circulent dans les eaux profondes. Je ne dirai pas que c’est Broadway, mais avec un peu d’habitude on finit par y voir clair. Dans la lueur confuse de mon passé, j’arrive à distinguer des crevettes à longues pattes, plutôt sympathiques — sans doute mes camarades de classe — et des poissons-haches, des poissons-rubans, des animaux extrêmement voraces vers lesquels j’avance la bouche grande ouverte, prêt à les ingurgiter. Si on ne se méfie pas, on devient vite la proie de sa propre proie. J’éteins prudemment mes organes lumineux pour ne pas attirer l’attention des prédateurs.

Je le disais bien : le fou, c'est moi. Je m'enfonce dans la vase des abysses et je transforme ceux que j'ai connus dans mon enfance en poissons hideux, trapus, tout noirs, sans écailles et pourvus d'appendices tentaculaires. Au lieu d'écouter la *Symphonie fantastique* — j'en ai plusieurs versions — je disparais dans le silence des grands fonds, à des milliers de mètres sous l'eau. Ce poisson rapide, aux mâchoires à peine soudées, n'est-ce pas le prêtre qui m'entraîna dans un long couloir vide quand j'avais dix ans, et qui me demanda si je voulais voir le petit Jésus ?

Quoi ? Jésus était de passage dans notre collège ?

— Oui, tu veux lui dire bonjour ?

J'avais donné la main au vieux professeur et nous avions vivement grimpé un escalier. Sous les combles, il avait relevé sa soutane :

— Agenouille-toi, m'avait-il dit d'une voix sourde. Il faut s'agenouiller devant le petit Jésus.

Je n'ai gardé aucun souvenir de la suite, je me revois dévalant l'escalier quatre à quatre. Ai-je échappé au dernier moment à ce professeur de religion mis à la retraite, à qui on avait sans doute donné l'ordre de rester dans les étages et de ne pas se mêler aux élèves ?

C'est ce genre d'anecdotes que je ramasse dans la vase de mes abysses personnels. Ce fut du petit-lait pour Zscharnack ! De l'or en barre ! Nous y consacrâmes trois séances, pour déboucher sur cette importante question : vaut-il mieux séduire ou être séduit ? To be or not to be ? Ton papa ou ta maman ? La Grèce ou l'Italie ? Les Rolling Stones ou les Beatles ? Voltaire ou Jean-Jacques Rousseau ? Sadisme ou masochisme ? Fromage ou dessert ?

— Franz ou François ? (C'est Zscharnack qui, avec son doigté légendaire, se livre à une intervention destinée à me remettre sur les rails.)

Je le corrige immédiatement : c'est Franz *et* François qu'il faut dire. Quand je faisais de longs voyages en voiture avec mon père, il me demandait de lui parler pour l'empêcher de s'endormir au volant. Il avait encore sa vieille 2 CV, qu'il gardait par simplicité franciscaine et esprit de pauvreté. Dieu aura réjoui ma jeunesse grâce à ces voyages avec mon père. Je suis d'abord allé avec lui à Salzbourg, quand j'avais quinze ans, lorsqu'il partit faire un reportage sur les camps de personnes déplacées en Autriche. Il me laissait seul toute la journée et nous nous retrouvions le soir. Je me promenais dans les rues étroites de la vieille cité archiépiscopale, je m'asseyais sur un banc du jardin Mirabell et je prenais le téléphérique qui conduit à la citadelle, pendant qu'il interviewait des réfugiés baltes, ceux qui appartenaient au "hardcore", au noyau dur des réfugiés dont personne ne voulait nulle part et qui se trouvaient toujours dans des camps, plus de dix ans après la fin de la guerre. Il me parlait d'une princesse russe, d'un soldat lituanien, d'un jeune couple bulgare. J'aurais aimé l'accompagner. Sans doute ne voulut-il pas me causer un choc en me faisant découvrir la misère des camps. Il me conseillait de visiter la maison natale de Mozart. On l'avait conduit dans un cimetière où on lui avait traduit une inscription gravée en plusieurs langues sur les croix faites de deux bouts de planches : "Mort de faim."

— Vous essayez de nous diriger vers une minute de silence ? intervint Zscharnack. Un silence qui viendrait à la rescousse de votre résistance... Nous ne sommes pas là pour que toute la misère du monde vous serve de paravent. Vous allez me faire le plaisir de remonter dans la voiture de votre père.

— Tantôt je lui signalais l'arrivée d'un poids lourd, tantôt je lui lisais une page de Pascal. Je ne partais jamais en voyage sans mon édition des "Pensées et opuscules" dans la petite collection cartonnée des Classiques français, chez Hachette. Je lui disais : Attention, deux semi-remorques qui se suivent !, puis, l'obstacle dépassé, je déclamais à tue-tête, pour couvrir le bruit du moteur de la 2 CV : Humiliez-vous, raison impuissante ! Taisez-vous, nature imbécile, apprenez que l'homme passe infiniment l'homme. Attention Papa, un camion te dépasse maintenant. Que fera donc l'homme en cet état ? Doutera-t-il de tout ? Doutera-t-il s'il veille, si on le pince, si on le brûle ? Doutera-t-il s'il doute ? Doutera-t-il que le camion a mis son clignotant ? Il a mis son clignotant, je te dis !

— Continue de lire. Quel style ! Une langue métallique, toujours très sûre. Il cerne le raisonnement sans jamais l'étouffer. Continue !

— Quelle chimère est-ce donc que l'homme ? (C'était mon passage préféré). Quelle nouveauté, quel monstre, quel chaos, quel sujet de contradiction, quel prodige ! Juge de toutes choses, imbécile ver de terre, dépositaire du vrai, cloaque d'incertitude et d'erreur, gloire et rebut de l'univers.

— C'est vraiment le génie à l'état pur ! disait mon père, renonçant à doubler un semi-remorque.

— L'homme n'est qu'un roseau, le plus faible de la nature, mais c'est un roseau pensant. Il ne faut pas que l'univers entier s'arme pour l'écraser : un semi-remorque suffit pour le tuer. Mais quand un semi-remorque l'écraserait, l'homme serait encore plus noble que ce qui le tue, puisqu'il sait qu'il meurt ; le semi-remorque n'en sait rien.

Quand il se sentait fatigué, mon père arrêtait la 2 CV sur le bas-côté de l'Autobahn et nous dormions dans la voiture. Je m'installais sur le siège arrière. Nous n'avions pas assez d'argent pour aller à l'hôtel. À l'aube, les premiers poids lourds qui passaient en trombe faisaient trembler la voiture et nous tiraient du sommeil. “Les poids lourds circulent tôt.” Cette phrase que j'avais dite en me réveillant avait enthousiasmé mon père : “Mais ça ferait un merveilleux titre ! Les poids lourds circulent tôt ! Ah ! Je m'en souviendrai. C'est une trouvaille !” Honnêtement, je fus flatté dans mon orgueil. Mon père m'admirait, et il avait vu juste, pensais-je : *Les poids lourds circulent tôt* valait bien *À l'ombre des jeunes filles en fleurs.*

Une autre de mes idées lui plut énormément : en rentrant de Salzbourg, je lui avais dit que nous pourrions mettre au point un numéro de clowns. On le jouerait pendant les vacances devant la famille et les invités. Je serais l'auguste et lui le clown blanc. "Les clowns vont souvent par deux, lui dis-je, et ils sont parfois de la même famille, comme Rico et Alex qui étaient l'oncle et le neveu, ou les Rivels. Il y a eu aussi Foottit et Chocolat, et les Excentric Brick and Brock.

— Comment tu connais tous ces noms ?

Avait-il oublié que je m'intéressais à beaucoup de choses ?

Depuis que nous étions petits, mon père avait toujours encouragé ses enfants à monter des spectacles pendant les grandes vacances. Le premier mot compliqué de la langue française que je parvins à orthographier correctement fut "saynète". Nous avions un guignol à la maison, avec de vieilles marionnettes lyonnaises qui avaient déjà amusé ma mère quand elle était enfant. Mon père nous fournissait des canevas. Il avait écrit un dialogue entre le gendarme et le voleur dont je fus souvent l'interprète devant le public conquis de mes sœurs : "C'est moi le gendarme, qui donne l'alarme. Je suis des voleurs le porte-malheur." Dans la 2 CV, l'idée de créer un numéro de clowns fut adoptée à l'unanimité des présents. La voiture me sembla faire partie d'une caravane de cirque ambulant. Nous quittâmes l'autoroute pour aller déjeuner à Mayence, la ville natale de l'inventeur de l'imprimerie. Dans la brasserie, mon père riait si fort que les placides citoyens de la Rhénanie-Palatinat se retournaient d'un air agacé. "Ris moins fort, lui disais-je, au moins par charité chrétienne : tu vas leur donner un torticolis."

— Eh bien voilà, me dit-il, très en verve. On va s'appeler Torti et Colis ! Tu feras ton entrée en portant un grand colis, et tu me demanderas : “Monsieur Torti ?” Je réponds : “Ah, le colis !” En travaillant les intonations, ça devrait marcher. On peaufinera. Qu’est-ce que tu en penses ?

J’avais déjà songé dans la voiture à un tout autre nom pour nous deux, mais je n’avais pas osé le lui soumettre. C’était un nom qui serait peut-être trop sentimental, et un bon clown ne doit pas être sentimental.

— Tu es d’accord pour adopter Torti et Colis ?

Je le voyais qui attendait que je l’approuve. Torti et Colis me semblait un peu facile. À la maison, ça amuserait toute la famille, mais mon idée était meilleure. Je ne sais pas ce qui me retint de la lui proposer. J’aurais voulu que nous nous appelions “Franz et François”.

Je décidai de lui faire plaisir :

— Tu seras Torti et moi Colis, c’est ça ?

Notre numéro eut beaucoup de succès l’été suivant au prieuré. On nous le réclama plusieurs fois, après le dîner. Nous avions acheté des accessoires à Marseille. J’avais une perruque très amusante. Pourquoi mon père n’en a-t-il jamais parlé dans un de ses livres ? Au lieu d’écrire qu’il se maquillait avec son grand fils dans la salle de bains avant d’interpréter Torti et de me dire : “Colle... i...” — je sortais un grand i en papier que je lui collais dans le dos — il préféra confier à ses lecteurs : “Nous avons vu, lentement, nos enfants prendre une connaissance concrète des réalités religieuses. La prière, c’était la réunion de leurs proches. Le père qui conduit cette prière, c’est celui qui représente, malgré toutes ses imperfections, ce Père qu’ils ont aux cieux.” Il aurait pu dire que nous avions pris également une connaissance concrète des réalités du cirque. Vraiment, ça ne coûtait rien d’ajouter un petit paragraphe dans ce sens, avec un éloge du maquillage qui, restant à la surface de la peau, ne pouvait sans doute pas rivaliser avec la lave qui se mêlait à son sang quand la certitude de Dieu le submergeait. Ces coulées de basalte à haute température qui le pénétraient et le brûlaient, j'en avais ma part. Je vivais sur la pente d'un volcan. Après mon mariage, si j'avais eu l'audace d'avouer à mon père que je n'assistais plus à la messe, j'aurais eu droit à un spectacle comme n'osent pas en rêver les vulcanologues les plus intrépides. La lave de sa certitude de Dieu m'aurait aussitôt réduit à l'état de curiosité pour visiteurs de Pompéi. Quand nous descendions en Provence avec Tina pour voir mes parents, ma mère nous demandait, le dimanche, de sortir faire une promenade d'une heure afin que mon père puisse penser que nous assistions à la messe dans un village voisin. Elle me prenait à part : "S'il savait que tu ne vas plus à la messe, il se ferait du mauvais sang. Moi, ça m'est égal, vous faites ce que vous voulez, mais tu ne peux pas faire ça à ton père."

Pourquoi n'aurait-il pas supporté d'apprendre que je préférais désormais les profondeurs sous-marines aux volcans ? La vase à la lave ? Pourquoi ne me suis-je pas installé sur la terrasse avec du saucisson et du vin rosé ? Il m'aurait dit : "Tu ne comptes pas communier ?" Je l'aurais regardé dans les yeux : "Mon cher Torti, tout ça, pour moi, c'est devenu des carabistouilles." Ne plus aller à la messe était une victoire et une joie.

— Ah non !

Zscharnack ! Je l'avais oublié !

— Mon cher, nous n'avons pas rendez-vous avec votre néo-réaliste à l'hôtel Raphaël. Vous m'avez déjà raconté comment vous n'avez pas assisté au saint sacrifice de la messe pour la première fois et comment vous avez survécu. Je me suis permis de le raconter à mon tour à des confrères. Votre récit, m'a-t-on dit, fait songer à la conversion de Paul Claudel à l'envers. Connaissez-vous la plaque commémorative qui se trouve à Notre-Dame de Paris, sur le sol, à l'endroit précis où se tenait Claudel quand il se convertit ? Voulez-vous que j'intervienne auprès de la direction de l'hôtel Raphaël ? Que je leur demande de mettre une plaque sur la porte de la chambre où vous reçut Roberto Rossellini ? Sur la porte de la chambre ou sur la façade de l'hôtel ? "Dans cet hôtel, François Weyergraf s'aperçut qu'on pouvait rester en vie sans croire en Dieu"... Je vous consacre encore quelques minutes. Racontez-moi vite la folle journée de votre mariage, ça nous permettra peut-être d'avancer.

— Mais vous la connaissez par cœur !

— Je ne m'en lasse pas.

— Eh bien, comme vous le savez, c'était à Mégara, faubourg de Carthage, dans les jardins d'Hamilcar. J'avais attendu ce jour-là pendant des années. Mon père avait trouvé le moyen de me dire : "Que le mariage ne soit pas un but, mais un moyen, un moyen de t'épanouir dans la grâce divine." Sur le mariage, il était intarissable. Mes parents allaient me donner la permission de faire l'amour. Je sentais une dégoûtante complicité autour de ça. Deux familles au grand complet venaient se mêler de ce qui, à mon avis, ne les regardait pas. Tina et moi avions passé des heures, des années, docteur, à nous déshabiller et nous caresser sans aller jusqu'à l'orgasme. Tout nu, je tressaillais au moindre bruit : "Tina, si c'était mon père qui venait frapper à la porte ? S'il exigeait qu'on lui ouvre ?" Mon père qui nous savait dans ma chambre et nous remettait mentalement dans les mains de Dieu... Peut-être disait-il son chapelet ? Il l'avait déjà dit pour moins que ça. Il le reconnaît dans un de ses livres : "Quand vous grimpiez aux arbres, je m'éloignais pour ne pas trembler et je marchais en disant mon chapelet. Je n'en rougis pas. Je devais vous laisser prendre ces risques, et je vous confiais à Dieu et à sa mère." Il a dû nous confier plus d'une fois à Dieu et à la Vierge Marie, Tina et moi. Et je reconnais que Dieu et la Sainte Vierge ont bien fait leur travail. À Paris, pourtant, je plaisais beaucoup à une petite Américaine qui logeait à la Cité universitaire et qui n'était...

— Le mariage, mon cher. Le mariage !

— En entrant à l'église au bras de ma mère, j'aperçus une des plus belles femmes du monde. Tina aussi était une des plus belles femmes du monde, mais celle-là en était une autre. Elle avait un corps splendide, des yeux verts tirant sur le jaune et une bouche, docteur... J'eus beaucoup de mal à me concentrer pendant la cérémonie. Je savais que cette femme se trouvait dans l'église et j'aurais voulu faire l'amour avec elle. “Avant ce soir”, me disais-je. Tina et moi partions le lendemain matin pour le Brésil. Je la revis pendant la réception. Quelle beauté ! C'était la fille aînée d'une grande amie de ma récente et remuante belle-mère. Elle vivait à Genève. Elle était brésilienne. Elle s'appelait Olivia, elle était née en 1941 comme moi. Nous n'étions pas assis à la même table pendant le déjeuner mais nous nous sommes beaucoup regardés. Tina me caressait les cuisses sous la table, et je bandais en regardant les seins d'Olivia. Après avoir ouvert le bal avec Tina, j'avais réussi à danser avec Olivia. Je lui avais dit à l'oreille : “Si on ne couche pas ensemble, nous allons passer le reste de notre vie à le regretter. — Taisez-vous, les gens nous regardent. — Donnez-moi le nom de votre hôtel. Donnez-moi le numéro de votre chambre.” J'étais devenu fou ! Elle me dit de la retrouver dans sa chambre. Il fallait que je fasse l'amour pour la première fois de ma vie avec une femme à qui mon père n'aurait pas eu le temps de déclarer qu'elle était sa nouvelle fille !

— Et vous l'avez fait ?

— Non !

— Mais la dernière fois, vous m'avez dit que cette femme et vous, dans l'heure qui suivit...

— Je ne sais plus ce que je dis !

— Vous étiez très amoureux de votre petite Tina, voilà la seule vérité. Vous inventez tout le reste, mon cher.

— Alors, je n'ai pas couché avec Olivia ?

— Chaque fois que vous m'avez raconté cette histoire, elle était différente. La dernière fois, ce n'était pas Olivia mais Cordula, une Allemande, et elle aussi vous avait donné le numéro de sa chambre et vous aurait fait connaître trois orgasmes en une heure.

— Cordula, vous dites ?

— Cordula ou Cornelia... Tina n'était pas la personne qu'il vous fallait, visiblement.

J'eus le malheur de répéter cette dernière phrase à Tina qui devint l'ennemie jurée de Zscharnack. Elle réussit à me convaincre de ne plus le voir : "Il te prend tout ton temps et ton argent. Il ne te fait aucun bien. Tu n'as plus besoin de lui." Comme je suis un faible, je cessai d'aller voir Zscharnack et mal m'en prit : l'agoraphobie me remit le grappin dessus. C'est alors que je fis appel à Jacqueline Marchal, une psychanalyste plus sereine et non moins audacieuse que Zscharnack. C'était en 1965. J'étais marié depuis trois ans. Ma première visite démarra au quart de tour. Mme Marchal me fit asseoir en face d'elle et me demanda si je me souvenais d'un grand arbre dans le jardin où je passais mes vacances. Je répondis : "Non seulement un, mais plusieurs. Deux cèdres et un séquoia." J'allais lui parler de la plantation des cèdres en Haute-Provence au XIXe siècle, mais elle me coupa la parole :

— C'est pour ça que vous êtes myope.

Je n'étais pas venu lui demander une prescription de nouveaux verres correcteurs pour voir de loin ! Comment avait-elle deviné que des arbres entouraient la maison de vacances de mon enfance ? Elle se lança dans un semblant d'explication :

— Les sommets de ces arbres vous ont fait peur. Ils n'étaient pas à votre échelle et vous avez décidé de les voir flous.

Je croyais que j'étais devenu myope pour éviter de voir le bout de mon sexe. La solution de Mme Marchal était plus poétique.

Nous en étions vite venus à parler de mes parents et du catholicisme :

— Votre mère est-elle aussi croyante que votre père ?

— À treize ou quatorze ans, je suis allé la trouver dans la cuisine et je lui ai déclaré que je n'avais plus envie de croire en Dieu ni d'aller à la messe. Je revois très bien la scène. Elle sortait un plat du four et elle a failli se brûler.

— Vous l'entraîniez sur un terrain brûlant !

— Elle s'est retournée vers moi pour me dire : "Si tu perds la foi, je me suicide." Quand je lui en reparle, elle me jure qu'elle n'a jamais dit ça. Pour lui faire plaisir, je suis prêt à admettre que j'ai inventé cette phrase.

— Ce qui compte n'est pas que la phrase soit vraie ou fausse. Pour vous, elle est vraie. Vous avez cru que si vous perdiez la foi, votre mère se tuerait.

— Ou que mon père me tuerait, tant que nous y sommes.

— Vous étiez dans une souricière ! Estimez-vous heureux de ne pas être devenu fou.

Elle était évidemment pilotée par Zscharnack. Elle n'aurait jamais pu, en quatre séances d'une heure, me faire tant de bien. À moins qu'elle ne soit une sorcière, comme on le disait dans le milieu ?

La tachycardie, l'agoraphobie ? Pour elle, j'avais une nature trop riche : "La carcasse ne suit pas."

"Trop de richesses, et la crainte qu'on ne vous les enlève", insistait-elle. Mes hantises sexuelles ? Mes tendances polygames ? "Vous voulez séduire, mais c'est pour vous défendre, et parfois pour être agressif." Elle m'assena sans détours un diagnostic qui me laissa pantois : "Vous avez peur de cocufier vos parents."

Je lui parlai abondamment de Tina, qui avait rêvé d'une vie sociale plus brillante : elle s'était vue dans les bras d'un cinéaste de réputation internationale, au lieu de quoi elle avait sur les bras un don Juan agoraphobe.

Mme Marchal fut très sévère avec elle : “Votre éducation vous conduisait forcément à tomber sur une fille de ce genre, encore plus coincée que vous. L’auriez-vous choisie pour qu’elle plaise à vos parents ? Une enfant unique, n’est-ce pas ? Aurait-elle eu besoin d’un frère ? Vous êtes devenu agoraphobe par crainte de la quitter. C’est pourtant ce que vous avez de mieux à faire. Quittez votre femme, quittez Paris s’il le faut.”

— Qu’est-ce qu’elle t’a dit ? m’avait demandé Tina qui m’attendait dans un bistrot voisin.

J’avais répondu qu’elle m’avait conseillé de voyager. Le jour même, je pris un Trans-Europ-Express pour Amsterdam.

Elle était étonnante, Jacqueline Marchal. Au bout de la quatrième séance, elle m’enjoignait ou plutôt me prescrivait de quitter ma femme, et j’avais suivi ses conseils.

“Vous avez peur de cocufier vos parents !”

Je me demande ce que mon père aura pensé de cette phrase, qui mettait en pièces une partie de son œuvre. Car cette phrase, je la reproduisis, et plutôt deux fois qu’une, dans mon premier roman. Mon père l’a-t-il lue ? A-t-il cru que je l’avais inventée ? Je n’en sais rien puisqu’il est mort sans avoir voulu me parler de mon livre. Un livre auquel j’avais travaillé pendant quatre ans et demi ! Je le fis parvenir à l’ancien rédacteur en chef de *Livres d’aujourd’hui,* à l’ancien directeur des éditions du Cèdre, à l’auteur d’*Écrivains exemplaires,* et je ne reçus même pas le petit mot habituel : “Je vous remercie de m’avoir envoyé votre roman que je me réjouis de lire.” Quels étaient les critères de mon père quand il choisissait les livres dont il parlait ? Comme si je ne les connaissais pas ! Ils étaient rappelés dans chaque numéro de sa revue : “*Livres d’aujourd’hui* adopte pour critères de son choix : 1) la valeur morale, 2) la valeur littéraire. Pas de navets édifiants, pas de livres délétères non plus, même s’ils sont bien écrits.”

Le verdict était sévère : *même s'ils sont bien écrits.* Quatre ans et demi à essayer de bien écrire un livre ! Et je suis rejeté par la rédaction de *Livres d'aujourd'hui,* qui n'existait plus depuis longtemps quand j'ai publié *Machin Chouette,* je me demande ce qui me prend d'imaginer que mon père aurait pu en parler : encore un de ces dénis de la chronologie auxquels ont recours les névrosés en pleine forme ! Mais la vie d'un homme n'est pas faite que des moments où il a l'air d'aller bien.

Quatre ans de fiançailles chastes et quatre ans de mariage et d'infidélités débouchaient sur quatre ans et demi consacrés à écrire un livre délétère. Vingt ans d'une éducation catholique de première catégorie et d'une éducation sexuelle quasi inexistante m'avaient rendu érotomane et agoraphobe. J'étais dans de beaux draps ! Comment ai-je fait pour tomber amoureux de Delphine ? Avec Delphine, ce ne fut pas compliqué : il nous a suffi de nous rencontrer pour nous aimer. Quand je lui dis ça, elle n'est pas d'accord : "Au début, tu ne m'aimais pas. Tu étais encore sous le charme de ton Ana Augustina ! Tu la trouvais plus intelligente et plus belle que moi.

— Delphine, je te jure que non !

— N'oublie pas tes Maureen, tes Jennifer, tes Laura, et j'en passe. Entre nous, c'était une histoire de baise. Une forte attraction sexuelle, si tu préfères ces mots-là, prude comme tu es. Oui, prude ! Tu te souviens, la première fois que je t'ai demandé d'aller m'acheter des Tampax ? Tu m'as répondu que ce n'était pas aux hommes de faire ce genre d'achat, et finalement tu es revenu de la pharmacie comme si tu avais accompli un exploit !"

Et mon père dans tout ça ? Comment lui dire que je vivais en état de péché mortel permanent avec Delphine et que je n'habitais plus avec Tina ? J'étais marié et je couchais avec une femme qui n'était pas ma femme. Moi, le fils de l'auteur des livres de mon père ! J'avais peur de divorcer. Un Weyergraf ne divorce pas de sa compagne d'éternité. "Je sais que tu accepteras de divorcer quand tu en aimeras une autre", me disait Tina au téléphone, alors qu'elle avait une liaison avec un homme marié qui refusait de divorcer pour elle, tandis que moi, qui étais amoureux fou de Delphine (oui, Delphine, je dis bien "amoureux fou"), si j'hésitais à divorcer, c'était à cause de mon père, donnant raison à Mme Marchal : "Vous avez peur de cocufier vos parents !" Chacun son cirque.

En février 1966, quelques mois avant de connaître Delphine, je passais davantage de nuits à l'hôtel qu'avec Tina — "nul ne peut avoir plus d'un domicile", affirme le Code civil en contradiction avec les droits de l'homme, du moins de l'espèce *homo fugitivus errans* — et je tombai amoureux de Melissa Reed. Encore une Anglaise ! Étais-je voué aux Anglaises ? On dit que certains névrosés, voulant échapper à des désirs incestueux, recherchent des partenaires qui ne parlent pas leur langue maternelle.

Je rencontrai Melissa chez un disquaire d'Aix-en-Provence, où elle achetait un album du Modern Jazz Quartet. Je lui conseillai de choisir un disque de Thelonious Monk, et je fis mieux : je le lui offris. Elle me proposa de venir l'écouter chez elle et je fus stupéfait de voir comment elle réussissait à caser ses longues jambes sous le volant de sa Mini Cooper. Elle fit démarrer la voiture aussi vite que notre histoire d'amour. Elle était danseuse au Royal Ballet et venait de suivre des cours de perfectionnement à l'école de Rosella Hightower à Cannes. Elle était née aux Indes peu avant l'indépendance. Ses parents adoraient la France et possédaient dans la campagne aixoise une maison où il y avait un électrophone, un réfrigérateur rempli de bouteilles de vin blanc et un lit double. Ce fut le troisième de ces objets qui finit par avoir notre préférence. Dans la nuit, je fus réveillé par un bruit insolite. J'ouvris les yeux et cherchai mes lunettes. Melissa éclairée par des bougies, dans la posture du lotus, chantonnait à mi-voix : "Infinie suis-je, Om, Om, Om !" Son plus grand souhait était de disparaître pendant trois ans dans une montagne pleine de vibrations spirituelles, où elle réciterait vingt et un mille six cents fois par jour "Infinie suis-je, Om, Om, Om". Elle abandonna sa posture de yoga en se relevant avec une aisance dont j'aurais été bien incapable, et m'invita à venir méditer devant une image de Vishnou.

"Concentre-toi sur le Seigneur Vishnou", me dit-elle, "et regarde-Le jusqu'à ce que tes larmes se mettent à couler. Déplace ton mental le long de Ses bras qui représentent la perfection et la libération finale. Contemple Son arc qui va détruire en toi la notion d'existence individuelle. Adore sur Son sein gauche la boucle de poils dorés qui est la source du monde naturel.

— Melissa, ce sont tes seins que j'adore. Je vais les embrasser !"

Ma réponse l'arrêta net. Depuis le début de la soirée, je me disais : je vais vivre avec elle, elle m'a rendu plus heureux en quelques heures que Tina en plusieurs années, mais je n'avais pas prévu que Vishnou débarquerait avant l'aube pour remettre les pendules à l'heure. Il voulait bien me laisser folâtrer avec une Anglaise née aux Indes avant l'assassinat de Gandhiji, mais à condition que je n'oublie pas que le phallus et la vulve sont les symboles du couple éternel Shiva-Shakti. "Nous sommes le soleil et la lune", me disait Melissa, "nous sommes kâma-bîja." Pourquoi pas ? Et tout en pensant : "si Tina me voyait, elle se moquerait de moi", j'introduisais mon linga dans le yoni de Melissa en lui chuchotant à l'oreille : *"We are kâma-bîja !"*

J'essayai de prendre la posture du lotus et de sentir des larmes couler sur mes joues en adorant Vishnou, puisque c'était le prix à payer pour être aimé par Melissa qui me déclarait : "Ton *vairâgya* n'est pas assez intense. Tu devrais augmenter le nombre de tes séances de méditation." Je me concentrais sur l'auguste sein gauche du Seigneur Vishnou mais je ne tardais pas à déplacer mon mental le long des jambes de Melissa. Je refusai de dire "Infini suis-je", et elle me conseilla la répétition continuelle d'une formule sacrée, un *mantra* qui lui parut un bon remède à mon vagabondage mental, le mantra de Vishnou : "Om namo Nârâyana." Au lit, elle faisait preuve d'une énergie resplendissante qui n'était, à l'entendre, qu'un pâle reflet de l'état de parfaite extase que nous allions atteindre ensemble en faisant toujours plus de japa et de prânâyâma.

Elle voulait que j'aille vivre avec elle à Londres. Avec elle, d'accord, mais avec Vishnou, non ! Je me défilai et préférai rester seul à Aix-en-Provence dans l'appartement d'une de mes sœurs partie étudier en Californie. À quelque temps de là, je fus convoqué par les autorités militaires qui souhaitaient faire de moi un bon soldat.

Le seul service que m'ait rendu Vishnou, c'est de m'avoir fait exempter du service militaire. Je me suis présenté à la caserne à sept heures du matin, après avoir mis dans mes poches les quelques objets de culte hindouiste que m'avait laissés Melissa. Aux questions qui me furent posées, je répondis invariablement par le mantra de Vishnou. "Quels sports pratiquez-vous ? — Om namo Nârâyana. — Tirez la langue et dites Ah ! — Om namo Nârâyana !" On me renvoya dans mes foyers.

Je dois dire que j'ai aidé les autorités militaires à prendre cette sage décision grâce à une crise de tachycardie qui survint au beau milieu de la visite médicale. On venait de me faire une prise de sang (je déteste les prises de sang), et mon cœur se déchaîna comme si j'avais un turboréacteur dans les ventricules. Je fus allongé sur une civière. On me tapotait les joues. Je continuai de bégayer mon mantra. Un médecin-major qui passait par là, entouré d'élèves prenant des notes, buta contre mon brancard, m'aperçut, m'observa, me fit un sourire aimable et réclama l'attention de son petit groupe. Il me montra du doigt : "Messieurs, nous avons ici un cas typique de chorée." Silence. Chacun note pieusement l'erreur de diagnostic. Ce n'est pas moi qui aurais pris une crise de tachycardie pour une chorée, n'ayant jamais entendu parler de chorée. Rentré chez moi, je consulterai le Littré : *chorée,* maladie, dite aussi danse de Saint-Guy, qui consiste en des mouvements continuels, irréguliers et involontaires. Par Vishnou ! La danse de Saint-Guy ! Je me retrouvai dans une ambulance qui, toutes sirènes dehors, me conduisit dans un hôpital psychiatrique militaire. Entre-temps, ma tachycardie s'était calmée toute seule, personne n'ayant eu l'idée de me faire une injection intramusculaire de Valium.

Il n'y a rien de plus agréable que d'être transporté en ambulance militaire. C'était une voiture très spacieuse, à deux lits. Sur l'autre lit avait pris place un infirmier qui, au lieu de surveiller mon pouls, étala un jeu de cartes et se mit à faire une réussite. Au cas où on lui demanderait un rapport, je me mis à geindre à intervalles réguliers "Om namo Nârâyana". Pour faire bonne mesure, j'ajoutais quelques noms indiens, Rajasthan, Kerala, Darjeeling, Rabindranath Tagore, Satyajit Ray. Je ne prononçai pas le nom de Ravi Shankar qui commençait à être connu des amateurs de pop music. Je demandai combien de temps durerait le trajet. "Tais-toi", me répondit le joueur de cartes.

À l'hôpital, on me débarqua dans la cour, sur ma civière. Om namo Nârâyana ! Les larmes aux yeux, je vis l'ambulance repartir. J'étais seul dans cette cour, j'avais froid, personne ne semblait prévenu de mon arrivée et je ne savais même pas où j'étais.

Deux malabars surgirent du bâtiment principal, et me soulevèrent comme si je n'étais pas plus lourd qu'un crayon. Ici, on ne prenait pas de gants avec les malades. Le mantra de Vishnou ne me serait plus d'un grand secours. J'avais bien dans ma poche un chapelet bouddhique dont chaque grain représentait une tête de mort taillée dans des fémurs de moines, mais si je l'avais sorti, ils auraient été capables de me le confisquer. Or, avec un exemplaire écorné des *Fondements de la mystique tibétaine* du lama Anagarika Govinda, ce chapelet était mon atout majeur, et j'étais convaincu qu'il ne manquerait pas de faire de l'effet sur un psychiatre un peu sensible. Je réclamai donc un psychiatre. "Un psychiatre ?", répondit le plus balèze des deux, "tu veux voir un psychiatre ? On va t'en faire voir, des psychiatres !", et en me donnant de grands coups dans le dos, ils me jetèrent contre la porte d'un dortoir qu'on vint ouvrir de l'autre côté. Je fus accueilli par une espèce de feulement que poussèrent en chœur une vingtaine de jeunes gens étendus sur leurs lits, pâles, abattus, drogués. L'armée se débarrassait-elle dans ce dortoir de ceux qui ne lui plaisaient pas ? Se livrerait-on sur moi à des expériences médicales ?

J'ai passé trois jours et deux nuits dans ce dortoir, entre un garçon qui se faisait appeler Troll et se disait le fils de la reine de Norvège, et un amoureux de Sheila qui caressait sans arrêt le visage de la chanteuse sur une couverture de *Jours de France*. De mon côté, je tenais à l'envers les *Fondements de la mystique tibétaine* dont j'embrassais les pages au fur et à mesure que je les tournais. Un infirmier s'approcha de mon lit. Je le regardai dans les yeux et je lui dis : "Ô Seigneur Vishnou, je répète mentalement Ton nom et je pense à l'aspect béatifique de Tes attributs." Il s'éloigna en lançant à ses collègues restés au fond du dortoir : "Encore une tantouse !"

Je finis par rencontrer un psychiatre. Il me demanda

de dessiner un arbre qui ne soit pas un sapin. Heureusement, la veille de mon départ pour la caserne, j'avais potassé le test de l'arbre avec ma sœur Bénédicte qui terminait ses études de psychologie. "Dessine beaucoup de fleurs", m'avait-elle conseillé, "c'est interprété comme un manque de prévoyance et de méthode". Elle m'avait montré le dessin d'un arbre exécuté par un jeune sadique : tout à fait le genre d'arbres que je dessinais quand j'étais petit.

Je dis au psychiatre, après avoir dessiné une maison avec une cheminée qui fume : "C'est Noël, le sapin est à l'intérieur." Je sortis mon chapelet et je me mis à triturer les têtes de mort. J'étais sûr qu'il voudrait que je lui montre ce chapelet. Il tendit la main et je reculai en prenant un air épouvanté et en psalmodiant plusieurs fois "Om namo Nârâyana".

Il était convaincu d'avoir affaire à un grand timbré. Je n'étais pas loin de penser comme lui. "Mettez-vous à l'aise", me dit-il, "détendez-vous." J'enlevai mes chaussures et, m'asseyant par terre, j'essayai de retrouver la posture du lotus. Je le suppliai de me sortir de là : "Vous avez vu mon dossier médical. Tachycardie, agoraphobie, psychanalyse... Quand le téléphone sonne, je sursaute. Ce serait criminel de me confier une arme à feu." Je mis en doute les pouvoirs de mon chapelet et du mantra de Vishnou quand je l'entendis me répondre : "Rien ne presse." J'avais forcé la dose ! Ce type voulait me guérir !

Il me tendit deux feuilles blanches et me pria d'exercer de nouveau mes talents : "Dessine un homme sur cette feuille et une femme sur celle-là. Tu as cinq minutes." Il me tutoyait ! J'étais fichu. Ceux qui vous tutoient sans vous connaître pensent que vous êtes à leur merci ! Il m'attendait au tournant de la représentation des zones érogènes. Mes deux dessins sont-ils conservés dans un recoin des Archives du ministère de la Défense ?

Chacun abandonne des bouts de sa biographie chez les médecins. Que deviennent les fiches qu'ils remplissent sur nous ? Quand ils meurent, n'importe qui peut les lire. L'histoire de mes oreilles se trouve chez celui-ci, l'histoire de mes yeux est plus éparpillée. J'aimerais lire les notes prises par le psychiatre de l'hôpital militaire pendant que je dessinais un clown tenant en équilibre sur chacune de ses épaules un point d'interrogation et un point d'exclamation plus grands que lui, et dont les mains étaient des couteaux-scies. Pour la femme, je dessinai un lit et je commentai : "On l'attend. Elle n'est pas encore là." Le psychiatre avait l'air contrarié. Il rangea mes dessins dans sa mallette, pendant que j'égrenais mon chapelet. Il allait certainement me prescrire des médicaments qui ne me conviendraient pas. Une des créatures de Frankenstein qui régentaient le dortoir serait chargée de m'injecter un liquide psycho-stimulant et je me réveillerais avec un torticolis spasmodique, ou avec une protraction de la langue. Je ressemblerais à un tamanoir ! D'accord, il n'était pas question que je perde dix-huit mois de ma vie à transbahuter des bazookas, mais je ne tenais pas non plus à ce qu'on me transforme en malade catatonique.

Je venais de me mettre à dos mon seul éventuel allié dans ce bâtiment dont tous les couloirs donnaient sur des portes à trois serrures fermées à double tour. La nuit, on entendait des hurlements qui me faisaient peur et me donnaient envie de pleurer. Je m'étais renseigné sur la cause et la provenance de ces cris. On m'avait répondu : "Ce sont les camisoles de force, tu veux les rejoindre ?"

Je peux le dire aujourd'hui, tant d'années ont passé : Vishnou, *j'y ai presque cru.* Je l'ai adoré sous la forme d'une de ses incarnations mineures, Nârâyana, un ascète que les dieux redoutaient et à qui ils envoyèrent, pour le perdre, les nymphes les plus séduisantes. Je ferai un autre aveu. Il est plus difficile à faire parce qu'il concerne le présent : je me demande si je ne vais pas croire à Vishnou. Quand je lis qu'à la condition de me concentrer sur l'espace entre les deux sourcils (*trikûta*), je verrai apparaître de jeunes déesses, des musiciennes célestes, des nymphes et des jardins, des palais, des rivières de miel et de lait, j'ai envie que ce soit vrai.

"Om namo Nârâyana !" J'ai bien peur que ce mantra ne soit jamais la solution à mes problèmes, même si je suis en train de me concentrer intensément sur un point entre mes deux sourcils au risque de faire des fautes de frappe pendant que je tape cette phrase à la machine.

Le psychiatre me fit raccompagner par un infirmier armé jusqu'aux dents — sauf erreur, il avait une cartouchière pleine de seringues — qui me propulsa tambour battant vers mon lit où je fus contraint de m'étendre illico, la position couchée étant la seule forme d'activité que toléraient nos gardiens. Je retrouvai Troll et l'amoureux de Sheila avec un plaisir où l'intérêt sociologique s'estompait pour laisser la place à de l'affectivité détraquée. Je tentai d'établir le contact avec eux, mais ils parvenaient si bien à se concentrer sur l'espace entre leurs sourcils qu'ils étaient déjà dans les bras des musiciennes célestes.

Un galonné fit irruption dans le dortoir et jeta la panique dans notre troupe en hurlant qu'il fallait nous mettre en rang. Je demandai où on allait. Un infirmier me conseilla d'attendre d'être retourné dans le civil pour poser des questions. Les couloirs de l'hôpital ressemblaient aux rues d'un village un soir de black-out. J'aperçus au loin une cabine téléphonique vers laquelle je mis le cap comme un marin voyant apparaître le phare qui le sauvera. C'était sans compter sur le sergent qui me rattrapa : "Hé, le Mystique, où est-ce que tu t'envoles ?" Le Mystique était le surnom que m'avait valu le maniement de mon chapelet.

Nous fûmes conduits dans une salle de cinéma où se trouvaient d'autres appelés qui tapaient du pied en réclamant que la projection commence. J'aurais volontiers revu ce soir-là un bon film d'Hitchcock, mais je m'attendais plutôt à voir un documentaire sur les hélicoptères de combat ou sur les maladies vénériennes. Nous eûmes droit à un film américain en V.F., *Le Chant de Bernadette,* où Jennifer Jones dans le rôle de Bernadette Soubirous met son sex-appeal au service de l'Église. Après trois quarts d'heure, le film étant vraiment trop nul, je quittai mon siège et me dirigeai vers la sortie. Deux sentinelles me donnèrent l'occasion de comprendre l'expression *manu militari* en me ramenant brutalement à ma place.

Le lendemain, je réussis à me rendre à la cabine téléphonique. Ai-je rampé sous les lits, crapaüté dans les couloirs comme un soldat d'élite ? Pas du tout. Avec un remarquable sang-froid, dans mon pyjama fourni par l'armée, je poussai la porte du dortoir laissée entrouverte et m'avançai d'un pas résolu vers la cabine. J'allais décrocher le combiné quand je vis arriver un officier. Il voulait téléphoner, lui aussi. Pour ne pas faire d'histoire, je lui cédai la place en esquissant un vague salut militaire. Il me demanda ce que je faisais là. Dans ma réponse, j'insistai sur les mots "permission spéciale... permission du chef...", qui me semblaient de nature à calmer ses soupçons.

Je finis par avoir mon père au bout du fil. Il me recommanda de ne pas perdre mon calme. Il m'aiderait à quitter l'hôpital. Il connaissait un général, un ancien Compagnon de Saint-François, avec qui il avait fait de nombreux pèlerinages quand ils étaient jeunes. Le soir même, j'étais libre.

Plus tard, je raconterai cette histoire à Delphine, qui me dira : "Une femme peut tomber amoureuse de quelqu'un d'aussi nerveux que toi, mais pas l'armée !"

Le soir du 7 février 1968, je commençai mon premier journal intime. Ce journal, très déprimant à relire, s'arrête heureusement en décembre de la même année.

J'ai d'ailleurs eu le bon goût de ne pas le tenir tous les jours. J'en aime beaucoup la dernière ligne : "22 décembre, Delphine est enceinte."

Je m'en veux d'avoir conservé ce cahier ! J'ai cru bien faire en le relisant, je m'y suis cru obligé, par conscience professionnelle en quelque sorte. Puisque j'évoque certaines circonstances de ma vie, autant ne pas négliger une telle source de renseignements. Le moins consciencieux des historiens sauterait sur le journal intime du personnage dont il s'occupe, me suis-je dit sans me douter de ce qui allait me tomber dessus. À la fin de ma lecture, ce fut comme dans l'Apocalypse quand l'agneau brise le septième sceau : "Il y eut dans le ciel un silence d'environ une demi-heure." J'étais accablé.

J'aurais pu tenir un journal moins impubliable ! Journal intime trop intime : alors que je menais une vie sociale assez intense, je la mentionne à peine, préférant parler de moi qui allais mal au lieu de parler des autres qui me faisaient du bien. Chaque jour ou presque, il n'est question que de mes peurs de mourir et de devenir fou. Je déplore à longueur de pages la vie que je mène, une vie sur laquelle d'autres que moi avaient des idées bien arrêtées, à commencer par Tina (j'avais donc recommencé à la voir !), laquelle, le 20 février, m'accuse de n'avoir aucune ligne de conduite. Mon sort dut lui paraître réglé lorsqu'elle me dit, dans un effet de gradation intensive : "Tu n'as pas d'avenir." Même relue un quart de siècle après les faits, c'est une phrase qui me fait froid dans le dos.

En avril, une autre femme prend la parole : "Tu seras malheureux, tu n'aimeras jamais personne." Le thème du malheur l'inspire, puisqu'elle se demande si je ne m'attache pas les femmes en les rendant malheureuses, et si je ne cherche pas dans ce malheur la preuve qu'elles tiennent à moi.

Des gens à qui la lecture de mon journal aurait fait

plaisir, ce sont les médecins militaires. Ils avaient peut-être confondu la tachycardie et la danse de Saint-Guy, mais après une telle lecture, leur diagnostic ne serait pas resté hésitant.

Le 25 octobre, je notais ceci : "Soir. Je revois François Truffaut avec un grand plaisir. J'ai toujours aimé le rencontrer, je lui parle du livre que j'ai commencé, nous bavardons pendant trois heures. Cette conversation me décide à donner plus de place au cinéma dans mon roman." Au lieu de rapporter ce que nous nous sommes dit, je m'arrête là et me contente, un mois plus tard, de signaler que je reçois une lettre de Truffaut où il espère que j'ai meilleure mine que la dernière fois qu'on s'est vus. Je lui avais dit qu'il avait des gestes d'espion, toujours en éveil et sur ses gardes, et il s'était mis à énumérer des noms d'acteurs ayant interprété des rôles d'espions. De tous les amis que j'avais dans le cinéma, Truffaut est le seul à qui je confiai que j'avais commencé d'écrire un livre. On se connaissait depuis longtemps. Il m'avait invité à une projection d'un bout à bout des *Quatre Cents Coups* en 1959. Quand je lui avais annoncé que j'allais me marier avec Tina, il m'avait demandé : "Comment ton père a-t-il réagi ?" Je pouvais lui dire que j'écrivais un livre sans qu'il m'accuse de lâcher le cinéma. Je lui avais présenté mon père après une projection de *Jules et Jim* — c'était enfin moi qui invitais mon père à une projection privée — et j'avais vu qu'il se mettait en frais pour ce monsieur qui était "le père de François". Mon père, volubile, enthousiaste, avait étonné Truffaut par un impeccable exposé sur son film, qui lui paraissait entièrement construit sur le temps. Je revois le cinéma où cela se passait, un cinéma qui a disparu depuis. Je revois mon père, ses grands gestes des deux mains, j'entends vibrer sa voix forte — quand je lisais les pièces de Shakespeare, les rois avaient toujours la voix de mon père —, je repense à Truffaut, habillé comme un jeune homme de bonne famille, son souhait étant de passer inaperçu, et je le revois sourire quand mon père lui dit : “Votre devise pourrait être *Mine de rien.*” J’entends la voix de François : quand il parlait de cinéma, on discernait une pensée de fer dans cette voix de velours. Franz et François sont morts, livres et films jouent à cache-cache dans ma tête. Mon père écrivait des livres et souhaitait que je fasse des films. À neuf ou dix ans, j’avais pourtant commencé à rédiger un roman, c’est un détail qui avait beaucoup intéressé Truffaut, surtout quand je lui avais dit que l’argent rapporté par ce roman devait me permettre d’acheter une caméra ! Entre-temps, j’étais devenu cinéaste, mais quand j’appris à Truffaut, en 1968, que je m’étais lancé dans l’écriture d’un roman, il me donna sa bénédiction, comme un frère aîné prêt à me couvrir. Dès que le roman fut publié, je lui fis cette dédicace :

à Truffaut,
entre François,
Weyergraf.

On peut lire dans mon journal, à la date du 29 octobre 1968, ce bref mémorandum : “Vu mes parents. Étrange hostilité de mon père quant à mon projet de livre...” Quelles furent ses insinuations, ses réticences, ses sous-entendus déplaisants ? Il n’y eut pas de phrases précises. L’hostilité fut sourde, c’est-à-dire muette. Voulait-il m’éloigner d’une carrière d’homme de lettres dont il connaissait mieux que moi les difficultés, les embûches, les problèmes pratiques, avant tout financiers ? Redoutait-il de découvrir qu’il avait élevé un émule de Casanova ? J’aurais dû me fâcher ! J’aurais dû lui dire : “Ton fils est en train de t’apprendre qu’il écrit un roman. Ton devoir est de l’encourager.” Sincèrement, en quoi ça le gênait ? Presque trente ans après cette conversation, et vingt ans après sa mort, je me pose toujours la question.

D'autant plus qu'il n'avait rien lu de ce que j'écrivais ! Avait-il peur que je lui refasse le coup de Claude Mauriac à François Mauriac ? Le premier roman de Claude Mauriac, *Toutes les femmes sont fatales* (un titre qui m'avait paru courageux, pour un fils d'écrivain catholique), l'avait consterné. Je l'avais entendu dire à un de ses amis au téléphone : "Ce livre a dû faire souffrir et profondément blesser son père."

En octobre 1968, j'avais vingt-sept ans et mon père cinquante-quatre. Cinq de ses enfants s'étaient mariés. Cinq mariages et cinq ratages ! Il y aurait un extraordinaire roman à écrire là-dessus : un farouche partisan de la fidélité conjugale voit les mariages de ses enfants aller à vau-l'eau. Mon père était dans une solitude tragique, comme Burt Lancaster dans *Le Guépard,* un film qu'il aimait beaucoup. Il m'a souvent raconté la conférence de presse donnée par Visconti et Burt Lancaster quand le film fut projeté au festival de Venise. À la question d'un journaliste : "Comment avez-vous réussi, vous, M. Lancaster, acteur américain familier des westerns, à interpréter un aristocrate italien ?", Burt Lancaster avait répondu : "J'ai suivi à la lettre les indications de mon metteur en scène." Mon père suivait à la lettre les indications de sa foi chrétienne. Les valeurs auxquelles il avait cru toute sa vie avaient beau s'effondrer sous ses yeux dans la vie de ses enfants, il restait impavide. Mais pourquoi ne voulait-il pas que j'écrive un roman ? Et pourquoi ne lui ai-je pas demandé pourquoi ?

Il avait découvert un filon : les témoignages d'un père de famille, et il avait conquis tout un public de lecteurs en quête de conseils. Et Dieu sait s'il y en avait, quand je pense aux ahurissants chiffres de vente de ses livres ! Pourquoi n'écrivait-il plus de romans ? Je découvre dans *Joyeuse Paternité* (achevé d'imprimer l'année de ma naissance) une réponse possible : "J'ai essayé d'inventer des récits. Ils s'alourdissaient du mal qui est en moi, cette boue au fond du cœur qui me rappelait que je suis fils de la terre et sans cesse sollicité par elle." Pour lui, les récits qu'on invente s'alourdissent automatiquement du mal qui est actif chez leur auteur. Voilà pourquoi il ne voulait pas m'écouter quand j'essayais de lui parler du roman que j'écrivais. Il se disait : "Si François écrit un roman, son manuscrit va s'alourdir du mal qui est en lui." Je suppose qu'il estimait qu'un film ne pouvait pas s'alourdir du mal que la littérature était plus à même d'exprimer. À la fin des années soixante, le cinéma ne montrait rien de ce que les romans permettaient de décrire. Mon père, en me faisant comprendre qu'il ne voulait pas que j'écrive des romans — sans oser me le dire en face, pour ne pas ternir son image d'excellent père —, pensait m'éloigner de l'éloge du péché, et nommément le péché de la chair.

Après avoir lu la phrase où il annonce qu'il va renoncer aux récits qui s'alourdissent du mal qui est en lui — pendant que ma mère s'alourdissait de moi — je restai comme deux ronds de flan en lisant la suite : "Ma femme, qui semble ne pas avoir perdu le bienfaisant effet du Saint Baptême, souffrait de lire ces histoires mensongères. J'ai cru alors qu'il ne me restait plus qu'à parler d'elle et rendre sensible, dans la trame de ma vie, le fil d'or de sa présence qui la maintient et la justifie."

J'entends la voix calme du Dr Zscharnack : "Parlez-moi donc de votre mère." À l'époque, je n'avais pas lu *Joyeuse Paternité* à la loupe, sinon j'aurais pu lui répondre : "Ma mère ? Il me semble qu'elle n'a pas perdu le bienfaisant effet du Saint Baptême." Aujourd'hui, ma mère est plus marrante : elle qui bénéficiait jadis des effets du Saint Baptême, elle ne croit plus en Dieu. Après la mort de son mari, elle m'a dit : "Si je pouvais au moins croire qu'il est au ciel ! Si je pouvais me dire qu'il m'a précédée dans la vie éternelle et qu'il m'attend ! Mais il n'y a plus rien. Il n'est plus là et je suis atrocement seule..."

Des années après la mort de mon père, et pas plus

tard que l'année dernière, j'ai lu à ma sœur Claire les phrases en question (s'alourdir du mal qui est en soi, ma femme qui souffre de lire ces histoires, et la curieuse conclusion : "il ne me restait plus qu'à parler d'elle"). Un frère et une sœur ayant tous les deux plus de cinquante ans dînèrent en tête à tête. Je me demande si ce n'est pas la seule fois de ma vie que j'ai dîné en tête à tête avec une de mes sœurs. Delphine m'avait dit : "Je vais vous laisser seuls. Si je restais, vous n'auriez pas la même conversation." Chère Delphine ! Elle avait préparé le repas et s'était éclipsée. Elle revint à l'heure du dessert, à ma demande : je ne voulais pas que Claire puisse croire que Delphine n'avait pas envie de la voir. Je dis à ma sœur : "Il y a dans les livres de Papa des passages qui ne sont pas piqués des hannetons." Elle fit l'étonnée. Je me dis : "Elle ne les a pas lus, ou elle n'a pas voulu les relire. Elle a des photos de son père encadrées chez elle, mais elle ne lit pas ses livres. Moi, j'honore la mémoire de mon père en relisant ses livres. C'est dur, j'en conviens, mais il a passé sa vie à écrire des livres et c'est là qu'on peut le retrouver." Je connais l'adolescence de ma sœur aînée. Ce fut pire pour elle que pour moi : une fille qui eut entre autres l'audace, dans les années cinquante, de s'éprendre d'un garçon alors qu'elle n'était qu'une adolescente. Affolement de ses parents ! Le spectre de la fille-mère ! Je ne lui ai jamais dit que j'avais admiré sa conduite. Elle osait ce que je n'osais pas ! En 1953 ou 1954, elle avait rapporté à la maison le disque de la musique du film *O Cangaceiro,* un film et une musique que mon père détestait. Elle avait eu le courage de l'affronter et de lui dire en face qu'elle aimait cette musique, que c'était son goût à elle et qu'elle continuerait d'écouter le disque et de fredonner la chanson, point final.

Entre-temps, elle s'était mariée avec un avocat et elle avait eu des enfants. Nous dînions ensemble et elle ne voulait pas me dire ce qu'elle pensait des livres de notre père. Je lui servis en entrée la salade grecque préparée par Delphine. Je lui avais proposé de dîner au champagne. En son honneur, j'avais mis au frais mes deux dernières bouteilles de la cuvée Florens de Castellane, un des meilleurs champagnes qui soit. Elle m'avait dit : "Gardons-le pour la fin. Tu n'as pas du vin blanc ?" Deux enfants de Franz Weyergraf burent donc un châteauneuf-du-pape blanc, "clos du Beauvenir". Le garçon était devenu romancier. La fille, pédiatre.

J'aurais bien voulu savoir ce qu'elle pensait des rapports pour le moins conflictuels que j'avais entretenus avec mon père. Pas moyen de lui soutirer quoi que ce soit, sinon : "Elles sont délicieuses, ces côtes d'agneau. Tu as vraiment un bon boucher." On a beau appartenir au corps médical, on n'en est pas moins sœur et fille et respectueuse de la loi du silence !

Je vais trop vite. Ce dîner, c'était l'autre jour. Je n'en suis pas là. J'en suis encore à l'époque où mon père était vivant. Je regrette de ne pas avoir été plus loquace à son sujet dans mon journal intime.

En août 1968, je suis à Cannes dans un appartement qu'on m'a prêté et qui domine la ville et le golfe de La Napoule. De la terrasse, je regarde les feux d'artifice qui sont tirés du bord de mer à l'occasion d'une Semaine internationale de pyrotechnie tout en écoutant à plein volume sur un électrophone portatif la Chevauchée des Walkyries et l'Entrée des Dieux au Walhalla. La nuit, je travaille au scénario d'un film. Je change sans arrêt les prénoms des personnages, deux hommes et trois femmes, et je n'arrive plus à savoir de qui il s'agit quand je me relis.

On découvre toujours de vieux livres qu'on ne connaît pas dans les appartements des autres, et un soir, dans le bruit des pétarades et des détonations, je lus le récit de la fête donnée un siècle plus tôt à Versailles en l'honneur de don François d'Assise, mari de la reine Isabelle II, "ce pauvre petit roi d'Espagne, écrivait la princesse de Metternich, absolument indigne de la fête qu'on lui offrait". L'artificier Ruggieri avait éclairé a giorno chaque fontaine et accroché dans les arbres des ballons de couleur pour donner l'illusion de fruits lumineux. À la tombée de la nuit, tout Versailles fut embrasé par quatre bouquets successifs de vingt-cinq mille fusées chacun !

Mon scénario avait pour titre provisoire *Electronic Orgy,* un titre auquel je tenais depuis qu'un ponte d'Hollywood m'avait dit qu'il lui plaisait. Il était venu rencontrer de jeunes cinéastes à Paris. À la fin de notre rendez-vous dans une suite de l'hôtel George V, il m'avait invité à dîner. Une limousine nous conduisit dans un restaurant où il lut le résumé de mon scénario en s'extasiant sur des langoustines à la coriandre. Quand le maître d'hôtel lui conseilla la farandole de desserts, j'avais trouvé un producteur. Mon script l'excitait, les idées étaient bonnes, c'était jeune, c'était moderne. Il me ferait venir à Hollywood. Il fallait que j'aie un agent. Il serait mon agent. Dès la semaine prochaine, il montrerait le scénario d'*Electronic Orgy* à Robert Mitchum. Qui voudrais-je rencontrer d'autre ? Des actrices ? À son avis, dans un film comme le mien, il vaudrait mieux lancer de jeunes inconnues. Il m'enverrait des photos. Il m'enverrait aussi un billet d'avion. Il se fit déposer à son hôtel et me laissa la limousine en disant au chauffeur de me conduire où je voudrais. Au bout d'un mois, sans nouvelles de lui, je finis par l'appeler à son bureau. On me répondit qu'il avait été renvoyé. Aucun de ses récents projets ne serait pris en considération par la compagnie. Un producteur de Munich se déclara prêt à coproduire *Electronic Orgy* à condition que j'obtienne l'avance sur recettes en France. Pourquoi le démarrage d'un film n'était-il pas rapide comme celui d'une fusée de feu d'artifice ?

Sur un vieux poste de radio dont seules les ondes courtes étaient encore audibles, j'appris, malgré les bruits parasites et le fading, que des troupes aéroportées occupaient l'aéroport de Prague. Les troupes du pacte de Varsovie avaient envahi la Tchécoslovaquie la veille au soir à vingt-trois heures, pendant que les estivants massés sur la Croisette applaudissaient le feu d'artifice mexicain. On était dans la nuit du 20 au 21 août 1968. Le jour se leva, j'étais très secoué par ce que je venais d'apprendre et m'attendais à la déclaration de la Troisième Guerre mondiale.

Dans l'état de nervosité où m'avait mis l'annonce de l'invasion de Prague, je repensai à un médecin qui s'était occupé de moi l'année précédente, et à qui je n'avais donné aucun signe de vie depuis. Je l'avais consulté au sujet de maux de tête monstrueux : je m'attendais à être d'une seconde à l'autre terrassé par une forme rapidement mortelle de méningite aiguë. Il m'avait prescrit des cachets de sa composition, qui, à raison de trois par jour, avaient tenu à distance respectueuse mes inquiétudes et mes migraines. J'aurais volontiers repris un de ces cachets qui m'aurait permis de réfléchir aux informations plus précises que la radio commençait à donner sur la Tchécoslovaquie abandonnée pour cause de coexistence pacifique aux sbires de Brejnev.

Ce médecin n'avait pas voulu que je le paye. Ce serait la moindre des choses de lui écrire une lettre pour lui faire savoir que j'allais bien, en espérant que lui écrire me fasse aller mieux. Je préparai une théière de Lapsang Souchong et j'installai sur la terrasse une petite table à jeu, à pieds rabattables, qui se trouvait dans le salon. Je sortis de ma valise un bloc de papier à lettres et je quittai les vêtements que je portais depuis la veille pour me mettre en maillot de bain. Je pris un tabouret dans la cuisine, incapable depuis toujours d'écrire sur un siège qui présente le moindre semblant de confort.

Je comptais écrire la lettre au docteur en dix minutes. Ensuite je corrigerais quelques phrases dans mon scénario avant d'aller faire un tour rue d'Antibes. Je me mis à écrire à toute vitesse, ma main avançant sur le papier comme un train qui traverse une gare où il ne s'arrête pas. J'évoquais les remous qu'avaient affrontés pendant les derniers mois mon organisme et mon esprit. Vers onze heures du matin, le soleil chauffait et j'avais écrit une bonne vingtaine de pages que je relus après être rentré dans l'appartement pour prendre un chapeau. Je décidai de ne pas envoyer ma lettre. Ce n'était pas une lettre. On n'encombre pas les gens avec des lettres de vingt pages. Je relus encore mon paquet de pages. Sans m'en rendre compte, j'avais écrit un début de roman. Très excité, je m'habillai et je courus en ville pour acheter une machine à écrire. Je finis par trouver une petite machine portative qui ne me plaisait pas, mais pour avoir un plus grand choix j'aurais dû aller à Marseille et j'étais pressé. Je rentrai en taxi. Je n'avais jamais écrit un texte aussi long. En retapant la lettre, je remplaçai "cher docteur" par "chapitre premier". Je n'avais toujours pas dormi. Je ne mangeai rien. Je continuai d'écrire jusqu'au soir, à la main, ou à la machine, changeant de place sur la terrasse en même temps que le soleil pour que l'ombre de ma main ne soit pas projetée sur les mots qu'elle traçait. J'étais comme un joueur que la chance ne quitte pas. Les phrases sortaient de mon cerveau comme autant de numéros gagnants. Je m'étais comparé à un joueur malchanceux en relisant mon scénario. Mais écrire ces pages si facilement me rendait calme, heureux, maître de mes émotions.

Pas pour longtemps ! J'avais parlé de martingales et de surmartingales avec un garçon de café qui avait étudié la théorie des probabilités. J'avais retenu qu'un joueur qui cherche à améliorer ses chances par des choix avantageux, par exemple en prévoyant le moment où il s'arrêtera, s'abuse et se sentira toujours frustré. "Toutes les théories sont formelles, avait conclu le vieux garçon de café. Il n'existe pas de choix avantageux. C'est démontré !" Il me parla ensuite de banditisme et de racket, mais je ne l'écoutais plus. Je ne pensais qu'à une chose : il n'existe pas de choix avantageux.

Choisir d'écrire un roman au lieu de tourner un film ne serait donc pas avantageux ? Ni salutaire, ni même utile ? Comme on blinde au poker, je misais sur la littérature avant d'avoir vu mon jeu. Je ne savais pas ce qui m'attendait. J'étais complètement inconscient ! Si j'avais pu prévoir ce qui me tomberait dessus après la parution de mon premier roman, je serais allé demander à genoux à des producteurs de télévision de me faire tourner un documentaire sur le sujet de leur choix. J'aurais dû mieux écouter ce garçon de café. Sur la Croisette, à quelques mètres du Casino municipal où mon père, s'abandonnant d'une façon inconditionnelle à la divine providence, avait gagné l'argent qui lui manquait pour acheter sa maison de vacances — lui qui détestait les jeux de hasard presque autant que l'adultère ! — j'avais eu la chance de pouvoir bavarder avec un vieil homme que le destin avait mis sur ma route, un garçon de café qui avait joué dans ma vie le rôle du devin dans les tragédies grecques, mon Tirésias, et, comme tout héros tragique qui se respecte, je n'avais pas voulu l'écouter. Il n'était pas aveugle comme l'auguste devin convoqué par Œdipe devant le palais de Thèbes, mais il avait quand même un œil caché par une plaque de cuir noir. Il m'avait dit de ne pas me faire d'illusions : en vertu de certaines lois imparables, la fortune finale d'un joueur ne pourra pas être plus grande qu'au début. J'en avais déduit qu'il n'y avait rien d'avantageux à écrire un roman et que je ne serais pas plus avancé à la fin qu'au début. C'était comme si le Dr Zscharnack était venu me souffler à l'oreille : "Écrire ce roman est une façon de vouloir vous en sortir, mais rien n'indique que ce soit la bonne." Il fallait que je sois vraiment à plat pour donner tant d'importance à quelques phrases échangées avec un garçon de café qui finissait son service et s'était surtout intéressé au pourboire astronomique que ses propos m'avaient convaincu de lui laisser.

Il devait bien y avoir des exceptions ? Pourquoi n'en serais-je pas une ? Une expérience permet d'entrevoir plusieurs résultats possibles. Je n'avais qu'à tenter l'expérience et on verrait bien le résultat. Je n'allais pas renoncer à l'effort sous prétexte que m'attendaient à la fin des réponses décevantes. Je n'allais pas me laisser intimider plus longtemps par mon probabiliste amateur. J'eus l'occasion d'en parler quelques mois plus tard avec un mathématicien rencontré chez des amis. Je me suis bien gardé de lui dire que ma source était un garçon de café qui avait, à mon avis, de solides raisons d'en vouloir au Casino de Cannes. Il me redonna courage : "Mais votre informateur vous a caché la théorie des espérances conditionnelles ! Il faudrait que je vous parle des variables aléatoires. Si vous tenez à vous servir intuitivement des mathématiques dans votre travail de création artistique, contentez-vous de retenir qu'il existe une variable aléatoire qui sert d'espérance par rapport à l'aboutissement de votre projet."

J'étais venu à Cannes pour y terminer un scénario et, début septembre, j'en repartais avec les premiers chapitres d'un livre ! Avant de rentrer à Paris, où j'avais hâte de retrouver Delphine, je passai quelques jours chez mes parents. Je pris le train pour Avignon, et le car pour Apt où mon père vint me chercher en voiture. J'avais deux lourdes valises pleines de livres, mais ce fut la machine à écrire qu'il repéra tout de suite : "Tu m'avais dit que tu écrivais ton scénario à la main !" Sans me méfier, je lui dis que j'avais acheté la machine pour écrire un roman. Il devint glacial : "Un roman ? Tu es sûr de ce que tu fais ? Tu en es à combien de pages ?" Je lui dis la vérité : j'en avais écrit quatre-vingt-huit, ce qui devint pour lui : "Même pas cent ! Tu te rendras vite compte que les cent premières pages, ce n'est rien du tout, c'est un galop d'essai. On ne peut pas dire qu'on a commencé un livre avec cent pages. Ces cent pages finissent généralement à la poubelle. Tu ferais mieux de te concentrer sur ton scénario. Tu es un visuel ! Tu auras l'avance sur recettes et ton Allemand suivra. Il en est où, ce scénario ? Tu ne devrais pas te disperser."

Au lieu de prendre la Nationale 100 et de passer par Céreste, nous avions préféré les petites routes. Mon père avait toujours l'air plus détendu en Provence qu'ailleurs, même si son système nerveux était parfois mis à rude épreuve par un climat où le soleil et le vent ne vous font pas de cadeau. J'avais voulu revoir Rustrel et Gignac, des villages où il m'avait emmené, dix ans plus tôt, avec ma caméra Paillard-Bolex et mes trois objectifs Berthiot pour le tournage de mon premier film, dont j'avais réussi à faire acheter plusieurs copies par le ministère des Affaires étrangères, des copies (sonores grâce à Prévert) qui devaient dormir dans de lointains consulats de France. "Regarde le chemin que tu as parcouru, me dit-il. On étudie tes courts métrages dans les écoles ! (Je lui avais montré la lettre que j'avais reçue de Pologne : des étudiants de l'École de cinéma de Lodz me posaient des questions sur mes premiers documentaires inscrits à leur programme — je me demande comment ils s'étaient procuré les copies, puisque je n'avais jamais reçu le moindre zloty.) François, on attend maintenant de toi une grande œuvre." Sur un panneau indicateur, j'avais revu le nom *Simiane-la-Rotonde* et demandé des nouvelles de Maryse : "C'est drôle que tu parles d'elle. Figure-toi qu'elle est passée nous dire bonjour la semaine dernière avec ses trois gosses et qu'elle nous a demandé ce que tu devenais. On dirait qu'elle t'a gardé une sorte de dévotion ! Elle a lu un de tes articles quelque part. La maternité l'a épanouie. Une très belle jeune femme..." Un instant, j'avais cru qu'il allait ajouter : "Tu avais du goût !" N'étais-je pas un visuel ?

Mais il avait changé de sujet et fulminé contre l'installation d'une base de lancement pour les fusées atomiques sur le plateau d'Albion. Moi aussi, j'étais furieux. Tous les lieux de mon enfance étaient lentement et sûrement saccagés, toute cette Provence que j'appelais quand j'étais petit “le Paradis terrestre”.

Tant que nous abordions des sujets sur lesquels nous étions d'accord — du désarmement à l'âpre beauté du paysage — tout allait bien, mais c'était fatigant à la longue de devoir toujours slalomer en évitant les sujets tabous. Si je ne voulais pas que la guerre éclate, je devais passer sous silence presque tout ce qui m'intéressait. C'était peut-être la même chose pour lui. Il parlait moins de religion. Son heure de gloire religieuse passait doucement. Quelques années plus tôt, le pape Jean XXIII l'avait fait venir en consultation au Vatican. Ils s'étaient connus pendant le festival de Venise quand mon père était quelqu'un d'important à l'Office catholique international du cinéma, et que Jean XXIII était encore Mgr Roncalli, patriarche de Venise. Il était aussi allé à Chicago où on avait traduit deux de ses livres et où il avait fait une conférence en anglais en présence de l'Archbishop local. Sur le rabat de la jaquette des deux ouvrages publiés par Henry Regnery Company — un des éditeurs de John Dos Passos — on lisait : “From a deep and intimate personal experience in marriage, Franz Weyergraf has written books on the happiness possible for married couples.” Mon expérience à moi n'était pas très *deep*. Mon père m'avait demandé le sujet de mon roman et j'avais eu le malheur de lui dire : “L'histoire d'un homme confronté à quelques femmes, et qui essaie de s'en sortir comme il peut.”

Il m'avait proposé d'aller jusque Saint-Christol en traversant la forêt de la Plate. Je regrettais nos longues randonnées en 2 CV sur les autoroutes d'Allemagne et d'Italie. Je pensais avec tristesse à une phrase que j'avais lue récemment dans un livre sur le cirque, et qui m'avait fait penser à nous deux. La phrase disait à peu près ceci : laissons aux psychologues le soin de découvrir quels sont les motifs profonds qui poussent presque toujours les couples de clowns à se séparer.

Ce soir-là, ma mère avait préparé un gigot d'agneau qu'elle avait piqué d'ail, et grâce à un bon vin rouge de l'Ardèche, nous avions évoqué pendant toute la soirée les moments les plus drôles que nous avions vécus ensemble. Le lendemain, sur la terrasse, nous avions mangé les premières bonnes pêches de septembre. Nous sommes partis tous les trois passer une journée à Aix-en-Provence où je fus surpris de voir mon père acheter un exemplaire sur vergé de Montval de la pièce de Giraudoux *Pour Lucrèce*. Il n'était pourtant pas bibliophile. Mais c'était pour me l'offrir. Dans un café du cours Mirabeau, il écrivit sur la page de faux-titre : "*Pour Lucrèce* et pour François en souvenir du bonheur partagé aujourd'hui, son Papa." Je lui montrai le début du texte : "À Aix-en-Provence. Vers 1868. C'est l'été. Terrasse d'une pâtisserie sous les platanes." Les platanes étaient là, l'été aussi. "Si ce n'était pas l'édition originale, lui dis-je, je modifierais la date : je corrigerais 1868 en 1968 !" Comment faisions-nous pour nous entendre si bien alors que nous étions d'accord sur si peu de choses ?

Le soir, dans la chambre qui, même si mes parents y logeaient leurs amis de passage, restait "la chambre de François" — la chambre où les fiancés Tina et François passaient des heures à s'enlacer jusqu'à ce que ma mère vienne dire : "Papa est inquiet de vous savoir enfermés dans ta chambre, je sais que vous ne faites rien de mal mais vous pourriez vous promener, il fait si beau" — j'ouvris le couvercle de ma machine à écrire, je sortis une rame de papier de ma valise et j'écrivis la suite de mon roman. À l'autre bout du couloir, dans les moments où je réfléchissais, je pouvais entendre la machine de mon père. Au milieu de la nuit, il écrivait lui aussi. Il tapait beaucoup plus vite que moi. Le lendemain, nous nous sommes réveillés tous les deux vers midi. Pour avoir la paix, je lui ai dit que je travaillais à la version définitive de mon scénario, ex-*Electronic Orgy,* devenu *La Terre promise,* un mauvais titre, j'étais d'accord. Ma mère était montée dans ma chambre pour voir si je ne manquais de rien et elle avait fait mon lit. Elle ne s'était sans doute pas privée de lire le début du manuscrit posé sur la table. Elle avait dû tomber sur des scènes qui contrastaient vivement avec la thématique des œuvres de son époux. Avait-elle informé mon père ? Il me parut plus susceptible, plus froid, plus méfiant.

Il avait écrit : "Nous qui sommes fils, nous savons mal parler aux pères. Nous qui sommes pères, nous savons mal parler aux fils. Essayons d'annuler ces deux négations. Il faut que le dialogue s'engage. Mais il ne sera jamais comme nous l'avions imaginé." Quelle prescience ! Hélas, il attendait que notre dialogue soit comme il l'avait imaginé : un jeune cinéaste chrétien mettrait en images l'univers dont son père lui avait donné les clés.

Nous ne parlions pas de Delphine pour la bonne raison que mes parents ignoraient son existence. Ils se doutaient qu'il y avait de l'eau dans le gaz avec Tina mais ils nous croyaient toujours ensemble et je ne les détrompais pas. J'avais inventé que Tina était au Brésil au chevet de sa grand-mère. Il fallut que Delphine accouche de notre première fille en août 1969 pour que je la présente enfin à mes parents à qui je n'avais même pas dit que nous attendions un enfant. Ma sœur Bénédicte se trouvait alors aux États-Unis. Je lui avais envoyé un télégramme. Elle me répondit : "Je te félicite de tout cœur pour la naissance de ta fille et je me réjouis avec toi. Comment est-elle, combien pèse-t-elle, où est-elle née, qui est la maman ? As-tu annoncé la naissance aux autres de la famille ? Sinon, fais-le."

En septembre 1968, dans le département des Basses-Alpes devenu celui des Alpes-de-Haute-Provence, je passai une dizaine de jours délicieux en compagnie de mes parents. Il m'avait suffi de comprendre qu'il ne fallait plus que je mentionne mon projet de roman. Je leur racontai mon scénario, et ma mère me donna de très précieux conseils pour étoffer la psychologie des personnages. Je l'ai toujours considérée comme une excellente dialoguiste. Ce fut en partie grâce à elle que mon scénario obtint l'avance sur recettes et que le producteur allemand se décida à le produire. Mon père me poussait à tourner en cinémascope — il avait toujours vu grand pour moi — mais l'Allemand comptait trouver de l'argent à la télévision !

Le dernier jour, ma mère mit dans ma valise des pots de confiture de sa confection — confitures de figues et de melons — et nous prîmes le petit déjeuner sur la terrasse. Je ne savais pas que c'était la dernière fois que je voyais mon père en Provence. Il me conduisit à la gare d'Avignon.

Quand je le revis à Paris, le mois suivant, je commis l'erreur de lui parler de mon roman. Il avait voulu savoir quels étaient mes projets, et le scénario de *Piano Massacre* (ex-*La Terre promise,* ex-*Electronic Orgy*) étant terminé — des amis le traduisaient en anglais et en allemand —, comme une vraie tête de linotte, je mis mon roman sur le tapis ! Et je raccorde maintenant, comme dans le montage d'un film, avec mon journal intime à la date du 23 octobre 1968 : "Étrange hostilité de mon père quant à mon projet de livre..."

Lequel père, après tout, nota peut-être aussi de son côté, fût-ce mentalement : "Étrange hostilité de mon fils..." Mais je ne crois pas. Il avait toujours avec lui sa certitude de Dieu qui englobait l'amour qu'il portait à ses enfants, cette lave dans son sang, cette lave brûlante qui, révélée par une artériographie, aurait enfoncé les films du vulcanologue Tazieff.

Nous avions dîné dans ce restaurant très simple tenu par deux vieilles dames à l'angle du boulevard Saint-

Germain et de la rue des Saints-Pères, un restaurant où je suis sûr, avais-je dit à mes parents, que Strindberg est venu quand il séjournait à Paris — Strindberg qui fut parfois pour moi ce que Swedenborg fut pour lui : "mon guide dans les ténèbres" — et nous avions enchaîné sur les adaptations des pièces de Strindberg au cinéma, la *Mademoiselle Julie* d'Alf Sjöberg, *La Danse de mort* avec Erich von Stroheim, des films que mon père avait présentés jadis dans des ciné-clubs en estimant que j'étais trop jeune pour qu'il m'emmène avec lui. Nous avions parlé aussi de *Légendes,* le texte que Strindberg avait commencé d'écrire en français et terminé en suédois. Le livre était paru un an plus tôt au Mercure de France et nous l'avions lu tous les deux sans nous consulter. Ma mère n'avait pas pu le lire en entier. Strindberg était trop misogyne pour elle : "Vous ne le trouvez pas siphonné, Strindberg ? Il est un peu fou, non ? — Mais Maman, qui n'est pas fou ? Réfléchis ! Nous sommes tous plutôt fous, tu ne trouves pas ?", lui avais-je répondu en pensant davantage à son mari et à son fils qu'à elle.

En parlant du film de Sjöberg, mon père avait dit qu'il avait revu avec plaisir Anita Björk, l'interprète de Mlle Julie, dans un très beau film d'Ingmar Bergman, *L'Attente des femmes.* Et il s'était mis à encenser Ingmar Bergman comme si personne ne l'avait jamais traité d'érotomane. En dix ans, je ne savais pas lequel des deux, Bergman ou mon père, avait fait le plus de progrès ! Nous étions revenus à Strindberg et j'avais évoqué le rôle de l'autobiographie dans la littérature. Les deux tiers des livres de mon père étaient autobiographiques. Il n'avait jamais hésité à parler de lui, de sa femme, de ses enfants (dont il donnait les vrais prénoms), mais sans prendre de grands risques. Chaque fois que sa sensibilité le conduisait à aborder des situations déplaisantes, il se réfugiait dans un lyrisme ingénu ou dans la description d'un paysage provençal. Il raconte qu'il a visité avec les aînés de ses enfants une exposition de tableaux de Cézanne. Il a senti qu'il ne réagissait pas de la même façon que nous devant ces tableaux, mais au lieu d'examiner cette différence, il rédige une page de critique d'art. Je suppose qu'il avait besoin de se prouver qu'il était toujours capable de nous tenir tête et que ce n'était pas parce qu'il vieillissait et que nous avions vingt ans qu'il allait se laisser dépasser. Son analyse de Cézanne est un exercice de style. Je ne vois même pas pourquoi je le lui reproche. Il écrit qu'un de nos amis lui avait répondu (il exclut qu'un de ses enfants ait pu le contredire) : "Miró et Klee vont beaucoup plus loin" (ce qui n'est pas une réponse très futée, et je crois d'ailleurs que c'est moi qui la lui fis, agacé par les lieux communs qu'il nous sortait sur Cézanne, "terrien provençal"). Il conclut : "Je ne sais comment l'affaire s'est terminée. Mais j'en ai eu mal. En partant de Cézanne, je veux vous faire une confidence. Je sais depuis longtemps que le père doit s'effacer de ses enfants. Vous connaissez comme moi le drame : la mort du père. Sachez qu'il a deux faces, que vous vivez la vôtre et que je vis la mienne." Il aurait mieux fait de répondre : "Révise un peu ton histoire de l'art. C'est bien la peine d'avoir lu la Correspondance de Cézanne et le Journal de Klee pour dire une telle bourde." Je trouve ce passage très triste, comme l'ensemble du livre *L'Enfance de mes enfants.* L'auteur ne supporte pas que ses enfants quittent la maison. Il le leur dit : "Vous allez partir, vous allez me quitter définitivement." On dirait l'amiral Onishi s'adressant à ses kamikazes. Les mariages successifs de ses enfants ne furent quand même pas un suicide collectif. Il continue : "Dans le passé, rien n'échappait à mon attention avide." Il a voulu être gentil en écrivant cette phrase. Une attention avide ! Voilà qui décrit moins un père de famille qu'un boa constrictor devant six petits singes sans défense. "Le père vit dans le sang, dans la vie profonde de ses enfants. On ne nie pas cette mystérieuse dépendance qui vient de la chair, on peut s'en affranchir ou la dépasser, mais elle reste indélébile." Exactement ce que m'avait dit le Dr Zscharnack de la religion ! Indélébile ! Quelle drôle de façon de parler à ses enfants : je vous préviens que vous n'arriverez pas à vous débarrasser de moi. Et il fallait que ça tombe sur des enfants aussi sensibles que les siens, sur un garçon comme moi, notamment, un bel exemple de fils qui fut très proche de son père. Quand il vendait des livres par correspondance, je l'aidais à écrire les adresses sur les étiquettes. Je m'appliquais. J'étais déjà un perfectionniste, hélas pas au sens des "perfectionnistes", une secte chrétienne américaine qui pratique le partage des femmes. Je veux bien accepter cette "mystérieuse dépendance" dont il parle, et aussi qu'elle soit indélébile, mais j'aurais préféré que ce soit moi qui le dise. Vais-je recopier la suite, toutes ces phrases qui favorisèrent l'émergence d'impulsions hostiles et agressives à l'égard du père, pour parler comme Zscharnack ? Ces phrases qui ravivaient mes tendances inconscientes de haine ?

Je n'aimerais pas qu'on pense de mes livres ce que je pense de ceux de mon père. Serait-il tombé des nues si je lui avais dit que ses livres m'exaspéraient ? Je crois que oui, mais comme je me suis bien gardé de le lui faire savoir, je n'en saurai jamais rien. Il me parut tellement sûr de lui quand il se drapa dans sa dignité outragée au moment où fut publié mon premier roman que je ne pense pas qu'il ait pu douter de l'impact de ses livres sur moi, mais je me trompe peut-être. Il fallait qu'il soit certain de la valeur de son œuvre — d'un point de vue moral, bien sûr, et pas littéraire — pour me traiter comme il le fit : silence total après la parution de mon ouvrage. Le silence de quelqu'un de blessé ?

Les livres de mon père ont le don de m'énerver. Ce n'est pas ce qui peut m'arriver de mieux, et ce n'est pas rien. Il est mort depuis vingt ans et j'ai toujours envie de lui parler. Je voudrais même, si possible, le faire rire, bien que je n'en prenne pas le chemin. Il n'aurait pas aimé que je parle de lui, et je lui rends la monnaie de sa pièce : je n'ai pas aimé qu'il parle de moi.

Je reviendrai bientôt au mois d'octobre 1968. Mais restons en 1964, l'année de la parution de *L'Enfance de mes enfants,* dont mon père m'a dédicacé un des exemplaires hors commerce sur whatman, un beau papier qui était déjà difficile à trouver dans les années soixante. Il s'était sûrement bagarré avec son éditeur pour l'obtenir. (Il ne s'éditait plus lui-même depuis le succès de son livre précédent.)

Je lus les trente premières pages en couvrant les marges de points d'interrogation et d'exclamation, en face de phrases comme celle-ci : "Les pères ne font pas de confidences. S'ils en font, c'est signe de faiblesse ou de mort." Parfois, les points d'exclamation ne suffisaient plus. Tout un passage m'était consacré. Que faire ? Points d'interrogation ou points d'exclamation ? Inventer des points d'imprécation ? De résignation ?

Il se permettait de parler de mon mariage au moment où je me faisais psychanalyser ! Au moment où Tina avait pris rendez-vous chez un psychiatre célèbre qui lui avait dit : "Votre mari est chez Zscharnack et vous n'êtes pas encore divorcés ?" La chère Tina était revenue avec une ordonnance de tranquillisants *pour moi* ! Elle me raconta que le psychiatre lui avait dit : "Si ça ne lui réussit pas, revenez me voir. Nous avons tout un arsenal de médicaments. Nous finirons bien par trouver ensemble ce qui lui convient." *Lui,* c'est-à-dire moi ! Je me mis à soupçonner Tina de cacher des tranquillisants dans mes filets de cabillaud ! Dans les beignets de courgettes ! Je me levais tard et elle me préparait en guise de petit déjeuner une omelette aux tomates : trois œufs, deux tomates, de l'huile d'olive, du sel, du poivre, du persil haché, de l'ail et deux comprimés de Laroxyl coupés en menus morceaux. Cette omelette hallucinogène me faisait me rendormir. Plusieurs fois, j'ai failli rater ma séance avec Zscharnack. C'est sûrement ce que souhaitait le psychiatre. Ils étaient à couteaux tirés, ces deux-là.

C'est dans ce contexte qu'arrive l'ouvrage de mon père. Et qu'arrive mon père. Il quitte sa Provence pour venir faire des interviews à Paris. J'avais beaucoup de travail et lui beaucoup de rendez-vous. Nous eûmes juste le temps de prendre ensemble quelques cafés. Il déjeunait avec des journalistes et dînait avec des prélats, pendant que je voyais Zscharnack trois fois par jour, matin, midi et soir. Tina préparait des examens. Je ne connais personne qui ait autant de diplômes qu'elle. Elle a plus de cinquante ans aujourd'hui, et tous ses diplômes ne lui ont jamais servi à rien. On m'a dit récemment qu'elle est retournée au Brésil où elle s'est remariée avec un architecte qui a vingt ans de moins qu'elle. Un tempérament de feu, Tina ! Elle aurait pu m'envoyer un faire-part. Repense-t-elle parfois à notre mariage ? Devrais-je lui envoyer les cinq livres de mon père qui lui appartiennent autant qu'à moi puisqu'ils sont dédicacés "à François et Tina, mes enfants" ? *L'Enfance de mes enfants* se présente comme un journal de bord tenu par l'auteur dans sa maison provençale : "Étrange sentiment de retrouver mon fils avec sa jeune femme. Ils ont vécu ici, quand ils étaient fiancés. Leur mariage est encore vivant dans ma mémoire. C'est fait : l'arrachement définitif est consommé." L'arrachement définitif ! Il me prenait pour une dent de sagesse ? "Ce mariage, le premier, mariage d'enfants, *les enfants qui s'aiment,* ils avaient à peine vingt ans. Mais j'aime cet élan qui les lance à vingt ans à la découverte d'un être, cette aventure courue dès que la conscience s'est éveillée, dès que leur personne est affermie. Cela aussi, c'est une chose qu'ils me donnent. Ils me rassurent, alors qu'ils devraient m'effrayer. Ils me ressemblent ; ils croient qu'il n'est pas trop de toute une vie pour aller à la découverte d'un seul être. Ils ne l'ont pas deviné, ils le savent." Points d'exclamation, points d'exclamation !

Que lui donnions-nous ? L'élan de nos vingt ans ? C'était en effet un beau cadeau, mais qui n'était pas pour lui. Pourquoi lui aurais-je donné mon entrain, ma vivacité ? Il aurait fallu qu'il accepte aussi en cadeau cet élan qui me lançait dans les strip-teases permanents de Pigalle et de la rue de Berri. Si, avec Tina, nous donnions quelque chose à mon père, c'était un faux-semblant de son orthodoxie. Il décidait que nous lui ressemblions. Le regard de cet homme sur notre jeune couple était celui d'un annexionniste. Il voulait que je sache comme lui — mieux encore : il décrétait que je savais — qu'il n'est pas trop de toute une vie pour aller à la découverte d'un seul être. Fallait-il se conduire dans le mariage comme Cézanne devant ses pommes ?

Mon père nous regarde, Tina et moi, et puis il va s'asseoir dans son bureau et il écrit : "Ils me ressemblent." Avais-je envie de lui ressembler ? Cette phrase fut aussitôt en butte, sur l'exemplaire reçu en 1964, à toute la puissance de feu exclamative dont me permettait de disposer la ponctuation moderne.

La suite est à la mesure de ce qui précède : "Ce mariage, si proche et déjà si lointain. J'y ai assisté tendu et je devais être livide. Le mariage, quel coup de dés sur la providence de Dieu ! Aujourd'hui, les dés roulent." Toujours cette dramatisation outrancière ! Au lieu de signaler sobrement : "Mon fils se marie", il écrit : "C'est l'entrée de mon fils dans le mystère de l'amour", comme s'il s'agissait d'un train fantôme, ce qui, d'ailleurs, ne m'aurait pas déplu. Il aurait pu écrire : "J'assistai au mariage de mon fils avec le même plaisir que j'avais, quand il était petit, à le voir monter dans une auto-tamponneuse." Nous adorions aller à la foire, et mon père, qui aurait pu y trouver une mine de comparaisons, ne le signale dans aucun de ses livres. Il préfère le coup de dés sur la providence de Dieu. Il préfère être livide et tendu.

Le comble, c'est que ce texte sur *mon* mariage fut reproduit dans deux journaux — un quotidien de Lille et un quotidien de Marseille — lorsque mon père mourut. Ce texte que j'avais détesté dix ans plus tôt, il me fallut le relire quand je pris connaissance des articles publiés au lendemain de la mort de mon père. On le republiait pour lui rendre hommage ! Au lendemain de sa mort, il continuait d'assister, livide et tendu, à un mariage qui avait sombré depuis longtemps, comme dans ces récits de science-fiction où le personnage est condamné à revivre en boucle les épisodes de sa vie qui continuent à le faire souffrir. J'étais triste. Mon père venait de mourir et je m'en voulais d'avoir pensé du mal de ses livres, regrettant amèrement de ne jamais en avoir parlé avec lui. Moralité : si vous avez une critique à faire à quelqu'un, faites-la tout de suite ! Vous vous éviterez, le cas échéant, des complications posthumes.

Franz Weyergraf s'était consacré à l'exaltation du rôle du père dans la famille chrétienne, un rôle dont il fut d'ailleurs le splendide interprète. Si Sophocle l'avait connu, il aurait écrit une pièce sur Laïos, le père d'Œdipe, un personnage un peu oublié, quelqu'un qui aurait sûrement été livide et tendu s'il avait assisté au mariage de son fils...

Toujours dans *L'Enfance de mes enfants,* mon père évoque le diable. Voilà ce que je suis obligé de lire : “Le diable se rue à l'assaut d'un pauvre homme fatigué et le conduit dans un jardin vénéneux où fleurissent les corps féminins qui sont comme des fleurs dénaturées. Et c'est la tentation de l'infidélité, absurde, celle qui tend un corps nouveau à celui qui n'a pas su conquérir une âme.”

Allongé sur le divan zscharnackien, j'ai souvent essayé de comprendre l'obsession de l'infidélité dans les écrits de mon père. Mes lectures psychanalytiques m'aidèrent davantage que Zscharnack, muet sur ce thème, l'infidélité relevant pour lui du sport plus que du péché. J'en avais conclu, avec l'aide de Karl Abraham, que mon père s'était fait le héraut du rapport monogame qui vous lie à une femme dont vous faites un substitut de votre mère. Cet amour (d'après mon père), ce transfert libidinal (selon Karl Abraham) est le plus souvent définitif et irréversible.

Mon père aurait mieux fait d'écrire les pages immortelles dont je le savais capable — drôles et inattendues comme il savait si bien l'être quand il voulait — sur ses beaux-parents, qui ont toujours excité sa verve. Il a préféré parler de sa femme, un sujet sur lequel il avait moins de recul. Dans *L'Enfance de mes enfants,* il la complimente : "Tu as donné à ton fils l'image de la femme forte." J'ai voulu mettre un point d'exclamation dans la marge, mais j'ai cassé la mine de mon crayon. C'est dire l'intensité du transfert de ma libido infantile sur la personne de mon père.

— Vous devriez renoncer à votre agaçante tendance à vouloir tout élucider et tout comprendre, m'avait dit le Dr Zscharnack (c'était son leitmotiv : chaque fois que je comprenais quelque chose avant lui, il m'arrêtait avec ses "pas si vite, pas si vite !").

Je lui avais apporté une page de *L'Enfance de mes enfants.* Je n'avais encore jamais arraché une page d'un livre, mais là, c'était trop fort. Ma lecture m'avait tellement énervé que je ne pouvais plus me contenter de mettre des signes de ponctuation dans les marges. Si mon père avait écrit un roman, je n'aurais pas réagi si violemment. Je n'en aurais pas pensé moins, mais il aurait eu la plus élémentaire des politesses : il n'aurait pas parlé de moi comme si j'étais à sa disposition. Il aurait inventé un personnage qui m'aurait ressemblé, chez qui j'aurais retrouvé des traits de mon caractère, mais qui n'aurait pas été moi. Il y aurait eu création. Tandis que là, je me retrouvais embarqué dans un document plus pathologique que littéraire (du moins était-ce la réaction d'un patient du Dr Zscharnack), j'étais engagé dans le show *Weyergraf Follies,* je jouais le fils ! Je n'étais plus capable de supporter seul cette façon qu'avait mon père de définir mon futur et, en quelque sorte, de me le dicter. Il m'engloutissait sous des verbes à l'impératif — la lave brûlante de son amour — et quand ce n'était pas à l'impératif, c'était au futur, comme Jésus s'adressant aux apôtres pendant la Dernière Cène : "Vous ferez ceci en mémoire de moi."

Mon père écrivait : "Le jour où le fils devra poser des actes de chef, gagner de l'argent, bâtir sa maison, rassurer sa jeune femme, il se sentira seul et habité ; il se dira : mon père le fit, pourquoi pas moi ?" Quelle vision du monde ! Poser des actes de chef n'était vraiment pas mon genre ! Rassurer ma jeune femme : de la part d'un spécialiste du mariage, c'était un peu court. Me sentir seul et habité ? Habité par mon père ? Mais quelle horreur !

J'avais sorti cette page de ma poche et je l'avais déchiffonnée avant de la tendre au Dr Zscharnack qui ne s'était pas ému pour autant. Il s'était levé pour la poser sur son bureau et m'avait dit :

— Apportez-moi donc le livre complet. Il m'intéressera, ce bouquin.

Sans doute des fils de charcutiers lui avaient-ils déjà apporté une tranche de saucisson de montagne ou de jambon de Parme ? Il avait dû leur répondre : "Apportez-moi le jambon en entier."

Le lendemain, je lui confiai mon exemplaire sur papier whatman de *L'Enfance de mes enfants.* Il se plongea dedans aussitôt, sans me faire signe d'aller m'étendre sur le divan. Il était comme moi : dès qu'il avait un livre entre les mains, il ne fallait plus qu'on lui parle. Une sommité du monde psychanalytique prenait connaissance d'un paragraphe où le géniteur de son patient jouait cartes sur table : “Le père qui cède à l’amour possessif est perdu, il étouffera ses enfants sous sa présence, et son amour lui sera retourné en haine. C’est qu’il s’aime lui-même en croyant aimer ses enfants. Les attentions, les cadeaux, l’aide, les conseils, c’est à lui-même qu’il les adresse. Ses enfants sont en lui. Il les a dévorés.” Quel incroyable autoportrait, m’étais-je dit en lisant ces lignes visiblement écrites pour servir de repoussoir. Qu’en pensa Zscharnack ? Il ne me reparla jamais du livre et ne me l’a jamais rendu.

Tout ça, je me suis bien gardé de le dire à mes parents dans le restaurant où nous avons parlé de Strindberg en octobre 68, le soir où je voulus ranimer la conversation en évoquant les rapports de l’autobiographie et du roman. Au cinéma, j’aimais le mélange du documentaire et de la fiction, comme la présence de la ville de Naples dans *Voyage en Italie,* “ou comme la séquence de la pêche au thon dans *Stromboli*”, avait ajouté mon père. Au lieu de continuer jusqu’au dessert à parler de tous les films où le drame s’appuyait sur le document, où la fiction se reflétait dans le documentaire, il avait fallu que je dise : “C’est ce que je tente de faire dans mon roman. Je vais mêler un documentaire sur notre époque aux états d’âme de mon personnage. Le superficiel des magazines de mode qui contrastera avec un côté disons... plus moraliste...” J’avais failli dire “pascalien”, mais mon père me regardait d’un air sombre : “Les magazines de mode, tu trouves que c’est une source d’inspiration ?” Quel empoté j’étais ! Je venais de gâcher la fin de la soirée. Ma mère s’empressa de me donner des nouvelles de chacune de mes sœurs, ce qui assura une bonne demi-heure d’accalmie, mais le cœur n’y était plus. Mon père commença à redouter une crise d’aérophagie et voulut rentrer à l’hôtel.

Je fis croire à mes parents que j’allais retrouver Tina qu’ils me demandèrent de bien embrasser de leur part, et, en les quittant à Saint-Germain, je fis semblant de me diriger vers la rue de l'Odéon, mais je rejoignis Delphine dans la chambre d'hôtel qu'elle occupait rue Delambre. Ils n'étaient pas dupes. Ma mère en tout cas. Je me demande si mon père se doutait que je m'apprêtais à divorcer ?

Quand j'annonçai à ma mère que je préférais écrire des livres au lieu de continuer à tourner des films, et que Delphine m'y encourageait — sans Delphine, je crois que je n'aurais d'ailleurs ni filmé ni écrit —, elle me répondit : "Ce n'est pas étonnant. Quand tu tournes tes films, tu rencontres plein de femmes, mais quand tu écris, tu restes chez toi et elle t'a sous la main !" — une opinion que je livre telle quelle à ceux que les rapports entre la littérature et le cinéma intéressent.

Que serais-je devenu si je n'avais pas rencontré Delphine ? Je n'avais pas été qu'en bonne santé, loin de là, depuis que je la connaissais. J'étais obligé de prendre, trois fois par jour, ces fameux cachets qui effrayaient les pharmaciens à qui je demandais de les préparer, si bien que je n'osais pas aller deux fois chez le même. Le premier à qui j'avais confié l'ordonnance m'avait dit : "J'espère que vous n'avez pas laissé le malade tout seul à la maison !" Il m'arrivait souvent, en composant un numéro de téléphone, de penser que j'allais mourir et que la personne que j'appelais serait la dernière à m'avoir entendu. Ma mort devait inéluctablement survenir pendant notre conversation, ce qui avait le mérite de me faire éviter les propos insignifiants. Les amis que j'ai appelés dans ces moments d'angoisse se souviennent-ils de l'inhabituelle concision latine de chacune de mes phrases ?

Pendant les quatre années qui suivirent, je devins le père de mes deux filles. Zoé fut la première. Mon père m'écrivit : "À travers ce que tu m'as dit au téléphone, j'ai compris que tu étais heureux, un peu abasourdi par la révélation qui t'arrive, mais heureux d'être père. C'est l'essentiel. Voir naître sa propre chair, c'est un mystère terrible et délicieux. Pareille naissance nous fait naître à nouveau. Je souhaite que cette joie qui est la tienne en ces jours, tu la conserves toujours, comme j'ai toujours conservé la mienne au point que je revis, avec une intensité qui me submerge, la joie de la naissance de mes enfants quand arrivent les naissances chez mes enfants." Il n'avait pas pu s'empêcher de parler d'un mystère terrible. Je reconnus la pensée de l'auteur de *L'Enfance de mes enfants.* Il ne s'intéressait ni à ma fille ni à sa mère (il est vrai qu'il ne les avait vues ni l'une ni l'autre). Woglinde est née deux ans plus tard. Comme je travaillais la nuit, ni Zoé ni Woglinde n'eurent à attendre leurs biberons quand elles les réclamaient à quatre heures du matin. Delphine et moi aimions beaucoup vivre à l'hôtel. Avec un enfant, ça allait, mais avec deux, c'était trop compliqué. Nous avons fini par louer un bel appartement de cinq pièces en bas de la rue Monge et nous avions souvent du mal à payer le loyer. J'ai pourtant tourné deux films pendant ces quatre années, mais j'étais si heureux de pouvoir tourner que je ne fis pas attention aux contrats que je signais. J'aurais même été jusqu'à payer pour pouvoir tourner ! Et c'est ce qui m'arriva ! Je fus très surpris de voir que la production m'accorda sans discuter quatre jours de tournage supplémentaires... Je n'avais pas compris que les jours de dépassement étaient à ma charge. Nous avions loué cet appartement de cinq pièces et je ne touchais presque rien de la forte somme que j'attendais ! Mais j'avais réalisé mon premier long métrage de fiction. Il obtint un prix au festival de Berlin et ne sortit jamais en France. En Allemagne fédérale, comme prévu, il passa à la télévision. J'avais réussi à ne pas devenir amoureux de mon actrice principale.

Depuis la naissance des filles, j'allais beaucoup mieux. J'avais eu trente ans. Quelques années plus tôt, un généraliste consulté à Marseille m'avait dit que mes troubles nerveux disparaîtraient aux abords de la trentaine, une prophétie qui m'avait fait lui répondre : "Puissiez-vous être mon Nostradamus !" Quand de vagues angoisses me reprenaient dans la rue, je serrais mon tube de Valium dans ma poche comme mon père aurait serré son chapelet. Parfois ce n'était pas suffisant et j'étais contraint d'avaler un comprimé. En 1972, mon deuxième long métrage fut invité au festival de Venise. Cette année-là, par suite de contestations diverses, on ne décerna pas de prix au festival de Venise. Je reçus comme tous les autres participants un Lion ni d'or ni d'argent mais néanmoins en métal, avec mon nom gravé sur le socle : "F. Weyergraf". Je m'étais dit que je l'offrirais à mon père.

J'organisai quelques projections privées à Paris. Mon père ne put malheureusement pas y assister. Il avait décidé de ne pas quitter la Provence avant d'avoir fini son prochain roman. Je l'avais félicité au téléphone : "C'est formidable que tu te remettes à la fiction." Je ne lui avais pas dit que mon roman avançait, lui aussi. Contrairement à ce que je lirai plus tard sous la plume de certains critiques, la littérature n'a jamais remplacé le cinéma dans ma vie. J'écrivais et je filmais comme on se sert tour à tour d'un couteau et d'une fourchette, ou d'un browning et d'une kalachnikov.

Un soir de 1972, je me hasardai à confier à mon père, venu apporter son manuscrit aux éditions Laffont : "Dans quelques mois, j'aurai fini mon livre." Le moins qu'on puisse dire est qu'il garda le silence. Je m'attendais à quoi ? J'aurais voulu qu'il me réponde : "Vas-y François, écris de meilleurs livres que les miens" ? Je ne suis pas si bête, je n'ai pas cru qu'il voulait m'empêcher d'écrire. Dois-je traduire cette dénégation par : je fus assez bête pour croire que mon père voulait m'empêcher d'écrire ? Si je publiais un roman sous le même nom que lui, un nom qu'il m'avait pourtant donné, mon père savait qu'on nous confondrait. Des critiques pressés, des libraires débordés, des lecteurs distraits ne feraient pas la différence entre “Franz Weyergraf” et “François Weyergraf”. Les gens avaient déjà tendance à confondre Graham Greene et Julien Green ! C’était un risque que j’étais prêt à prendre, mais pas lui.

Il souhaitait que je publie sous un pseudonyme, bien qu’il ne me l’ait jamais demandé. C’est ma mère qui m’en parla : “Je crois que c’est la solution la plus sage.” Il aurait pu m’en parler lui-même. Ou m’écrire une lettre, s’il se sentait gêné. À moins que ma mère n’ait pris l’initiative ? Mes parents ont dû évoquer ensemble le problème, et mon père a sans doute soupiré : “François m’inquiète, avec son roman. Il ne faudrait pas qu’on m’attribue ce qu’il va publier. — Calme-toi. Il est loin d’être fini, le livre de François. Si jamais il le termine, il sera toujours temps de voir.” Ma mère m’en parla à la première occasion. Elle m’en parla du reste à plusieurs reprises. Je répondais que mon nom était à moi, qu’il me plaisait, que je ne voyais pas la nécessité d’en changer et que je ferais ce que je voudrais. Elle battait en retraite : “Oui, bien sûr, tu as raison, mais ce que je t’en dis, c’est pour ton père.” Pourquoi mon père m’avait-il prénommé François ? Alors qu’avant ma naissance, il avait déjà publié sous le prénom de Franz ? (Je rappelle qu’il se prénommait Casimir.) Bien sûr, à ma naissance, il ne pouvait pas se douter que j’écrirais trente ans plus tard un roman sacrilège et graveleux.

Casimir s’appelle Franz, et du coup François n’a plus le droit de s’appeler Weyergraf. Quel sac de nœuds ! Que faire ? “Papa, j’ai commencé d’écrire une vie de sainte Cécile !” J’étais prêt à tout pour arranger les choses. Ou bien une vie de Pauline Jaricot, la fondatrice de l’Œuvre de la Propagation de la foi, une Lyonnaise ? Mon père aurait alors pu écrire un article sur le livre de son fils : “Cette vie exemplaire est contée avec fièvre par un jeune écrivain dont on attend maintenant avec impatience le premier roman.” Mon père aurait-il préféré que j'écrive des textes chrétiens, ou que je n'écrive pas de textes du tout ? Et si j'avais publié mon roman sous un pseudonyme, le lui aurais-je envoyé ? Je viens de le dire : c'est un sac de nœuds, l'histoire de la publication de mon premier roman, une histoire gâchée par l'hostilité de mes parents, un couple que — ne l'oublions pas — j'avais peur de cocufier...

Comment ont-ils deviné qu'un livre dont ils n'avaient pas lu une ligne les choquerait ? Ce que ma mère a peut-être lu en cachette en septembre 68, les pages que j'avais écrites à Cannes, n'avait rien d'alarmant, et d'ailleurs il n'en reste pas dix lignes dans la version imprimée. Quatre ans plus tard, j'avais écrit plus de cinq cents pages, et chacune de ces pages avait été récrite plusieurs fois. Je quittais parfois Delphine et les filles pour m'enfermer dans une chambre d'hôtel où je tapais à la machine jour et nuit. Les hôtels où on vous accepte avec une machine à écrire sont rares. Il faut demander une chambre au fond d'un couloir, avec une salle de bains située entre votre chambre et celle du voisin, pour atténuer le bruit. J'ai terminé mon roman dans une chambre 38. Pour les gens de l'hôtel, j'étais devenu "le 38" : le 38 est sorti, il faut chercher le plateau du 38. Moi-même, en téléphonant de l'extérieur pour savoir si j'avais des messages, je disais : "Allô, ici le 38." Ce n'était pas un mauvais pseudonyme, le 38.

Mes amis finirent par se demander, tout comme ma mère, si ce roman paraîtrait un jour. Je tenais à ce que ce soit un livre épais, un livre plus long que ceux de mon père (déclaration assez naïve dans la bouche d'un ancien patient de trois psychanalystes).

Je me souviens de Jennifer me disant dans une des boîtes de nuit où nous nous retrouvions : "Quand me montres-tu ton livre ?" En la quittant à l'aube, je rentrai à la maison et numérotai les pages de mon manuscrit avant de le porter à un écrivain que j'admirais et qui, lecture faite, devait me dire : "La démesure est la mesure de votre texte." Il en parla avec chaleur à ceux qui formaient à l'époque ce qu'un récent biographe de Faulkner appelle *the glittering Gallimard entourage,* et je reçus par la poste un contrat. Les éditeurs ont besoin de manuscrits. De mon côté, j'avais besoin d'argent. Nous finîmes par nous entendre. Contre la verroterie d'un à-valoir, moi, crédule Bantou, je cédai l'ivoire et l'or de mon texte. Nietzsche fit imprimer à ses frais et à quarante exemplaires la dernière partie de son *Zarathoustra.* Herman Melville finança avec l'argent de sa famille le tirage d'un de ses livres à vingt-cinq exemplaires hors commerce. De quoi me serais-je plaint ?

Mon père avait fait des études de droit. J'aurais bien voulu lui montrer mon contrat, mais il m'aurait sans doute suggéré, en direct cette fois, de prendre un pseudonyme. Je m'adressai à un avocat de cinéma qui me conseilla de demander une somme importante dont le glittering Gallimard entourage finit par me proposer la moitié, sur un ton digne de Molière : "Hélas ! mon pauvre argent, mon pauvre argent, mon cher ami ! On m'a privé de toi."

Est-il besoin de souligner que le montant du chèque qui finit par me parvenir était considérablement inférieur à la somme mentionnée de vive voix ? Quatre ans et demi de réflexions... Plus de cinq cents pages dactylographiées... Et je n'étais millionnaire qu'en nombre de signes typographiques ! Moi qui me prenais pour un fin stratège, j'avais signé le contrat *avant* de discuter du montant de l'à-valoir ! Je terminais le montage d'un film et je m'apprêtais à en tourner un autre. J'avais du coffre en 1973 ! Le film que je terminais, *Maurice et Rita,* une histoire d'amour entre un chef d'orchestre et une violoniste, représentait l'aboutissement de toutes mes théories sur le mélange du documentaire et de la fiction. Je pratiquais le "détournement d'images", comme on parle de détournement d'avion : avec des plans documentaires sur deux musiciens en répétition, j'inventai au montage une histoire d'amour, et quand le film fut invité au festival de Cannes l'année suivante dans une section parallèle, je m'aperçus que tout le monde avait cru à ma fiction puisque la direction du festival avait réservé une seule chambre au Carlton pour mes deux interprètes qui, dans la vie, ne dormaient pas ensemble !

J'avais remis le manuscrit en mars et la publication était prévue pour septembre. Plus jamais ça ! Tous les soirs, je regardais mes cinq cents pages et j'avais envie d'en récrire quelques-unes, d'en supprimer d'autres, d'en écrire de nouvelles. Pendant cinq mois, j'eus le sentiment de mentir par omission à mon père. Il écrivait à un cinéaste, il téléphonait à un cinéaste, il dînait avec un cinéaste, il venait voir un cinéaste dans sa salle de montage, et j'étais le seul de nous deux à savoir qu'il rencontrait un romancier. Un romancier à qui Raymond Queneau avait demandé : "Êtes-vous sûr qu'il n'y a pas trop de sexe dans votre livre ?" Comme si on avait dit à mon père : "Ne parlez-vous pas un peu trop de Dieu ?" Je savais que mon père serait choqué par mon livre, et je me rassurais en me disant qu'il serait difficile qu'il soit plus choqué par mon livre que moi par les siens. J'étais bien naïf.

Juste après le mixage du film sur les amours de la violoniste et du chef d'orchestre, j'allai tourner à Bruxelles les premières séquences de mon film suivant, *La Fin du monde commence*. J'avais convaincu un producteur anglais de me laisser tourner sans scénario, comme au début du cinéma muet. Je n'avais pas prévu que tourner en improvisant chaque matin serait si angoissant. Je n'arrivais plus à dormir et je demandai un rendez-vous au Dr Moret, le médecin que mes parents allaient voir quand ils étaient en Belgique. Pendant qu'il prenait ma tension, je lui dis que j'allais publier un roman à la rentrée. Il m'écouta attentivement : "C'est peut-être ce roman qui vous déstabilise, et pas votre film." En me rhabillant, je finis par lâcher le morceau : “Une idée angoissante me tourmente depuis des semaines. Je pense que mon père va mourir si jamais il lit mon livre.” Le docteur protesta. Je me faisais des idées, je manquais de vitamines, j’avais des pensées négatives parce que j’étais au bout du rouleau. Je le vis qui notait sur ma fiche ce que je venais de lui dire, et je lui demandai pourquoi il prenait la peine de noter ma phrase. “Redouter la mort de son père est un symptôme”, me répondit-il. Il refusa d’en parler davantage : “Essayez de ne plus y penser.”

Rentré à l’hôtel où je logeais avec toute l’équipe du film, je sortis le double de mon manuscrit d’une valise, et, au lieu de penser au tournage du lendemain, j’en lus quelques pages en essayant de me mettre à la place de mon père. Tomberait-il dans ce panneau, dans cette facilité, dans cette paresse : confondre l’auteur du livre avec le narrateur dans le livre ? Lui ? Un critique si intelligent ? Pourquoi ne pas lui faire confiance ? Il verrait qu’il ne s’agissait que d’affabulations. Comment réagirait-il en lisant :

Un prêtre pourrait-il changer son propre sperme en sperme du Christ ? Ne jouons pas avec ces choses-là. Si forte fut l’influence des disciples de saint Ignace sur ma formation, qu’avoir l’effronterie d’évoquer la liqueur séminale de Jésus me fait trembler. Ne confondons pas cœur et couilles. La lance du Centurion au Golgotha perce les ventricules du Christ en croix, quand la langue de ma Barbara ne pourlèche au Crillon que les testicules du pauvre de moi.

Mon père serait-il sensible à ce travail sur les assonances et les allitérations ? Apprécierait-il comme il se doit mes variations vocaliques soulignées par un parallélisme consonantique ? Comprendrait-il que je maintenais la tradition des Grands Rhétoriqueurs de la fin du XVe siècle ? Je n’étais pas mécontent de l’antithèse ventricules/testicules. Et si la fantaisie lui prenait de s’intéresser au “fond”, j’avais quand même écrit, à propos du sperme du Christ : “Ne jouons pas avec ces choses-là.” Pourquoi prendre un pseudonyme ? Quel lecteur de mon père serait assez bête — mais bête à manger du foin — pour croire que Franz aurait pu écrire ce que signait François ?

Plus loin dans le manuscrit, une dizaine de pages décrivaient avec force détails la rencontre du narrateur et d'une prostituée qu'il suit chez elle et qui se révèle être un travelo peu appétissant. Des pages que je ne relisais pas moi-même sans frémir ! Une descente aux Enfers ! Comment avais-je pu imaginer ça ! Qu'en aurait pensé l'assemblée des Cardinaux et Archevêques qui dénonçaient déjà, dix ans plus tôt, le complaisant étalage de débordements sensuels et le persiflage des vertus familiales dans le cinéma français ? Qu'en penserait Franz Weyergraf qui avait toujours méprisé les livres faisant patauger leur lecteur dans la boue, comme il l'avait écrit et me l'avait un jour dit avec une véhémence toute biblique ?

Depuis deux ans, nous nous écrivions souvent, plus que nous ne l'avions jamais fait. On se voyait si peu ! Je lui racontais de long en large mes projets de films, mes déboires avec les producteurs (je ne mentionnais pas d'autres déconvenues plus graves avec mes actrices), des lettres que je reproduirais volontiers dans ce livre si ma mère ne les avait pas détruites.

Je passais un nombre considérable de nuits à écrire des chapitres qui feraient patauger mon père dans la boue, et quand le jour se levait, je choisissais la plus belle parmi les plus belles cartes postales de ma collection et je la lui envoyais après avoir écrit au verso un texte débordant d'affection. La correspondance que nous avons entretenue me fait penser au double concerto pour deux violons de Jean-Sébastien Bach, dans l'enregistrement où ce concerto est interprété par David et Igor Oïstrakh, un père et un fils.

Début août 1973, Delphine me fit suivre à Bruxelles

une lettre où mon père me souhaitait bon anniversaire : “Mon cher François, on aurait voulu t'avoir ici, dans le joyeux tohu-bohu général, pour fêter tes trente-deux ans. Mais où es-tu ? On ne parvient pas à te situer sur la planète. On t'imagine sur la tienne propre, qui gravite autour de l'autre, toujours un peu météorite, près de te poser et près de repartir.”

Il me donnait ensuite des nouvelles de son travail — il avait mis, un an plus tôt, tous ses espoirs dans un roman qui n'avait pas marché — et me détaillait les allées et venues, pendant l'été, de mes sœurs et de leurs petites familles. Il aurait voulu que je vienne. Il m'attendait : “Je t'imagine, demain, arrivant dans le soleil, donnant la main à l'une de tes filles et portant l'autre dans tes bras.” Il terminait par : “On t'embrasse avec beaucoup d'amour.” Il ne savait pas que ce serait la dernière lettre qu'il m'écrirait.

J'aurais voulu descendre en Provence pour le revoir avant la parution de *Machin Chouette* — titre définitif de mon roman — mais je n'avais pas le temps. Après Bruxelles, je partais tourner la suite de mon film à Turin, et je devais surveiller le tirage de la copie zéro de *Maurice et Rita* au laboratoire Technicolor à Londres. Par-dessus le marché, nous avions décidé avec Delphine de déménager, et le déménagement aurait lieu fin août. Il n'y aurait pas le téléphone dans notre nouvel appartement. En 1973, il fallait attendre presque un an avant d'avoir le téléphone à Paris. J'avais un film difficile à étalonner, un autre film difficile à tourner, un troisième film en projet, un appartement à faire repeindre, une maison à trouver au bord de la mer pour Delphine et les filles en septembre, et ce roman à propos duquel le Gallimard entourage me bombardait de lettres, de pages spécimens, de projets de texte pour la couverture : “Dans un style d'écorché vif, François Weyergraf propose une façon de sentir, et peut-être une façon de vivre, qui sont celles de toute une génération.” Qui avait rédigé ça ? J'insistai pour qu'on imprime à un endroit visible sur la couverture, par égard pour mon père, que *Machin Chouette* était le premier livre de l'auteur.

Et le chapitre où mon narrateur monte avec deux putes, une blonde et une rousse, qu'il a d'abord prises pour deux touristes ? Mon père sera-t-il dupe ? Croira-t-il que c'est inventé ? La blonde aborde le narrateur : "Tu viens ?", et le narrateur répond : "Mais ton amie ? J'ai envie d'elle. — Elle peut venir avec nous. Elle prend le même fric que moi, mais par contre, tu n'as qu'une chambre à payer." Mon père qui avait écrit que l'amour des corps ne remplace pas l'amour des cœurs, et que l'amour ainsi vanté est toujours découvert en dehors du mariage, va savoir que je suis allé à Pigalle ! "Je plains nos jeunes contemporains qui s'unissent avant le mariage", avait-il aussi écrit. Là, j'étais irréprochable. Je ne m'étais pas uni avant le mariage. "Les malheureux ne savent pas qu'ils se préparent une vie où, déjà, l'infidélité a ouvert la porte. On le leur interdit au nom de la morale. Ils s'en moquent. Ils s'en moqueraient moins s'ils savaient qu'ils cèdent ainsi à l'appel qui monte de la terre, mais d'une terre stérile où on enterre les morts."

Bigre ! "Où on enterre les morts" ! Bossuet n'aurait pas trouvé mieux. Sur le trottoir stérile de Pigalle, j'avais dit : "D'accord, allons-y tous les trois."

Vingt pages plus loin, le narrateur ramène une pute dans un grand hôtel londonien :

Pendant que je demande ma clé, elle se caresse le haut des cuisses en regardant le concierge de nuit dans les yeux. Elle lui dit, d'une voix suraiguë qui me choque dans ce décor :

— Quand nous sonnerons tout à l'heure pour commander des boissons, faites-vous remplacer ici et apportez vous-même le plateau. Monsieur et moi serons tous les deux à poil et vous vous joindrez à nous, je suis sûre que mon ami adorera ça, je le branlerai pendant que vous me ferez l'amour par-devant.

J'étalai trois billets de cinq livres devant l'anglican ahuri :

— Madame va me faire gazouiller gratis, mais je banderai mieux si vous m'assurez que vous vous la taperez après moi, et payez-la avec ces billets qu'elle me fait économiser.

Et mon père allait lire ça ! J'étais fou de laisser imprimer ces passages qui avaient sûrement heurté Raymond Queneau et qui révolteraient Franz Weyergraf. Je me défendais, je m'emportais intérieurement : "Ce roman n'est pas un documentaire sur ma vie ! Pendant plus de quatre ans, je l'ai construit, j'y ai réfléchi, j'ai pesé mes mots, j'ai *composé* ce livre, je ne vais pas renoncer à ces putes qui ne font de mal à personne ! Pourquoi le ferais-je ? Pour ne pas choquer un critique littéraire qui trouvait sordide et malsain je ne sais plus quoi dans un innocent roman de Joyce Cary ?"

Machin Chouette sortit comme prévu en septembre. Je fis mon service de presse dans une bibliothèque ressemblant aux sacristies que j'avais connues quand j'étais enfant de chœur. Dans les vitrines, au lieu de ranger des ciboires et des patènes, on avait mis un exemplaire de chacun des livres publiés depuis cinquante ans par l'éditeur de Gide et de Claudel. J'étais assis à une des tables où, avant moi, d'autres romanciers avaient dédicacé leurs ouvrages à mon père. À la table voisine se trouvait Pierre Mendès France, que le président de la S.A. Gallimard, venu le saluer, appelait Monsieur le Président. "Avez-vous pensé à faire de la publicité pour mon livre ?", demandait l'ancien président du Conseil à l'actuel président de Gallimard, qui s'éclaircit la voix avant de lui répondre : "La meilleure publicité, croyez-moi, c'est la présence de votre livre dans les librairies." Ce que Mendès France résuma ensuite au téléphone en parlant à l'un de ses proches : "Ils ne comptent pas faire de publicité." Pendant plus d'une heure, Mendès France et moi n'avons pas signé un seul livre : il rentrait du

Japon et regrettait que les journaux français ne donnent pas autant de place à l'économie que leurs confrères japonais. On sentait l'homme politique mettant à profit la moindre rencontre pour faire circuler ses convictions et ses idées. J'étais ravi de l'écouter. Je l'admirais depuis que j'étais petit. Je l'avais admiré comme j'avais admiré des coureurs cyclistes ou les vainqueurs de l'Everest. Si j'avais écrit une lettre à mon père ce soir-là, voilà ce que je lui aurais raconté, mais je lui avais envoyé mon livre ! J'étais allé le poster moi-même.

Pendant que Mendès France dédicaçait son essai politique à Leonid Brejnev et à Golda Meir, je dédicaçais mon premier roman à mes parents : "pour Maman et Papa, ce supplément à toutes les cartes postales qu'ils ont déjà reçues de moi". Pendant une dizaine de jours, je ne m'inquiétai pas. Le livre faisait cinq cents pages. Il fallait leur laisser le temps de le lire. Même si mes parents avaient voulu m'appeler pour me féliciter d'entrer dans le prestigieux catalogue de mon éditeur, ils n'auraient pas pu : le téléphone n'était toujours pas installé chez moi. Mon père avait écrit des articles sur mes films — il m'avait interviewé pour un hebdomadaire italien quand j'avais eu mon prix au festival de Berlin — et je ne m'attendais certes pas à ce qu'il me consacre une des chroniques littéraires qu'il avait gardées dans la presse catholique, mais je m'attendais à ce qu'il m'envoie une lettre en forme d'article.

Entre-temps, les articles sur mon livre paraissaient. Les attachées de presse m'envoyaient des pneumatiques pour m'annoncer, comme si elles n'y croyaient pas elles-mêmes, que j'allais avoir une pleine page dans tel hebdo, et deux articles contradictoires dans un autre, avec ma photo, mais moi, j'attendais la réaction de mon père. Il en mettait du temps !

J'appris par une de mes sœurs — celle qui avait sa licence de psychologie — que mon livre provoquait des remous dans la famille. Mon père était furibard, pour reprendre l'adjectif dont elle se servit et qu'elle n'avait certainement pas trouvé dans *La Formation des habitudes* de Paul Guillaume, le sujet de sa thèse.

— Comment ça, furibard ? avais-je dit.

— Eh bien oui, furax, hors de lui, furieux, quoi ! Il a reçu un coup de téléphone d'un critique de *La Croix* qui voulait s'assurer qu'il n'était pas l'auteur de ton roman ! Maman dit qu'il n'a pas mangé pendant deux jours après l'arrivée de ton livre. Il paraît qu'il est livide. Maman m'a bien dit de ne pas lui parler de toi quand j'irai les voir. La consigne est de faire comme si tu n'avais rien publié.

C'était la deuxième fois que je rendais mon père livide ! D'abord mon mariage, maintenant mon roman ! Ma sœur continua :

— C'est vrai que tu y vas fort dans ton bouquin.

— Tu trouves que je n'aurais pas dû le lui envoyer ?

— Ah non ! Imagine qu'il l'ait découvert dans une librairie, c'était encore pire. Ce qui me surprend, c'est que tu sois surpris. Tu connais Papa. Sérieusement, tu ne t'attendais quand même pas à ce qu'il soit au septième ciel en te lisant ?

— Justement si ! Tu vas me trouver idiot, mais j'espérais l'impressionner. Il y a un gros travail d'écriture dans ce livre. Je pensais qu'il le verrait et qu'il y serait sensible. Écoute, il s'est extasié sur des petites choses que j'ai faites pour la télé, et il ne serait pas capable de voir ce qu'il y a de bien dans mon livre ?

— Mais dans ton livre il y a du sperme à toutes les pages. Mets-toi à sa place. Tu es son fils. Il ne supporte sans doute pas d'assister à tout ce déballage...

— Mais enfin, c'est un roman ! C'est de la fiction ! Tu me dis "mets-toi à sa place" ! Il pourrait se mettre à la mienne !

— Ne fais pas l'innocent. Ça ne change rien pour lui, que ce soit vécu ou inventé. Ne t'en fais pas. Tout ça va se tasser. Papa est fatigué en ce moment. Il est à peine sorti de ses problèmes de goutte. On lui a dit d'arrêter de fumer. Je l'ai supplié d'aller voir un autre cardiologue. Il ne fait rien pour son cœur. Il se contente de boire un peu de whisky chaque soir en faisant la grimace.

— Il boit du whisky ? Il n'a jamais bu de sa vie !

— Un petit verre de whisky chaque soir. Il paraît que c'est bon pour le cœur. Tu devrais lui écrire.

— Il n'a qu'à m'écrire le premier ! Et, entre nous, Maman aussi pourrait me faire signe. Qu'est-ce qui l'en empêche ? Elle est sous le choc, elle aussi ?

— Mon cher frère, demande-le-lui...

L'avis de ma mère sur mon livre ne m'intéressait pas de la même façon que celui de mon père — en quoi je me montrais le digne fils de celui-ci, qui, dans son œuvre, ne m'a jamais paru attacher une grande importance à la vie intellectuelle des femmes. Dans je ne sais plus quel chapitre, s'il accorde à la femme le temps de se consacrer à un travail intellectuel, ce sera le soir en compagnie de son mari. Peut-être aussi me méfiais-je de ma mère qui avait poussé mon père (disait-il) à renoncer à ses romans. "Tu es là pour me débarrasser de la boue, du sang, de ces déchirures", avait-il déclaré jadis à ma mère par imprimeur interposé, "le Christ ne t'a pas donné d'autre mission". Mon Dieu, si le Christ avait aussi donné à ma mère la mission de me débarrasser de ma boue, il ne resterait plus rien de mon roman !

Les amis à qui je me confiais ne comprenaient pas que l'opinion de mes parents puisse me tourmenter à ce point. "Tu as trente-deux ans et tu as encore peur de ton papa !", avait ironisé une jeune femme que j'avais invitée à dîner et à qui j'avais parlé de mon père pendant toute la soirée en oubliant de lui faire la cour.

Mon émoi fut à son comble lorsqu'on parla de mon roman dans *Paris-Match*. Ce n'était qu'un petit entrefilet, perdu dans les dernières pages, mais quelle catastrophe ! En quinze malheureuses lignes, l'auteur de l'article avait trouvé le moyen de citer deux fois mon nom de famille, ce qui n'était pas grave, mais ce nom était précédé deux fois du prénom Franz ! Dans *Paris-Match,* on attribuait mon livre à Franz Weyergraf ! Visiblement, le critique connaissait le nom et l'œuvre de mon père, et n'avait pas remarqué le ton pour le moins nouveau de son nouvel ouvrage ! Mon père ne lisait *Paris-Match* que chez son coiffeur. Je me suis dit : "Pourvu qu'il n'aille pas chez le coiffeur cette semaine !" Mais les coiffeurs conservent les vieux journaux ! Si ma mère pouvait avoir l'inspiration de couper elle-même les cheveux de son mari ! N'importe quel ami de mon père allant lui aussi chez le coiffeur, ou chez le dentiste, ou chez le médecin, ou prenant l'avion (pourquoi *Paris-Match* avait-il un tirage si important ?), pouvait tomber sur cet article et téléphoner à mon père : "Alors Franz, tu viens de publier un roman chez Gallimard ?" Fallait-il que j'aille racheter tous les exemplaires de *Paris-Match* dans les Maisons de la Presse des Basses-Alpes et du Vaucluse ? Dans mes cauchemars, ce n'était plus un mince entrefilet qu'avait publié *Match,* mais je voyais sur la couverture, en lettres majuscules : "Franz Weyergraf publie *Machin Chouette*", et en dessous : "L'écrivain catholique nous livre ses fantasmes." J'expliquai à l'attachée de presse qu'on allait me confondre avec mon père, ou plutôt que je ne voulais pas que mon père puisse se voir pris pour moi, et elle me demanda : "C'est sérieux à ce point-là ?" Je n'avais pas à lui raconter ma vie. Pouvait-elle envoyer un rectificatif au journal ? Je pourrais le montrer à mon père si nous en venions un jour à parler de ce malencontreux article. Un rectificatif, affirmait l'attachée de presse, ne ferait qu'attirer l'attention. Ceux qui n'avaient pas vu l'article verraient le rectificatif, et je ne ferais qu'ajouter de la confusion à la confusion. Le mal était fait. Il valait mieux laisser les choses en l'état. Elle ne se rendait pas compte de la gravité de la situation. Allais-je lui avouer que j'aurais dû prendre un pseudonyme, elle qui m'avait déjà dit que mon nom n'était pas facile à retenir ? "Et un droit de réponse ? — Vous n'y pensez pas ! Vous vous couvririez de ridicule !"

Je n'allais pas me fâcher avec un journaliste qui avait aimé mon livre et je laissai tomber en pensant : "Après tout, que celui qui n'a jamais commis de lapsus lui jette la première pierre." Je n'ai pas réussi à savoir si mon père avait eu vent de cet article.

Chaque fois qu'un article paraissait, j'étais partagé entre le plaisir de le lire et la crainte que mon père ne le lise aussi. Mon plaisir se changeait vite en énervement. Les auteurs des articles tombaient dans les pièges que mon livre leur tendait, et prenaient ce roman pour une confession, persuadés que tout ce que je racontais m'était arrivé. Je me reprochais de ne pas les avoir avertis : "C'est un livre, n'est-ce pas, c'est une création, ce n'est pas un document." Une partie de *Machin Chouette* se passe dans le cabinet d'un psychanalyste à qui le narrateur vient se confier. J'avais inventé de toutes pièces des séances de psychanalyse bouffonnes et hautement improbables : par exemple, le psychanalyste grimpait sur un radiateur électrique pour s'adresser à son patient. Eh bien, des critiques avaient pris cela pour argent comptant. Si j'avais écrit que mon personnage sodomisait régulièrement des alligators, ils auraient cru que je passais mes nuits au zoo de Vincennes. Si la majorité des critiques croyaient à l'exactitude et à la véracité de ce que j'inventais, comment avait réagi mon père, qui était, lui aussi, un critique littéraire ?

Dans *Machin Chouette,* le personnage de l'analyste tâchait de calmer, sinon guérir, son patient en lui conseillant d'écrire quelques scènes de sa vie qu'il n'arrivait pas à raconter pendant les séances, soit par peur, soit par manque de temps. Il arrive — ce n'est pas orthodoxe mais ça arrive — que certains psychanalystes demandent à leurs patients d'écrire un rêve qui leur semble important. Zscharnack me l'avait demandé deux fois — deux fois en cinq cents séances. Mon idée venait de là. Si on vous demande d'écrire un rêve, on peut imaginer qu'on vous demande aussi d'écrire un chapitre de livre. Je n'avais pas prévu que ça donnerait ceci, dans un journal auquel mon père était abonné : "*Sans doute lassé par son insupportable patient, un psychanalyste du Tout-Paris invita François Weyergraf à rédiger ses fantasmes.*" Me faire traiter d'insupportable patient ! Pourquoi "insupportable" ?

Comme si le Dr Zscharnack, que je ne voyais plus, qui avait soigné dix ans plus tôt un jeune cinéaste agoraphobe et qui ne savait évidemment pas que j'écrivais un roman, m'avait jamais conseillé de rédiger mes fantasmes ! C'était Delphine qui m'avait encouragé à écrire ce roman. Et si, dans *Machin Chouette,* j'avais mis davantage de moi-même dans le personnage de l'analyste que dans celui du jeune narrateur ? Personne n'y avait pensé, puisque tout le monde voulait que ce soit une autobiographie.

Une conversation avec mon père me manquait de plus en plus sérieusement. Si quelqu'un d'autre que moi avait publié *Machin Chouette,* j'aurais pu lui dire : "Tu as vu l'article de X. sur ce roman ? On confond la vie de ce pauvre auteur avec celle de son personnage." Il m'aurait approuvé, lui qui avait provisoirement renoncé aux textes autobiographiques pour écrire des romans où il faisait disparaître toute trace de l'auteur, comme Flaubert et Maupassant. Mais mon père avait choisi de me faire la gueule. Je ne savais pas s'il avait détesté mon roman ou s'il avait détesté que son fils ait écrit ce roman. Les deux, probablement. Il continuait à se taire après avoir reçu le livre d'un génie ! Ce n'était pas moi qui le disais, mais Zscharnack. Interrogé par un de nos amis communs sur ce qu'il pensait du premier roman d'un de ses anciens patients, il avait déclaré, d'après cet ami : "Je savais qu'il était génial, et maintenant il le prouve. Attention ! Génial est un diagnostic. Ne soyez pas jaloux de lui. Il aura la vie dure." Et que pensait-il du contenu du livre ? Il paraît que la réponse avait fusé : "Mon cher, je ne suis pas responsable des fantasmes de mes patients !" Cher Zscharnack ! Je l'aurais serré dans mes bras ! Grâce à un contre-transfert irréprochable, et d'autant plus méritoire qu'il ne m'avait pas vu depuis des années, il avait dit la phrase qu'il fallait. Si mon père avait pu être psychanalyste ! Pourquoi ne les avais-je pas présentés l'un à l'autre dix ans plus tôt ? J'aurais peut-être appris que mon père disait à qui voulait l'entendre : "Je ne suis pas responsable des fantasmes de mon fils !" Voilà qui aurait calmé le jeu.

Ma crainte d'apprendre que mon père lisait les articles sur mon livre camouflait des sentiments qui atteignaient un degré de complexité bien plus grand que je ne l'imaginais d'abord. Il ne s'agissait pas seulement de craindre que sa fureur n'augmente en voyant qu'on parlait d'un livre dont il aurait préféré qu'on ne parle pas, et qu'on admirait un livre qu'il exécrait. Je redoutais que sa colère ne soit ravivée par les critiques qui montaient en épingle les aspects les moins "catholiques" de l'ouvrage. Que penserait-il s'il lisait : "acrobaties intellectuelles qui glissent sur les peaux de banane de l'obscénité", "mélange de lucidité et de lubricité", "une libido ivre d'elle-même" ? En même temps, ces articles devenaient à mes yeux autant de plaidoiries qui auraient peut-être le pouvoir d'amadouer le procureur général, alias Franz Weyergraf. Par mesquinerie, je souhaitais en plus que mon père les lise pour qu'il se sente isolé. Cette vision mesquine des choses fut vite recouverte par un sentiment de culpabilité qui me faisait penser : "Je n'ai pas le droit d'obtenir des articles que mon père n'a jamais obtenus et qui lui auraient fait plaisir." Je me sentais coupable, envahi par le célèbre fantasme du fils qui voudrait sauver son père en lui rendant la vie qu'il lui doit. Pourquoi avais-je choisi de glisser sur les peaux de banane de l'obscénité, comme disait l'autre ? J'avais honte du catholicisme de mon père. Si on cherche bien, tout le monde a eu honte de ses parents à un moment ou à un autre, et plutôt deux fois qu'une. Le névrosé que j'étais voulait sauver son père. Tout en allant raconter à un médecin que, s'il publiait son livre, il craignait que cette publication n'entraîne la mort de son père. Dans mon délire, je me disais que, faute de sauver mon père, je sauverais notre nom de famille. Voilà pourquoi je n'avais pas pris de pseudonyme !

Sauver mon père de quoi ? *De quoi ? ?* Et sauver mon nom de famille par-dessus le marché ? Tant que j'étais l'élève de prêtres qui lisaient les œuvres de mon père et citaient son nom avec respect, à une époque où je ne savais pas encore qu'on peut avoir le sens du sacré sans adhérer à une religion, tout allait bien. Mon père était à mes yeux un grand homme. Puis il m'avait déçu en publiant des livres avec lesquels je n'étais pas d'accord, des livres où cet homme qui disait n'avoir jamais menti à personne se mentait à lui-même : “Un jour vient, tôt ou tard, où le fils est persuadé qu'il fera mieux que son père. Il ne sait pas que c'est le vœu secret de son père. Son père semble s'y opposer, parce qu'il est là, parce qu'il possède sa stature, son poids, son œuvre déjà faite. Le fils sait qu'il n'ira pas dans la même direction que son père. Même s'il est tonnelier ou médecin, comme l'était son père, il soignera autrement ses malades, il fera autrement ses tonneaux. Le père, sans se l'avouer, voudrait que son fils le prolonge. C'est une tentation. Il joue avec cette tentation. Le fils voudrait à la fois dépasser son père et le prolonger. C'est impossible. Il caresse cependant cette impossibilité. Quand il s'aperçoit qu'il a pris un autre chemin, il connaît un moment de terreur. Ce père qui avait représenté pour lui la certitude, il l'a abandonné. Il découvre qu'il est devenu lui-même. Il se sent seul. Il en veut au père de cette solitude, oubliant qu'il n'y a personne à accuser, mais le destin à accepter. Le père qui était dans le fils a disparu. Le fils a connu, avec cette solitude, sa première douleur d'homme. Mais le père n'est pas mort. Il s'est simplement éloigné. Il peut, il doit revenir. C'est au moment où il se croit libéré de son père que le fils en éprouve le besoin le plus violent. Le père ne doit pas être absent pendant ce temps-là."

J'avais envoyé à mon père un tonneau fait d'un autre bois que les siens. Il devait bien se douter que j'avais besoin de son avis, mais il était absent à un moment qu'il avait lui-même défini comme celui où un père ne doit pas l'être. J'aurais dû recopier cette page et la lui envoyer.

Il fallait que j'en parle à quelqu'un. Je ne pouvais pas infliger plus longtemps à Delphine mes lamentations de Jérémie et mes plaintes de héros tragique abandonné par les dieux de l'Olympe ! Sachant qu'il avait lu et apprécié mon roman, je téléphonai à Zscharnack que je n'avais pas vu depuis dix ans.

Je lui exposai mon problème :

— Mon père a reçu mon livre depuis plusieurs semaines et il ne m'a toujours pas répondu. J'ai peur à la fois qu'il l'ait lu et qu'il ne l'ait pas lu. En le lui envoyant, je savais bien qu'il serait ulcéré, mais je voudrais tant qu'il l'ait aimé.

— En somme, vous voudriez que votre père soit à genoux devant un livre dans lequel vous vous dressez contre toutes ses convictions ?

— Je voudrais aussi qu'il accepte que je publie sous un nom dont il n'est pas le seul propriétaire.

— Ah ! Les noms patronymiques...

— Je pense au seul professeur qui m'ait jamais donné un zéro en français pendant toutes mes études, et qui...

— Vous avez peur que votre père ne vous donne un zéro.

— Ce professeur avait commencé par me dire, à

l'examen oral : "Cher Monsieur, le nom de votre père brille au firmament des lettres..."

— Et vous voulez briller à votre tour, n'est-ce pas ? Le firmament est vaste. Auriez-vous peur d'éclipser votre père ? À moins que vous ne vouliez jouer aux étoiles doubles ? Franz et François comme Alcor et Mizar dans la Grande Ourse ?

— Vous trouvez que j'aurais dû prendre un pseudonyme ?

— Mon vieux, nous ne sommes pas à l'État Civil, ici.

— À partir du moment où je cessai d'être un catholique pratiquant, je ne pouvais plus croire à la valeur des livres de mon père, à leur valeur littéraire non moins qu'aux valeurs chrétiennes y incluses.

— "Y incluses" ! Mon cher, vous recevez trop de lettres d'huissiers. Adoptez plutôt leur détermination que leur style.

— Pour ne pas penser que mon père était un mauvais écrivain — une pensée insupportable — je devais en devenir un bon. C'est là qu'intervient le nom de famille. J'allais faire briller le nom de famille de mon père au firmament des lettres.

— Pas si vite ! Votre livre ne casse pas la baraque non plus. Vous vous emballez sous prétexte qu'il est revenu à vos oreilles que j'ai dit que je vous trouvais génial... Dans votre roman, ce qui restera, c'est tout le côté consacré à ma personne. Pour le reste, on voyage plutôt en terrain plat. Alors, ce nom de famille ?

— Peut-être sert-il à cacher une histoire de prénoms. Je n'y comprends plus rien, tout à coup.

— Tant mieux.

— Est-ce que vous croyez plausible que je me sois mis à écrire pour sauver les livres de mon père ? Si j'avais trouvé que ses livres étaient bons, je n'aurais peut-être pas écrit le mien.

— Vos actes n'ont pas besoin d'être surnaturellement méritoires. Ma parole, à vous écouter, on croirait un maître de l'ascèse chrétienne ! Je suppose que vos professeurs de religion vous ont parlé de la bonne intention, ou de l'intention parfaite.

— Quand on nous demandait de balayer ou de faire la vaisselle en offrant cette action pour le salut des âmes du Purgatoire ?

— Par exemple ! Ou pour le salut des livres de votre père, qui sait ? Vous aimez votre père et vous avez écrit un livre. Ce serait trop facile de vous dire que l'un n'exclut pas l'autre. Avez-vous mis la charrue de la littérature devant les bœufs de votre amour filial ? Ou le contraire ? Peut-on discerner un but et un moyen ? Vous n'avez donc jamais lu une ligne de théologie ? Certaines tâches demandent elles-mêmes à être accomplies sans plaisir. Que désirez-vous, tous comptes faits ? J'espère que vous n'en êtes plus à confondre votre plaisir et votre désir.

— Mon plaisir serait de faire plaisir à mon père, et mon désir...

— Et votre désir n'a rien à voir avec le plaisir de votre père, ni de votre mère par la même occasion... Mettez-vous bien ça dans la tête, saperlipopette !

— Mon père est furieux, il ne m'a pas écrit, il ne veut plus me voir.

— Eh bien, c'est déjà ça. Vous vous attendiez à recevoir un télégramme de félicitations ? Une machine à écrire neuve offerte par Papa pour vous encourager à continuer ? Sérieusement, mon bon ami, vous vous attendiez à quoi en allant poster votre livre à vos parents ?

— Jusqu'alors, j'étais très proche d'eux, très proche de mon père.

— Parce que vous estimez que vous l'êtes moins ? Je me demande ce qu'il vous faut.

— Je ne demande pas à mon père d'aimer mon livre, mais qu'il m'approuve au moins de l'avoir écrit. Je voudrais que ce livre ne lui fasse pas de tort, même s'il a des allures de machine de guerre que je lance contre lui.

— Qu'est-ce que vous me chantez là ?

— Je craignais que la parution de mon livre n'entraîne la mort de mon père.

— Votre père aurait parcouru trois ou quatre de vos chapitres et hop ! Arrêt respiratoire définitif ? Comment imaginiez-vous ça, mon cher ? Coma profond ? Stade 3 ? Stade 4 ?

— Arrêtez !

— Le silence actuel de votre père à votre égard n'a rien à voir avec le silence cérébral absolu. Je vais vous faire rencontrer un électroencéphalographiste. Vous verrez que le réel n'est pas l'imaginaire. Et votre maman ? Comment réagit-elle ?

— Je pense à mes ancêtres maternels. On dirait qu'ils ont ressurgi dans mon livre. Des gens m'ont dit : "Il y a un authentique humour juif dans vos pages", ou : "Ma femme est une Juive hongroise, elle a adoré votre livre, elle y a retrouvé les constantes si particulières de l'humour juif", *vé-khoulé*...

— Vous vous exprimez en hébreu, maintenant ? On pourrait intituler une étude sur vous : "De l'érotisme belge à l'humour juif." De la rue de la Bienfaisance au mur des Lamentations ! De la butte de Waterloo au mont Sinaï !

— Le catholicisme et la Provence me définissent mieux.

— Laissez ça à votre père. Moins vous vous occuperez de lui, mieux vous vous porterez.

"Le nom de votre père brille au firmament des lettres..." À l'époque, la phrase m'avait paru forcée. Il n'empêche que j'aurais voulu qu'elle soit vraie. Elle fut immédiatement sélectionnée pour faire partie des phrases dont je me souviendrais bon gré mal gré toute ma vie. Sélectionnée comme on sélectionne des graines, lesquelles ont un pouvoir germinatif. Les souvenirs ressemblent à des graines et la mémoire est un germoir. Chacun garde en réserve des phrases entendues au cours de son existence, qu'il sèmera un jour ou l'autre. Le plus souvent, ces phrases commencent à germer toutes seules, sans qu'on s'en aperçoive, et un beau jour on a des plantes grimpantes ou rampantes dans le cerveau, le cœur, l'âme, l'estomac, le sexe, le moi et le surmoi ! Pour mon compte, je dispose de plusieurs phrases changées en plantes carnivores dont la floraison est permanente : "ce bébé va mourir ou bien il deviendra fou", "si tu perds la foi, je me suicide", "chaque fois que je fais le portrait d'un homme, c'est à mon père que je pense", "les poids lourds circulent tôt", "vous avez peur de cocufier vos parents", "tu n'as pas d'avenir", "je veux ta queue" et autres faridondaines et faridondons qui sont comme autant de titres sur le vieux juke-box à quoi ressemble parfois ma mémoire.

Et ma mère ? Avec Zscharnack, nous avions oublié de conclure. Mon père avait consacré tout un livre à sa femme : "Ce n'est pas une rêveuse. Elle n'anticipe jamais. Elle n'imagine qu'en s'appuyant sur le réel." Qu'avait-elle imaginé en s'appuyant sur le réel de mon livre ? Qu'y a-t-il de réel dans un livre ? Peut-être lisait-elle les articles qui paraissaient sur moi et les faisait-elle ensuite disparaître pour que mon père ne tombe pas dessus, comme on ne distribue pas aux passagers d'un avion les journaux qui relatent une catastrophe aérienne. En ne m'appuyant pas sur du réel, j'avais imaginé que mes parents se feraient la lecture à haute voix des passages les plus drôles de mon roman et que leurs fous rires les empêcheraient de tourner les pages. Au lieu de quoi mon père faisait comme si je n'existais plus. Ce n'était pas moi qui l'avais forcé d'écrire : "Le père n'aimerait pas son fils s'il ne le suivait en pensée, avec amour, aussi loin qu'il aille. Et le fils gardera toujours, si loin qu'il aille, la certitude que son père l'attend."

Je nous laissais une chance : peut-être m'écrirait-il

fin décembre pour me souhaiter une bonne année, à moins que je ne prenne les devants : "Cher Papa, je nous souhaite à tous les deux une année meilleure que celle qui se termine, ce qui ne devrait pas être difficile." Qu'il m'écrive ! C'était la moindre des choses. J'attendrais même jusqu'à la fin janvier. Le savoir-vivre permet d'envoyer ses vœux jusqu'au 31.

N'avait-il pas deviné tout ce que mon roman devait aux heures que j'avais passées dans sa librairie, aux films que nous avions regardés assis l'un à côté de l'autre, à nos conversations sur les autoroutes entre Stuttgart et Salzbourg, entre Brescia et Padoue ? Aux soirs où je l'attendais dans la cuisine quand il partait faire une conférence et qu'il rentrait tard ? Il me racontait sa soirée en préparant du pain perdu, et c'était moi qui mettais le sucre. Tout ça balayé par un livre dont il avait honte devant ses amis et connaissances ! Après sa mort, j'ai systématiquement fouillé partout : je n'ai jamais retrouvé l'exemplaire de *Machin Chouette* que j'avais envoyé à mes parents. Aujourd'hui, plus de vingt ans après la mort de mon père, je ne sais toujours pas le fin mot de l'histoire, et, bien que j'en aie eu cent fois l'occasion, je n'ai pas envie d'aborder ce sujet avec ma mère.

Le peu d'argent que mon éditeur avait cru pouvoir prendre le risque de m'avancer avait servi à offrir quelques verres de champagne-orange à Jennifer pendant la dernière nuit qu'elle passa à Paris — elle refusa que je l'accompagne à l'aéroport et nous nous sommes embrassés pour la dernière fois contre la portière d'un taxi. Avec l'argent qui restait, je payai les frais d'agence, la caution et le premier mois de loyer du nouvel appartement dont Delphine voulut aussitôt repeindre toutes les pièces. Delphine est une émotive active. Je serais plutôt non-actif. Les travaux de peinture avaient commencé — des journaux sur le parquet et Delphine sur l'escabeau, en train de repeindre le plafond de notre chambre après m'avoir dit : "je vais repeindre cette pièce, ça me fera du bien, et à elle aussi" — mais il fallait de nouveau payer le loycr. *Machin Chouette* ne sc vendait pas comme je l'avais espéré. J'acceptai de tourner un film de commande sur les îles Canaries. On me donnait carte blanche : "Vous passez un mois là-bas, vous filmez ce que vous voulez et vous nous rapportez cinquante minutes qui donneront envie aux spectateurs d'y aller à leur tour." Les choses s'étaient passées comme j'aime, c'est-à-dire très vite. La première conversation avait eu lieu un soir chez des amis. Le lendemain à onze heures du matin, j'avais un chèque. Le surlendemain, j'étais à Santa Cruz de Tenerife. On tournait en 16 mm couleurs. Pour m'appeler le soir, Delphine devait aller à la poste centrale de la rue du Louvre. De mon côté, je lui envoyais des télégrammes. Ce tournage tombait à pic. J'avais trouvé de l'argent, et je n'avais plus à penser à mon livre et à mon père, ni à perdre mon temps chez Gallimard où on s'occupait déjà d'un tas d'autres romans parus après le mien. Mon père, quand il s'éditait lui-même, s'employait à longueur d'année à vendre ses livres et personne ne lui avait jamais dit, comme à moi un responsable commercial à qui je m'étais plaint : "Contentez-vous d'écrire et laissez-moi vendre." L'ennui, c'est qu'il ne vendait pas ce que j'avais écrit.

Une nuit, dans ma chambre d'hôtel à Santa Cruz, je faillis téléphoner à mon père. À deux heures du matin, j'étais sûr qu'il travaillait. Était-il en train de penser à moi comme je pensais à lui ? Quel temps faisait-il en Provence ? À moins qu'il ne soit remonté à Bruxelles ? Serait-il content d'apprendre que j'étais aux îles Canaries ? Je lui parlerais de la lumière de l'Atlantique. Je lui dirais que mon tournage aux Canaries me rappelait celui du petit documentaire sur la Provence que j'avais fait avec son aide. Se souvenait-il du jour où nous étions allés choisir ensemble ma caméra ? Dans le magasin, c'était lui qui m'avait conseillé d'acheter la cellule

Weston. D'autres cellules étaient moins chères et j'hésitais. Il m'avait dit : "Si la Weston est meilleure, je payerai la différence." Il avait sans doute dû écrire un article de plus pour m'offrir cette Weston. Et voilà comment je le remerciais ! En lui envoyant *Machin Chouette* dans les gencives ! S'il ne dormait pas, quel était le sujet de l'article qu'il tapait à la machine ? À moins qu'il ne soit en train de bavarder avec ma mère ? Lui disait-il : "Ça valait bien la peine de se donner tout ce mal pour éduquer les enfants, regarde François, regarde ce livre..." Je renonçai à lui téléphoner. Je n'étais pas venu au nord-ouest du Sahara espagnol pour me disputer au téléphone avec lui.

Chez un antiquaire de Las Palmas, je fis sortir d'une vitrine un stylo en or que je voulais filmer et que je finis par acheter. D'après le marchand, c'était une pièce unique commandée en Allemagne dans les années vingt par un des évêques de l'archipel des Canaries. La plume était en or massif et ouvragée à la main. L'antiquaire regardait le stylo avec extase : "Cette plume a servi à écrire au pape !" L'évêque — dont l'antiquaire parlait en disant *Su Ilustrísima* comme s'il était présent dans le magasin — avait fait graver de fines armoiries sur le capuchon. Je distinguai un petit lézard au centre du blason. Ce lézard me rappela mon enfance. J'en ai apprivoisé des dizaines quand j'étais petit. Mon père l'a raconté dans *L'Enfance de mes enfants* : "Mes enfants partaient de grand matin à la recherche des lézards."

À cause du lézard, je payai la petite fortune demandée pour le stylo plaqué or de *Su Ilustrísima.* Le réservoir était neuf et le stylo fonctionnait à merveille. "C'est un bijou", me dit l'antiquaire en me proposant de l'emballer. Je lui répondis que pour moi ce serait un instrument de travail, et je mis le stylo dans la poche intérieure de ma veste. J'espérais que cette dépense imprévue me pousserait à commencer d'écrire sans délai mon deuxième livre.

Rentré à Paris, je me précipitai sur le courrier, en cherchant l'écriture de mon père sur une des enveloppes. Même s'il avait tapé l'adresse, j'aurais reconnu sa frappe et sa mise en page. Il ne m'avait pas écrit.

Delphine insistait pour que j'écrive le premier. Je n'en démordais pas : avoir envoyé mon livre, n'était-ce pas avoir écrit le premier ? Je continuais d'avoir des échos par mes sœurs. Rien ne s'arrangeait. Je finis par dire à Delphine : “D'accord, je lui ferai signe pour son anniversaire. Comme ça, je n'aurai pas l'air d'avoir tenu compte de son silence. Je lui proposerai d'aller le voir.” J'avais toujours écrit à mon père pour son anniversaire. Même quand nous étions ensemble à la maison, je déposais une petite lettre sur sa table.

— C'est quand, son anniversaire ? m'avait demandé Delphine.

— Bientôt, le 23 mars.

— Vous êtes fâchés depuis le mois d'octobre et on est en janvier. Tu devrais te réconcilier avec lui. C'est trop bête. Imagine qu'il meure. Tu t'en repentirais toute ta vie.

Sa phrase m'avait troublé. Elle se serait moquée de moi si je lui avais fait part de mon angoisse, l'été dernier, quand j'avais cru que la lecture de mon livre entraînerait la mort de mon père. Elle m'aurait dit : “Pour quelqu'un qui est allé voir trois psychanalystes, ce n'est pas normal de croire encore à la magie noire !” Et maintenant elle parlait de la mort, elle aussi.

Je m'absorbai dans le montage des trois mille mètres de pellicule que j'avais rapportés des Canaries. Le soir à la maison, quand Delphine et les filles dormaient, je pensais à mon deuxième roman et je rédigeais des phrases qui devaient beaucoup à la délectation morose, ce péché grave, en me servant du stylo en or de *Su Ilustrísima,* utilisant à des fins pernicieuses une plume qui avait servi à écrire au pape.

Si j'avais eu le téléphone à la maison, aurais-je appelé mon père ? Pour lui dire quoi ? Pour lui annoncer triomphalement que je commençais un autre livre ? Ou bien pour lui demander pardon de l'avoir choqué ? Il aurait répondu : "Mais je ne suis pas choqué, je suis triste et déçu." Lui téléphoner dans la journée était impossible. Je ne quittais pas la salle de montage et je ne tenais pas à lui parler, pour la première fois depuis des mois, en présence de la monteuse et de l'assistante. Il aurait fallu que j'aille à la poste. Mais il y a une grande différence entre un coup de téléphone auquel on se prépare et un coup de téléphone qu'on donne à l'improviste. Le temps d'aller de chez moi au bureau de poste, j'aurais ressassé les bonnes raisons que j'avais de ne pas téléphoner à mes parents et d'en vouloir à mon père. J'allais même chercher des raisons de lui en vouloir qui étaient bien antérieures à la parution de mon livre. Je me rendais compte qu'avant *Machin Chouette,* il ne s'était jamais privé de me dire ce qu'il pensait. C'était moi le fautif. Quand je n'étais pas d'accord, j'aurais dû lui répondre et lui tenir tête. Je ne l'avais jamais fait. Le contredire était impensable. Il m'avait imposé avec une telle violence sa vision du monde depuis ma naissance, et même depuis ma conception, que j'en avais perdu à tout jamais le goût, le désir, le pouvoir ou les moyens de l'affronter.

Le montage du film sur les îles Canaries fut terminé dans les premiers jours de février. J'avais réussi à faire de cette commande quelque chose de personnel. J'aimais bien ce film, mais au lieu des cinquante minutes qu'on m'avait demandées, il durait une heure cinq. Stoïque, le producteur avait déclaré après une projection de la copie de travail : "Encore un film pour les festivals et les cinémathèques ! Avec cette durée, je n'arriverai jamais à le vendre aux télévisions." Pour le mixage, on retint un auditorium de huit heures du soir à minuit pendant une semaine. En quittant l'audi, nous allions souper aux Halles, je rentrais tard à la maison et je me levais à une heure de l'après-midi.

Le 5 février 1974, je fus réveillé par de grands coups

frappés à la porte de l'appartement. Delphine avait-elle oublié ses clefs ? À moins que ce ne soit un huissier ? J'enfilai en vitesse mon pantalon, je passai une chemise et j'allai ouvrir. C'était Tina ! Nous ne nous étions pas vus depuis une éternité. Je lui trouvai un visage plutôt tendu :

— La belle Tina en personne ! Bienvenue à mon ex-femme dans mon nouvel appartement !

— Écoute, François, ce n'est pas drôle. Ton père vient de mourir. Tes sœurs m'ont téléphoné. Elles ne voulaient pas que tu l'apprennes par un télégramme.

— C'est arrivé quand ?

— Ce matin...

Je ne voulais pas pleurer devant Tina, qui me disait : "Tu veux que je reste avec toi ?" Je lui demandai de me laisser seul. Sur le pas de la porte, elle me dit qu'elle viendrait à l'enterrement. Le mot "enterrement" était plus cruel encore que le verbe "mourir".

Je refermai la porte et retournai dans ma chambre. J'eus la force d'enfiler une paire de chaussettes propres et de lacer mes chaussures en me disant : "C'est bien, c'est très bien, il faut qu'un petit garçon soit capable de nouer ses lacets tout seul."

Quand Delphine rentra, elle me trouva assis par terre dans la cuisine, à côté d'un bol de thé que je n'avais pas bu. Je ne me souvenais même pas que j'avais préparé du thé. "Tu n'es pas encore parti ?", me demanda-t-elle. Avant de m'endormir, je lui avais laissé un mot pour lui dire que j'irais en début d'après-midi à la salle de montage. Je voulais faire des modifications de dernière minute au montage image. J'avais ajouté : "Ce soir, on mixe la fin du film. Fini ! Terminé ! Demain, appelons une baby-sitter et sortons tous les deux !" Je me relevai et je lui dis que je venais d'apprendre la mort de mon père. Elle avait perdu le sien quinze ans plus tôt, bien avant qu'on ne se rencontre. Elle me serra dans ses bras.

J'entendis de nouveau frapper à la porte. Delphine alla ouvrir et revint en me tendant un télégramme envoyé par ma mère : "Papa décédé. Téléphone-moi. Maman." Il fallait que je parte pour la salle de montage. J'étais déjà très en retard. Je décidai de finir le mixage et d'appeler ma mère à minuit en sortant de l'auditorium. Si je lui téléphonais maintenant, j'aurais du mal à retenir mes larmes et ne parviendrais qu'à augmenter sa douleur en lui faisant subir la mienne. Je n'aurais plus le courage de travailler. En me concentrant sur la fin du film, je réussirais peut-être à intérioriser ma peine, je gagnerais quelques heures sur la tristesse, le chagrin, la souffrance, ou quel que soit le mot qui convienne : je ne connaissais pas le vocabulaire à employer quand on apprend la mort de son père. Il aurait aimé savoir que je terminais un film, le premier de mes films dont je ne parlerais jamais avec lui. Avant de quitter la maison, je voulus relire une de ses lettres, rangée dans le dossier où je conservais mes contrats. Il me l'avait écrite en 1970, quand je terminais mon documentaire sur le lac de Côme : "Je suis très content de ce qui t'arrive. Content que tu sois content. C'est assez rare qu'on aime ce qu'on a fait au moment de la toilette finale, et j'imagine que la fin du montage c'est un peu comme la dernière frappe d'un manuscrit, quand tout se met en place. Que cela t'arrive, c'est bon signe, car je te connais assez pour savoir que tu ne te laisses pas piper. Comme je voudrais que tout ceci soit un pas, le dernier pas, vers ton premier grand film de fiction, ton premier film qui soit vraiment tien, celui que tu veux faire et que tu dois faire." Entre-temps, j'avais fait un grand pas vers mon premier roman, celui que je voulais faire et dont mon père ne m'avait pas dit : "et que tu dois faire".

Depuis le mois d'octobre, j'avais attendu en vain une lettre de lui. Il ne m'écrirait plus. Il n'aura jamais su que j'attendais impatiemment chacune de ses lettres et que je les relisais souvent. Dans le même dossier, je retrouvai une lettre qu'il m'avait envoyée de Venise, le dernier jour du festival, en septembre 1971 : "Je viens de finir un article et décidément je tape très mal, ce doit être le rapport chaise-table dans cette chambre d'hôtel, ou encore l'absence de feutre sous la machine, qui fait qu'elle glisse sur la table comme un glaçon dans les mains de Jerry Lewis. La séance de clôture dans la cour du Palais des Doges fut pénible et touchante. On voyait à la table d'honneur Gina Lollobrigida et Vittorio de Sica qui n'avaient plus l'âge de *Pain, amour et fantaisie.* Il y avait aussi John Ford dans un fauteuil roulant, aphone et presque aveugle, venu recevoir un « diplôme » : quand les cloches de Saint-Marc se sont mises à sonner au-dessus du *cortile* illuminé, je m'attendais à le voir monter au ciel. J'ai un nouveau projet de livre, *Une Venise pour toi,* qui serait écrit par moi et un mec qui ne serait pas moi, celui que je crois être, que je voudrais être, que je pourrais être, que je ne suis pas, etc. Dis-moi si tu peux me trouver les deux livres de D.H. Lawrence sur l'Italie (j'aime beaucoup Lawrence depuis toujours, je crois qu'on n'en a jamais parlé), mais je ne te vois pas faisant un paquet et allant à la poste." J'avais trouvé les deux livres de Lawrence chez Gallimard et il avait raison : je ne les lui avais pas postés.

Je mis les deux lettres dans ma poche et je sortis.

Dans la rue, les gens entraient dans des magasins, garaient leur voiture, achetaient le journal, s'embrassaient, marchaient, respiraient ! Ils étaient en vie ! Ils allumaient des cigarettes ! Mon père avait souffert le martyre deux ans plus tôt quand son médecin lui avait interdit de fumer. Le grand fumeur qu'il était depuis les années trente en fut réduit à cacher des cigarillos dans l'armoire à pharmacie de la salle de bains et dans un tiroir de la commode du salon, les endroits les plus éloignés de son bureau, pour ne les fumer qu'en dernier recours. Il avait arrêté de fumer pour ne pas mourir, et ça n'avait servi à rien, sauf à lui gâcher les derniers mois de sa vie.

Avant d'aller à la salle de montage, j'entrai dans le

bureau de poste de la rue du Colisée et j'envoyai des pneumatiques à trois ou quatre de mes amis. J'écrivis chaque fois la même phrase : "Mon père est mort ce matin." J'étais dans un état second.

J'avais pensé prendre le premier avion pour Marseille le lendemain, et puis un taxi jusqu'au prieuré, mais quand j'eus enfin ma mère au téléphone, à une heure du matin, dans l'étouffante petite cabine vitrée à l'étage de la poste ouverte jour et nuit rue du Louvre, je compris qu'elle voulait que je sois près d'elle le plus vite possible. Delphine était avec moi. Je faillis arrêter un taxi dans la rue et partir immédiatement. Elle m'en empêcha : "Dans l'état où tu es, tu ne vas pas faire huit heures de route avec quelqu'un que tu ne connais pas." Elle prit sur elle de réveiller Jean-Jacques, mon ingénieur du son, qui vint me chercher à la maison trois quarts d'heure plus tard. Delphine me promit de me rejoindre le lendemain ou le surlendemain, le temps de confier à des amis nos deux filles que nous trouvions trop jeunes pour les emmener avec nous. Là-bas, personne ne pourrait s'occuper d'elles.

Pendant le voyage, j'essayai de distraire mon conducteur. Il fallait à tout prix que je pense à n'importe quoi sauf à la mort de mon père. Dans une sorte de délire, je me mis à réciter des poèmes. Ma mémoire était devenue folle, effrayante, tyrannique. Je récitais à haute voix, sans la moindre hésitation, de longs poèmes que je croyais avoir oubliés. Tous ces poèmes — Clément Marot : "Adieu vous dis pour quelque temps, adieu vos plaisants passe-temps" —, mon père m'avait aidé à les apprendre pendant mon adolescence et m'avait montré les gestes à faire quand je les réciterais en classe. Je me souvins aussi d'un texte de La Bruyère. À la maison, quand nous étions petits, mon père se levait et allait prendre sur la cheminée de la salle à manger une édition reliée des *Caractères*. Tout le monde se taisait en attendant qu'il ait fait son choix. Le nôtre était fait. Ce que nous voulions encore et encore, c'était la lecture du portrait de Ménalque, le distrait qui prend sa pantoufle pour un livre. Mon père sc faisait prier pour lire ce portrait qu'il trouvait trop long. On lui disait qu'il n'avait qu'à nous lire le début. Nous savions que, pris par le texte, il ne s'arrêterait plus avant la fin. Et dans la voiture qui m'emmenait vers son lit de mort, j'entendais sa voix, je disais à sa place les premières phrases : "Ménalque descend son escalier, ouvre sa porte pour sortir, il la referme..."

Toutes les régions qu'on traversait, et jusqu'au moindre panneau indicateur, me rappelaient des lieux où j'étais allé avec lui. Nous étions souvent descendus ensemble dans les Basses-Alpes, venant de Bruxelles ou de Paris. Nous nous étions arrêtés partout, de Mâcon à Valence, de Tournus à Montélimar, et chaque nom de ville me rappelait un café, une place, des conversations, des rires et des projets. À Tournus, nous avions parlé de l'art roman. À Vienne, il m'avait montré le temple d'Auguste et nous avions prié dans la cathédrale Saint-Maurice. À Montélimar, il m'avait parlé d'un roman qu'il venait de commencer : "La fiction, qu'est-ce que c'est ? Après tout, ce n'est que du réel volé."

Nous arrivâmes au prieuré moins de vingt-quatre heures après sa mort. Je fus surpris par le nombre de voitures qui entouraient la maison. Jean-Jacques ne connaissait pas ma famille et refusa d'entrer. Je le regardai manœuvrer pour faire demi-tour et je suivis des yeux la voiture qui s'éloignait. Le projecteur au-dessus de la porte avait dû rester allumé toute la nuit. C'était un de mes cadeaux, je l'avais pris sur le tournage d'un film. Dans la voiture, je m'étais demandé si j'aurais le courage de regarder le corps de mon père. Les volets étaient fermés dans toutes les pièces, et j'eus l'impression d'entrer dans un aquarium, frôlé par de gros poissons gris qui étaient les plus vieux amis de mon père. Ils me serrèrent le bras, me prirent par les épaules, me regardèrent dans les yeux, en silence.

J'entendis qu'on appelait ma mère : "François est arrivé !" Tout le monde recula pour nous laisser nous embrasser. Elle me parut très petite et je la serrai très fort contre moi sans pouvoir prononcer un mot. Elle me prit par la main et m'entraîna dans le salon : "Viens le voir."

Éclairé par la lampe que j'avais toujours vue sur son bureau, mon père m'apparut. Depuis des mois, je pensais à lui comme à quelqu'un d'inamical et d'hostile. Je l'imaginais avec un visage malveillant, et je le retrouvais paisible, détendu, comme s'il était entré dans la mort par césarienne. Nous avions perdu des mois pendant lesquels nous aurions pu nous parler. C'était une erreur que nous avions commise tous les deux, une erreur que nous n'avions pas pu éviter. Ni l'un ni l'autre n'avait été assez malin pour deviner que notre brouille finirait par un accident mortel.

Les yeux fermés, il n'avait pas l'air de dormir, mais d'attendre que l'entracte se termine et que le film commence. Je connaissais bien son expression quand il se concentrait pour ne pas être énervé par la publicité. Il ne rouvrait les yeux qu'au moment où je le poussais du coude pour lui signaler que le premier carton du générique venait d'apparaître sur l'écran. Ma mère me dit à voix basse : "Tu peux l'embrasser."

Je l'ai embrassé. Sa joue était comme de la soie sauvage. Je reconnus l'odeur de son after-shave que ma mère avait dû lui mettre après l'avoir rasé. Il n'avait pas eu le temps de se raser lui-même avant de mourir. Dans un mois, c'était son anniversaire ! Je lui aurais téléphoné comme au bon vieux temps et nous aurions parlé des films qui venaient de sortir, ou du livre que Malraux venait d'écrire sur Picasso. Le jour de sa mort, il avait un rendez-vous important à Aix et, n'ayant pas assez dormi, il s'était recouché sur le divan du salon en demandant à ma mère de le réveiller au plus tard à midi, pour qu'il puisse se raser et s'habiller. Combien de temps faut-il pour se rendre compte que quelqu'un qui a l'air profondément endormi est mort ? Combien de fois le supplie-t-on de se réveiller, combien de fois lui dit-on qu'il va être en retard ? Combien de fois continue-t-on à le secouer en refusant de croire à ce qu'on est en train d'admettre ? Que fait-on en attendant que le médecin soit là ? Je ne connais pas la réponse à ces questions. Je voudrais ne pas avoir eu à me les poser. La mort de son mari appartient à la vie de ma mère comme la mort de mon père appartient à la mienne, comme la mort de leur père appartient aux vies de mes sœurs, et la mort de leur grand-père à ses petits-enfants, ce qui fait beaucoup de morts pour un seul homme. Nous mourons différemment pour chacun de ceux qui nous ont connus, comme si la mort donnait droit à un éventail de survies qui dureront le temps qu'on pensera à les faire durer, étant bien entendu que ce genre de survie ne sert à rien au mort lui-même.

Quand quelqu'un que vous aimez meurt, et que vous êtes en froid avec lui, ou en bisbille, et que c'est votre père — il aurait aimé que je dise "en bisbille", qui vient de l'italien *bisbiglio,* "murmure" — on s'en remet mal.

Je pensai à ce que mon père m'avait transmis, en particulier le plaisir d'être indocile chaque fois que c'est possible, héritage surprenant de la part de quelqu'un qui fut longtemps soumis aux dogmes de l'Église, mais d'une part les gens sont surprenants, d'autre part je crus comprendre qu'à la fin de sa vie, mon père avait pris ses distances avec la religion catholique et s'était retranché d'une Église dont le chef visible, Paul VI, s'y entendait comme pas deux pour vous décourager d'avoir les mêmes idées que lui.

Je passai une partie de la matinée à évoquer notre enfance avec mes sœurs. Nous devions accueillir à chaque instant l'un ou l'autre des amis de notre père qui arrivaient. Différents journaux avaient annoncé sa mort et le téléphone n'arrêtait pas de sonner. Un imprimeur d'Avignon, qui avait travaillé avec lui dans les années cinquante, m'emmena à Manosque pour discuter avec une entreprise de pompes funèbres. On me demanda de choisir entre différents modèles de cercueils comme si j'étais venu acheter une voiture.

Le soir, nous réussîmes, mes sœurs et moi, à convaincre notre mère d'aller se reposer. Elle n'avait pas dormi depuis trente-huit heures. Elle nous confia son mari.

Je ne sais plus si ce fut cette nuit-là ou la nuit suivante que son visage commença à se décomposer. Je veillais le corps avec ma sœur Madeleine, qui alla chercher un grand mouchoir blanc dont elle couvrit le visage de son père. Elle entendit du bruit à l'étage : "C'est Maman qui se réveille, je vais monter lui dire de se recoucher."

Resté seul avec mon père, j'accomplis un acte dont je ne mesurai pas, sur le moment, les conséquences symboliques. Je me penchai sur lui et prononçai à voix haute deux ou trois phrases : "Papa, j'avais tellement besoin de parler encore avec toi. Je vais t'offrir quelque chose. Ce sera le dernier cadeau que je te ferai." Je pris dans la poche intérieure de ma veste le stylo en or que j'avais acheté aux îles Canaries. En ayant juste le temps de le voir briller une dernière fois dans ma main, craignant que ma sœur ne revienne à l'improviste, je le glissai sous la veste de mon père dans la poche intérieure, près du cœur qui ne battait plus. Je déboutonnai la veste pour fixer plus facilement l'agrafe du capuchon au bord de la poche, et je m'aperçus que ma mère avait déjà mis dans cette poche le Parker en argent ciselé qu'elle lui avait offert quelques années plus tôt pour son anniversaire.

Ce stylo en or n'était rien qu'un objet réel. Était-il aussi le symbole de mes remords ? L'emblème de l'écriture à laquelle je m'étais livré en contrevenant à la volonté paternelle ? Un témoin que je lui passais comme dans une course de relais, moi restant sur terre et lui disparaissant dans l'éternité ? Lui avais-je offert ce stylo pour qu'il ne s'acharne pas sur moi après sa mort ? Je le lui avais remis comme on remettait jadis les clefs d'une ville assiégée au vainqueur. Ou bien, comme n'importe quel membre d'une tribu primitive qui a peur de l'esprit des morts, j'avais voulu me concilier la bienveillance des esprits qui survivraient à mon père et continueraient à s'occuper de moi. La vie de ceux qui comptent pour vous ne s'arrête pas avec leur mort. Un mort est capable d'exercer des représailles.

La messe d'enterrement eut lieu à l'église de Forcalquier, une ancienne cathédrale romane et gothique que j'avais filmée seize ans plus tôt, et j'entendais encore la voix de mon père : "Veille à ce que tes cadrages soient aussi rigoureux que cette architecture !" J'avais pris la décision de lire pendant la messe un de ses textes et j'avais passé la nuit dans son bureau, assis à sa table, feuilletant ses ouvrages, essayant de repérer les phrases où cet homme avait donné le meilleur de lui-même. "Le père est toujours un étranger", avait-il écrit. "Je vis en marge de la vie de la maison. C'est la mère qui anime la maison. Moi je fus et reste le nourricier, le législateur, le protecteur. Mon problème, qui n'est pas encore entièrement résolu, c'est de me faire admettre malgré ces tâches, et de me faire aimer par elles. Si je n'ai jamais réclamé ma place, si j'ai toujours attendu que vous me la donniez, je n'aurai pas de peine à m'effacer. Ce dernier bout de route avant le départ définitif, nous le consacrerons à nos enthousiasmes partagés."

Je lus jusque tard dans la nuit : "Chaque fois que mes enfants partaient, je souffrais. Cette souffrance, je l'appelais inquiétude, angoisse, incertitude. En vérité je souffrais de les savoir en dehors de ma sauvegarde."

"Je travaille sur la distance d'une vie", avait-il écrit pour définir l'éducation de ses enfants.

Le matin, sans avoir dormi, je me rasai avec le plus grand soin. Mon père aimait que je sois bien rasé. Dans la cathédrale, un prêtre me fit signe de m'approcher du micro pour faire ma lecture. J'avais travaillé à un montage de différents passages choisis dans les derniers livres de mon père. Je fus au bord des larmes en lisant cette adresse à ses enfants : “Encore un aveu, mes enfants. Je veux que vous sachiez combien j'ai eu de peine à être père, et que je suis conscient de m'être trompé envers vous. De même sans doute avez-vous eu certains jours de la peine à être mes enfants, et vous êtes-vous trompés envers moi.”

Pendant l'enterrement, son âme ne m'apparut pas, comme celle de Patrocle dans l'*Iliade,* pour me dire que jamais plus nous ne ferions de projets. J'avais déjà inscrit la date de son anniversaire dans mon agenda. J'ajoutai celle de son enterrement : c'était le dernier rendez-vous que nous avions, ce fameux rendez-vous auquel je pensais depuis des mois, le rendez-vous pendant lequel nous devions nous réconcilier. Si un rendez-vous consiste à se trouver à un lieu déterminé et à une date déterminée, nous l'avions eu, notre rendez-vous, un rendez-vous manqué qui, dans son genre, était réussi.

Il était en train de terminer un long texte sur Aix-en-Provence qui devait servir de préface à un album de photos. Il y avait travaillé jusque dans la nuit qui précéda sa mort. Après l'enterrement, je suis resté un mois au prieuré, seul avec ma mère, pour finir ce texte à sa place. Ma mère avait besoin de l'argent qui lui serait versé à la remise du manuscrit, et je n'aurais pas supporté qu'un étranger se mêle de corriger les brouillons laissés par mon père. Il m'avait déjà demandé d'écrire des articles pour lui, quelques années auparavant, quand il voyageait dans le sud de l'Italie. Là, il s'agissait d'un texte d'une centaine de pages, dont une bonne moitié était déjà rédigée. J'allai passer quelques journées à Aix et je marchai dans la ville en m'efforçant d'avoir le regard de mon père. Il avait écrit : “J'aime le cours Mirabeau comme j'aime ceux que j'aime." Prenant soin d'utiliser son vocabulaire, je parvins à mettre ses notes en forme. Pendant que je me servais de sa machine pour taper la version définitive, je le revoyais, penché sur cette machine, qui en nettoyait les touches avec une vieille brosse à dents. Quand le livre sortit à l'automne, ma mère m'écrivit : "Merci François ! Papa aurait été si heureux s'il avait pu savoir que tu te serais occupé de son livre avec tant de cœur et de talent !"

Pendant les dix années qui suivirent la mort de mon père, je commençai des romans que je ne terminais pas. C'est ce qui s'appelle une obéissance en retard et excessive aux ordres du père ! Mon père mort était plus impitoyable que mon père vivant. Il voulait que je fasse des films. Je tournai trois longs métrages dont j'avais aussi écrit les scénarios. J'ai arrêté de faire des films, mais j'aimerais en tourner encore un avant de mourir à mon tour.

Des années plus tard, je réussis enfin à terminer un roman, puis un autre. À l'heure qu'il est, j'en ai publié sept ou huit. Mon père a-t-il pour autant desserré l'étau ?

Je me sens coupable chaque fois qu'un de mes livres paraît : "Ai-je le droit de le signer de mon nom ? On nous aurait confondus une fois de plus, et il n'aurait pas été content."

Hier soir, je me suis endormi en me disant qu'il faut être atteint pour donner tant d'importance à son père. Son avis sur ce que je fais me manque. Dans un demi-sommeil, j'ai pensé : "Il n'y a que l'amour qui compte vraiment, peu importe comment il se manifeste."

Composition réalisée par S.C.C.M. (groupe Berger-Levrault), Paris XIVe

IMPRIMÉ EN FRANCE PAR BRODARD ET TAUPIN
La Flèche (Sarthe).
Librairie Générale Française - 43, quai de Grenelle - 75015 Paris.

ISBN : 2 - 253 - 14604 - 8 31/4604/0